KB097665

지은이 브라이언 로빈슨

미국 노스캐롤라이나주의 애슈빌에서 태어난 브라이언 E. 로빈슨은
작가이자 저명한 심리치료사, 저널리스트, 노스캐롤라이나대학교
샬럿 캠퍼스의 명예교수로 35권의 논픽션과 2권의 소설을 썼다.
그의 책은 13개 언어로 번역되었다. 그는 『20/20』, 『굿모닝
아메리카』, 『ABC 월드 뉴스 투나잇』, 『NBC 나이틀리 뉴스』,
『더 얼리 쇼』, 『더 빅 아이디어』 등에 소개된 바 있다. 현재는 글쓰기와
심리치료사 일을 병행하며 블루리지산맥에서 아내와 반려견 네 마리와
함께 살고 있다. 저자에 대해 좀 더 알고 싶은 사람은 언제라도 그의
온라인사이트(www.bryanrobinsonbooks. com)를 방문할 수 있다.

옮긴이 박명숙

서울대학교 사범대학 불어교육과를 졸업하고 프랑스 보르도
제3대학교에서 언어학 학사와 석사 학위를, 파리 소르본대학교에서
프랑스 고전주의 문학을 공부하고 몰리에르 연구로 불문학 박사
학위를 받았다. 서울대학교와 배재대학교에서 강의했으며, 현재
출판기획자와 불어와 영어 전문번역가로 활동 중이다. 헨리 데이비드
소로의 『소로의 문장들』, 제인 오스틴의 『제인 오스틴의 문장들』,
에밀 졸라의 『목로주점』, 『제르미날』, 『여인들의 행복 백화점』,
『전진하는 진실』, 오스카 와일드의 『심연으로부터』, 『오스카리아나』,
『와일드가 말하는 오스카』, 『거짓의 쇠락』, 파울로 코엘료의
『순례자』, 알베르 티보데의 『귀스타브 플로베르』, 조지 기싱의 『헨리
라이크로프트 수상록』, 도미니크 보나의 『위대한 열정』, 플로리앙
젤러의 『누구나의 연인』 등 다수의 책을 우리말로 옮겼다.

Daily Writing Resilience : 365 Meditations & Inspirations for Writers
© 2018 by Bryan E. Robinson, PhD.

Published by Llewellyn Publications
Woodbury, MN 55125 USA
www.llewellyn.com
All rights reserved.

© 2020 UU Press
Published by arrangement with Llewellyn Publications, Woodbury, MN, USA
Through Bestun Korea Agency, Seoul Korea.
All rights reserved.

하루 쓰기 공부

: 매일 써야 하는 당신을 위한
365일의 회복탄력성 강화

브라이언 로빈슨 지음 + 박명숙 옮김

유유

글쓰기가 너무 힘들다 보니 이 세상에서 이미 지옥을
맛본 작가는 죽어서 벌 받을 일이 없을 것 같다는 생각이 든다.
— 제서민 웨스트

머릿속에서 작은 목소리가 "매일 글을 써야 한다"고 속삭이는 사람은 이 책을 반드시 읽어야 한다. ○ 소설가 스티브 베리

글 쓰는 이에게 영감을 주는 유용한 방법들로 가득한 이 책은 당신을 '집필자 장애'로부터 자유롭게 해 줄 것이다. 혹시 그런 장애를 겪지 않는다고 하더라도, 아침마다 누군가의 귀한 생각과 교감하는 것이 당신에게 필요한 창작의 기운을 불어넣어 주리라 믿는다. ○ 소설가 새러 그루언

나는 이 책이 참 좋다. 책의 각 페이지가 희망하고 고찰하고 좀 더 노력해야 할 이유를 알려 주고 우리가 글쓰기의 위대한 전통과 연결돼 있음을 느끼게 해 준다. 프로 작가든 신인 작가든 상관없다. 이 책은 모든 작가의 책상에 놓여야 한다. ○ 소설가, 에드거상 수상자 존 하트

『하루 쓰기 공부』는 오로지 글 쓰는 사람만을 위한 책이 아니다. 이 책에 담긴 삶의 유용한 지혜들을 음미하고 활용하기 위해 반드시 작가여야 할 필요는 없다. 이 책에는 깊이 있는 통찰력을 보여 주는 말들이 가득 실려 있어서, 당신은 어쩌면 매일 하나씩 천천히 음미하는 대신 그것들을 한꺼번에 삼켜 버리고 싶은 유혹을 느낄지도 모른다. 『하루 쓰기 공부』는 작가라면 누구나 반드시 소장해야 할 책이다! ○ 소설가 커샌드라 킹

이 책은 모든 작가에게 꼭 필요한 책이다. 브라이언 로빈슨의 『하루 쓰기 공부』는 지혜와 놀라운 실용성을 모두 갖춘 책이다. 오랫동안 꾸준히 글을 써 온 이의 경험에서 뽑아낸 매일의 명언은 글쓰기의 여정에 필요한 용기와 힘을 제공해 줄 것이다. 이 책을 소중히 간직하면서 당신이 어디를 가든지 가지고 갈 것을 권한다. ○ 소설가, 에드거상 수상자 윌리엄 켄트 크루거

이 책은 글 쓰는 사람으로서의 당신에게 매일매일 자양분을 공급해 줄, '나는 할 수 있다'의 샘물 같은 책이다. 당신은 매일 한 스푼의 지혜로 자신의

노력을 보상할 수 있을 뿐 아니라, 매년 새로운 통찰력으로 그 지혜를 새롭게 갱신할 수 있다. ○ 소설가, 애거사상 수상자 크리스 로어든

나는 신인 작가와 프로 작가 모두에게 이 책을 가까이 두고 자주 들여다보기를 강력히 권한다. 브라이언 로빈슨은 글 쓰는 작가의 머리와 가슴으로 가는 길을 잘 알고 있다. 이 책은 모든 작가의 멋진 동반자로서 작가의 영혼에 따뜻한 위안을 선사한다. ○ 소설가 존 레스크로아트

신인 작가, 오래된 작가, 신선한 작가, 지친 작가, 열정적인 작가, 냉소적인 작가, 전도유망한 작가 등 모든 유형의 작가에게 이 책이 보석처럼 반짝이는 지혜와 영감을 선사하리라 믿는다! ○ 소설가 M. J. 로즈

이 사려 깊고 통찰력 있는 책 속에서 브라이언 로빈슨은 모든 차원의 작가들을 연결하면서 그들이 필요로 하는 것, 즉 지적 연료와 정서적 자양분을 정확히 제공한다. 글을 쓰고자 하는 이여! 이 책 없이 글 쓰는 하루를 시작하지 마라! ○ 소설가, 애거사상, 앤서니상, 메리히긴스클라크상 수상자 행크 필리피 라이언

더없이 솔직하면서 연륜이 느껴지는 저자의 목소리가 지혜의 샘물 같은 이 명언집에 진정한 생기를 더한다. 브라이언 로빈슨의 『하루 쓰기 공부』는 글쓰기의 여정의 출발점에 서 있거나 출판의 문을 두드리는 누구든지 반드시 읽어야 하는 책이다. ○ 소설가 웬디 타이슨

마침내! 진정한 작가를 위한 유용한 도구이자, 모든 작가의 책상에 놓여야 하는 실용적인 안내서가 세상에 나왔다. 이 책은 매일같이 글쓰기의 동기를 부여해 주고, 당신을 이끌면서 다시 시작할 수 있는 용기를 준다. 언제나 책상 위에, 항상 손 닿는 곳에 두고 가까이해야 할 책이다. ○ 소설가 캐런 화이트

> 적을 만났다. 적은 바로 나였다.
> — 월트 켈리

규칙적으로 글을 쓰기 시작했을 때 당신은 앞으로 자신의 소망대로 명예와 부를 모두 이루고 죽을 때까지 행복하게 살 거라고 믿었는가? 당신이 쓴 책이 서점의 매대에 리 차일드, 제임스 패터슨 혹은 조앤 K. 롤링의 책 옆에 나란히 꽂혀 있는 광경을 상상해 본 적이 있는가? 당신의 책이 『뉴욕타임스』 베스트셀러 목록에 올라, 작가 에드거 앨런 포, 스티브 베리, 애거사 크리스티의 이름을 딴 추리소설 상을 탈 수 있을 거라고 기대한 적이 있는가? 언젠가는 스티븐 스필버그가 시나리오 집필을 부탁하기 위해 당신 집 문을 두드릴지도 모른다고 생각한 적이 있는가?

나는 그랬다.

그런 뒤 꿈과 악몽이 함께 찾아온다는 것을 깨닫고 당혹스러웠던 적은 없는가? 출판사의 거절 혹은 과도한 기대, 신랄한 리뷰, 아무도 나타나지 않는 북사인회, 마감의 압박, 또는 숨 막히게 하는 집필자 장애 등으로 고통스러웠던 적은 없는가? 반스앤드노블의 매대에서 당신 책을 찾느라 애를 먹었던 적은 없는가? 글을 써서 약간의 돈을 벌긴 했지만 주택 담보대출을 갚기에는 턱없이 부족했던 적은 없는가? 여전히 할리우드가 언젠가 당신에게 연락을 해 올 거라고 기대하고 있진 않은가?

나는 그랬고, 여전히 그렇다.

비록 아직 꿈은 이루지 못했지만, 당신은 여전히 글쓰기를 사랑하는가?

나는 그렇다.

나처럼 핏속에 잉크가 흐르는 사람은 글을 쓸 수밖에 없다. '글을 쓰지 않는 것'은 결코 선택지가 될 수 없다. 아무리 낙심하고 상처받고 사면초가에 빠진 것 같아도 우리는 문학의 폭풍우를 헤치고 계속 나아간다. 출판의 광적인 속도에 지치고, 지키지 못한 글쓰기의 약속과 충족시키지 못한 출판사의 기대 때문에 빈껍데기만 남은 좀비가 되어 버린 작가. 나는 그런 사람들을 알고 있다.

그리고 나 역시 그런 사람 중 하나였다. 동이 트기 전, 고요하고 적막한 시간에 나는 소파에 앉아 찢어진 청바지 틈으로 드러난 무릎 사이에 얼굴을 파묻곤 했다. 두 손으로 머리를 감싸 안고 운 적도 있었다. 그렇다. 어른도 울 때가 있다. 아직까지는 나의 최고의 추리소설이라고 할 수 있는(혹은 그렇게 믿었던) 책을 끝낸 뒤 나의 편집자는 내 이야기의 플롯을 갈기갈기 찢어 놓았다. 원고를 다시 고쳐 쓰고 또 쓰고, 여러 차례 막다른 길로 내몰리기를 반복하면서 난 혼란과 좌절에 빠져들었다. 시계를 보며 소리치거나 허공에 대고 주먹을 흔들었으며, 물건을 집어 던지기도 했다. 모퉁이를 하나씩 돌 때마다 새로운 장애물에 부딪혔고, 우는 것밖에는 달리 뭘 해야 할지 몰랐다.

사실 난 나 자신의 가장 큰 적이었다. 당시 난 '마른 우물 증후군'을 앓고 있었지만 그 사실을 전혀 깨닫지 못했다. 게다가 앞서 말한 책은 나의 첫 책도 아니었다. 난 이미 35권의 논픽션과 소설을 썼고, 많은 잡지와 신문, 블로그 등에 글을 쓴 바 있다. 심지어 그사이 몇몇 문학상을 타기도 했다. 하지만 지금까지 이토록 고통스러운 작가의 지옥을 경험한 적은 없었다.

그러나 지옥이란 하나의 마음 상태일 뿐이다. 17세기의 작가 존 밀턴의 말에 의하면, "우리 마음은 우주와 같아서 지옥이 천국이 되게 할 수도, 천국이 지옥이 되게 할 수도 있다." 그렇다, 당신과 나는 작가로서 각자 자신의 천국 혹은 지옥을 만들어 나간다. 이

쯤에서 당신은 한숨을 쉬면서 미심쩍은 표정을 지을지도 모른다. 하지만 이 책을 덮기 전에 부디 내 말을 잘 들어 보길 바란다. 저작권 에이전트, 편집자, 신랄한 리뷰어 혹은 출판사는 글쓰기의 사슬로 우리를 묶어 두거나 구속할 수 없다. 우리는 부지불식간에 자리를 박차고 일어나, 자신을 구속하는 모든 것을 전복하고 스스로를 자유롭게 한다. 이 책은 바로 그런 것들에 관한 이야기다. 우리의 글 쓰는 삶이 우리를 어떻게 대하느냐가 아니라, 우리가 스스로의 글 쓰는 삶을 어떻게 대하느냐를 묻는 것이다.

지금까지 당신은 끊임없는 불확실성과 좌절로 점철된 글쓰기라는 소모적인 과정에서 즐거움과 끈기와 마음의 평온을 유지하는 게 가능한지 의구심을 품었을지도 모른다. 내가 장담하건대, 그것은 얼마든지 가능한 일이다. 다른 모든 일처럼 글쓰기에도 그에 따라오는 도전과 상심, 좌절 그리고 기쁨이 존재한다. 프로 작가나 신진 작가 혹은 작가 지망생 할 것 없이 글을 쓰는 사람이라면 누구나 자신만의 수많은 도전과 반복되는 거절, 커다란 장애물, 마음을 찢어 놓는 상심을 경험하기 마련이다. 하지만 출판업자와 저작권 에이전트를 비롯한 출판 관련 종사자들은 성공적인 글쓰기를 위해서는 쉽게 포기하지 않는 고집과 끈기가 훌륭한 글솜씨보다 훨씬 중요하다고 하나같이 입을 모은다.

나는 오랫동안 강의와 책과 미디어 출연을 통해 전 세계의 다양한 사람들에게 도전에 맞서 회복탄력성을 기르는 법과 장애물을 디딤돌로 변화시키는 법을 가르쳐 왔다. 콘크리트 사이로 풀이 자라나듯 '회복탄력성 영역'은 당신 안에 존재한다. 그것을 찾아낼 수만 있다면 당신은 자신의 힘이 글쓰기의 도전보다 훨씬 강력하다는 것을 알게 될 터다.

이 책은 1월 1일부터 12월 31일까지 하루에 한 꼭지씩 읽을 수 있도록 모두 365개의 글로 구성돼 있다. 그러나 어느 달 어느 날부터 읽기 시작해도 상관없다. 5월에 이 책을 집어 들었다고 해서 그 다음 해 1월까지 기다렸다가 읽을 필요가 없다. 또한 당신은 이 책을 매년 반복해 읽을 수도 있다. 그럴 때마다 새롭게 다가오는 의미를 발견하고 새로운 다짐으로 자신을 새롭게 할 수 있을 것이다.

이 책은 또한 모든 장르의 글쓰기를 하는 사람을 위한 책이기도 하다. 당신도 어쩌면 풀타임 직업과 아이, 결혼 생활, 집안일 등을 마치 곡예하듯 글쓰기 및 그로 인한 압박과 병행하고 있는지도 모른다. 당신이 부침이 심한 글쓰기의 세계에서 헤맬 때 이 책은 당신이 한 발 뒤로 물러나 호흡을 가다듬고, 의식적인 삶을 북돋우는 검증된 메시지를 고찰하게 해 줄 것이다. 그럼으로써 글쓰기와 관련한 걱정거리와 문제, 즉 불가능한 마감, 가차 없는 혹평, 편집자의 쏟아지는 지적, 앞길을 가로막는 장애물, 아무도 나타나지 않는 북사인회, 몰려오는 자기회의 등등으로부터 당신을 자유롭게 해 줄 것이다.

글쓰기의 기술에 관해 이야기하고 가르치고자 하는 책은 많지만, 성공한 작가가 되는 데 꼭 필요한 글쓰기의 회복탄력성에 관한 친절한 안내서는 아마도 이 책이 유일하지 않을까. 독자는 이 책을 통해, 명상, 숨쉬기 훈련, 요가 연습, 몸과 마음의 연결성, 스트레스 다루는 법과 스트레스 완화 훈련, 감사와 긍정적 마음을 갖는 습관 기르기, 에너지의 발산을 가로막는 장애물 없애기, 잠과 운동과 건강한 식습관을 통해 건강 돌보기 등과 같은 팁과 기술을 익힐 수 있을 것이다. 하루에 한 꼭지씩 이 책을 읽어 나가다 보면, 자신도 모르게 좀 더 의식적으로 현재를 살면서, 회복탄력성을 키우고 글쓰기의 여정에 의미와 즐거움을 더하는 자신을 발견하게 될 터다.

이 책의 매일매일은 글쓰기 및 글쓰기의 회복탄력성과 관련하여 다양한 저자와 예술가, 심리학자, 영적 지도자, 저널리스트, 싱어송라이터, 철학자 등이 건네는 명언으로 시작한다. 한 입 크기의 지혜를 우리에게 나눠 주는 명언들은 지혜로운 조언, 정감 넘치는 유머, 간결하지만 마음에 깊은 울림을 선사하는 말, 신선한 영감을 불러일으키는 이야기 들로 이루어져 있다. 당신은 매일 아침 뜨거운 차를 마시면서 명언을 하나씩 음미한 뒤 마음속에 잘 간직했다가 글을 쓸 때나 잠들기 전에 마치 기도문처럼 사용할 수도 있을 터다. 이 365개의 명언과 조언 들은 당신의 내면에 존재하는 회복탄력성을 밖으로 끄집어낼 뿐 아니라, 글쓰기 여정의 동반자로서 세심하고 효과적인 방식으로 당신을 돕고 지지해 줄 것이다. 당신이 끊임없이 추구하는 글쓰기의 성과를 오롯이 거둘 수 있을 때까지.

브라이언 로빈슨

사람의 성격은 세 번째와 네 번째 시도에서
뭘 하느냐에 따라 규정된다.
— 제임스 미치너

지독히 나쁜 패를 가진 사람도 자신에게 주어진 비극에
어떻게 대처하느냐에 따라 얼마든지 성공적인 삶을 살 수 있다.
나는 이것을 용기 있는 삶이라고 부른다.
— 주디스 게스트

이 책 『하루 쓰기 공부』의 원제는 "Daily Writing Resilience"다. 우리말로는 '하루 한 번 글쓰기의 회복탄력성 키우기' 정도가 될 것이다. 「들어가며」에서 저자도 밝혔듯이 이 책은 글을 잘 쓰는 '비법'이나(애초에 비법이라는 것이 있긴 할까?) 글쓰기의 '기술'에 관해 이야기하고 있지 않다. 이 책은 꾸준하고도 효율적인 글쓰기에 꼭 필요한 글쓰기의 회복탄력성에 대한 세세하고도 친절한 지침서다.

지능 지수와 감성 지수에 이어 회복탄력성 지수의 중요성이 대두된 지는 이미 오래되었다. 이 셋 중에서 우리가 세상을 살아가는 데 가장 필요하면서 가장 중요한 것을 하나 꼽자면 아마도 회복탄력성 지수가 아닐까. 저자 브라이언 로빈슨은 회복탄력성이란 "99번의 거절에도 꿋꿋하게 계속 나아감으로써 100번째의 성공을 이루어 내는 마음의 견고함"(4월 15일)이라고 이야기한다. 간단히 말해, 넘어져도 오뚝이처럼 다시 일어서게 하는 힘, 그것이 회복탄력성이라는 것이다. 저자는 우리 삶이 '불확실성'과 '회복탄력성'으로 이루어져 있다고 말한다. 불확실성은 우리 삶을 이루는 항구적인 요소로, 우리는 살아가는 동안 언제 어디서나 그것과 만난다. 모든 것이 영구적이고 확실하며 예측 가능한 삶이란 없기 때문이다. 그리고 이런 사실은 글쓰기를 비롯한 삶의 모든 분야, 모든 영역에 똑같이 적용된다. 저자의 다음 말 중에서 '글 쓰는 삶'을 다른 일이

나 행위로 바꿔 놓아도 마찬가지로 진실인 것은 그 때문이다. "글 쓰는 삶을 사는 동안 피할 수 없는 인생의 진리 중 하나는 글 쓰는 삶이 우리에게 무수한 불확실성을 가져다줄 것이라는 사실이다. 어쩌면 우리가 믿을 수 있는 것은 이것뿐일지도 모른다."(1월 16일)

그렇다면 우리에게 주어진 선택은 삶의 불확실성에 걸려 넘어져 주저앉거나, 넘어졌다가 다시 일어서서 앞으로 나아가거나 혹은 피할 수 없는 불확실성에 맞설 수 있는 힘을 길러 그에 대비하기 중 하나가 될 것이다. 에크하르트 톨레는 삶의 불확실성에 관해 다음과 같은 말을 한 바 있다. "불확실성을 받아들이기 힘들다면 당신은 그것을 두려움으로 느끼게 될 것이다. 그러나 불확실성을 온전히 받아들인다면 그것은 당신에게 더 많은 활력과 깨어 있음과 창의성을 선사할 것이다."(4월 24일) 물론 이는 단지 불확실성을 받아들이는 것으로 만족하라는 이야기는 아닐 것이다. 어떤 앎이나 배움이란 결국 '넘어졌다가 다시 일어서는 법'을 배우고 단련하는 것이 아닐까. 그럼에도 앞으로 나아가고, 또다시 살아가기 위하여. 이것이 우리에게 회복탄력성이 필요한 이유이고, 그런 힘을 길러야 하는 이유일 터다. 또한 이 책이 쓰인 이유이자 이 책을 읽어야 하는 이유이기도 하다.

회복탄력성은 돈이나 어떤 재물로도 살 수 없으며, 누구나 공평하게 갖출 수 있는 것이다. 그러나 저자의 다음 말처럼 회복탄력성은 누구나 타고나는 것이 아니며, 누구에게나 쉽게 찾아오는 것도 저절로 생겨나는 것도 아니다. "어떤 이는 운 좋게 그런 능력을 타고나기도 한다. 그렇지 못한 많은 사람은 오랜 시간 포기하지 않고, 특히 어려운 시기에는 더더욱 끈기 있게 그것을 키워 나가야 할 터다. 마음의 내성을 키우는 것은 글쓰기의 기술을 개발하는 것만큼이나 중요하다."(4월 15일) 회복탄력성은 곧 견뎌 내는 힘(내성)이며, 이는 얼마든지 개발될 수 있고 개발되어야만 하는 힘이다. 인생의 문제가 단지 문제로만 머무는 것을 바라지 않는다면. 우리 삶에서 회복탄력성을 필요로 하지 않는 것은 없기 때문이다. "무언가를 포기하고 싶어질 때면 당신 안에는 스스로 생각하는 것보다 훨씬 큰 회복탄력성이 잠재돼 있음을 기억하라. 만약 지금 포기한다면 당신은 자신에게 그런 힘이 있음을 결코 알지 못할 것이다"라는 저자의 말은 우리 모두에게 유의미하다.

이 책에서 저자는 단지 회복탄력성 이야기만 하지 않는다. 이책을 날짜 순서대로 한 꼭지씩 혹은 마음 가는 대로 읽거나, 그저 손에 잡히는 대로 아무 데나 펼쳐 읽더라도 우리는 간결하고 함축적이면서도 매우 유용하고 흥미로우며, 우리의 마음 깊은 곳에 파문을 일게 하는 다양한 이의 명언들을 만나게 된다. 인생의 다양한 경험으로부터 우러나온 그 말들을 하나하나 곱씹노라면 이 책이 단지 글 쓰는 사람이나 글쓰기만을 위한 것이 아니라 우리 모두와 모든 일을 위한 책임을 알게 될 것이다. 그와 더불어 지금 삶의 문제로 고민하고 좌절하는 이들뿐만 아니라, 지금 자신의 문제가 무엇인지 잘 알지 못한 채 인생의 불확실성 가운데서 헤매고 있는 이들에게도 유용한 지침서이자 길잡이가 되리라 믿는다. 마음속 깊이 감춰져 있는 문제를 밖으로 끄집어내 똑바로 바라보게 만드는 힘이 우리에게 있음을 잊지 말자. 새롭고 깊이 있는 눈과 방식으로 자신의 삶을 바라보면서 보다 의식적이고 단단한 삶을 살고 싶은 모든 이들에게 이 책을 늘 가까이 두고 친구 삼기를 권하고 싶다.

2020년 12월
우리 모두의 회복탄력성을 응원하며
박명숙

목차

들어가며
옮긴이의 말

1월

끝이 새로운 시작이 되게 하라

우리가 시작이라고 부르는 것은 종종 끝을 의미한다.
끝맺음은 또 하나의 시작이며, 시작이 곧 끝이다.
— T. S. 엘리엇

한 해의 끝은 또 다른 한 해의 시작으로 우리를 이끈다. 우리는 자신의 글 쓰는 삶을 끝맺음과 동시에 다시 시작한다. 글쓰기는 하나의 열정이자 맹렬한 개인적 소명이며, 많은 사람에게 오랜 꿈이며 고독한 노력이다. 글쓰기는 매 단계마다 수많은 거절과 상심을 동반한다. 수많은 작가가 지난 열두 달을 되돌아보며 새해를 위한 결심을 할 것이다. 우리는 지난 일을 깨끗이 지우는 동시에 새로운 날을 시작하기를 꿈꾼다.

당신의 글쓰기의 여정에서도 수많은 끝에서 새로운 출발이 생겨난다. 새해에는 자신의 글쓰기 기량을 연마하기 위해 지금까지와 다르게 무엇을 하고자 하는지 자문해 보라. 더 나은 글쓰기 습관을 개발하기? 자꾸만 미루기를 끝내기? 더욱 건강한 라이프스타일을 만들어 나가기? 보다 긍정적인 인생관을 가꿔 나가기? 비틀거리는 인간관계를 개선하기? 거절과 자기회의에 대처하는 법 배우기? 더 큰 회복탄력성과 끈기로 무장하기?

당신이 문학적 삶의 밖에서 하는 모든 것이 글쓰기의 성공에 기여한다. 미완성으로 놔둔 것을 마무리하든 습관을 바꾸든 좀 더 적극적인 태도를 취하든 그 무엇이든 간에.

> 나는 소파에서 낮잠을 자지도, 커다란 창문으로
> 바다를 보지도 않는다. 일하는 동안에는
> 언제나 블라인드를 쳐 놓기 때문이다.
> ― 딘 쿤츠

딘 쿤츠는 자신이 잠재적 게으름뱅이라는 걸 알고 있다. 그래서 바다 경치를 보고 싶은 생각을 하지도 않는다고 한다. 우리는 어떤 환경이 자신에게 유효하게 작용하는지를 바로 알고 그 요구에 따라 환경에 개성을 부여할 필요가 있다. 안전한 글쓰기 환경은 우리의 일상과 연관된 배경과 다른 방식으로 우리의 감각을 일깨운다. 그 환경이란 곧 스스로를 창의적이고 생산적인 존재로 느끼게 하는 데 필요한 모든 것을 갖춘 지극히 사적인 공간을 가리킨다. 원고 마감에 쫓기는 경우에도 즐거운 작업 환경은 마음을 편안하게 해 스트레스를 완화하고 글쓰기의 생산력을 높인다.

누구에게나 두루 적용될 수 있는 만병통치약 같은 것은 없다. 어떤 작가는 자신이 박물관에 와 있는 것처럼 느끼지 않도록 주변이 약간 '편안하게 어수선한 것'과 무질서한 것을 좋아한다. 또 어떤 작가는 결벽증 환자처럼 깔끔하고 간소한 환경에서 더 편안해하기도 한다. 할런 코벤이나 존 하트 같은 작가는 정신 집중을 위해 집에서 멀리 떨어져 글을 쓰는 것을 선호한다. 신인 작가인 브라이언 파노위치는 소방관으로 근무했던 소방서의 벽장 안에서 글을 썼다고 한다. 자신에게 안전한 느낌과 편안함을 선사하는 게 무엇인지 생각해 보라. 향초? 매력적인 어떤 색깔? 사랑하는 이와 반려동물 또는 친구의 사진을 곁들인 휴가의 기념품? 그게 아니면 언제 어디서나 상관없이 글을 쓸 수 있는지를 생각해 보라.

> 끈기는 다양한 얼굴을 지니고 있다. 거절 앞에서도
> 꿋꿋이 버티기, 일이 잘 풀리지 않을 때 심기일전하고
> 다시 일어서기 그리고 물론, 더 많은 책 쓰기.
> — 제니 밀치먼

노련한 프로 작가와 야심 찬 신인 작가 모두 창작의 세계가 무수한 도전과 변함없는 부정성否定性 그리고 사람을 황폐하게 만드는 좌절로 가득한, 더없이 거친 세계라는 것을 잘 알고 있다. 대부분의 출판업자와 마케터가 성공적인 글쓰기를 위한 첫 번째 열쇠는 거절에 직면했을 때의 끈기와 굽힐 줄 모르는 단호함이라고 입을 모은다.

최고로 인정받는 작가는 오랫동안 힘들게 글을 써 온 사람들이다. 작가 존 레스크로아트는 "나는 어느 날 갑자기 성공한 게 아니다. 내가 처음 다섯 권의 책을 내는 동안 나의 출판 역사는 여러 면에서 성공적이지 못했다." 소설가 스티브 베리는 12년간 여든다섯 차례의 거절을 당하고서야 베스트셀러 작가가 될 수 있었다.

거절은 개인적인 것이 아니다. 거절은 글쓰기 패키지의 일부일 뿐이다. 끈기가 당신이 시도하는 모든 것에서의 성공을 위한 초석이라면, 오직 부지런한 사람만이 글쓰기의 세계에서 살아남을 수 있다. 그러니 부지런해지고 탄력 있게 대처하도록 하라. 툭툭 털고 다시 일어설 때마다 당신의 글이 베스트셀러 목록의 정상을 차지할 가능성이 더 높아진다.

첫 소설이 나올 때면 언제나 야단법석을 떨기 마련이다.
소란이 잦아들고 나면 침체기가 찾아올 수 있다.
— 크리스티나 코닝

언젠가 한 추리소설 또는 스릴러 작가가 내게 이런 말을 한 적이 있다. "첫 책의 표지를 본 순간 실감이 나기 시작했어요. 언제쯤 그 사실을 깨닫게 될지 잘 몰랐거든요. 어쩌면 내 책을 받아든 순간일 거라고 생각했고요. 정말 너무나 흥분이 돼서 어쩔 줄 모르겠더라고요!"

누구라도 첫 책을 출간해 본 사람이라면 이 저자의 들뜬 기분이 이해될 것이다. 그러나 최대한 거리낌 없는 기쁨과 흥분을 맛보는 동시에 냉정한 현실 인식을 가지고 스스로 느끼는 '작가의 황홀경'Writer's High을 억제해야 한다. 부침이 심한 출판의 세계는 언제라도 우리를 감정적으로 갈기갈기 찢어 놓을 수 있기 때문이다.

한순간 아마존에서 호의적인 리뷰를 발견했다가도 곧이어 신랄한 리뷰가 올라오는 것을 보기도 한다. 수많은 출판사에서 원고를 거절당한 끝에 마침내 한 곳에서 계약을 하자는 연락이 온다. 출판업자가 가을로 출간 날짜를 잡았다가 다음 해 봄으로 날짜를 미룬다. 열정적으로 북콘서트를 준비했지만 아무도 나타나지 않는다. 어떤 문학상은 놓치고 또 다른 문학상을 받기도 한다. 자신의 문학적 성취를 마음껏 축하하고 성취감을 맛보는 것은 중요하다. 그러나 낭떠러지 주위에 울타리를 둘러, 떨어지지 않고 계속 오를 수 있게 하는 것 역시 중요하다.

> 우리 뇌는 부정적 경험에는 벨크로처럼, 긍정적
> 경험에는 테플론처럼 반응한다. 우리가 겪는 일이 어쩌면
> 대부분 중성적이거나 긍정적일지도 모르는데.
> ― 릭 핸슨

어째서 글쓰기 도전에서 느낀 실망감은 우리 두개골 안에 찰싹 달라붙어 있는 것일까? 과학자들은 실망감이 우리를 안전하게 지켜 준다고 이야기한다. 자연은 우리로 하여금 위협을 과대평가하게 하고, 위협을 물리치는 우리의 능력을 과소평가하게 하는 부정편향을 우리 안에 장착해 놓았다. 많은 사람이 9월 11일에 어디 있었는지는 기억하지만 그 일주일 후는 기억하지 못한다. 우울한 소식이 우리에게 더 큰 인상을 남기기 때문이다.

이런 사실들이 글쓰기를 지속하는 것과 무슨 관련이 있을까? 우리를 안전하게 지켜 주는 나쁜 소식 편향은 우리 삶의 모든 영역에 침투한다. 우울한 소식은 우리를 안전하게 지켜 주기도 하지만, 그것이 글쓰기에 부정적인 영향을 미친다면 희망을 가지고 계속 글을 쓰기 어렵다.

어떤 이야기의 플롯에 집착하다 보면 우리 마음은 자동적으로 문제에 집중하면서 또 다른 가능성의 영역을 보지 못하게 된다. 편집자의 의견, 서평가의 리뷰 또는 문학상 후보 등을 예측하고자 하면 우리의 부정편향은 불필요한 스트레스를 만들어 낸다. 흥분 대신 두려움이 우리를 지배할 공산이 커지는 것이다. 글 쓰는 사람으로서 우리가 해야 할 일은 '생존편향'(*)을 넘어서서 나쁜 소식이 우리의 글쓰기 잠재력을 압도하지 못하게 하는 것이다.

(*) 생존편향은 생존에 실패한 사람은 눈에 잘 띄지 않기 때문에 비교적 잘 드러나는 생존자의 사례에 집중함으로써 생기는 편향을 가리킨다. 실패 사례는 대체로 기록이 없거나 빈약하기 때문에 생존편향은 성공 사례를 일반화하는 '낙관주의 편향'과 '과신 오류'를 일으키는 원인이 되기도 한다.

> 장미에 가시가 있음을 슬퍼하지 말고
> 가시에 장미가 있음을 기뻐하라.
> — 리 차일드

글쓰기의 회복탄력성에 커다란 걸림돌이 되는 것 중 하나는 부정성이 긍정성보다 유통기한이 길다는 것이다. 나는 여러 해 동안 서점의 매대에서 내 소설을 찾아보곤 했다. 책이 매대에 있건 없건 나의 뇌는 언제나 최악을 떠올렸다. '책이 팔리지 않았을 거야.' 이런 절망적 생각에 해결책은 없을까?

전문가들은 한 가지 부정적 생각을 상쇄하는 데 세 가지 긍정적 생각이 필요하다고 이야기한다. 긍정 카드 쌓기는 우리 앞에 다양한 선택을 펼쳐 보이면서 우리의 창의성을 자극한다. 초고를 쓰거나 퇴고를 하는 동안 우리의 부정 카드를 재편하면 창조적 영감이 새롭게 떠오르면서 자동적으로 스트레스 요인을 축소해서 보게 한다.

다음과 같은 몇 가지 팁이 당신에게 유리하게 작용할 카드를 쌓고, 나쁜 소식을 딛고 일어서며, 힘든 집필 기간을 헤쳐 나가는 데 도움을 줄 수 있을 터다. 지나치게 문제를 부풀리는 것을 피하기. 어려운 상황의 긍정적인 면 찾기. 문제가 아닌 해결책에 집중하기. 어떤 도전 가운데서 기회를 정확히 집어내기. 생존편향이 자신을 지배하게 하지 말고 새로운 상황에서 행운아가 되기. 걸림돌을 만나면 한 발 뒤로 물러선 뒤 디딤돌이 될 수 있는 것을 찾기. 긍정적인 사람과 어울리기.

> 고양이는 작가에게 위험한 동반자다. 고양이를
> 지켜보는 것은 글쓰기를 피하는 거의 완벽한 방법이기 때문이다.
> ― 댄 그린버그

우리 마음이 때때로 방황하는 것은 인간의 본성이다. 사실 당신 마음은 지금 이 시간에도 방황하고 있을 수 있다. 점심에 뭘 먹었는지, 뭘 먹어야 '했는지'를 생각하고 있을지도 모른다. 혹은 아직 납부하지 않은 공과금, 중도에서 포기한 글쓰기 계획이나 출판사에 약속한 원고 마감일에 대해 걱정하고 있을 수도 있다.

잠시 시간을 내 마음이 마음껏 방황하게 놔둬 보라. 그리고 어떤 것도 바꾸려고 하지 않으면서 마음이 어디로 향하는지를 잘 살펴보라. 이런 반反직관적인 전략은 오토바이를 탈 때 반대쪽으로 몸을 기울여야 한다고 생각하면서도 커브 쪽으로 기울이는 것과 같다. 이런 훈련은 실제로 우리 마음을 편안하게 해 줄 수 있다. 어떤 일을 일어나게 하려고 애쓰지 않으면서 의식적으로 몸을 기울이기 때문이다.

그랜드센트럴역에서 헤매듯 마냥 방황하다 보면 머릿속을 오가는 많은 생각으로 인해 글 쓰는 순간에도 스스로에게 충분히 집중하지 못하고 휴식을 취할 수도 없다. 게다가 방황에는 언제나 대가가 따르는 법이다. 우리는 지금, 여기 머물 때보다 방황할 때 더 큰 스트레스를 받고 불행하게 느낀다. 지금 뭘 하든, 심지어 초과근무를 하거나 진공청소기를 돌리거나 교통 체증에 시달릴 때조차도 다른 무언가를 생각하기보다 현재의 행위에 집중할 때 우리는 더욱더 큰 행복감을 느낀다.

> 때로는 관점을 바꾸기만 해도 빛이 보인다.
> — 댄 브라운

일과 관련한 모든 것이 불확실할 때는 두려운 시간을 보내게 된다. 아무 말도 하지 못하고, 자꾸 애꿎은 손톱 주위만 물어뜯는다. 중요한 원고 마감일을 지키지도 못했고, 믿을 만한 편집자는 출판사를 떠났으며, 새로운 편집자는 내게 알은체도 하지 않는다.

작가로서 나의 커리어에는 어떤 미래가 기다리고 있을까? 나는 지금 뭘 하고 있는 걸까? 난 어디로 가야 하나? 글쓰기의 세계에서 표류하는 느낌이 드는 것은 두려운 일이다. 그러나 우리에겐 구명보트가 있다. 커다란 위기 가운데서도 끈질기게 남아 있는 기회를 결코 과소평가하지 않는 것이 그것이다. 글 쓰는 삶에 찾아오는 어두운 시간 동안, 마음속에서 스스로를 어떻게 대하는가 하는 문제를 포함해 우리는 언제나 선택할 힘을 갖고 있다. 우리는 우리의 겁먹고 불안정한 일부를 두 팔로 꼭 안아 다독거리고 안심시키며 설득할 수 있다.

삶의 외적 상황이 어떻든 간에 우리는 빛을 보기를 선택할 수 있다. 세상에는 여전히 우리를 기다리는 선물이 많이 있다. 그것이 무엇인지 우리가 모를 뿐이다. 때로 우리가 지금 하고 있는 일을 왜 하는지 자문하는 것은 중요하다. 어두운 시간에도 글쓰기를 향한 우리의 사랑과 열정이 우리를 이끌도록 하자.

> 때로는 다른 사람이 당신에 대해
> 생각하는 것을 모르는 게 건강에 좋다.
> — 앨라니스 모리셋

싱어송라이터이자 작가인 앨라니스 모리셋은 어릴 때부터 대중의 시선에 노출된 채 살아왔다. 그녀의 획기적인 작곡과 음악 그리고 외모는 끊임없는 관심의 대상이 되었지만 그녀는 세간의 구설에 개의치 않았다.

당신이 모리셋처럼 유명하건 유명하지 않건 어느 순간에는 누군가가 당신의 작품을 비판하게 돼 있다. 이 세계에서 그런 일은 다반사다. 독자가 당신의 책을 꼭 껴안고 황홀해하는 모습을 보고 싶은 것은 자연스러운 바람이다. 하지만 더 나은 작가가 되기 위해서는 평론가, 편집자, 서평가 또는 팬의 건설적인 비판에 귀 기울일 필요가 있다. 그럼에도 때로는 가차 없는 피드백이 당신을 숨 막히게 하기도 한다. 때때로 다른 사람의 생각과 상관없이 스스로 자신의 글쓰기 능력을 인정하고, 자신의 회복탄력성과 창조적 영감에 또다시 연료를 공급하는 일은 중요하다.

당신이 당신 삶의 조각가다. 당신 앞에 거대한 진흙 덩어리가 놓여 있고 손에 조각칼이 들려 있다고 상상해 보라. 만약 자신을 다른 사람에 맞춰 다듬는다면 당신은 자신을 조금씩 잘라내다가 결국에는 아무것도 남기지 못하게 될 것이다. 작가로서 당신의 가장 중요한 목표는 자신의 내면의 소리를 듣고, 먼저 스스로를 기쁘게 한 다음 자신을 증명하는 것이다. 다른 이에게 조각칼을 건네주는 대신 자신의 진정한 모습에 따라 당신의 삶을 조각해 나가라. 글쓰기 대회에서 경쟁하듯 당신을 증명하려 하기보다는 숲속의 하이킹처럼 당신을 기쁘게 하는 무언가를 하라.

자신의 완벽주의를 억제하라

> 정말로 어렵고 놀라운 것은 완벽하기를 포기하고
> 자기 자신이 되는 일을 시작하는 것이다.
> ― 애너 퀸들런

완벽주의는 그 억센 손으로 우리의 목을 졸라 숨을 막히게 하고, 우리의 혈류에 엄격함을 주입해 자연스럽고 유연한 아이디어의 흐름을 차단한다. 억제되지 않은 완벽주의는 우리에게 비현실적인 목표를 세우게 하고, 너무 애쓰게 하고, 과도하게 우리의 실수에 집중하게 한다. 또한 우리의 눈을 가려 자신의 힘을 알지 못하게 하고, 가장 훌륭한 창작품을 만들어 내는 일을 방해한다.

당신이 알아야 할 완벽함의 유일한 기준은 글 쓰는 자아로서의 완벽함을 갖추는 것이다. 픽션 혹은 논픽션을 쓰든, 글의 줄거리를 만들어 놓고 글을 쓰는 '플로터'이거나 직감적으로 글을 쓰는 '팬서'(*)이든 성공적인 글쓰기는 당신의 재능이 줄거리 속으로 편안하게 녹아들어 창조적 영감이 자유로이 발휘될 수 있도록 완벽주의에서 벗어남으로써 결정된다. 그러니 스릴러 작가인 리 차일드가 충고한 대로 "잘 쓰려고 하지 말고 일단 써라!"

잠시 짬을 내어 완벽주의를 완화하기 위해 무엇을 할 수 있는지를 생각해 보라. 그리고 자기 자신이 되는 일을 시작하라.

(*) 플로터(Plotter)는 글의 구성을 뜻하는 '플롯'Plot에서, 팬서(Pantser)는 '세심한 생각이나 계획 없이 직감적(즉흥적)으로 행동한다'(Fly by the seat of your pants)라는 의미의 관용구에서 빌려온 말이다. 이에 대해서는 6월 10일 자 글을 참조할 것.

> 창의성은 아무것도 하지 않는 데서 번창한다.
> 비어 있는 것처럼 보이는 순간에도
> 어떤 것은 내내 배아의 형태로 살아 움직이고 있다.
> — 데이비드 쿤츠

아무것도 하지 않는다고? 이리저리 눈을 굴리고 해야 할 일의 목록을 흘끗거리며 내 말을 비웃고 야유하는 당신의 모습이 떠오른다. 하지만 난 맹세코 한동안 프린터의 잉크 냄새조차 맡지 않았다. 아무것도 하지 않는 기술에 통달하기 전까지는 세상의 어떤 글쓰기 기술도 우리의 잠재력을 온전히 발휘하게 하지 못한다. 이탈리아인은 이를 위한 이름을 가지고 있다. '일 돌체 파르 니엔테'Il dolce far niente. 아무것도 하지 않음의 달콤함. 업무와 스케줄로 사람을 규정하는 미국에는 이 말에 꼭 들어맞는 번역어가 없다. 가장 근접하는 번역어로는 '킬링 타임' 정도가 있을 것이다. 그러나 '일 돌체 파르 니엔테'는 그 이상의 것을 요구한다. 의도적으로 일을 손에서 놓아버리고, 행위Doing 이전에 존재Being를 최우선에 두기.

　아무것도 하지 않기는 아름다운 음악 작품의 필수적 부분인 휴지休止와 비교할 수 있다. 소리의 부재가 없는 음악은 단지 소음에 불과하다. 얼마 전에 한 작가가 낡은 방파제 위에서 두 팔을 양옆으로 죽 뻗은 채 몸의 균형을 잡고 있는 것을 본 적이 있다. 그 순간, 세상의 어떤 시간에도 구애받지 않고 서둘러 어딘가로 가려고 하지도 않는 그는 오로지 따뜻하고 부드러운 바닷바람에 자신의 몸을 맡길 뿐이었다. 그가 모르는 새에 그의 '일 돌체 파르 니엔테'는 태아 상태에 있는 그의 글쓰기 아이디어가 깨어날 부화기를 제공했다.

가구를 옮기거나 정원의 잡초를 뽑을 때면
책이 내 마음속으로 들어온다.
— 로버트슨 데이비스

잠시 책상을 떠나 가구를 옮기거나 정원의 잡초를 뽑는 등의 육체 노동을 할 때면 일종의 정신적 진공 상태가 생겨난다. 그리고 우리는 그곳을 재빨리 창의적 아이디어로 채운다. 말하자면 잡초를 뽑는 것은 명상을 하는 것과 같다. 육체 차원에서는 꽃을 잘 자라게 하기 위한 공간을 만들고, 정신 차원에서는 어수선한 생각을 비워 창의적 아이디어로 채우기 위한 빈 공간을 만드는 것이다.

종종 일상적 스트레스와 압박이 창의적 통로를 막고 칡넝쿨처럼 당신을 옭죄며 당신의 창의적 흐름을 중단시키곤 한다. 글쓰기 세계의 잡초가 당신이 따라잡을 수 없을 만큼 빠르게 무릎 높이까지 자라날 때도 있다. 혹은 다른 사람의 정원에 신경 쓰느라 당신 자신의 정원이 잡초로 뒤덮이게 놔두기도 한다.

성공적인 작가가 되려면 창의적 아이디어가 자유롭게 흐르고 자라날 수 있어야 한다. 그러려면 당신의 정원에서 무엇을 뽑아내야 할까? 어수선한 글쓰기 공간? 머릿속을 흐리는 정신적 안개? 정신적 죽음 상태? 걱정, 분노 혹은 좌절감? 글쓰기 정원을 수시로 보살피노라면 당신은 자신이 되고자 했던 아름답고 향기로우며 화려한 여러해살이 꽃으로 활짝 피어날 수 있을 것이다.

지도자가 자신의 길을 좌지우지하게 놔두는 사람은
폐차장으로 견인되는 폐차나 다름없다.
— 에인 랜드

(언젠가는 받게 될 것이므로) 거절 편지를 받는다고 해서 자신을 폐차장으로 끌려가는 폐차처럼 느낄 필요는 없다. 당신의 글쓰기 여정이 대부분의 작가와 비슷하다면, 그 길의 단계마다 "아니요!"라고 이야기하는 누군가를 만나게 될 것이기 때문이다. 글쓰기의 여정은 숲에서 하는 하이킹과 같다. 숲속에는 피해야 할 통나무, 견뎌야 할 가시덤불, 우리의 발을 헛디디게 하는 덤불이 곳곳에 포진해 있다. 그러나 우리는 이러한 장애물을 만나면서도 여전히 하이킹을 즐긴다. 성공한 작가 모두가 우리보다 먼저 이 길을 따라갔음을 떠올리면서. 그들은 발을 헛디뎌 넘어지면서도 계속 길을 갔다. 마침내 자신의 꿈을 만나게 될 때까지.

당신은 자신의 글의 창조자이지 피해자가 아니다. 거절 편지가 당신의 길을 좌지우지하게 하는 대신 당신은 그 편지들이 가야 할 곳을 결정할 수 있다. 그 편지들이 가야 할 곳은 쓰레기 더미 속이다. 혹은 창의력을 발휘해 그것들을 스크랩북이나 방의 벽지로 만들 수도 있고, 당신의 웹사이트에 올리거나 북콘서트에서 읽어 줄 수도 있다. 글쓰기 모임에서 돌려 보거나 포장지로 쓸 수도 있을 것이다. 혹은 제임스 리 버크가 한 것처럼 할 수도 있다. 그는 언젠가 경매에 붙일 수 있으리라는 희망으로 자신이 받은 거절 편지를 하나도 빠짐없이 모아 두었다. 출판사에서 거절 편지를 받았을 때 어떻게 반응했는지를 생각해 보라. 그리고 다음번 거절 편지를 받게 되면 어떻게 대처할지를 스스로에게 물어보라.

나는 위기에 빠진 여자처럼 구는 것을 잘 못한다.
나도 얼마든지 고민할 수 있다. 하지만 누군가의 도움을 구하기?
난 그런 것에는 별로 소질이 없다.
― 제임스 패터슨

스릴러 소설을 쓰는 중이 아니라면 우리는 내면의 드라마로 인해 심적 피로감을 느끼기 마련이다. 그럴 때 마음챙김 훈련을 통해 지금 자신의 내면에서 어떤 일이 일어나고 있는지, 스스로를 어떻게 대하는지를 깨닫는다면 우리는 자기 마음의 보다 나은 주인이 될 수 있다. 단지 자신의 생각에만 집중함으로써 우리는 그중 얼마나 많은 것이 미래에 대한 걱정이나 과거에 대한 후회인지를 깨닫기 시작한다. 그리고 생각은 단지 생각일 뿐 사실이 아니라는 것을 인식하면서 생각을 지나치게 중시하지 않는 법을 배운다.

　편안한 장소에서 눈을 뜨거나 감은 채, 무언가를 바꾸려는 어떤 시도도 하지 말고 지금 당신 마음속을 스쳐 지나가는 생각에 오롯이 집중해 보라. 단 5분만이라도 아무런 판단 없이 자신의 생각을 관찰해 보라. 그리고 당신의 몸과 마음에서 무엇이 느껴지는지에 주목하라. 내면의 평온이 느껴지거나 '아하' 하는 깨달음의 순간이 왔다고 놀라지는 마라. 이런 식의 마음챙김 훈련은 당신으로 하여금 글쓰기로 인한 엄청난 스트레스에 좀 더 효율적으로 대처할 수 있게 해 줄 것이다.

우리는 다른 사람의 판단을 너무 두려워한 나머지
미룰 수 있는 모든 핑계를 찾곤 한다.
— 에리카 종

미루기가 한창이다. 우리는 자신의 글이 충분히 완벽하지 않을까 두려워하면서 글쓰기를 망설이고 머뭇거린다. 미루기라는 괴물에 밥을 준다는 걸 잘 알면서도 공연히 책상의 먼지를 닦고 간식을 먹고 양념통을 정리한다. 불완전함의 두려움과 직면하는 것을 피하기 위해 무엇이든 하는 것이다. 약속한 원고 마감일이 다가오고, 편집자는 대체 그놈의 원고는 언제 보내줄는지 묻는 이메일을 보낸다.

한창 위기감이 느껴질 때면 미루기가 스트레스를 완화시키는 것처럼 보인다. 그러나 장기적으로 볼 때 시간 끌기는 압박감을 더욱 높이면서 우리를 아드레날린과 코르티솔의 소용돌이 속으로 몰아넣는다. 원고 마감일은 이미 지났고, 할 일은 쌓여 가고, 느는 건 혼잣말뿐이다. 이제 새롭게 쌓인 스트레스는 무시 못 할 또 다른 문제가 된다.

글을 처음 써 내려갈 때는 세심한 데까지 주의를 기울일 필요가 없다. 선생님이 철자와 문법, 필체까지 수정해 주었던 초등학교 3학년 때처럼, '완벽한 초고를 쓰든지 아무것도 아닌 글을 쓰든지'에서 '나의 거친 초고에 철자가 틀린 단어나 문법이 틀린 구문이 있어도 상관없다'로 옮겨 가라. 자신에게 '형편없는 초고'를 쓰는 것을 허락하고, 야심 찬 글쓰기 프로젝트를 아주 작은 단계로 쪼개라. 그리고 그 목록에서 쉬운 일부터 하나씩 완성해 나간다면 머지않아 성공의 길에 이를 것이다.

'아마도'와 친해지기

> '아마도'는 단지 하나의 변화나 관점에 불과하다.
> 그러나 그것은 모든 것을 바꿀 수 있다.
> ─ 앨리슨 카멘

우리 작가들 역시 대부분의 사람처럼 확실성과 예측 가능성을 믿고 싶어 한다. 우리의 생존이 거기에 달려 있다고 해도 과언이 아니다. 우리는 자신의 글에 앞으로 어떤 일이 일어날지, 누구와 언제 어디서 어떻게 될지를 알고 싶어 한다. 그러다 확실성이 뒤집히면 마치 발밑의 땅이 갈라져 자신을 삼켜버릴 것 같은 위기감에 짓눌린다.

글 쓰는 삶을 사는 동안 피할 수 없는 인생의 진리 중 하나는 글 쓰는 삶이 우리에게 무수한 불확실성을 가져다줄 것이라는 사실이다. 어쩌면 우리가 믿을 수 있는 것은 이것뿐일지도 모른다. 세상사는 언제나 계획한 대로 흘러가지 않는다. 글쓰기는 틀어지고 예상치 못했던 일이 우리의 허를 찌를 수도 있다. 주행 중인 차가 도로에서 갑자기 멈춰 서기도 한다. 독감에 걸려 한동안 아무것도 못할 수도 있다. 기대했던 계약을 언제나 따내는 것도 아니다.

글쓰기를 반드시 당신의 스케줄에 맞출 필요는 없다. 당신은 글쓰기의 불확실성 가운데서 한참 동안 머뭇거릴 수도, '아마도'로 관점을 바꾸어 불확실성과 좀 더 친해질 수도 있다. '아마도'의 영역으로 발을 내딛노라면 자신을 짓누르는 압박감이 줄어들면서 모든 가능성에는 그만큼의 다양한 해결책 또한 존재한다는 사실을 깨닫게 된다. 당신은 원한 것을 갖지 못하고 항상 뚜렷한 성과를 내지 못하더라도 얼마든지 평온하게 살아갈 수 있다. 지금 당장 잠시 시간을 내 자신의 글쓰기가 지닌 불확실성과 '아마도'를 담담하게 받아들일 여지에 대해 곰곰 생각해 보라.

열정적인 작가보다는 규칙적인 작가가 돼라

> 나는 일요일만 빼고는 규칙적인 사람이 되려고 노력한다.
> 매일 아침 자신의 이를 단련하는 치과의사처럼.
> — 존 업다이크

무엇이 우리를 진정한 작가가 되게 하는 것일까? 가장 큰 5대 출판사 중 하나와 마침내 계약을 했을 때? 소설을 세 권 써 냈을 때? 베스트셀러 작가 목록에 올랐을 때?

아니다. 교사나 전기 기술자나 의사처럼, 글쓰기를 자신의 직업으로 생각하기 시작할 때 비로소 우리는 스스로를 진정한 작가라고 할 수 있다. 작가는 한가해질 때를 기다리거나 더 나은 할 일이 달리 없을 때 어떤 느낌이 떠오르기를 기다리지 않는다. 작가는 글을 쓸 수 있는 시간이 되기를 기다리는 게 아니라 좋든 싫든 글을 쓸 시간을 내는 것이다. 그것이 우리의 직업이기 때문이다.

글쓰기를 고된 노동에 비유하면 앉아서 글을 쓰기가 쉬워진다. 글쓰기는 도랑을 파는 일처럼 땀나고 지저분하고 진을 빼는 일일 수도 있다. 우리의 직업은 종이에 단어를 하나씩 제자리에 배치하는 일이다. 벽돌공이 벽돌을 하나씩 쌓아 나가듯 우리는 단어와 문법을 쌓아 나간다. 그러려고 우리는 훈련을 하고, 글쓰기를 최우선으로 생각하며 규칙적으로 글을 쓴다. 설사 아직 책을 출판하지 못했더라도, 낮에는 기술자나 변호사로 일하더라도, 글쓰기를 최우선으로 여기면서 글을 쓰지 않을 수 없다는 단호함을 보인다면 그는 진정한 작가라고 할 수 있다. 글쓰기를 자신의 최우선 과제 목록의 보다 높은 곳에 올려놓기 위해 무엇을 할 수 있을지 생각해 보라.

> 창의성과 문제의 해결책은 고요 속에서 찾아야 한다.
> — 에크하르트 톨레

창조의 영감이 메마르고 자신의 생각이 하찮은 반복의 고리 속에 갇혔음을 느끼게 되면 거기서 멈춘 다음 자기 마음이 자유로이 떠돌게 놔두어야 한다.

글쓰기 비즈니스의 세계에서는 해야 할 일이 넘쳐난다. 서점 순방, 토론회와 북클럽 참석하기, 인터뷰, 원고 마감일 맞추기, 블로그, 문자메시지 보내기, 소셜미디어 포스팅하기, 이메일, 일반 우편 보내기 등등. 휴! 해야 할 일의 목록은 끝이 없고, 때로는 몇 시간 만에 지치기도 한다. 그리고 다시 똑같은 일을 반복한다.

우리의 배터리를 재충전하는 방법은 내면의 고독에 빠지는 것이다. 우리 안에는 뒤로 물러나 쉴 수 있는 안식처가 하나씩 있다. 그곳에서 우리는 통찰력과 마음의 평온을 얻음으로써 스트레스가 자신을 짓누르는 순간을 헤쳐 나갈 수 있다. 내면의 고요란 글쓰기에 대한 생각이나 전자 기기가 존재하지 않는 몽상의 순간이다.

우리는 고요와 조화와 마음의 평화가 있는 내면의 은신처를 언제 어디서나 만들어 낼 수 있다. 3분간 책상에 앉은 채로, 복잡한 공항에서 잠시 생각에 잠기면서, 따뜻한 욕조에 몸을 담근 채로. 이런 고요 속에서 우리는 내면에 있는 창작의 불꽃을 다시 타오르게 하고, 풀리지 않은 문제에 창의적 해답을 제시할 수 있다.

> 걱정하지 마라. 그냥 당신의 일을 하라. 그리하면
> 살아남을 것이다. 중요한 것은 신나게 즐기고 기뻐하며
> 사랑하고 폭발하는 것이다. 그렇게 당신은 성장한다.
> ― 레이 브래드버리

데이나 카펜터는 작가로 데뷔한 기분이 어떠냐는 질문에 이렇게 대답했다. "믿어지지 않을 만큼 기쁘면서 동시에 두려워요. 어떤 날은 계속 웃음이 나오고, 또 어떤 날은 독자의 리뷰와 책 판매, 그 다음 작품 그리고 내가 어쩌지 못하는 모든 것을 걱정하느라 식은 땀을 흘리며 잠에서 깨기도 하지요. 하지만 대부분은 마치 꿈을 꾸는 듯한 시간을 보내고 있답니다."

이 대답은 대부분의 신인 작가가 느끼는 흥분과 걱정의 모호함을 잘 보여 준다. 주의하지 않으면 꼬리를 물고 이어지는 걱정이 흥분에 그늘을 드리울 수 있다. 처음엔 출판사를 찾는 일과 출간을 걱정하고, 그다음에는 독자의 리뷰와 책 판매 그리고 자신이 통제하지 못하는 모든 일을 걱정하게 된다.

출판 과정의 각 단계에서는 언제나 걱정할 일이 생기기 마련이다. 걱정을 자신의 변함없는 동반자로 삼다 보면 애초에 무엇 때문에 글을 쓰고자 했는지(글쓰기를 사랑해서, 이야기를 들려주고 싶어서, 메시지를 함께 나누고 싶어서 등등)를 잊게 된다. 언젠가는 모든 걱정에서 해방되어 오랜 노고의 열매를 즐길 수 있을까? 이 질문에 답하는 것은 우리 각자에게 달렸다. 글을 쓰는 동안 작별을 고하고 싶은 걱정거리가 있는가? 그렇다면 5분간 글쓰기에 대한 당신의 애정을 되돌아보고 그 감정이 걱정과 공존할 수 있는지를 곰곰 생각해 보라.

> 당신에게 딴죽을 거는 말이 타 버린 토스트처럼 툭툭
> 튀어나오기 시작한다. 당신이 불쑥불쑥 내뱉는 혼잣말이 그것이다.
> ― 줄리아 카메론

어떤 면에서 우리 몸의 세포는 시트콤 드라마 『그녀는 마녀』 Bewitched의 참견하기 좋아하는 이웃을 닮았다. 그들은 위협에 즉각 반응하려고 무대 양옆에서 기다리며 끊임없이 우리의 생각을 엿듣는다. 글을 쓰는 동안에도 나도 모르게 타 버린 토스트 같은 부정적인 혼잣말이 번개처럼 빠르게 튀어나올 때가 있다.

가령 당신이 스릴러 작가를 위한 국제회의인 스릴러페스트에 패널로 참석해 달라는 요청을 받았다고 치자. 즉시 당신 머릿속에서는 이런 말들이 튀어나온다. '넌 절대 잘 해낼 수 없을 거야.' '착각도 유분수지.' '자신을 너무 과대평가하는 거 아냐?'

이런 생각이 떠오르기가 무섭게 내 몸의 경보 시스템은 위협에 대처하기 위한 코르티솔과 아드레날린을 혈류에 쏟아붓는다. 곧이어 맥이 죽 빠지면서 사람들 앞에서 이야기를 한다는 생각만으로도 두려움이 몰려온다. 마음은 현재를 벗어나 피에 굶주린 청중(숙련된 스릴러 작가들)이 일제히 나를 내려다보고 있는 광경을 떠올린다. 그러는 동안 내 몸은 실제로 무대에 서 있는 것처럼 불안감에 휩싸인다. 그러나 일단 위협을 과장하고 그에 대처하는 자신의 능력을 과소평가하는 '혼잣말'을 인식하게 되면, 정신이 명료해지면서 되찾은 마음의 평온이 스트레스를 없애 줄 것이다.

자기 운명은 스스로 결정하는 것

인간은 단순히 존재하는 데 그치지 않는다.
인간은 언제나 자신의 존재가 앞으로 어떤 것이 될지,
다음 순간에 자신이 무엇이 될지 결정할 수 있다.
— 빅터 프랭클

출판업자는 당신이 작가로 성공할 가능성이 희박하다고 이야기한다. 출판사에서는 단호한 거절의 말을 전해 오고, 가족, 친구 그리고 어쩌면 당신이 속한 글쓰기 모임의 멤버조차 당신에게 본업을 그만두지 말라고 충고한다. 그중에서도 최악은 당신이 시간을 낭비하고 있다고 말하는 목소리다.

나쁜 소식이 들려오면 우리 안의 무언가가 쿵 하고 떨어져 내리는 느낌이 든다. 축 처지는 기분에도 불구하고 우리에겐 언제나 절망적으로 반응할 것인가 또는 확신을 가지고 행동할 것인가 사이에서 선택할 자유가 있다. 작가이자 심리학자인 빅터 프랭클은 아우슈비츠에 수용되었던 경험에 관해 글을 썼다. 그는 그곳에서 주변 사람들이 무수히 죽어 나갈 때조차도 자신을 위한 선택이 존재함을 보았노라고 이야기한다.

당신은 프랭클의 강력한 믿음을 글쓰기의 부진으로 느끼는 실망과 좌절감에 적용할 수 있다. 나쁜 소식이 당신의 반응을 결정하게 놔두는 대신 나쁜 소식에 어떻게 대처할지를 스스로 결정하고 행동으로 옮길 수 있다. 그 결과가 어떻든 누구도 당신한테서 글쓰기에 대한 의지와 사랑을 빼앗아 갈 수 없다. 지난날 글쓰기의 부진에 어떻게 반응했는지를 돌아보고, 다음번에는 절망으로 반응하는 대신 자신에 대한 긍정적 믿음으로 어떻게 행동할지를 생각해 보라.

이따금씩 당신이 해야 할 일은 처음으로 돌아가
모든 것을 새로운 방식으로 바라보는 것이다.
― 피터 스트라우브

자신이 쓴 원고를 수정하듯 우리는 때때로 자신의 문학적 삶을 바라보는 방식을 다시 살펴볼 필요가 있다. 글쓰기가 커브볼을 던질 경우 자신이 줌 렌즈와 광각 렌즈 중 어떤 것을 통해 보고 있는지를 알 필요가 있다. 그러기 위해서는 먼저 글쓰기와 관련한 자신의 문제가 무엇인지를 정확히 파악해야 할 것이다. 내 소설이 기대했던 만큼 인세를 벌어들이지 못했다, 서평지『커커스 리뷰』Kirkus Reviews에 내가 받아 마땅한 호의적인 평가가 실리지 않았다, 글쓰기 교실을 위한 원고 마감일을 지키려고 여러 번 밤을 꼬박 새워야 했다 등등.

글쓰기의 문제가 무엇이든 간에 일반적으로 (카메라의 줌 렌즈처럼 작동하는) 우리 마음은 한 가지 문제에 집중해 그것을 확대시키면서 큰 그림을 가리는 경향이 있다. 그러나 줌 렌즈가 마음의 사각지대를 만들게 해서는 안 될 터다. 우리 안에 장착된 광각 렌즈는 문제를 찾아내고 큰 그림을 우리 눈앞에 보여 줌으로써 보다 넓은 삶의 영역에서 문제를 관찰하게 해 준다. 관점을 넓혀 더 큰 배경 속에서 문젯거리를 살피다 보면 문제의 신랄함이 약화될 수 있다. 글쓰기의 문제 또한 자신의 광각 렌즈를 통해 바라보면서 그에 대해 숙고하고 마음에 평온이 찾아오는 것을 느껴 보라.

앞으로 한 걸음 나아간 다음 뒤로 한 발 물러서는 것은
재앙이 아니라 차차차를 추는 것이다.
— 로버트 브롤트

글을 쓰는 사람이라면 누구나 한두 번쯤 이런저런 장애물에 맞닥
뜨린 경험이 있을 것이다. 일반적인 작가의 발전 과정을 도표로 그
려 보면 곧게 상승하는 직선이 아닌 위로 향하는 지그재그가 된다.
지그재그가 나선형을 그리며 상승하는 한 우리는 성공적인 글쓰기
로 향하는 차차차를 추고 있는 것이다.

어떤 일을 하든 때때로 뒤로 물러나는 일 없이 앞으로만 나아
가기란 불가능하다. 길을 가는 도중에 새롭거나 미지의 어떤 것(우
리가 마음과 영혼으로 진실로 원하는 것)으로 인해 실패를 겪을 때
낙담하는 것은 당연하다. 글쓰기 기술을 연마하는 방법 중 하나는
장애물 앞에서 패배감을 느끼지 않는 법을 배우는 것이다. 자신이
가고 싶어 했던 곳에 도달하지 못했다고 해서 절망하는 것은 어리
석은 일이다. 우리는 때때로 뒤를 돌아보며 앞으로 얼마나 더 가야
하는가보다 지금까지 얼마나 왔는지를 확인할 필요가 있다. 그래
야만 자신의 발전 과정을 그린 지도를 더 넓은 시각으로 볼 수 있기
때문이다.

개울이 강물을 이루고 강물이 바다로 흘러들 듯 시간이 지나면
작은 걸음들이 서서히 모이게 된다. 다음번에 또다시 장애물을 만
나더라도 글쓰기라는 꿈을 향해 차차차를 추는 일을 멈추지 말라.

자신의 안전지대를 벗어나기

> 때로 무언가를 확신할 수 없을 때는 다리에서 뛰어내려 보라.
> 내려가는 중에 날개가 자랄지도 모르니.
> — 다니엘 스틸

미지의 것으로부터 끊임없이 도망치는 대신 우리는 낯설고 예상치 않았던 것 속으로 발을 내디딤으로써 작가로서의 회복탄력성을 강화할 수 있다. 이것이 인생이 지닌 모순 중 하나다. 위험을 무릅쓰고 자신의 안전지대를 벗어나 새로운 것을 포용함으로써 우리는 자신을 통제하는 법을 배우고 글쓰기의 회복탄력성을 키울 수 있다.

기꺼이 위험을 감수하려고 하지 않는 한 우리는 작가로서 성장할 수 없다. 지나치게 소심하고 뻗어나가기를 꺼린다면 우리는 우리도 모르게 자기의 성장을 가로막게 된다. 사실상 우리를 작가로 성장하게 하는 것은 비판과 반박의 위험을 무릅쓰고 불확실성과 예측 불가능성의 세계로 발을 내딛는 행위이기 때문이다.

오늘 당신은 글을 쓰는 동안 어떤 벼랑 끝까지 다녀왔는가? 어떤 예상치 못한 다리가 당신을 뛰어내리게 해 날개를 돋게 했는가? 나무의 어떤 가지에 손을 뻗어 열매를 따고 당신의 글쓰기를 한층 더 풍요롭게 했는가? 글쓰기 모임에서 자신이 쓴 글을 읽거나 또 다른 장르의 글쓰기를 시도하면서 기꺼이 위험을 무릅쓴다면, 당신은 언제라도 자신감을 갖고 그동안 외면해 왔던 문학적 성공을 향해 한 발 더 나아갈 수 있을 것이다.

> 괴물은 실재한다. 유령 또한 실재한다.
> 그것들은 우리 안에 살고 있고 때로 우리를 이긴다.
> ― 스티븐 킹

우리 모두의 마음속에는 괴물이 하나씩 살고 있다. 우리를 혹독하게 비난하고, 우리가 얼마나 쓸모없고 이기적이며 어리석거나 나쁜지를 말해 주는 강력한 목소리가. 그것은 결코 쉬는 법이 없으며, 우리가 얼마나 대단한지를 말해 주는 목소리보다 훨씬 자주 출몰한다.

그러나 그 괴물의 판단이 당신의 문학적 성공을 방해하게 해서는 안 될 터다. 인생의 한 사건이 당신을 혼란스럽게 할 때 당신의 고통을 유발하는 것은 그에 대한 당신의 판단이지 그 사건 자체가 아니다. 누군가는 어떤 일에 어떤 판단을 내리게 되어 있다. 그것이 사람이 세상을 이해하는 방식이기 때문이다.

실수를 저지르거나 실패했을 때 자기 자신을 지나치게 비난하면 자신이 지닌 창의성과 성공적인 글쓰기의 기회가 줄어든다. 글쓰기의 매 단계에서 자신을 가혹하게 판단하기보다 다정하게 대하는 것은 강력한 회복탄력성의 도구가 되면서 당신을 성공적인 글쓰기로 이끌 수 있다. 스스로에게 판결을 내리는 판사 봉을 내려놓고 자신을 좀 더 연민하고 다정하게 대하라. 엄격한 자기판단으로 자신을 절벽에서 뛰어내리게 하는 대신 다독이고 격려하라.

가식적인 모습을 버려라

> 나는 지나치게 매력적인 사람이 두렵다. 그들은
> 우리를 삼켜 버린다. 종국에 우리는 그들의 매혹적인 재능과
> 위선을 훈련하는 제물로 전락하고 말 것이다.
> — 서머싯 몸

누군가가 자신의 글을 비난하고 부정할 것이 두려울 때면 우리는 동의하지 않는 요청조차 기꺼이 응함으로써 갈등을 피하려는 경향이 있다. 지나치게 호의적인 사람은 우리에게 가식적인 겉모습을 유지하게끔 은근한 압박을 가하기도 한다. 우리는 어떻게든 살아남기 위해 남의 비위를 맞추고, 있는 힘껏 (결국에는 그 속내가 드러나고 말) 매력과 술수를 발휘함으로써 그들의 동의를 얻고자 애쓴다.

그러나 가식적인 상냥함은 유통기한이 짧아서 다른 사람이 진실을 알게 되는 데는 그리 오랜 시간이 걸리지 않는다. 글쓰기 세계에도 무언가를 부정하는 누군가는 항상 있기 마련이다. 게다가 아무리 누군가의 비위를 맞추려고 애써도 호시탐탐 자신을 노리는 악어에게 잡아먹히는 것은 시간문제다.

그렇다면 문제의 해결책은? (글 쓰는 삶에서 유일하게 기대할 수 있는 것일지도 모르는) 누군가에게 부정당하는 것에 익숙해지라. 그리고 정직하고 솔직하게 글쓰기에 임하라. 가식적인 모습은 언젠가 그 속이 드러나 보이게 돼 있다. 자신의 글에 대해 굳건한 믿음이 있다면 단호한 태도를 보일 필요가 있다. 설사 다른 이가 우리의 창작 아이디어에 동의하지 않더라도.

요가를 행할 때 가장 중요한 장비는 당신의 몸과 마음이다.
— 로드니 이

오랜 시간 자리에 앉아 있다 보면 우리 몸에서 생산적인 마음과 보조를 맞출 필요성이 느껴진다. 요가는 몸과 마음을 조화시키기 위한 가장 좋은 운동 중 하나다. 요가를 규칙적으로 행하면 우리 몸에서 분비되는 코르티솔의 수치와 혈압이 내려가고, 피로가 사라지며, 잠을 잘 잘 수 있게 된다. 어떤 타입의 요가는 도파민의 분비를 65퍼센트나 증가시킨다.

　　당장 글 쓰는 장소를 벗어나 요가 수업에 가기 힘들다면 당신이 앉아 있는 의자에서 요가를 실천해 보라. 먼저 의자에 등받이가 있는지 확인한 뒤 왼손으로 오른쪽 무릎을, 오른손으로는 의자 등받이를 잡으라. 눈을 뜨거나 감은 채로 몸을 가볍게 죽 펴라. 그러는 동안 자신의 내면에서 어떤 일이 일어나는지를 주목하라. 60초가 지난 뒤 몸을 제자리로 가져오라. 이번에는 반대로 오른손으로 왼쪽 무릎을, 왼손으로는 의자 등받이를 잡으라. 눈을 뜨거나 감은 채로 다시 몸을 가볍게 죽 펴라. 그사이 자신의 내면에서 어떤 일이 일어나는지를 주목하라. 60초가 지난 뒤 몸을 제자리로 가져오라. 계속하기를 원한다면 똑같은 과정을 반복하라.

자신을 위해 누군가를 용서하기

> 나는 누군가를 향한 원망이 그 사람이 아닌 그를 원망하는
> 나에게 상처를 준다는 사실을 오랜 기간에 걸쳐 깨달았다.
> — 앤 라모트

절망적인 글쓰기 경험을 하게 되면 그로 인한 상처가 분노로 변해 스스로를 적의敵意의 창고로 만든다. 그런데 이런 게 다 무슨 소용이 있을까? 어쩌면 (자신에게 상처를 준 사람에 대한 유일한 앙갚음의 방식인) 끈질긴 원망의 감정은 복수를 위한 욕구를 충족시키기 위한 것인지도 모른다.

하지만 누군가에게 원망을 품으면 자기 자신을 해치고, 그 영향이 자신에게 미치면서 마치 하나의 질병처럼 스스로를 갉아먹는다. 쥐약을 삼키고 서서히 죽기를 기다리는 쥐와 다를 바 없게 되는 것이다. 마음속에 품은 원망은 우리를 부정적인 방향으로 이끌면서 창의적 기운을 막아 버린다.

그러나 적대적 감정을 방출해 마음속에 여백이 생겨나면 막혔던 곳이 뚫리고 창의적 기운이 다시 흐르면서 최고의 글을 쓸 수 있게 된다. 문학의 세계에서 누군가에게 상처를 입었음에도 글쓰기를 계속하고자 한다면 먼저 해묵은 원망의 감정을 깨끗이 비워 내야 한다.

자신의 세계를 변화시키는 데 마법은 필요 없다.
우리는 우리 안에 이미 필요한 모든 힘을 가지고 있다.
　　　　　　　　　　　— 조앤 K. 롤링

당신의 가장 큰 적이 당신의 두 귀 사이에 살고 있지는 않은지 확인하라. 작가는 대부분 자신의 생각과 느낌이 곧 자기 자신이라고 생각한다. 그런 생각이 맞는다면 불안정한 사고와 감정과 판단은 자신의 가장 큰 적이 되는 셈이다.

그러나 우리의 사고와 느낌은 우리가 아니다. 우리의 '진정한 자아'는 마음속에서 수많은 것이 오가는 것을 초연히 지켜볼 수 있을 때 비로소 모습을 드러낸다. 변화된 내면은 우리로 하여금 자신에게 닥친 일에 어떻게 대응하는지를 알게 해 준다. 한 발 뒤로 물러나 강둑에 앉아 냉철한 눈으로 자신이 헤엄치고 있는 물을 바라보게 해 주는 것이다.

자신의 생각과 감정에 초연해지게 하는 힘은 이미 우리 안에 존재한다. 그 힘은 우리 안팎에서 실제로 일어나는 것을 좀 더 솔직하고 또렷이 보게 해 준다. 세상사를 객관적으로 바라보게 하는 마음속 장소에 머물 수만 있다면 우리는 명료함과 안전과 평온에 둘러싸인 채 좀 더 확신을 가지고 글쓰기에 임할 수 있을 것이다.

이들은 당신과 같은 부족의 사람이다. 이들은 책을
출판하고 계속 팔리게 하는 것이 얼마나 어려운 일인지를 잘 알고
있다. 또한 글쓰기의 두려움을 알고 당신을 지지한다.
— 제니퍼 힐리어

당신에게 어떤 특효약이 없다면 글 쓰는 부족이 좋은 약이 될 수 있다. 나와 같은 부족의 사람은 내가 느끼는 고통을 함께 느낀다. 그들은 출판 시장이 얼마나 어려운지, 자신의 글로 발가벗겨지고 자신의 내면을 세상에 드러내는 것이 얼마나 상처받는 일인지를 잘 알고 있다.

불행히도 내가 사랑하는 사람들은 종종 글쓰기에의 도전과 환희를 이해하지 못한다. 어쩌면 그들이 이해해 주기를 바라는 것이 잘못일지도 모른다. 그러나 글 쓰는 부족 사람은 내 작품을 세상에 내놓는 데서 오는 스트레스, 글쓰기와 책 판매에의 도전, 또 다른 일감을 확보해야 한다는 압박감을 이겨 내는 데 도움을 준다. 그들은 나와 얼굴을 마주한 채 글쓰기의 오르내림과 기쁨과 실망을 이야기하고, 나의 글이 지닌 결함까지 솔직하게 털어놓을 수 있는 편안한 피난처가 되어 준다.

신랄한 리뷰를 발견하거나 글이 거부당해 정신적으로 비틀거릴 때 우리를 지지하는 그룹은 우리를 여전히 땅에 발을 딛고 서 있게 하고, 무엇보다 우리가 왜 글을 쓰는지를 상기시키고 자극을 주면서 우리가 앞으로 계속 나아가게 해 줄 것이다.

당신의 힘을 한데 그러모으라

부드러운 덤불이 땅속 깊이 뿌리를 내린 뒤
위쪽으로 퍼져 나가 바위를 뚫게 하라.
— 칼 샌드버그

글 쓰는 삶을 살면서 자기회의로 인해 절망의 나락으로 곤두박질 친 적은 없는가? 글쓰기와 관련한 불쾌한 사건에 마음이 흔들리며 자신의 정서적 행복을 위험에 처하게 한 적은 없는가?

작은 도토리 하나가 그 속에 강력한 떡갈나무를 품고 있는 것처럼 당신은 자신의 깊은 곳에 힘의 거대한 뿌리를 품고 있다. 당신은 그 뿌리와 닿아 있는가? 당신은 스스로를 도토리처럼 느끼는가 아니면 거대한 떡갈나무로 생각하는가? 당신에겐 자신의 힘을 인식하고 북돋아 자라나게 하여 문학 세계의 적대적 힘과 맞설 수 있는 지구력, 일상적 글쓰기의 장애물을 이겨 내기 위한 결단력과 의지력이 필요하다. 친절한 작가이자 신문기자인 주디스 비오스트는 이에 관해 이렇게 이야기했다. "힘이란 맨손으로 허쉬 초콜릿 바를 네 조각으로 쪼개 그중 하나를 먹는 능력이다."

글쓰기의 불안감이 당신을 뿌리째 흔들 때면, 당신 안에는 스스로 땅에 발을 딛고 서 있게 할 힘이 있으며, 늦가을의 된서리조차 당신의 깊은 뿌리에 가 닿을 수 없음을 기억하라. 땅속 깊이 뿌리를 내리는 견고한 덤불처럼 내면에 강인한 힘을 지니게 되면, 당신을 짓누르는 문학의 무게를 가르고 위로 뻗으며 퍼져 나가는 자신을 그려 보라.

2월

> 나는 많은 것을 경험할 수 있었음에 감사한다.
> 또한 열두 권의 책을 쓰고, 친구, 동료, 독자로부터
> 수많은 편지를 받을 수 있었음에도 감사한다.
> ─ 올리버 색스

우리가 불평하는 일상의 골칫거리는 중대한 재앙에 직면하면 갑자기 사소하게 느껴진다. 삶이 충분히 풍요롭고 충만한데도 사소한 문제에 불평을 늘어놓는 사람이 얼마나 많은가? 작가는 하나의 글쓰기 계획을 마무리한 뒤, 끝마친 작품의 성공적인 완성을 음미할 시간을 갖지 않고 곧바로 다음 작품으로 넘어가는 경우가 종종 있다. 작품의 완성과 성공에 밑줄 긋는 시간을 보내면 더욱더 커다란 성취감을 느끼게 된다.

감사하는 훈련은 당신이 자신도 모르게 구축하는 삶의 좁은 영역의 이면을 보게 해 준다. 당신이 감사하게 생각하는 것들(당신의 삶을 가치 있게 만들어 주고 당신에게 안락과 기쁨을 가져다주는 사람과 장소와 사물)의 목록을 작성해 보라. 목록을 만든 다음에는 각 항목에 대한 스스로의 평가를 차분히 생각해 보고 그동안 당연하게 여겨 왔던 것들을 마음속에 그려 보라. 그것들이 없었더라면 당신의 삶이 어떠했을지를 돌이켜 보라. 이런 훈련을 하는 동안 자신의 삶이 이미 얼마나 충만한지를 깨닫게 되었음에 주목하라.

> 일이 잘 풀리지 않을 때조차도(그럴 때는
> 특별히 더) 자신을 확장하는 일에 매달리는 열정은
> 성장하는 마음가짐의 확실한 보증서다.
> ― 캐롤 드웩

판에 박힌 마음가짐과 성장하는 마음가짐. 당신의 마음가짐은 둘 중 어느 쪽인가? 당신의 대답에 따라 작가가 되고 싶은 당신의 꿈을 이룰 수 있는지 없는지가 결정될 것이다. 그간의 연구는 성장하는 마음가짐을 개발함으로써 작가로서의 잠재력을 충족시킬 수 있음을 보여 준다. 성장하는 마음가짐은 갈등과 실수와 미완성을 실패가 아니라 자신의 글쓰기 기술을 더욱 향상시키는 학습 과정의 일부로 여긴다.

성장하는 마음가짐은 글쓰기를 배워 나가고자 하는 열정을 탄생시키며, 실패에 낙담하는 대신 그 열정의 일부가 된다. 많은 이가 부러워하는 작가라는 자질은 반드시 타고난 것이 아니다. 자질은 수많은 부침과 도전을 통해 얼마든지 개발될 수 있다. 스티븐 킹, 재닛 에바노비치, 제임스 리 버크 같은 이름난 작가도 성공하기까지 모두 그러한 과정을 거쳤고, 수많은 거절의 편지를 받았다. 성장하는 마음가짐을 지닌 작가에게 시도를 멈춘다는 것은 있을 수 없는 일이다. 그들은 자신의 투쟁으로부터 배우고, 포기하기를 거부한다. 시인 실비아 플라스는 이런 말을 남겼다. "나는 출판사가 보내온 거절의 편지들을 사랑한다. 그것들은 내가 어떤 시도를 했음을 보여 주기 때문이다."

> 내 집에는 글쓰기를 방해하는 것이 너무 많다. 이메일과
> 아마존 순위와 팩스도 확인해야 한다. 집에서는 정신이 산만해지기
> 십상이다. 난 밖에 나가서 글 쓰는 것을 좋아한다.
> — 할런 코벤

주변 환경에서 글쓰기에 방해가 되는 것은 우리를 차원 낮은 스트레스 상태에 머물게 하면서 미묘한 방식으로 글쓰기 능력을 저해한다. 작가는 저마다 정신을 흐트러뜨리는 것을 피하는 나름의 방법을 갖고 있다. 소설가 제프리 디버에게는 글을 쓸 때 정신을 집중하는 그만의 방식이 있다. 그는 머릿속에 하나의 장면을 그린 다음 불을 끄고 어둠 속에서 글을 쓴다.

환경과 관련된 압박감을 느끼면 우리가 의식하지 못할 때조차도 스트레스 호르몬 수치가 급상승한다는 연구 결과가 있다. 주변 온도가 너무 뜨겁거나 너무 차갑게 갑자기 변하는 것도 집중을 방해할 수 있다. 형광 불빛은 코르티솔 수치를 증가시키고, 제한된 햇빛은 우울증을 유발하고 스트레스를 높인다. 채광이 잘되어 최대한 자연광을 사용하는 공간에서는 글쓰기 능력이 향상된다.

폭발적인 레이디 가가의 노래가 글쓰기에 도움이 되는 작가가 있는 반면, 어떤 작가는 시끄러운 음악이나 개 짖는 소리, 아이들이 뛰노는 소리 등의 과도한 소음에 방해를 받는다. 이런 경우에는 헤드폰, 귀마개 혹은 조용한 음악으로 소음 공해를 줄일 수 있다. 또는 방음 장치나 창문 처리 등으로 소리를 차단할 수도 있다. 금연 및 낮은 습도에 환기가 잘되는 작업 공간 역시 글쓰기에 집중하는 데 도움이 된다.

당신이 원하는 것을 좇지 않으면 그것을 결코 가질 수 없을 것이다.
당신이 묻지 않으면 대답은 언제나 '아니요!'일 것이다. 앞으로
발을 내딛지 않으면 당신은 언제나 제자리에 머물러 있을 것이다.
— 노라 로버츠

계획했던 대로 글쓰기를 끝낼 수 없어서 좌절감에 주먹으로 책상을 내리친 적은 없는가? 적절한 단어를 찾기 위해 수없이 시도한 끝에 "에라 모르겠다"라고 내뱉은 적은 없는가? 글을 쓰는 동안 계속해서 장애물에 부딪히다 보면 나 자신을 단죄하고 모든 것을 포기하고 싶은 유혹에 시달리게 된다. 그리하여 실패의 고통에서 빨리 벗어나고 싶다는 충동적인 반응을 보이는데, 연구자들은 이를 '에라 모르겠다 효과'What-the-hell Effect라고 부른다. 말하자면 자신이 이겨내고자 애쓰는 바로 그것(글쓰기의 실패)에서 위안을 구하는 격이다. 이러한 행위는 상처에 소금을 뿌리는 것과 다를 바 없다.

　　여러 연구에 의하면 우울한 기분과 더불어 열패감에 사로잡히다 보면 자신의 목표를 포기할 확률이 높아진다. 따라서 실망감을 오래 느껴서는 안 될 것이다. 우울은 당신에게서 끈기를 앗아 가고, '에라 모르겠다' 식의 태도는 당신에게 출구(포기의 허용)를 제공한다.

　　글쓰기로 인한 좌절이 당신을 포기로 이끌게 놔두어서는 안 된다. 스스로를 비난하지 않으면서 매일같이 느끼게 되는 실망감을 받아들일 수 있다면 성공으로 향하는 길이 좀 더 단축될 것이다. 또한 '에라 모르겠다' 식의 태도를 지양하는 것을 자기부정이 아닌 자기돌봄의 한 형태로 받아들인다면 사태를 더욱 악화시키는 것을 막을 수 있을 터다.

내가 이렇게 오래 살 줄 알았더라면
나 자신을 좀 더 잘 돌보았을 것이다.
— 유비 블레이크

당신이 자책하며 자기 머리를 쥐어박곤 하는 많은 작가를 닮았다면, 아마도 자신을 그렇게 다루는 것이 더 나은 글쓰기를 위한 길이라고 믿고 있는 건지도 모른다. 그러나 그것은 잘못된 생각이다. 글쓰기의 압박에 불안감을 느끼거나 어떤 식으로든 곤경에 처하거나 좌절감에 빠질 때면 자신에게 좀 더 다정하게 대하면서 지지를 보낼 필요가 있다. 마치 절친한 친구에게 하듯 무너지려는 자신을 다정하게 안아 줘 보라. 나 자신에게 더 많은 지지를 보낼수록 더 좋은 작가가 될 수 있다.

자신을 사랑하는 것은 이기적인 게 아니다. 자신을 사랑하지 않는 게 이기적인 것이다. 다른 사람과 자신이 하는 모든 것에 대한 사랑은 자기애로부터 비롯된다. 자신에 대해 올바른 태도를 지닐 때 우리는 자신의 글쓰기에 대해서도 올바른 태도를 견지할 수 있다.

우리는 자기희생이 하나의 미덕이며 언제나 자신을 마지막에 두어야 한다고 배워 왔다. 그러나 과학자들은 그 반대라고 이야기한다. 자기애는 좌절과 걱정 또는 부정적 생각을 차단시키고, 우리로 하여금 다른 이를 더욱 커다란 연민과 존중심으로 대하게 한다. 글쓰기로 인해 좌절을 겪을 때면 자책하기보다는 어떻게 감정적으로 자신을 지지할 수 있을지를 생각해 보라.

비관주의자는 모든 기회 속에서 어려움을 본다.
낙관주의자는 모든 어려움 속에서 기회를 본다.
— 버트럼 카

"이 일은 나하고 맞지 않는 것 같아"라는 말로 스스로의 희망과 기대를 꺾어 버리는 일이 얼마나 많은가? 이럴 때면 부정적인 구름이 몰려와 앞날의 전망을 가리고, 우리의 열정과 동기를 앗아 간다. 그러나 당신이 때때로 비관적이 된다고 해도 걱정할 필요가 없다. 성공한 수많은 작가도 최악의 시나리오를 떠올릴 때가 많다. 우리는 대부분 부정적 상황(a)과 자신이 얼마나 좌절했는지(b)를 기억한다. 하지만 자신이 그 상황을 어떻게 생각했는가(c)에는 주의를 기울이지 않는다. 우리가 첫 번째로 해야 할 일은 부지불식간에 자신의 실망에 기여하는 부정적 믿음을 앞서가는 것이다. 그런 다음 부정적 생각을 완화시킬 수 있는 더 진실하고 긍정적인 생각을 써 내려가 보라.

여기 한 예를 살펴보자. (a)'큰 기대를 걸었던 출판사에서 내 원고를 거절했어'(구체적 상황). (b)'내가 쓴 추리소설은 결코 출판되지 못할 거야'(부정적 믿음). (c)점점 더 깊은 좌절감에 빠져듦(부정적 생각). 이제 다시 (b)로 돌아가 다른 관점에서 그것을 바라봄으로써 부정적 믿음을 넘어서 보자. '출판은 주관적인 일이고 출판사는 많아. 나하고 잘 맞는 출판사를 만날 때까지 계속 찾으면 돼.' 그런 다음 자신이 달라진 감정, 즉 (c)평온과 기대가 앞서는 감정을 느끼고 있음에 주목하라.

> 당신이 언제 무엇을 원하든 또 다른 누군가가 그것을 얻게 된다.
> 당신이 무엇을 가지고 있든 또 다른 누군가가 그것을 갈망한다.
> — 로라 리프먼

다른 동료 작가가 더 많은 찬사를 받는 것을 부러워한 적은 없는가? 어쩌면 당신은 시샘이나 질투를 받는 쪽에 속할지도 모른다. 또 어쩌면 당신보다 빠르게 잘 팔리는 작품을 쏟아내는 다작의 작가에게 부러움을 느끼고 있을 수도 있다.

동료의 행운 앞에서 시샘을 느낀다면 이는 당신에게 글쓰기와 작가로서의 성공에 대한 확신이 결여돼 있음을 보여 주는 것이다. 다른 이의 재주와 성취에 대한 부러움은 자신의 재능을 바로 보지 못하거나 그것을 믿지 못하는 데서 비롯된다. 부러움은 당신이 부러워하는 이가 갖지 못한 재능이 당신에게 있음을 깨닫지 못하게 하고, 당신이 최고의 작품을 쓰는 것을 방해한다.

한편 누군가에게 부러움을 느끼는 것은 자신을 돌아보고 자신에게 어떤 변화가 필요할지를 자문할 기회를 제공한다. 동료 작가의 행운을 나에 대한 모욕으로 받아들여서는 안 될 터다. 다른 작가의 행운을 순수하게 기뻐할 때 우리는 기이한 체험을 하게 된다. 그들의 좋은 감정을 함께 나누다 보면 나에게도 좋은 일이 생길 수 있다. 한번 해 보라. 다른 이의 기쁨에 공감할 때 당신 역시 그 기쁨을 느낄 수 있음에 주목하라.

> 인간이 온몸으로 살아 있음을 느끼기 위해 즐기고
> 요구되기까지 하는 심층적 놀이는 일종의 환희와 황홀경을 닮았다.
> — 다이앤 애커먼

심층놀이Deep play는 우리에게 기쁨과 행복 그리고 내면의 평안을 가져다주는 어떤 변화된 마음 상태가 야기하는 일종의 황홀경과 같다. (얄팍하게 서너 개의 놀이를 옮겨 다니는 대신) 자신이 몹시 좋아하는 어떤 놀이나 취미에 깊이 빠져들다 보면 마치 시간이 정지해 있는 것처럼 느껴진다. 멈춰진 시간 속에서 우리는 심층놀이라는 쉼터에서 보호받으며, 일상 및 강도 높은 오랜 집필 기간의 스트레스에서 벗어나 위로받는 느낌이 든다.

가끔은 글을 쓰는 동안에도 심층놀이의 위안과 만족을 경험할 때가 있다. 나 역시 그런 적이 있다. 우리는 이런 현상을 '그곳으로 들어가기'Going into the zone라고 부른다. 소설 속 캐릭터가 살아 숨쉬고, 허구의 배경이 실제가 되고, 시간의 개념을 잃어버리게 만드는 마법 같은 장소로 들어가는 것이다. 그러나 글쓰기의 요구가 몽상을 넘어설 때는 글쓰기의 압박에서 한 발 물러나 압박감을 완화시킬 또 다른 종류의 심층놀이를 필요로 한다.

또 다른 형태의 심층놀이로는 뱃놀이, 점토놀이, 정원 가꾸기, 그림 그리기, 스키, 테니스, 악기 연주, 달리기 등을 들 수 있다. 푹 빠질 수 있는 것이라면 어떤 행위나 놀이라도 상관없다. 뚜렷한 목적 없이 골동품 상점을 둘러보거나 중고품 가게를 서성거리거나 서점에서 책을 뒤적거리는 것도 우리에게 몰입하는 순간과 함께 순수한 즐거움을 안겨 줄 수 있다.

> 가슴은 언제라도 찢어질 수 있다.
> 그래도 심장은 여전히 뛴다.
> ― 패니 플래그

어쩔 수 없다. 언젠가는 일어날 일이고, 글을 쓰는 사람이라면 누구나 가혹한 소식에 어떻게 대처해야 할지 마음의 준비를 할 필요가 있다. 부정적인 리뷰는 우리에게서 창조적 영감을 앗아 가며 입을 다물게 하고 눈물 바람이 되게 하면서 다시는, 다시는 결코 글을 쓰지 않겠노라고 다짐하게 한다.

　대부분의 프로 작가처럼 나 역시 그런 과정을 모두 거쳤다. (또 다른 거절 편지가 따라올지도 모르는) 첫 번째 거절 편지를 받기 전까지는 당신은 진정으로 작가의 길에 들어섰다고 할 수 없다. 무엇을 기대해야 할지 아는 지금, 신랄한 리뷰에 대비하는 가장 좋은 방법은 무엇일까? 신인 작가라면 울고 싶을 때 실컷 우는 것도 좋다. 누군가가 준 상처 때문에 고통스러운 것은 당신 잘못이 아니다. 게다가 높은 야망을 가졌다가 상심하게 되면 그에 대처하기란 쉬운 일이 아니다. 따라서 배출되어야 할 눈물과 또 다른 감정을 밖으로 쏟아 낼 필요가 있다. 그러고 나면 상처받은 가슴도 결승선까지 계속 뛴다는 것을 알게 될 것이다.

　티슈 한 상자를 모두 비워 낸 뒤에는 심호흡을 하고, 방어적이 되거나 분노하는 일이 없도록 노력하라. 그런 마음가짐은 당신에게 불리하게 작용할 뿐이다. 자신에 대해 비판적인 글을 발견하면 냉철한 눈으로 그것을 뒤집어 살펴보라. 그 속에서 좋은 것을 취하고, 무엇을 배울 수 있을지를 자문하라. 고통스러운 상황조차 글쓰기의 여정에서 더 멀리 나아가게 하는 치유의 기회로 삼으라.

> 나는 때때로 평론가에게 편지를 보내 날 좀 그냥
> 내버려 두라고 말하고 싶어진다. 문제는 한동안 그를
> 보지 못하면 그가 보고 싶어진다는 것이다.
> ― J. 루스 젠들러

누군가가 당신의 글을 칭찬하면 얼굴이 붉어지는가? 당신의 작품에 찬사를 보내는 독자를 속이는 것 같은 느낌이 드는가? 열렬한 찬사를 쏟아 내는 팬이 당신의 재능을 찬양하면 왠지 모를 불편이 느껴지는가?

웹스터 사전에 숏커밍Shortcoming(단점)이라는 단어는 있지만 톨커밍Tallcoming(장점)이라는 말은 없는 데는 이유가 있을 것이다. 톨커밍이란 단어는 어디에도 없다. 내가 만들어 낸 말이다. 우리 작가들은 자신의 긍정적 자질을 도외시하고 스스로에게 부정적 특징을 부여하는 경향이 있다.

효과적인 글쓰기를 위해서는 비판적 시각으로 건설적인 피드백을 받아들이고, 두 손으로 자기 머리를 감싸 쥐지 않으면서 자신의 한계와 실패를 인정하는 게 중요하다. 자기가 누구인가에 대한 진실을 긍정하지 않으면 자기 자신을 정직하게 바라볼 수 없다. 그리고 이는 자신의 단점과 더불어 장점을 인정하는 것을 포함한다.

스스로를 흠잡기보다 자신의 장점을 찾아내고 성공적인 글쓰기를 자축하는 것이 중요하다. 자신만의 장점을 '즐겨찾기' 하는 것은 문학적 가능성을 높이고 힘을 비축함으로써 미래의 문학적 도전에 대비하게 해 준다. 당신은 지금 자신의 글쓰기에서 어떤 장점을 긍정할 수 있는가?

> 지옥은 당신 자신이다. 유일한 구원은 자신을
> 제쳐 두고 다른 사람에게 깊이 공감하는 데 있다.
> ― 테네시 윌리엄스

다른 사람의 입장이 되어 그들의 관점에서 볼 줄 아는 능력은 우리가 스스로 창조한 지옥에서 벗어나게 하는 강력한 도구가 된다.

공감은 다른 이가 느끼는 것과 우리를 이어 주고, 편협하고 부정적인 생각 및 성급한 판단으로부터 우리를 자유롭게 해 준다. 또한 우리의 악감정을 중화시키고, 우리가 논쟁이나 까다로운 사람을 좀 더 부드럽고 다감한 방식으로 바라보게 한다. 공감은 우리가 통제할 수 없는 상황을 통제하게 하며, 우리를 차분하고 냉정하게 유지시켜 준다. 더불어 우리가 자신의 진실성을 지키면서 공정성과 효율적인 소통을 고취시키는 방식으로 반응하게 해 준다.

오늘 당신이 공감하고자 하는 단 한 사람(당신을 언짢게 하는 무언가를 한 사람)을 떠올려 보라. 그리고 일시적으로 그에 대한 판단(판단을 아주 포기할 필요는 없다)을 유보하라. 예의 그 언짢은 일을 그의 머릿속에서 생각하고, 그의 눈과 마음으로 바라보라. 그런 다음 당신의 악감정이 어떻게 달라졌는지, 얼마나 완화되었는지를 주목하라.

나는 언젠가 기술이 우리 인간의
상호 작용을 능가하게 될까 봐 두렵다. 그런 날이 오면
세상은 바보로 가득 차게 될 것이다.
— 알베르트 아인슈타인

전문가들은 미국인이 인터넷, 문자 메시지, 이메일, 트위터와 페이스북에 열광하는 만큼 더 고립될 수밖에 없다고 이야기한다. 평균적인 미국인의 경우 전자 기기에 대한 집착으로 인해 그들이 친구라고 부를 수 있는 사람의 수가 현저히 줄어들고 있다. 과학자들의 연구 결과에 의하면, 잠과 운동과 인간관계를 전자 기기와 맞바꾸는 것은 스트레스를 증가시키며 신체적이고 정서적인 건강을 악화시킨다.

자기 작품을 홍보하고자 하는 작가는 소셜미디어에 엄청난 시간을 투자한다. 그러나 우리의 시간과 노동을 단축시키는 전자 기기를 적절하게 사용하지 않으면 우리는 언젠가 그것들에게 잡아먹히고 말 것이다. 무선의 침입자에게 자동적으로 끊임없이 자신을 엄습하도록 허용한다면 우리는 쉼 없는 도보 경주를 할 때처럼 지쳐 나가떨어지고 말 것이다.

우리의 삶이 또 다른 즐거움을 누릴 수 있도록 충분히 오랫동안 전자 기기에 접속하지 않을 수는 없을까? 아니면 쉴 새 없이 클릭을 하며 그것에 매여 살 것인가? 전자 기기가 우리의 사적 영역을 더 많이 침범할수록 우리는 글 쓰는 시간을 보호하고, 적절한 보폭을 유지하며, 보다 인간적인 방식으로 다른 이와 연결될 필요성을 느끼게 된다. 전자 기기를 하나의 연애 상대처럼 여기라. 누군가와 함께 지내는 것은 멋진 일이지만 가끔씩 서로 떨어져 있는 것도 나쁘지 않다.

> 눈에 보이지 않는 목표물은 쏘아 맞힐 수 없고,
> 염두에 두지 않은 목표물은 눈에 보이지 않는다.
> ─ 지그 지글러

돌이켜 보면 글쓰기 습관을 개선하고 구체적인 글쓰기 목표를 세우겠노라고 다짐한 적이 얼마나 많았던가? 그러나 그로부터 한 달 후에도 우리는 여전히 책상 앞에 앉아 있지 않다. 우리의 맹세는 아득한 기억일 뿐이다. 그런 경우 '이럴 때는 이렇게 하기'If-Then Plan로 불리는 마법의 묘약이 애초의 글쓰기 약속을 지키도록 우리를 도울 수 있다.

'이럴 때는 이렇게 하기'의 붙박이 전략은 자멸적인 '에라 모르겠다 효과'로부터 우리를 지켜 주는 예방주사가 된다. 어떤 상황이 발생하기 전에 자신이 하고자 하는 것에 대한 행동 계획을 세워 두는 것은 목표를 이룰 가능성을 높인다. 전문가들은 언제 어디서 무엇을 할지 구체적인 계획을 세우라고 조언한다. 그 '구체성'이 우리 뇌에 자동적으로 특수한 상황(이럴 때는)과 그 뒤에 따라올 행동(이렇게 하기)을 떠올리게 할 것이기 때문이다.

예를 들어 당신이 글쓰기에 좀 더 많은 시간을 할애하고 싶어 한다고 가정해 보자. 그럴 때 당신의 '이럴 때는 이렇게 하기'는 이런 식이 될 수 있다. "월요일이나 금요일에는 오전 여덟 시부터 정오까지 책상에 앉아 글을 쓸 거야." 이런 식으로 구체적인 상황(요일, 장소, 시간)을 구체적인 행위(글쓰기)에 고정시켜 놓는 것이다. 이제부터 당신의 뇌는 '이럴 때는'에 한층 더 주의를 기울이게 된다. 어떤 자극을 받으면 자동적으로 글쓰기를 시작하도록(이렇게 하기) 준비돼 있는 것이다.

마음을 바쳐 다른 이를 사랑하고 주변의
공동체에 헌신하라. 자신에게 삶의 목적과 의미를
부여해 주는 무언가를 창조하는 일에 몰두하라.
— 미치 앨봄

책에 실린 감사의 말을 통해 우리는 책을 출간한 저자 뒤에 훌륭한 가족과 친구가 있음을 알게 된다. 그들은 자신의 작가를 다양한 방식으로 사랑하고 지지한다. 오늘 시간을 내, 글 쓰는 삶을 사는 동안 당신에게 지지를 보내 준 이의 명단을 작성해 보라. 그들이 있다는 사실만으로도 얼마나 감사한지를 그들에게 알릴 필요가 있다. 비록 그들을 위한 시간을 항상 낼 수는 없다고 할지라도 말이다.

감사의 말을 쓸 때까지 기다릴 필요는 없다. 무심함으로 인해 서로의 관계가 진부해지고 불안정해지지 않도록, 당신이 가장 좋아하는 일(글쓰기)을 하는 동안 그들이 당신 곁에 있어 준 것을 얼마나 고맙게 생각하는지를 그들에게 알게 하라.

당신을 지지해 주는 이에게 감사를 표하는 방법에는 여러 가지가 있다. 친절한 행동, 다정한 이메일, 감사 카드, 따뜻한 포옹과 입맞춤, 작은 선물. 시간을 내 마음을 터놓고 대화하거나 산책하기 혹은 좋아하는 식당에서 함께 식사하기 등으로 특별한 순간을 함께하기. 당신을 지지하는 모든 이를 떠올리고, 그들 각자에게 특별한 방식으로 당신의 애정을 표현하라.

> 절망에서 희망으로 건너가는 최고의 다리는
> 밤에 숙면을 취하는 것이다.
> — E. 조지프 코스먼

과학자들은 건강한 음식 섭취와 규칙적인 운동에 더하여 밤에 숙면을 취하는 것이 매우 중요하다고 강조한다. 하룻밤의 단잠은 행복하고 생산적인 삶을 위한 성배聖杯와 같다는 것이다. 운동과 영양 섭취 다음으로 충분한 수면은 즐겁고 생산적인 글쓰기를 위한 초석이 된다. 이 세 가지 생활 습관은 글쓰기의 세계가 우리에게 던지는 도전에 맞설 힘과 에너지를 제공한다.

많은 사람이 잠을 당연한 것으로 여기지만, 놀라운 복원력을 지닌 잠은 스트레스를 상쇄하고 예리하고 창조적인 정신을 유지하게 하는 가장 훌륭한 개선책 중 하나다. 수면 부족은 스트레스에 대한 저항성과 두뇌 기능을 저하시키고, 기억과 학습에도 나쁜 영향을 미친다. 잠이 부족할수록 기억력과 주의력이 감퇴되고 불만이 늘게 된다.

어떤 습관은 수면을 촉진시킬 수 있다. 포도주와 스타벅스 커피를 줄이거나 늦은 밤의 야식을 자제하는 것도 불면증을 완화하는 데 도움이 된다. 침대에서 전자 기기를 사용하지 않는 것은 밤늦도록 뒤척이는 것을 예방한다. 잠들기 한 시간 전에 마주하는 전자 기기의 빛은 우리 뇌로 하여금 그 시간을 한낮으로 인식하게 해 잠드는 것을 방해한다. 긴 시간 동안 글을 쓰기 위해 낮에 잠깐 눈을 붙이거나 이른 시간에 운동하는 것 등은 레드불 같은 강장 음료를 여러 병 들이켜는 것보다 훨씬 효과적이다. 달콤한 꿈나라로 가기 위해 당신은 어떤 습관을 더하거나 없애고자 하는가?

> 평생 동안 폭풍우만 기다린다면 결코 햇빛을 즐기지 못할 것이다.
> — 모리스 웨스트

작가의 커리어를 구축하기 위해 우리가 할 수 있는 최선은 글을 쓰는 것이다. 규칙적으로 글쓰기. 어쩌면 그게 가장 쉬운 부분일지도 모른다. 손톱을 끝까지 물어뜯게 만드는 것은 원고를 보내고 난 뒤의 기다림이다. 늘 시간에 쫓기는 삶을 살다 보니 우리 중 많은 이가 글 쓰는 삶이 자신의 서두르는 발걸음을 따라와 주길 기대한다. 아이패드와 휴대폰을 어디든지 갖고 다니고, 동시에 두세 개의 책상을 오가며 작업하기도 한다. 마치 드라큘라가 자신의 피를 빨아먹으러 쫓아오기라도 하듯, 대기자 명단에 오르는 것과 느리게 줄어드는 대기 줄과 대기실을 극도로 두려워한다.

결과를 기다리는 동안 엄습하는 불안감에 굴복해서는 안 될 것이다. 기다림의 순간을 자기 성찰적인 글쓰기를 위한 시간으로 변화시켜, 글쓰기 아이디어가 자라나는 데 필요한 긴 휴식기이자 가치 있는 시간이 되게 하라. 기다림의 순간을 현재의 순간이 되게 하면서 미래의 폭풍우를 기다리는 대신 지금의 햇빛을 즐기라.

들숨과 날숨에 따라 심호흡을 하고, 기다림을 선택한 것은 자신이라고 거듭 되뇌라. 현기증이 일 것 같은 빠른 걸음 대신 달팽이의 느린 걸음으로 걸어가 보라. 무엇보다 기나긴 기다림의 시간 중에도 자신의 글쓰기에 대한 성찰을 이어 갈 수 있음을 잊지 마라.

자연을 관찰하라. 자연을 사랑하라. 자연을 가까이하라.
자연은 결코 당신을 실망시키지 않을 것이다.
— 프랭크 로이드 라이트

사무실 창문으로 자연을 바라보거나 자연의 세계를 내부로 들여오는 것은 업무 스트레스를 줄여 주고 차분함과 명료함을 증가시킨다. 자연을 안으로 들여오려면 글쓰기 공간을 숲이나 물, 야생의 자연, 석양이나 경치와 마주하도록 배치하면 된다.

풍경을 바라볼 수 없는 사람에게는 풍경 사진이나 그림이 좋은 대체물이 될 수 있다. 열린 창문으로 불어오는 부드러운 바람과 야생의 소리는 자연의 기운을 불어넣는다. 도시에 사는 작가는 초록 화분과 싱싱한 꽃 또는 테라리엄을 들여놓으면 된다. 글쓰기 공간이 아무리 작더라도 폭포 장식이나 어항 혹은 마음을 느긋하고 평온하게 해 주는 자연의 소리가 담긴 음반을 위한 자리는 있을 터다. 새, 고양이, 개 등의 반려동물을 어루만지거나 어항을 바라보는 것만으로도 혈압을 낮추고 긴장을 완화하는 효과가 있다.

당신이 딘 쿤츠 같은 스릴러 작가가 아닌 이상 자연적인 햇빛의 존재는 글쓰기의 잠재력을 높이는 데 도움이 된다. 블라인드나 덧문을 열어 두고, 햇빛을 가로막는 창문 장식을 제거하거나 규칙적으로 창문 안팎을 닦으라.

> 당신이 느끼는 회의는 어떤 변화나 선택에
> 반론을 펴기 위해 당신의 반감이 고용한 사설탐정이다.
> ― W. R. 로저스

글을 쓰는 동안 한 번도 회의를 품어 본 적이 없는 사람은 손을 들어 보라. 글을 쓰다 보면 머릿속에 자기회의가 자리를 잡고 앉아 우리를 산 채로 잡아먹을 때가 있다. 자기회의가 우리보다 앞서간다면 우리는 작가이자 한 인간으로서 성장하는 데 꼭 필요한 모험을 시도할 수 없다. 더 나아가 자기회의는 우리의 창의성을 위태롭게 한다.

자기회의를 느껴 봤다고 인정하는 것은 한편으로는 무거운 마음의 짐을 덜게 한다. 작가라면 누구나 그런 경험이 있을 터다. 하지만 자기회의가 머릿속에 한참 동안 눌러앉게 놔두어서는 안 된다. 다른 한편으로 자기회의는 글쓰기의 세계로부터 오는 모든 제안을 맹목적으로 받아들이는 것을 막아 준다는 이점이 있다. 회의한다는 것은 곧 자신의 진실에 의문을 갖는 것이며, 이는 글쓰기의 성취를 위해 반드시 거쳐야 할 자연스러운 과정이다. 따라서 자신에 대한 회의에 빠져 보지 않은 사람은 작가로서의 자신에 대한 진실에 가까이 다가갈 수 없다. 그리고 작가라면 누구나 자신의 진실에 좀 더 많은 자리를 부여하고 싶어 한다.

자기회의의 목록을 작성해 보고, 글쓰기의 확실성과 불확실성, 자신의 장점과 단점, 성공과 실패를 함께 받아들여 자신의 글쓰기 여정을 위한 디딤돌이 되게 하라.

자신의 영혼의 바람을 외면한 채 '해야 한다'의 바다에
빠지는 중이라면 들고일어나 당신의 주인을 끌어내려라.
— W. 티모시 걸웨이

우리가 상황을 따져 보려고 사용하는 말은 우리의 태도를 형성한다. ~할 필요가 있다, 해야만 한다, 꼭 해야 한다, 했어야 한다와 같은 표현은 우리가 스스로를 어떻게 생각하고 느끼는지를 보여 주면서 우리의 행위를 그에 맞추도록 이끈다. 자리에 앉아 글을 쓸 때 우리가 마음속으로 되뇌는 했어야 한다, ~할 필요가 있다 혹은 해야만 한다와 같은 말은 우리의 창의력을 제한한다. 나는 이처럼 자신에 대한 꾸짖음이나 수치심을 기반으로 하는 표현법, 즉 '교회에 갔어야 했어', '초고를 좀 더 잘 썼어야 했어'와 같은 식의 사고를 '했어야 한다 생각법'이라고 부른다.

단지 단어 하나를 바꿔 사용하는 것만으로도 우리는 글쓰기 일정에 좌우되는 대신 자신이 그것을 다스릴 수 있다는 느낌을 갖게 된다. 대립적 의미의 말을 스스로에게 힘을 부여하는 말로 대체하면(했어야 한다 대신 할 수 있었다로, 해야만 한다 대신 하기 원한다 등으로) 메시지의 의미와 어조가 달라지면서 감정이 고양되는 효과가 있다. 했어야 한다와 해야만 한다는 대립적 느낌을 불러일으키는 반면 할 수 있었다와 하기 원한다는 우리에게 선택할 자유라는 힘을 부여한다.

부정적 리뷰란 온갖 좋은 재료로 구운 케이크 위에
누군가가 주저앉는 것과 같다.
— 다니엘 스틸

호의적인 리뷰를 듣기 싫어하는 작가는 없을 것이다. 그러나 매번 추켜세우는 리뷰를 기대하는 것은 비현실적이다. 우리 중 다니엘 스틸의 판매 기록을 따라가는 사람은 많지 않을지 모르지만, 평론가가 자기 작품에 부정적인 평가를 내릴 때는 아마도 모두 똑같은 고통을 느낄 터다. 사실을 직시하자. 책이 출간되면 평론가는 이런저런 평가를 쏟아 내고, 우리는 이런저런 이유로 상처받고 신음한다.

처음 쏘이는 부정적 평가의 침에 신음할 수는 있다. 그러나 일단 상처가 가라앉으면 자신이 느끼는 고통이 사적인 이유에서 비롯된 게 아님을 상기할 필요가 있다. 평론가는 자기만의 주관적 렌즈를 통해 조감도를 그리듯 우리의 글을 분석하고 평가하지만 우리의 몸속까지 속속들이 들여다볼 의사는 전혀 없다. 이렇게 생각해 보라. 어떤 평론가의 신랄한 리뷰를 뒤집어 보면, 작품이 이번과 다르게 쓰였더라면 좋았을 거라는 비평가의 바람(비록 비판적인 방식으로 이야기하긴 했어도)이 발견될 것이다. 부정적 평가 가운데 숨어 있는 각각의 바람을 끄집어내 그 의미를 헤아리고, 그 평가가 자신의 글쓰기에 도움이 될지를 생각해 보라. 만약 그런 게 있다면 그것을 자신의 작품에 유리하게 반영하고 나머지는 잊어라.

어떤 상황이 두려움을 야기할 때 당신이 통제할 수
있는 것은 어떻게 반응하는가 하는 것뿐이다.
그 사실에 집중하면 언제나 성공할 수 있을 것이다.
— 스티브 베리

우리는 우리에게 일어나는 모든 것을 통제하진 못하지만 우리의 반응은 통제할 수 있다. '머피의 법칙'은 하려는 일이 늘 좋지 않은 쪽으로 흘러가거나 자꾸만 꼬이는 것을 가리키는 말이다. 이를테면 욕실, 침실, 서재의 전구가 동시에 나가 버리는 경우가 그에 해당한다. 원고를 거절하는 이메일을 받음과 동시에 또 다른 원고 마감일을 향해 달려가는 판국에 프린터까지 말썽이다. 이럴 때 우리는 "이런 게 머피의 법칙이로군!"이라고 외치면서 이렇게 투덜거린다. "왜 내 인생은 이렇게 자꾸만 꼬이는지 몰라." 하지만 이런 게 과연 머피의 법칙일까?

사실 여기에는 과학의 원리가 작용하고 있다. 일례로 버터를 바른 토스트가 바닥에 떨어질 때마다 버터를 바른 쪽이 바닥으로 향하는 것이 당신이 운이 나빠서일까? 과학자들에 의하면 그것은 사실이 아니다. 버터를 바른 토스트가 땅에 떨어질 때 중력에 의한 회전력이 약하다 보니 자연스레 버터를 바른 면이 바닥을 향해 떨어지게 된다는 것이다.

우리가 머피의 법칙이라고 부르는 부정적 경험은 나쁜 운과 아무 상관이 없다. 이렇게 무작위로 일어나는 일을 개인화하면서 운이 나쁘다고 결론짓는다면 글쓰기의 성공을 가로막는 더 많은 장애물을 만들어 내는 격이 될 것이다.

자신의 상심傷心을 활용하기

> 가족 간의 문제는 풍부한 문학적 토양이 된다.
> 배신은 더 깊은 상처를 내고, 고통은 더 오래 지속되며,
> 기억은 평생 남는다. 작가에게 이것은 축복이다.
> ― 존 하트

문학적 허구는 상상력과 관찰과 개인적 경험이 창조적으로 뒤섞인 것이다. 의식을 하건 하지 않건 글을 쓰는 동안 우리는 과거로부터 고통스러운 선물을 끌어낸다. 그리고 정신적인 잔해 가운데서 아름다움과 의미를 찾고 그것을 산문과 시 또는 노랫말에 활용한다.

마찬가지로 우리는 출판 산업에서 겪는 현재의 좌절과 실망을 자신에게 주어진 선물로 생각할 수 있다. 거절로 인한 좌절과 자기 회의를 자신의 작품에 활용할 수 있다. 그러나 그런 것을 애써 찾아나설 필요는 없다. 이미 우리의 창작의 금고에 저장돼 있기 때문이다. 중요한 것은 그것의 '적절한 양'이다.

지나친 양의 혼란과 갈등과 우울은 창의력의 약화를 가져올 수 있다. 반면에 약간의 우울이나 고뇌는 창의성을 고양하고, 비밀과 비행非行을 키워 폭발적인 이야기를 써내는 풍부한 문학적 토양을 우리에게 선사한다.

> 집필자 장애는 글을 쓰지 못해서가 아니라
> 유려하게 글을 쓰지 못한다고 절망하는 데서 비롯된다.
> ― 애너 퀸들런

더 이상 글을 쓰지 못하는 상태를 가리키는 '집필자 장애'Writer's Block를 작가가 글 쓰는 능력을 상실한 것으로 이해하는 사람이 많다. 그러나 그것은 사실이 아니다. 집필자 장애를 겪는 것은 자연스러운 현상이다. F. 스콧 피츠제럴드와 조지프 미첼 같은 작가, 만화작가 찰스 슐츠, 싱어송라이터 아델 등도 똑같은 고통을 호소한 바 있다.

집필자 장애는 작가의 삶이 어려운 상황에 처했을 때 생기기도 하지만 그보다는 내면의 혼란으로부터 비롯되는 경우가 더 많다. 강물을 흐르게 놔두지 않고 애써 막으려고 하다 보면 절망이나 자기비판 또는 자기회의가 우리를 급격히 멈춰 세울 수 있다. 혹은 글쓰기의 압박이 우리의 창의적 두뇌 사이를 슬금슬금 파고들어 우위를 차지하면서 우리를 몰아낼 수도 있다.

두려움과 창의성은 상극이다. 이 둘은 우리 두뇌의 서로 경쟁하는 영역에서 비롯된다. 두려움은 우리의 파충류 뇌(생존에 관여하는 뇌)에서, 창의성은 우리 뇌의 또 다른 부분에서 생겨난다. 두려움은 창의적 흐름을 가로막아 우리의 창의적 두뇌를 방전시켜버린다.

다음의 몇 가지 팁이 당신으로 하여금 '빈 페이지 증후군'Blank Page Syndrome을 방지하고 다시금 창의적 두뇌를 충전하게 해 줄 것이다. 휴식 취하기. 또 다른 형태의 창의적 산문으로 글 써 보기. 자신의 아이디어를 판단하는 대신 브레인스토밍 하기. 주제에 상관없이 아무 글이나 써 보기. 글을 쓰는 동안에는 원고를 교정하지 않기.

나는 9~5시를 정확히 지키는 사람에 속한다.
— 더글러스 프레스턴

돌리 파튼의 노래 중에 「9시에서 5시까지」가 있다. 그만큼만 일해도 충분히 미칠 수 있다는 의미를 담은 노래다. 실제로 그만큼만 일해도 우리는 얼마든지 미칠 수 있다. 그러나 더 이상 9~5시의 근무시간을 걱정할 필요가 없다. 이제 우리는 하루 24시간 일주일 내내 일하고 있고, 이대로라면 미치는 것은 시간문제다. 하지만 뭐든지 말하기는 쉬우나 행하기는 어려운 법.

당신 역시 자신의 하루를 자디잘게 쪼개 과도한 스케줄을 짜고 곡예하듯 한꺼번에 많은 업무를 처리하고 있진 않은지? 절실하게 필요한 휴식 시간을 포기한 채 전자 기기에 얽매여 연중무휴 일에만 매달리고 있지는 않은지?

이런 식의 삶은 당신의 방어 본능으로 하여금 경계 태세를 취하게 하고, 면역 시스템을 저하하고 스트레스 요인을 가중하며 정신적이고 신체적인 피로감을 안겨 준다. 업무로 인한 스트레스(그렇다, 글쓰기도 하나의 직업이다)는 당신을 불만스러운 사람이 되게 하면서 일의 효율을 떨어뜨린다. 책상에서 더 많은 시간을 보내는 사람일수록 불안과 우울과 '번아웃 증후군'에 시달릴 위험이 높아지며, 적게 일하는 사람보다 건강과 관련해 더 많은 고통을 겪는다. 자신이 할 수 있는 일에는 한계가 있음을 인정하고 방전된 배터리를 재충전하라. 하던 일을 잠시 옆으로 치워 두고 휴식을 취하라. 이런 행위를 나약함이 아닌 하나의 잠재적 힘으로 여기라.

먹을 게 아무것도 없을 때는
단식이 우리가 할 수 있는 가장 지적인 일이다.
— 헤르만 헤세

카약 선수의 경험에 의하면, 급류(깔때기 모양의 난류)에 휩쓸릴 때 거기서 빠져나오는 가장 좋은 방법은 물살에 몸을 맡겨 물이 자신을 뱉어내게 하는 것이다. 그러나 우리는 물살과 싸우려는 인간의 본능에 따르느라 오도 가도 못하다 익사하고 만다는 것이다.

마찬가지로 우리는 느긋한 마음으로 주어진 조건에 따라 글을 써야 한다. 어려운 출판 조건과 맞서 싸우려고 하다 보면 부정적 믿음이 우리 마음속으로 흘러들어 오게 된다. 글쓰기와 관련된 우리의 부정적 반응을 개인화하거나 그것과 맞서거나 동일시하지 않은 채, 호기심을 갖고 지켜보면서 물살에 떠내려가게 해야 할 터다.

스스로 바꿀 수 없는 글쓰기의 힘겨운 조건을 받아들이고, 바꿀 수 있는 것을 바꾸는 데 초점을 맞추면서 그 둘의 차이점을 배워 나갈수록 좀 더 수월하게 성공적인 커리어를 향해 나아갈 수 있다. 일례로 편집자가 당신의 플롯에 커다란 구멍이 나 있음을 발견했다고 치자. 이처럼 난감한 상황을 온전히 받아들이는 것 또한 중요하다. 만약 구제가 가능한 거라면 당신은 글을 다시 쓰거나 수정할 수 있다. 그렇지 않은 거라면 그대로 놓아 버리는 게 낫다. 그러면 다음번에 최선의 걸음을 내디디게 해 주는 마음의 평온을 찾을 수 있을 것이다.

우리는 모두 각자 독창적이다. 각자 자신만의 독특한
목소리를 지니고 있다. 그것을 찾기만 하면 당신은 자신의 이야기를
쓸 수 있다. 사람들에게 당신의 목소리를 들려줄 수 있다.
— 존 그리샴

모든 작가는 하나의 목소리를 필요로 한다. 자신의 목소리가 어떤 것인지를 알고 있는 사람도 있다. 그렇다면 또 다른 사람은? 유감스럽게도 별로 그렇지 못한 사람도 많다. 자신의 목소리를 찾아내는 것은 열성적인 구독자와 팬을 확보하는 중요한 열쇠가 된다. 자기 목소리를 내지 못하면 결국엔 그 사실이 드러나고 우리는 빛이 바래는 별처럼 타 버리고 말 것이다. 만약 세인의 관심과 돈, 명성만을 추구한다면 우리 자신의 목소리는 잦아들고 말 것이다. 창작의 세계에서는 수많은 소음이 뒤섞인 채 서로 부딪혀 튀어나오곤 한다. 그 속에서 우리는 우리 자신을 돋보이게 함으로써 자신이 특별한 무언가를 말하고 있으며, 자신만의 독특한 방식으로 그것을 이야기하고 있음을 알게 해야 한다.

수많은 작가가 자기 안의 목소리를 밖으로 내보내야만 했고, 따라서 글을 쓸 수밖에 없었노라고 이야기한다. 우리 중 얼마나 많은 이가 자유를 갈구하는 새장 속의 목소리를 감추고 있을까? 새장에 갇힌 당신의 목소리를 훨훨 날려 보내면 매료된 독자는 눈썹을 치켜올리고 당신의 책을 가슴에 품게 될 것이다.

나는 마감에 쫓길 때조차도 점심 시간 무렵에는
늘 휴식을 취하고 머리를 맑게 하기 위해 잠시 산책을 나가곤 한다.
— 퍼트리샤 콘웰

쉬지 않고 글을 쓴 뒤 작품의 배경과 줄거리, 캐릭터의 변화, 배경 설명 등에 관해 내리는 결정은 두뇌가 잠깐의 휴식을 거친 뒤에 내리는 것과 다를 가능성이 높다. 그 이유가 뭘까? 과학자들은 '의사 결정 피로'Decision Fatigue로 알려진 현상을 발견했다. 이는 우리 두뇌가 지칠 대로 지쳐 정신적 에너지가 고갈된 상태를 가리킨다.

몇 시간 동안 내리 글을 쓰다 보면 두뇌가 지치기 마련이다. 오래 책상에 앉아 정신없이 글을 쓰면서 더 많은 선택을 할수록 올바른 결정을 내리기가 더 힘들어진다. 우리는 되도록 지름길로 가려고 하고, 무엇을 입고 어디서 무엇을 먹을지 같은 일상적인 선택을 하는 것조차 힘들어진다.

우리 머리는 우리 몸이 그렇듯 원기를 회복시켜 주는 휴식을 필요로 한다. 하루 종일 힘겹게 글을 쓴 뒤 다음과 같은 간단한 스트레칭으로 당신의 지친 두뇌에 휴식을 선사하라. 두 팔을 머리 위로 올린 다음 뒤로 내리기. 두 팔을 앞, 옆, 뒤로 번갈아 다양한 각도로 길게 뻗기. 근육의 긴장이 풀어질 때까지 제자리에서 걷기. 약 5분간 되도록 너른 보폭으로 무릎을 높이 올리면서 제자리걸음하기.

> 내가 되었을지도 모르는 그 무엇이 되는 데 너무 늦은 때란 없다.
> — 조지 엘리엇

작가가 되기를 꿈꾸는 많은 이들에게 글쓰기란 또 다른 계획을 세우는 동안 일어날 수 있는 일인지도 모른다. 우리는 방 청소를 하느라 책상 앞에 앉기를 미루거나 부엌의 양념통 선반을 정리하느라 글 쓰는 일을 외면하기도 한다.

　내일이 없을 수도 있음을 깨달았을 때 어떤 생각이 들지 자문해 보라. 인생을 다시 살 수 있다면 어떤 다른 일을 해 보고 싶은가? 지금 나는 살면서 해 보고 싶은 것들을 하고 있는가? 나는 그것들을 결코 할 수 없을 거라고 생각하고 있지는 않은가? 혹은 그것들을 자꾸만 미루고 있지는 않은가?

　카르페 디엠Carpe Diem이라는 라틴어 문구는 우리에게 오늘을 즐기라고 충고한다. 이런 기회는 다시 오지 않을지도 모르기 때문이다. 사는 동안 우리에게는 아픈 날보다 건강한 날이 더 많다. 잘못되는 일보다 잘되는 일에 더욱더 주의를 기울이라. 혼란을 야기하기보다는 삶에 평온이 깃들게 하라. 좀 더 즐겁고 재미있게 살라. 나는 할 수 없을 거라고 믿었던 일을 시도하라.

　매일매일이 우리의 마지막 날인 것처럼 충실하게 산다면 '내가 되었을지도 모르는 그 무엇'을 더 이상 궁금해하거나 자문할 필요가 없을 터다. 이제 우리가 그동안 미뤄 두었거나 회피해 왔던 기회를 다시 불러낼 때다. 우리에게 내일이 없을 수도 있기 때문이다.

급하게 서둘러 먹고 자리를 뜨는 것은 이제 그만!

요즘 믿을 수 있는 사람은 벤과 제리뿐이다.
— 재닛 에바노비치

평균적인 미국인은 패스트푸드 레스토랑에서 점심을 먹거나 직장의 카페테리아에서 간단한 요기를 하는 데 단 몇 분밖에 걸리지 않는다. (서서 먹기, 운전이나 달리기를 하거나 텔레비전을 보면서 먹기, 함께 먹는 식사를 건너뛰기 등등처럼) 아무 생각 없이 먹기는 우리로 하여금 먹는다는 것에 대해 많은 생각을 하게 한다.

작가들 중에도 도넛과 커피를 집어 들고 서둘러 다시 작업실로 돌아가는 이가 얼마나 많은가? 음식을 글을 쓰기 위한 하나의 필요악처럼 여기면서. 혹은 배가 고프지 않은데도 창작의 스트레스와 싸우기 위해 먹고 있지는 않은지? 일에 치이고 정신없이 바쁠수록 기분을 좋게 해 주는 음식(고칼로리의 간편식, 눈길을 끌고 먹기 편리한 탄수화물 덩어리 등등)을 찾기 마련이다. 심지어 버거킹이나 벤앤제리스Ben and Jerry's가 없었더라면 어떻게 글을 쓸 수 있었을지를 자문하게 된다.

영양을 고루 섭취한 몸은 스트레스를 더 잘 이겨 내게 하는 보호막과 더불어 글쓰기에 필요한 활력을 갖추게 된다. 그러니 급하게 서둘러 먹고 자리를 뜨는 것은 이제 그만해야 하지 않을까. 속도를 늦추고, 당신이 먹는 음식을 그것이 받아 마땅한 존중심을 가지고 대하라.

3월

> 회복탄력성은 다른 이들만큼이나
> 자기 자신에게 느끼는 연민에 기반을 두고 있다.
> ― 샤론 살스버그

봄비가 대지를 어루만지듯 자기연민으로 내 몸과 마음과 영혼을 어루만지는 것을 상상해 본다. 너무 감상적으로 들린다고? 어색하고 부적절하다고?

섣부른 판단은 금물이다. 언뜻 보기에는 자기연민과 글쓰기의 회복탄력성에 아무 연관이 없어 보일지도 모른다. 그러나 좀 더 자세히 들여다보면 이 둘이 밀접하게 연결돼 있음을 알 수 있다. 글 쓰는 자신을 연민하는 마음으로 바라보지 못한다면 당신은 자신을 채찍질하는 자기혐오로 가득 차게 될 것이다. 자기혐오는 자신에게 까탈스럽게 굴고 지나치게 많은 것을 요구함으로써 창조적 영감을 고갈시킨다.

다른 한편으로 자기연민은 당신의 가장 좋은 친구가 되기도 한다. 특히 힘든 시기에는 더욱 그렇다. 자기연민은 낙담하는 당신을 다독이고, 인내심에 연료를 공급하며, 글쓰기 목표를 향해 나아가도록 격려한다. 또한 당신이 출판의 세계에 대해 배우면서 글쓰기의 힘든 상황을 자신만의 방식으로 헤쳐 나갔음을 일깨운다.

당신은 스스로에게 얼마나 많은 자기연민을 느끼는가? 만약 자기연민이 고갈돼 버렸다면, 자신을 위한 말이나 행동으로 연료를 재공급해 글쓰기의 회복탄력성이 다시 작동되도록 하라.

마음챙김은 어떤 특별한 방식으로, 즉 의도적으로,
지금, 개인적 판단을 배제한 채 정신을 집중하는 것을 의미한다.
— 존 카밧진

살면서 불쾌한 상황이나 마음을 졸이게 하는 문제를 애써 모른 체한 적은 없는지? 어쩌면 우리는 그런 것들에서 도피하기 위한 무언가를 하느라 바쁜지도 모른다. 텔레비전을 보거나 쇼핑과 집 청소 또는 페이스북 둘러보기 등등을 하면서. 회피하기는 불쾌의 불꽃을 약화시키고 일시적인 안도감을 가져다주지만 장기적으로 불안감을 해소해 주지는 못한다. 스스로를 지금 이 순간에서 멀어지게 하는 것은 정신의 명료함과 자기이해를 방해한다. 반면에 개인적 판단을 배제한 채 내면의 불쾌를 주의 깊게 들여다보는 것은 하나의 '게임 체인저'Game Changer로 작용할 수 있다.

시험 삼아 수시로 불끈불끈 치밀어 오르거나 최근에 마음속에 자리 잡은 불만스러운 일을 떠올려 보라. 마음속으로 들어가 그 감정을 맞아들이고, 아픈 친구에게 머리맡 친구가 되어 주듯 지금 순간의 감정과 한자리에 앉으라. 당신의 이런 부분을 깊은 연민으로 알아가라. 그것을 내쫓거나 고치려고 하지 말고, 자신의 불만을 되도록 또렷이 인식하고 그것에 관심을 집중하라. 그러다 보면 머지않아 성가신 느낌이 이전만큼 나쁘게 여겨지지 않는다는 사실을 알게 될 것이다.

운동할 시간이 없다고 생각하는 사람은
조만간 병을 위한 시간을 내야 할 것이다.
— 에드워드 스탠리

이미 수백 번도 더 들은 말일 것이다. 이젠 듣는 것도 지겨울 만큼. 운동은 스트레스 완화와 정신의 명료함, 생산성 증가를 위한 강력한 요법이다. 특히 오랜 시간 앉아 있어야 하는 작가에게 운동이 얼마나 중요한지는 새삼 말할 필요가 없다.

한바탕 글을 쓰고 난 뒤 가장 먼저 찾는 것이 한 잔의 와인, 초콜릿 혹은 담배 한 대가 아닌 사람은 손을 들어 보라. 그런 다음 당신은 아마도 소파에 몸을 더 깊게 파묻으면서 이렇게 생각하지 않았을까. '운동만은 정말 못하겠어.'

하지만 만약 과학자들이 운동에서 젊어지는 샘물을 발견했다면, 운동이 수명을 10년 더 연장시켜 줄 수 있다고 한다면 그 즉시 운동복을 주워 입지 않을까. 규칙적인 운동은 신체 세포의 구성 요소를 변화시키고 노화 세포의 속도를 늦추는 효과가 있다. 1년간의 운동은 일흔 살 먹은 작가에게 서른 살 젊은이의 '뇌 연결성'Brain Connectivity을 제공하고, 기억력을 개선하며, 글의 플롯과 모호함에 대처하는 법과 멀티태스킹 능력을 증진시킨다.

이제 소파를 고수하기와 러닝머신에 올라가 뛰기 중 어떤 것을 택하겠는가? 젊어지는 샘물을 원한다면 진정제나 성형수술에서 찾아서는 안 될 터다. 그것은 당신의 러닝머신이나 수영복 혹은 러닝슈즈 속에 감춰져 있기 때문이다.

가장 강한 종種이 살아남는 것도,
가장 머리가 좋은 종이 살아남는 것도 아니다.
변화에 가장 잘 적응하는 종이 살아남는 것이다.
― 찰스 다윈

당신은 글쓰기와 출판의 압박에 어떤 식으로 대처하고 있는가? 당신은 스스로를 강철이나 플라스틱 혹은 유리로 생각할지 모른다. 당신이 강철이라면 스트레스는 튕겨 나갈 것이다. 당신이 플라스틱이라면 스트레스는 찌그러진 부분을 남길 것이고, 당신이 유리라면 스트레스는 당신을 산산조각 낼 것이다.

사람들은 스트레스를 피하는 것이 스트레스에 대처하는 가장 좋은 방법이라고 생각하는 경향이 있다. 정말로 그럴까? 스트레스에 대한 대응 방식은 각자의 고유한 기질에 따라 달라진다. 스트레스에 대한 내성이 강한 강철 같은 작가는 압박감을 느끼는 가운데서도 좋은 글을 써낸다. 그들은 스트레스를 유발하는 사건을 회피하거나 굴복해야 하는 것으로 여기기보다는 그로 인한 압박감을 딛고 자신이 성장할 수 있는 기회로 여긴다. 그들은 자신이 글쓰기의 어려움에 얼마든지 대처할 수 있으며, 그 어려움이 성공을 위한 노력의 불씨가 되리라 믿는다. 스트레스에 민감하거나 유리 같은 작가는 그보다 취약하며, 외적인 힘이 글쓰기의 성공을 결정짓는다고 믿는다.

만약 스트레스에 대한 내구력을 타고나지 못했다고 하더라도 시간과 인내를 가지고 그것을 개발할 수 있다. 글쓰기의 스트레스 요인에 좀 더 유연하고 낙관적이며 건설적으로 대응하는 힘을 기르려고 노력한다면, 당신은 강철처럼 강해지고 스트레스는 당신에게 부딪혀 튕겨 나가게 될 것이다.

세상에 영구한 것은 아무것도 없다. 어떤 것이 지속되기를
바라는 것은 어리석은 일이다. 그러나 그것을 가지고 있는 동안
즐기지 않는 것은 더더욱 어리석은 일이다.
— 서머싯 몸

세상에 영구한 것은 아무것도 없다. 모든 관계는 어떤 식으로든 끝나기 마련이다. 물질적인 모든 것은 부식되고 깨어지거나 부패한다. 우리 역시 언젠가는 죽는다. 우리는 모두 제한된 아침과 호흡과 생각을 가지고 있다. 그러나 그것들을 어떻게 써야 할지에 대해 고민하는 사람은 많지 않다. 삶 역시 일시적인 것이며 내일이 보장되지 않는다. 우리 인생에서 진정으로 중요한 것이 무엇인지를 좀 더 세심하게 따져 보고, 글쓰기로 인한 좌절과 숱하게 겪는 거절, 심지어 글쓰기의 황홀경까지를 포괄적으로 바라볼 필요가 있다.

앞으로 살날이 딱 하루밖에 남지 않았다면 누구와 어떻게 시간을 보낼 것인가? 삶의 비영구성은 모든 것의 유한함과 더불어 인생의 소중한 매 순간을 충만하게 살아야 할 필요성을 우리에게 일깨운다. 또한 바로 우리 눈앞에 있으면서도 보지 못하고 지나쳤던 사람과 사물을 되돌아보게 한다. 삶이 영원하지 않다는 사실은 우리가 끝마치지 못한 일을 돌아보고 관계를 개선하게 하거나, 사랑하는 이에게 하고 싶었던 말을 더 이상 미루지 않게 한다. 오늘이 주는 선물과 그 가치를 알아볼 때 우리는 창작의 시간을 더욱 값지게 할 수 있다.

> 훌륭한 범죄소설은 탐정이 사건을 어떻게 해결하느냐가
> 아니라 사건이 탐정을 어떻게 가지고 노느냐에 달려 있다.
> — 마이클 코넬리

글쓰기의 스트레스에 관해 할 수 있는 게 별로 없다는 생각이 들 때가 있다. 어떤 스트레스는 외적인 요인에서 비롯되고, 또 어떤 스트레스는 부지불식간에 우리 스스로 만들어 내기도 한다. 마이클 코넬리가 훌륭한 범죄소설을 알아보는 것처럼 우리는 스트레스가 외부 혹은 자신의 내면에서 비롯되는지를 구분할 수 있다.

글쓰기의 스트레스가 어떻게 자신을 좌우하는가보다는 자신이 스트레스에 어떻게 반응하는지를 살핌으로써 우리는 스스로 생각하는 것보다 스트레스를 더 잘 통제할 수 있다. 자신이 처한 상황의 판세를 바꿀 수도 있고, 행동을 달리하거나 계획을 다시 짤 수도 있는 것이다. 자신이 깨닫지 못하는 사이에 스스로 스트레스를 키우고 있는 것은 아닌지 살피는 것은 진정으로 각성하는 계기가 될 수 있다.

안경을 코에 건 채 온종일 안경을 찾아다니는 노인과 달리 자신의 글쓰기 습관과 변명과 태도를 면밀히 들여다본다면 스트레스가 어디에서 비롯되었는지를 알 수 있을 터다. 글쓰기로 인한 스트레스의 근원을 명확하게 파악함으로써 자신을 짓누르는 스트레스의 피해자가 되는 대신 스트레스와 맞서는 힘을 키우라.

당신의 마음이 당신의 현실을 창조한다. 아무것도 기대하지 않으면
당신은 수많은 선택이 기다리고 있는 세계의 문을 열게 된다.
그러나 최악을 기대한다면 당신은 대체로 그것을 얻게 될 것이다.
― 제임스 패터슨

당신은 불확실한 미래나 커리어의 방향에 대해 열린 마음을 갖고
있는가, 아니면 경직된 마음으로 팔짱을 낀 채 두 발을 굳게 딛고
서 있는가? 나는 당신이 전자에 속하기를 바란다. 유연한 마음으로
아무런 기대를 하지 않고 글을 쓰는 사람은 좀 더 많은 문학적 보상
과 성공을 거둘 수 있다. 꽉 쥔 주먹으로는 선물을 받을 수 없다.

새로운 상황에 대한 과도한 기대는 주어진 기회를 알아보지 못
하게 하고 성공적인 글쓰기를 방해한다. 경직된 마음으로는 자신
이 미지의 상황에 처해 있음을 깨닫지 못한다. 대체로 나쁜 상황
을 예상하다 보면 실제로 그렇게 흘러가는 경우가 많다. 우리는 부
지불식간에 자신의 기대에 부합하는 방향으로 생각하고 행동하는
경향이 있기 때문이다. 경직된 마음은 '자기충족 예언'Self-Fulfillment
Prophecy에 부응함으로써 자기 앞에 놓인 기회를 차단한다.

반면 유연하고 열린 마음은 낯선 상황에서 당신의 창의성을 북
돋아 당신을 문학적 성공으로 이끌고 예술적 성취감을 안겨 줄 것이
다. 아무것도 기대하지 말고 유연한 마음으로 새로운 경험과 마
주하라. 소아마비 치료약을 발견하고, 시스틴 예배당의 천장화를
그리고, 달에 착륙하고, 해리 포터를 창조한 사람은 모두가 유연하
고 열린 마음을 가진 이였다.

> 우리 인생의 어떤 것은 우리의 통제를 벗어나 있다.
> 우리는 그것을 즐길 수도 비극으로 만들 수도 있다.
> ― 노라 로버츠

분노는 인간의 자연스러운 감정이며 기쁨이나 슬픔처럼 유효한 감정이다. 세상사가 자기 뜻대로 되지 않으면 우리는 당연히 상처받고 실망하며 좌절한다. 큰 소리로 불평을 하거나 씩씩거리기도 하며, 때로는 자신이 원하는 것을 얻지 못한 아이처럼 물건을 집어 던지기도 한다.

삔 손목이나 아픈 갈비뼈가 우리의 일부이듯 분노도 우리의 일부일 뿐이다. 하지만 분노가 우리 심장을 지배하게 되면 우리의 진정한 자아가 가려질 수 있다. 그런 일이 생길 때면 그 분노를 다른 이에게 향하기보다 그에 부합하는 에너지와 함께 다른 데로 향하게 할 수 있다. 분노를 표출하는 대신 자신의 감정을 글로 써 내려가거나 매트리스에 낡은 테니스 라켓을 내리치거나 메리 히긴스 클라크가 한 일을 할 수도 있다. "누군가가 나한테 비열하게 굴면 난 그를 내 다음 책의 희생자로 만들어 버린다."

분노를 자신과 뗄 수 없는 일부로 받아들이고 분노로부터 말하는 대신 분노를 위해 이야기하라. 분노의 근원인 사람이나 믿는 친구, 카운슬러 또는 같은 동료에게. '분노를 위해 이야기한다는 것'은 분노를 자기 밖으로 끄집어내 차분한 언어로 자신의 감정을 묘사함으로써 분노가 점차 잦아들게 함을 의미한다.

당신의 운명을 바꿀 수 없다면 당신의 태도를 바꿔라.
— 에이미 탄

글쓰기의 여정에서 커다란 실망감과 마주하는 것은 피할 수 없는 일이다. 그러나 당시에는 그 사실을 깨닫지 못할지라도 그 실망감 가운데는 보다 깊은 가르침이 감춰져 있다. 당신의 운명을 바꿀 수 없다면 당신이 할 수 있는 최선의 선택은 당신의 태도를 바꾸는 것이다. 그것이 당신이 가진 힘이다.

당신이 스스로를 보잘것없다고 여기거나 깊이 좌절한다고 해서 글쓰기로 인한 실망이 더 이상 당신을 찾아오지 않는 것도 아니다. 글을 쓰는 한 좌절감은 계속 당신을 따라다닐 것이다. 이에 대한 해결책은 당신이 어떤 태도를 취하느냐 하는 것뿐이다. 손실은 이득을 포함하고 있고, 짙은 구름 뒤에는 햇빛이 비치고 있다.

나쁜 소식이 들리면, 그것이 끝이 아니며 그곳에서 오래 머뭇거리지 말아야 한다는 것을 상기하라. 그것이 지나가기를 기다리면서 각각의 부정적 상황에 포함된 도전을 찾아내 '이 상황에 어떻게 대처하고 헤쳐 나갈 것인가?' 혹은 '이 문제를 어떻게 내게 유리한 것으로 만들 수 있을까?'를 자문하라. 이러한 접근법은 당신을 수동적인 수령자가 아닌 능동적인 학습자로 만들어 줄 것이다. 최근에 글쓰기에서 실망을 느낀 적이 있다면, 그 상황에서 무엇을 배울 수 있는지, 더 나은 작가가 되는 데 어떻게 그것을 활용할 수 있을지를 생각해 보라.

꼭대기에서 바라보는 전망을 떠올려 보기

승리자는 여유를 가지고 자신의 성취를 즐긴다.
그들은 높은 산에 올라 꼭대기에서 전망을 바라보는 것이
아주 신나는 일이라는 것을 잘 알고 있다.
— 데니스 웨이틀리

때로 글쓰기의 수렁에 빠진 것 같을 때면 글쓰기가 더 이상 계속할 수 없는 불가능한 과업처럼 느껴지곤 한다. 그냥 포기하는 것이 훨씬 쉬울지도 모른다는 생각이 드는 것이다. 그러나 글쓰기가 그렇게 쉬운 일이었다면 누구나 글을 써서 출판을 했을 것이다.

성공적인 작가에게 요구되는 가장 중요한 자질은 끈기다. 글쓰기가 힘겨운 투쟁처럼 느껴질 때 자신에게 동기를 부여할 가장 좋은 방법 중 하나는 높은 곳에서 바라보는 전망을 떠올리는 것이다. 글쓰기를 포기해 버리고 싶을 때조차 완성된 글이 어떤 모습일지를 머릿속에 그려볼 수 있다. 성취감과 그에 따른 기분 좋은 육체적 감각을 떠올리는 것은 우리에게 추가적인 회복탄력성을 부여한다. 오래 산을 오르다 보면 자신이 전진하고 있음이 보이기 시작한다. 처음에는 불가능하고 허황돼 보였던 목표가 계속 나아갈수록 필연적인 것으로 생각된다.

힘겨운 전투 가운데서의 끈기는 그에 동반되는 인내와 헌신 및 실패의 수용을 필요로 한다. 당신은 도전을 포기하고 패배를 인정하겠는가, 아니면 큰 그림을 떠올리면서 더욱더 단단해져 끈기 있게 계속 나아가겠는가?

용기를 그러모으기

용기란 두려워하면서도 어쨌든 계속 전진하는 것이다.
— 헤더 그레이엄

나는 신인 작가 시절에는 용기가 글쓰기와 어떤 연관이 있다는 생각을 해 본 적이 없다. 그러나 이제 작가로서 어느 정도 연륜을 쌓고 나니 모든 게 용기와 관련이 있음을 알겠다. 나를 뚫어지게 바라보는 텅 빈 컴퓨터 화면과 노트패드는 작가 인생에서 가장 두려운 것일지도 모른다. 아마도 많은 작가가 불길한 공백을 마주하기보다는 치통으로 고통스러워하는 편을 택할 것이다.

글쓰기의 여정 가운데 두려움이 불쑥불쑥 모습을 드러낼 때마다 그 회오리바람을 뚫고 솟아오르기 위해 가장 필요한 자질은 용기다. 용기란 나에게 일어나는 모든 것을 회피하거나 거부하지 않고 있는 그대로 받아들이고 직면하는 내적인 힘을 가리킨다. 이는 삼키기에 쓴 약처럼 보이면서 위험이 따르기도 하지만 그 보상에는 노력할 만한 가치가 있다.

용기를 그러모은다는 것은 자신의 두려움을 깨부수는 것과는 다르다. 용기를 낸다는 것은 두려움을 느끼면서도 자신의 삶이 자기 방식대로 흘러가게 하는 것을 의미한다. 비록 당장은 고통스럽더라도 어쨌든 자기의 길을 계속 나아가노라면 언젠가는 노고의 결실을 거두게 되지 않겠는가.

> 매일의 할당량을 마치기 위해 서두르는 나를 발견한다.
> 이것은 파괴적인 징후다. 책은 매우 섬세한 것이다.
> 책에 압박이 가해지면 읽는 이도 압박감을 느끼기 마련이다.
> — 존 스타인벡

편집자가 작업을 더 빨리 마쳐 달라고 재촉했을 때 스타인벡은 단호히 거절했다. 서둘러 써야 한다는 압박감이 자신의 글쓰기에 해를 끼친다는 것을 깨달았기 때문이다. 스타인벡, 도나 타트, 하퍼 리, 넬슨 드밀처럼 서서히 타오르는 작가가 옳은 것일까? 느리게 가는 것이 곧 더 빨리 가는 것일까?

일에 쫓기고 서두르는 생활방식을 반영하듯 패스트푸드, 퀵 카핑Quick Copying, 스피디 서비스 같은 표지판이 우리의 도로변을 가득 메우고 있다. '빨리빨리 증후군'Acceleration Syndrome이 우리의 일상적인 글쓰기에까지 침투한 것은 아닐까? 내가 방금 레드불 두 잔을 들이켜고 글이 좀 더 빨리 쓰이기를 바라듯 손가락으로 책상을 두드리는 것도 그런 징후가 아닐까?

당신도 혹시 출판업자의 지속적인 관심을 끌기 위해 빠르게 글을 써내야 한다고 자신을 밀어붙이고 있지는 않은지? 외부의 압력 때문에 스스로 정한 글쓰기의 기준을 위태롭게 만들고 있지는 않은지 자신을 돌아볼 필요가 있다. 출판업자의 마음에 들려고 빠르게 한 작품씩 생산해 내는 어떤 공식을 따르고 있지는 않은지, 혹은 두려움에 사로잡혀 자신의 글의 가치를 작품의 질보다는 쪽수로 따지고 있지는 않은지 곰곰 생각해 보아야 할 터다.

> 느린 글쓰기는 명상적인 행위다.
> 자신과 글쓰기의 관계를 이해하기 위해, 자신의 진정한
> 주제를 결정짓기 위해 느리게 가는 것이다.
> — 루이즈 디살보

작가 루이즈 디살보는 슬로푸드 운동의 많은 아이디어를 글쓰기의 속도에 적용했다. 우리가 글쓰기와 자신의 관계를 이해할 만큼 충분히 느리게 간다면 느린 글쓰기는 우리의 글을 풍요롭게 할 수 있다. 속도를 중시하는 세상에서 시간을 내 글쓰기에 헌신하는 것은 매우 중요한 가치에 자신을 바치는 행위다.

그러나 주위의 모든 것이 번개처럼 빠르게 움직일 때 글쓰기 속도를 늦추기란 쉬운 일이 아니다. 매사에 서두르는 생활방식에 자신을 소모하다 보면 글 쓰는 자아를 잃어버리기 십상이다. 느린 글쓰기란 단지 시간을 내는 것이 아니라 글쓰기를 위한 시간을 만드는 것이다. 느린 글쓰기란 갈수록 비인간적이 되어 가는 세상에서 자신의 글쓰기를 인간적인 것이 되게 하는 하나의 방법이다. 느리게 가기는 우리를 더 깊이 있는 자기성찰적인 작가가 되게 한다. 자신의 글 쓰는 목소리를 발견하게 하고, 자신만의 고유한 스타일을 더욱 섬세하게 가다듬게 하며, 어떤 것이 글쓰기에 더 효과적으로 작용하는지를 알게 한다. 우리는 더 느리게 먹고, 더 느리게 운전하며, 더 느리게 글을 쓸 수 있다. 고대 그리스의 이야기꾼 이솝의 지혜를 떠올려 보라. "느리게 꾸준히 가는 사람이 승리한다."

느리게 쓰기 위한 시간을 만들라. 쓰기의 말들이 서서히 모습을 드러내게 하라. 글쓰기를 끝낸 뒤에는 평소의 글쓰기 방식과 비교할 때 어떤 점이 달라졌는지 밑줄을 그어 보고, 자신의 글쓰기에 자기성찰적인 면이 있는지를 살피라.

> 나의 용기는 기쁨과 희망과 즉흥성이 다시 돌아올 거라는 믿음,
> 나 자신의 영원한 회복탄력성에 대한 믿음이다.
> ― F. 스콧 피츠제럴드

'진실의 떨림'Tremor of Truth이란 운동에서 근육이 떨릴 만큼 자신을 최대한 밀어붙였을 때 사용되는 표현이다. 우리가 최적의 운동을 하고 있음을 말해 주는 증상인 것이다. 우리는 작가로서 자신의 '진실의 떨림'이 어디에 있는지를 알 필요가 있다. 우리는 때때로 우리 모두를 엄습하는 불확실성의 희뿌연 안개를 헤치고 쟁기질을 계속한다. 그러다 글쓰기의 장애물을 만날 때면 포기하고 싶어지기도 한다. 그럴 때 우리는 자신도 알지 못했던 숨겨진 회복탄력성을 발견하고 장애물을 뚫고 다시 나아간다.

　단단한 바위나 희귀한 광맥이 앞을 가로막고 있는 것처럼 느껴질 때가 있다. 하지만 우리는 포기하기 바로 직전에 다시 한 번 더 자신을 밀어붙임으로써 진실의 떨림을 경험하고, 자신의 내면에 비축된 힘으로 결승선에 이를 수 있다. 글쓰기에 얼마나 더 많은 노력을 기울여야 하는지, 한계점에 도달하기 전까지 자신의 능력을 얼마나 더 발휘할 수 있을지 스스로에게 물어보라.

나는 내 첫 소설이 어렵다고 느꼈다.
나는 자기회의로 가득한 채 앞으로 나아가야 했다.
— 앤서니 도어

나의 첫 책이 출간되었다. 나는 이제 편안하게 앉아서 찬사로 가득한 리뷰가 올라오는 것을 기다리기만 하면 된다. 그런가? 틀렸다! 소강 상태 동안 나는 다음 작업을 구상하는 동시에 나 자신을 사로잡을 자기회의에 대비해야 한다.

우리는 다음과 같은 가능성을 염두에 두어야 한다. 부정적 리뷰가 번개처럼 우리를 내리칠지도 모르고, 판매 지수가 기대 이하로 곤두박질치고, 출판사에서 두 번째 계약을 제안하지 않을 수도 있다. 그러나 결과가 아무리 실망스럽더라도 우리는 자신이 정한 결말을 머릿속에 떠올리며 계속 나아가야 한다. 자기회의가 사실을 제압하도록 무료승차권을 제공해서는 안 된다.

사실과 감정을 분리해야 함을 기억하라. 자기회의가 자신에게 이런 말을 속삭이게 놔두지 마라. '난 할 수 있을 줄 알았어. 그런데 아무리 해도 안 되나 봐.' 혹은 '내 인생의 몇 년을 헛되이 낭비한 것 같아.' 이런 감정적 해석과 적당한 거리를 유지하면서 사실을 고수하는 게 중요하다.

웃음은 마음의 조깅이다. 우리의 기관을 움직이게 하고
호흡량을 늘린다. 웃음은 수많은 희망을 품는 것을 가능하게 한다.
― 노먼 커즌스

마지막으로 마음껏 웃어 본 게 언제였는지 기억하는가? 웃음 요가 Laughter Yoga는 우리 몸에 적당한 운동과 비슷한 혜택을 제공하며 모든 병을 이기는 최고의 치료약 중 하나다. 웃고 나면 아마도 금세 기분이 좋아졌음을 깨닫게 될 것이다. 웃음은 스트레스 호르몬을 줄어들게 하고 (우리 몸이 스스로 분비하는 진통제인) 엔도르핀을 활성화한다.

심지어 하루에 1분간의 가짜 웃음(억지웃음에서 시작해 실제인 것처럼 느껴지는 웃음 요가)도 스트레스를 줄이고 고통을 완화하며 우리의 면역 체계를 강화하고 표정을 밝아지게 하는 효과가 있다. 웃음 요가의 과학은 설사 억지웃음을 웃는다고 해도 우리 몸이 그 차이를 구분하지 못한다는 데 있다.

다음과 같이 웃음 요가를 시도해 보라. 똑바로 선 채 위를 쳐다보면서 머리 위로 두 팔을 활짝 벌리라. 그리고 어깨, 팔, 얼굴, 배를 움직이면서 억지웃음을 웃으라. 웃음이 실제인 것처럼 느껴질 때까지. 할 수 있는 한 계속 큰 소리로 마음껏 웃으라. 그런 다음 조금이라도 기분이 나아졌는지를 살피라.

> 사람들은 장례식을 위한 복장을 갖춰 입는다. 그런데 어째서
> 자신이 살아 있음을 축하하기 위해서는 옷을 차려입지 않는가?
> — 게이 탤리스

당신의 소설이 출간되거나 문학상을 받았다고 해서 당신이 뉴욕의 5번가를 따라 색종이를 뿌리는 축하 행진을 벌일 일은 없을 것이다. 그러나 당신이 거둔 문학적 성과는 팡파르와 함께 축하를 받을 만큼 중요하고 획기적인 사건이다. 당신은 글쓰기의 여정 중에 훌륭한 성과를 거둔 것을 축하하는 이정표를 세울 필요가 있다. 출간 기념회 후의 뒤풀이, 가까운 친구들과 마시는 술 한잔, 집에서 여는 조촐한 파티 같은 것을 통해. 또는 기쁨을 표현하는 말없는 주먹 세레모니를 할 수도 있다.

스스로를 축하하는 행위는 가족과 친구 그리고 글쓰기의 동료들과 맺는 유대를 더욱 공고히 해 주며, 자신의 글쓰기의 발전과 성공의 표시로 기억할 만한 순간을 제공한다. 즐거움과 만족감과 함께 떠올릴 기억을 만들어 주고, 자신을 짓누르는 원고 마감일과 압박 사이에, 또다시 글쓰기의 요구에 직면하기 전에 자신의 영혼이 기지개를 켤 수 있는 중간 휴식기를 선사한다. 자축은 잘한 일에 대한 스스로의 보상이다.

자신의 앞날을 예측하지 말라

어리석은 사람은 자신이 생각하는 것이 아닌
눈에 보이는 것을 거부하고, 현명한 사람은 눈에 보이는
것이 아닌 자신이 생각하는 것을 거부한다.
― 황벽희운

어떤 작가 친구의 책이 출간되기가 무섭게 날개 돋친 듯 팔려 나갔고, 그녀는 여러 문학상을 수상했다. 그러나 그녀는 그것이 단지 요행이었을 뿐이며, 다음 책은 실패작이 될 거라고 생각하는 듯했다. 나는 어안이 벙벙했다. 많은 작가가 자기패배적 믿음으로 부지불식간에 자신의 커리어를 가로막는 것은 놀라운 일이다. 우리 마음은 긍정적인 상황에도 불구하고 부정적 결과를 예측하는 경향이 있다.

부정적 성향이 강한 사람은 예측 불가능한 글쓰기의 경험을 예측하면서 그 예측을 뒷받침하기 위한 증거를 모은다. 앞서 언급한 작가 친구의 경우처럼 자신의 어두운 생각을 반박하는 긍정적 지표는 무시되고 최소화된다. 모든 것이 잘돼 가고 있음에도 자신의 부정적 예측으로 고통을 자초한다.

외부의 관찰자처럼 상황을 조감하고, 도전적 상황에 직면할 때는 예측이 아닌 자기 앞의 사실에 집중하라. 당신은 자신의 예측을 뒷받침하는 증거를 찾아내기보다 그 예측을 반박하는 증거를 발견할 가능성이 크다. 그 증거를 이용해 구름 낀 전망을 활짝 갠 전망으로 변화시키라.

당신의 배터리를 재충전하라

배터리 충전을 게을리하면 배터리가 죽어 버린다.
잠시 멈춰 서서 물 마실 시간도 없이 전속력으로 달리다 보면
경기를 끝마치는 데 필요한 탄력을 잃고 만다.
— 오프라 윈프리

당신도 다른 많은 사람처럼 늘 허덕허덕 숨 가쁘게 달려가고 있지는 않은지? 번개처럼 빨리 달리든 달팽이처럼 느리게 가든 때때로 시간을 내 바람을 쐬러 가거나 머리를 맑게 할 필요가 있다.

혹은 단순한 즐거움에 빠져들 수도 있다. 다른 작가가 어떻게 글을 쓰는지 알기 위해 좋은 책을 읽는다든지 명상이나 기도를 할 수도 있을 터다. 자연을 감상하거나 마사지를 받는 것도 좋다. 운동을 통한 다이어트, 충분한 수면, 간단한 산책 또는 매일 몇 분간의 스트레칭도 도움이 된다.

만약 어느 한 가지에만 몰두하고 싶다면, 욕실이나 뜨거운 욕조를 하루 동안 자신만을 위한 스파로 변화시키는 것도 고려해 볼 만하다. 욕조 주위에 향초를 배치하고, 은은한 음악을 틀고, 향유와 장미 꽃잎을 뿌린 따뜻한 거품 목욕을 시도해 보라. 조명을 어둡게 하고 욕조로 미끄러져 들어가 좋아하는 음료를 홀짝이면서 글쓰기로 인한 그날의 스트레스를 물속에 흘려보내라. 목욕이 끝나면 부드럽고 넉넉한 면 수건으로 몸을 감싸라. 기운을 북돋우고 에너지를 충전해 주며 당신을 달래 주는 순간으로 당신의 엔진이 계속 작동할 수 있게 하라.

나는 기본적으로 이중적 모습을 띠고 있다.
나는 냉정한 사람일 수도 잘난 체하는
사람일 수도 있다. 선택은 당신 몫이다.
— 제임스 패터슨

세상에는 이분법적 사고에 사로잡혀 있는 사람이 무수히 많다. 작가도 예외가 아니다. '나는 다작하는 작가가 되든지 헌신적인 배우자가 되든지 할 거야. 둘 다는 결코 될 수 없어.' '내가 얼마나 힘들게 일하는지 아무도 이해 못해.' 이런 식의 선언은 우리 마음이 '전부 아니면 전무'에 지배받고 있다는 표시다. 인생을 깔끔한 범주로 구분하고자 애쓰는 것이다.

우리 인생을 흑과 백의 인위적인 범주로 나누다 보면 양극단이 아닌 또 다른 많은 가능성을 보지 못하게 된다. 또한 자신과 다른 사람에 관한 진실을 보지 못하고, 옳지 못한 의사 결정을 하기 쉽다.

명료한 마음은 흑백 포장지에 싸인 채 당신에게로 오지 않는다. 그것은 양극단 사이 어딘가에 있는 회색의 영역에 둥지를 틀고 있다. 촉각을 곤두세우고 있다 보면 자신이 극단적인 관점에 사로잡혀 있음을 알게 된다. 언제나, 전부, 모두 또는 아무도, 결코, 아무것도 등의 사용은 '전부 아니면 전무'라는 이분법적 사고에 사로잡혀 있음을 보여 준다. '완벽한 글(전부)을 쓰지 못할 바에는 글쓰기를 포기할 거야(전무)'를 '나는 훌륭한 작가가 될 수도, 위험을 감수하고 나의 실수로부터 배우는 사람이 될 수도 있을 거야'가 되게 하라.

자기 안에 사는 파충류에 지배당하지 않기

우리 뇌는 놀라운 기관이다. 아침에 일어나는 순간부터 활동하기
시작해 사무실에 도착하기 전까지 활동을 멈추지 않는다.
— 로버트 프로스트

우리 중에서 자신의 뇌에 대해 잘 아는 사람은 많지 않을 것이다.
우리 뇌는 곧 우리 자신이며, 우리의 몸과 마음을 통제한다. 글쓰기
를 가능하게 하는 이 도구가 어떤 일까지 할 수 있는지 아는 것은
중요하다. 글쓰기의 위협이 느껴지면 우리의 파충류 뇌(생존에 관
여하는 뇌)는 전전두엽(이성에 관여하는 뇌)을 장악하고 작동을
멈추게 하며, 스트레스 호르몬의 분비를 증가시킨다. 그러면 우리
뇌는 우리를 안전하게 지키기 위해 경고 신호를 보내고, 우리는 혼
란에 빠져 제대로 생각할 수 없게 된다.

좋은 소식은 글쓰기의 위협 한가운데서 전전두엽이 우리로 하
여금 호흡을 가다듬고 한 발 뒤로 물러서서 외부인의 관점을 되찾
게 해 준다는 것이다. 내면의 폭풍 같은 불에 집중하고 자신의 감정
에 귀 기울이면서 다음과 같이 자문해 보라. '나는 지금 무엇을 느
끼는가?' '이 감정은 내게 무엇을 말하고 있는가?' '더 이상 가슴이
뛰지 않는다면 어떻게 해야 하나?'

두뇌의 집행 기능이 작동되면 우리는 내면의 파충류로부터 분
리돼 침착을 유지하면서 현명한 결정을 내리기가 훨씬 쉬워진다.
파충류 뇌가 활성화될 경우에는 자신의 감정을 인정하고 내가 화
가 났는지 두려워하는지를 자문해 보라. '이렇게 화가 날 때는 무
엇으로 나를 달래야 하지?' 이런 식으로 전전두엽을 활성화시키다
보면 더 이상 내면의 파충류에 지배당하지 않고 반응하는 대신 행
동할 수 있다.

> 우리는 내내 걷지만 우리의 걷기는 대체로 달리기에 더 가깝다.
> 그런 식으로 걸으면 불안과 슬픔을 땅에 새기게 된다.
> — 틱낫한

스스로를 과도하게 밀어붙이고 서두르는 것은 창의성을 감소시키는 결과를 낳는다. 오랜 글쓰기로 스트레스가 심해질 때면 우리 몸에 숨을 불어넣고 속도를 늦추기 위한 방법을 사용해 볼 수 있다. 두문자어頭文字語인 할트HALT는 배고프고Hungry, 화나고Angry, 외롭고Lonely, 피곤한Tired 상태를 가리킨다. 이 중 하나 또는 여러 상태의 조합이 우리를 엄습할 때면 잠시 멈춰 서서 호흡을 가다듬을 것을 가만히 권하는 말이다.

할트가 느껴질 때 횡격막 호흡을 행하면 우리 안의 스트레스 반응이 줄어든다. 코를 통해 깊이 숨을 들이마시고 여섯까지 천천히 센 다음 입술을 오므리면서 서서히 숨을 내뱉기를 반복해 보라.

이러한 호흡을 여러 번 반복하다 보면 매 호흡마다 우리 몸이 이완되는 것을 느낄 수 있다. 그런 다음 자신에게 필요한 것을 하면 된다. 건강한 간식이나 식사, 적절한 방법으로 화를 다스리기, 가까운 친구에게 전화하기 또는 재충전을 위한 (낮잠이나 명상 같은) 휴식을 취할 수도 있다. 그런 뒤에 서서히 한 번에 하나씩, 한 번에 한 걸음씩 도전해 보라. 아이러니한 것은 할트가 우리로 하여금 더 많은 것을 이루게 해 주며, 더불어 우리의 창의성을 쇄신하게 한다는 사실이다.

(*) '가위 들고 달리기'(Running with Scissors)는 어거스텐 버로스의 소설 제목이자 동명의 영화 제목에서 빌려온 것으로 불안하고 힘든 상황을 가리키는 말이다.

> 암은 우주가 얼굴에 때리는 따귀다.
> 그로 인해 우리는 좌절하거나 고귀해질 수 있다.
> ― 리처드 벨저

바버라 월터스와의 인터뷰에서 배우 엘리자베스 테일러는 자신에게 뇌종양이 생겼다는 의사의 말에 웃었다고 이야기했다. 놀라며 당황하는 월터스에게 테일러는 현명하게도 이렇게 대꾸했다. "내가 달리 뭘 할 수 있었겠어요?" 테일러의 태도는 역경에 처했을 때 우리가 많은 것을 할 수 있음을 보여 준다.

더 이상 출판 계약을 하지 못하거나 출판사로부터 거절 편지를 받는 경우에도 비슷한 원칙에 따라 행동할 수 있다. 트라우마를 극복한 이들에 관한 연구에 따르면, 역경에는 '외상 후 성장'이라는 혜택이 따라온다. 알코올중독을 이겨 낸 이들은 종종 바닥을 친 것이 그들 인생의 가장 큰 축복이었노라고 이야기한다. 그로 인해 완전히 새로운 삶의 방식에 눈뜰 수 있었기 때문이다.

역경 속에서도 선물을 찾는 사람은 자신의 상실이 지닌 새로운 의미와 가치를 발견할 수 있다. 정신력을 강화하고 더 깊은 연민으로 자신과 다른 이를 바라보노라면 우리는 생각했던 것보다 자신이 더 강한 존재임을 알게 된다. 당신 역시 글쓰기의 여정을 따라가면서 놀라운 일과 마주하게 될 때마다 이런 사실을 상기할 필요가 있다.

좋은 운과 나쁜 운은 함께 온다

> 당신은 나쁜 운이 그보다 훨씬 나쁜 운으로부터
> 당신을 구했다는 사실을 결코 알지 못한다.
> ─ 코맥 매카시

한 중국인 농부에게 밭을 경작하는 늙은 말 한 마리가 있었다. 어느 날 말이 야산으로 도망을 쳤다. 농부의 이웃들이 그의 불운을 안타까워하자 그가 이렇게 대꾸했다. "운이 나쁜 건지 좋은 건지 누가 알겠소?"

일주일 후 말이 한 무리의 야생마와 함께 돌아왔다. 이번에는 이웃들이 그의 행운을 축하했다. 그가 또다시 "운이 나쁜 건지 좋은 건지 누가 알겠소?"라고 대답했다. 어느 날 농부의 아들이 야생마를 길들이려다 말에서 떨어져 다리가 부러졌다. 모두가 엄청나게 불행한 일이 일어났다고 수군거렸다. 농부는 여전히 "운이 나쁜 건지 좋은 건지 누가 알겠소?"라고 말할 뿐이었다. 일주일 뒤 마을에 군대가 들어와 전쟁에 나갈 수 있는 남자를 모두 징집해 갔다. 그러나 다리가 부러진 농부의 아들만은 무사할 수 있었다. 이것이 행운인지 불운인지 누가 자신 있게 말할 수 있을까?

이 이야기의 교훈은 삶의 부침이 자신을 좌우하게 해서는 안 되며, 좋은 일과 나쁜 일이 번갈아 찾아오는 것은 일상적인 일임을 기억해야 한다는 것이다. 이 사실을 떠올리고, 자신의 글쓰기 방식에 대한 믿음으로 성공과 실패 가운데서도 언제나 발사대에 머물 수 있도록 하라.

> 죄책감은 모든 피해자를 범인처럼 느끼게 하는 검사와 같다.
> — J. 루스 젠들러

죄책감. 이보다 말하기 쉬운 불쾌한 말이 또 있을까? 우리 중 얼마나 많은 이가 죄책감에 시달리면서 글을 쓰려고 책상으로 향할까? 키보드를 두드리는 동안에도 죄책감은 우리 주변에서 맴돌면서 최적의 글쓰기를 방해한다.

죄책감은 종종 부당하게 또는 사소한 일로 자기 자신에게 내리는 판결이다. 우리가 무엇을 하든 우리에게는 언제나 죄책감을 느끼는 어떤 것이 있기 마련이다. 나는 정직하고 진실한 글을 쓴다고 하지만 누군가는 내 의견에 기분이 상할 수 있다. 우리는 실수하고, 답장하는 것을 잊어버리고, 원고 마감일을 넘기고, 틀린 말을 하기도 하고, 메모한 것을 잃어버리거나 잘못 인용하기도 한다.

자꾸만 "미안해요"라고 말하다 보면 정말로 미안한 일을 한 것처럼 느낄 수도 있다. 사소한 문제로 자신을 부당하게 비난하고 있지는 않은지 자문해 보라. 지금까지 나 자신을 부당하게 대우하지는 않았는지. 죄책감을 해소하려면 무엇을 해야 하는지. 이제 누군가에게 사과하거나 보상을 해야 하는 것은 아닌지. 혹은 단지 죄책감으로부터 자유로워져야 할 때는 아닌지.

자신의 마음을 따르라. 마음은 좀처럼 우리를 잘못된 길로
이끌지 않는다. 우리를 곤경에 빠뜨리는 것은 우리의 생각이다.
— 스티브 베리

나는 소설의 줄거리나 글쓰기의 어떤 결정에 대해 지나치게 오래 생각할 때가 많다. 매사에는 어느 정도 논리가 필요하다. 그러나 창의적 노력이 요구되는 모든 일에서 과도한 추론은 우리를 곤경에 빠뜨린다. 과도한 생각은 우리가 헛된 시도를 하게 만들고, 혼란의 소용돌이에 휩싸이게 하며, 상상력의 문을 닫아 버린다.

효율적인 작가가 되기 위해서는 분석적인 사고 기술이 필요하다. 그러나 그러한 기술을 과도하게 쓰면 효율성을 망친다. 지나친 논리는 우리 마음에서 풍요로운 문학적 아름다움을 앗아 가고, 우리 말을 메마르고 진부하고 공허하게 들리게 한다. 시인이자 산문가인 타고르는 다음과 같은 말을 한 바 있다. "논리적이기만 한 마음은 양날의 칼과 같아서 그것을 사용하는 손을 피 흘리게 한다."

언제 논리를 사용할지 혹은 언제 그것을 던져 버리고 마음으로 생각할지를 아는 것은 중요하다. '영혼의 시'인 우리 마음은 사고와 이성 바깥에 존재한다. 글쓰기에 관해 어떤 결정을 내려야 할 때나 우리의 머리와 마음이 서로 충돌을 일으킬 때, 마음은 좀처럼 우리를 잘못된 길로 이끌지 않는다. 어떤 결정의 논리를 고려한 뒤에는 눈을 감거나 마음을 진정시키고 마음이 하는 말을 들어 보라. 당신 자신을 위해 지금 그렇게 하라.

> 모든 작가는 사실상 스스로에게 독방 종신형을 선고했음을
> 인정하고 그 불변의 사실에 대처하는 법을 배워야 한다.
> — 피터 스트라우브

글쓰기는 고독한 직업이다. 그러나 고독이 반드시 외로운 것은 아니다. 나로 말하면 고독은 파티를 전전하는 것보다 훨씬 커다란 충만감을 느끼게 한다. 나의 '글쓰기의 영역'에는 풍부한 아이디어가 가득하고 서로 자극을 주는 대화를 나누고 기이한 행동을 하는 매우 흥미로운 캐릭터들이 살고 있다.

글쓰기의 고독은 우리가 그것을 어떻게 느끼느냐에 달려 있다. 그것은 성소가 될 수도 있고, 휴식을 취하면서 원기를 북돋고 재충전하는 안식처가 될 수도 있다. 혹은 우리가 삶으로부터 단절된 것처럼 느끼게 할 수도 있다. 어떤 작가에게 혼자 있는 것은 어떻게든 피하고 싶은 것이기도 하다. 자기 안에 도사리고 있는 것을 발견하게 될까 봐 두렵기 때문이다. 이런 작가는 고독을 외로운 고문처럼 느낀다. 반면에 또 다른 작가는 고독이 충만하고 의미 있는 정신적 경험임을 깨닫는다.

당신은 어떤가? 당신에게 고독한 글쓰기란 무엇인가? 고독을 직업적인 위험으로 두려워하고 있는가, 아니면 반대로 자기재생의 풍요로운 시간으로 즐기고 있는가?

> 끈질기게 들려오는 목소리가 있다. 당신이 어디 살고
> 있는지 아는 그 목소리는 길고 어두운 영혼의 티타임에서
> 당신을 끌어내 자기와 함께 차를 마시자고 청한다.
> ― 수전 스팬

혹시 머릿속에서 어떤 목소리들이 들리진 않는가? 당연히 들릴 것이다. 작가라면 누구에게나 들리는 목소리가 있다. 인정할 건 인정하자. 당신 머릿속에는 커다란 목소리로 떠들어 대는 수많은 캐릭터가 살고 있다. 어쩌면 지금 그중 하나가 당신을 꾸짖고 있을지도 모른다. 목소리들이 머리를 지끈거리게 할 때 당신은 무엇을 하는가? 아마도 어떤 목소리인가에 따라 달라질 것이다. 내면의 목소리에는 두 종류가 있다. 열린 목소리와 닫힌 목소리. 열린 목소리는 호기심과 창의성의 목소리이며, 우리에게 예술적 방향과 플롯의 아이디어 그리고 영리한 캐릭터를 제공한다.

반면 닫힌 목소리는 평가와 비판의 목소리로, 비난과 좌절, 자신에 대한 폄하로 우리를 고통스럽게 한다. 그 목소리들의 목표는 우리의 야망과 재능과 꿈을 잠재우는 것이다. 그러나 닫힌 목소리는 진실을 이야기하는 법이 없다. 오직 열린 목소리만이 그렇게 한다. 내면의 목소리를 없앨 수는 없다. 따라서 목소리를 무시하고 저항하거나 강압적으로 없애려고 하는 것은 목소리를 더욱 강력하고 커지게 할 뿐이다.

우리가 할 수 있는 최선은 열린 목소리와 닫힌 목소리를 구분하고, 닫힌 목소리가 아닌 열린 목소리에 포함된 지혜를 통해 나아갈 길을 발견하는 것일 터다.

> 인생에서 중요한 사람은 어려운 시절에
> 당신의 친구가 되는 사람이다. 당신이 잘나갈 때는
> 당신이 원하는 모든 친구를 가질 수 있다.
> ― 제임스 리 버크

동병상련이라는 말이 있다. 작가만큼 서로를 이해하는 친구를 필요로 하는 직업도 없을 것이다. 많은 작가가 자신의 관점을 이해하고 글쓰기의 희열과 고통을 함께 나누는 친구를 갖고 있다. 잘나갈 때만이 아니라 힘든 시기에도 함께하는 친구가 있다.

당신은 어떤가? 서로 속속들이 알 만큼 진심 어린 연대감을 느끼는 글쓰기 친구가 있는가? 그렇지 않다면 글쓰기 모임이나 온라인 글쓰기 카페 등에서 연대감을 공유할 수 있는 글쓰기 공동체의 구성원을 찾아 나서기를 권한다.

어떤 경우에는 개인적인 유대가 심리적이거나 정신적인 것일 수도 있고, 때로 신성한 것이 되기도 한다. 이런 깊은 친근감과 안전한 느낌은 우리에게 방어적인 가드를 내리게 한다. 아무런 수치심을 느끼지 않고도 글쓰기의 불안과 자신의 능력에 대한 부정적 믿음을 공유할 수 있고, 보다 노련한 작가에게 자기 작품에 대한 피드백을 받을 수 있게 한다.

당신의 마음이 말하게 하라

어떤 선생이나 설교가, 부모, 친구 또는
현자도 당신에게 무엇이 옳은 것인지 결정할 수 없다.
오로지 당신 내면의 목소리에 귀 기울이라.
— 셸 실버스타인

많은 프로 작가가 작가 지망생에게 "자신의 목소리를 발견하라"라고 이야기한다. 하지만 사실 우리는 자신의 목소리를 찾아 나설 필요가 없다. 이미 우리 안에 있기 때문이다. 우리는 단지 그 목소리에 귀 기울이고 활용하기만 하면 된다.

글쓰기의 목소리는 대개 우리 머릿속이 아닌 마음속에 살고 있다. 우리 마음이 간절히 하고 싶은 이야기를 쓴다면 우리는 그 목소리를 들을 수 있다. 열정이 우리를 이끈다면 우리 마음은 자신이 원하는 것을 찾아 나설 테고, 영혼 깊은 곳에 웅크리고 있던 내면의 목소리가 소리를 내기 시작할 것이다. 그것이 바로 '마음이 말한다'Heart Speak라는 말이 뜻하는 것이다.

작가로서 자신의 마음이 간절히 말하고 싶어 하는 것이 무엇인지 확인한 뒤에는 그것을 가로막는 것이 무엇인지 알아야 할 터다. 우리는 종종 우리 마음속 점검표에 있는 사소한 것(옷장 정리, 미납부 공과금, 카펫 청소하기, 이메일에 답장하기 등등)이 우리를 가로막고 있음을 알지 못한다. 자동차 앞 유리에 낀 먼지를 닦아 내듯 마음속의 사소한 것들을 깨끗이 치워 버리고 마음이 자유롭게 말하게 하라.

과도한 자기홍보가 독이 되지 않게 하라

> 나는 인간의 피가 자신에게로 사람들의 관심을 돌릴
> 필요가 있기 때문에 붉다고 믿어 왔다.
> — 퍼트리샤 콘웰

추리소설 작가들은 피의 사랑스러운 주홍색이 무언가 잘못되었으니 즉각적인 주의가 필요함을 알리는 자연의 경보 장치라고 이야기한다. 모든 작가가 자신도 피처럼 어느 정도의 관심을 끌기를 바란다. 어쩌면 그것이 우리가 글을 쓰는 이유 중 하나인지도 모른다. 사람들의 주목을 받는 것. 하지만 종종 그런 욕구가 우리의 글 너머까지 확대되지는 않는지? 대중에게 인정받고자 하는 열망으로 들떠 있지는 않은지? 주목받기 위해 뭐든지 할 준비가 되어 있지는 않은지?

어떤 작가는 대단한 자아로 무장한 채 경제적 이득과 명성을 동시에 거머쥔다. 그러나 지나친 자아의 과시는 자신에게 독이 될 수 있다. 또 작가(대개 신인 작가)의 과도한 홍보 활동은 눈살을 찌푸리게 하고 동료 작가와 팬을 등 돌리게 하기도 한다. 책을 출판하는 것은 분명히 커다란 사건이지만, 마음의 평정과 자기존중심을 유지하는 것 또한 중요하다. 자신의 동료와 가족과 친구에게 마케팅과 홍보를 도와 달라며 부담을 지우는 것은 역효과를 불러올 수도 있다.

글쓰기에서 지나친 자기과시와 현명한 자기홍보를 구분하는 것은 중요하다. 자신의 브랜드를 구축하면서 자신을 홍보하는 가장 좋은 방법 중 하나로는 블로그나 페이스북을 이용해 작가 지망생을 위한 멘토 역할을 수행하는 것을 들 수 있다.

4월

> 인생의 가장 강력한 두 전사는 인내심과 시간이다.
> — 레프 톨스토이

초고를 앞에 두고 하루빨리 결승선에 도달하기를 바란 적은 없는가? 나는 그랬다. 충분히 구워지지 않은 라자냐를 손님에게 대접할 수 있을까? 그럴 수 없을 것이다. 그런데 어떻게 반만 구운 원고를 세상에 내놓을 수 있겠는가?

성공한 많은 작가가 출판사에 원고를 보내기 전에 적어도 이삼십 번의 퇴고를 거쳤노라고 이야기한다. 자신의 글쓰기 계획을 지나치게 밀어붙이다 보면 성공과는 더욱 멀어질 수 있다. 조바심과 서두름은 우리의 창의성을 감소시키는 결과를 낳는다. 훌륭한 작가는 인내심이 우리의 친구이며 거절과 실패로부터 우리를 구한다는 것을 알고 있다. 더불어 그들은 오늘날의 정신없이 빠른 속도가 신중한 사색과 성찰을 능가하지 않게 하는 법을 익혀 왔다.

스스로 인내의 필요성을 강조할수록 의사결정을 서두르지 않고 자신의 계획이 '설익음'에서 '잘 익음'으로 서서히 익어 가도록 기다릴 수 있게 된다. 서두름으로써 일을 그르치는 일이 없도록 자신의 글쓰기의 어떤 점을 뭉근하게 끓일 필요가 있는지를 살피라. 자신으로 하여금 서둘러 글을 마무리하게 하는 것이 무엇인지를 생각해 보라. 그리고 다시 자신의 원고로 돌아가기 전에 심호흡과 짧은 휴식을 취하라. 십중팔구 당신은 비판적 눈들 앞에 원고를 내밀기 전에 다시 손봐야 할 것을 발견하게 될 것이다.

새로운 아이디어를 생각해 내는 데 어려움이
있다면 속도를 늦추라. 창의성은 현재의 순간에 존재한다.
다른 어디에서도 그것을 찾을 수 없다.
— 나탈리 골드버그

나 자신이 누군지, 왜 글을 쓰는지 알지 못한 채 종일 글과 씨름한 적이 없는지? 창조의 희열은 우리에게서 행복과 창의성에 요구되는 현재를 빼앗는다. 단지 바쁘기 위해 자신을 바쁘게 한다면 활동적인 것이 시간 낭비가 된다.

지금 잠깐 시간을 내 다음과 같은 간단한 동작을 해 보라. 자신의 손가락에만 오롯이 관심을 집중하라. 손을 오므렸다 펴기를 반복하고 손가락을 하나하나 앞뒤로 움직여 보라. 그러는 동안 이 감각적인 행위가 어떻게 느껴지는지에 주목하라. 손가락 관절이 삐걱거리고 피부가 서로 부딪치는 소리가 들리는가? 종이에 글을 쓰거나 키보드를 두드릴 때 자신의 손가락이 얼마나 힘들게 일하는지 생각해 본 적이 있는가? 당신이 평가를 내리는 것은 당신 자신인가 아니면 글 쓰는 행위인가? 글쓰기에 집중하기가 힘든가? 지금보다 속도를 늦추면 어떤 느낌이 드는가?

손가락 운동에 가만히 집중하다 보면 이전의 걱정이나 스트레스가 사라지는 것을 느낄 수 있다. 매일같이 글쓰기를 행하는 동안 현재라는 소중한 순간이 모래알처럼 손가락 사이로 빠져나가게 하지 말자. 우리는 현재와 조화를 이루면서도 창의적일 수 있고, 보다 행복하게 글 쓰는 삶을 살 수 있다.

'마치 ~인 것처럼' 쓰라

> 당신과 나는 작가로서 높은 보수를 받는 것처럼 글을 써야
> 한다. 실제로는 그렇지 않더라도. 우리는 최고의 작가인 것처럼
> 글을 써야 한다. 실제로는 (아직) 그렇지 못하더라도.
> — 스티븐 프레스필드

때때로 자기회의가 자신을 좀먹는 것처럼 느낄 때면 마치 아무 일도 아닌 것처럼 구는 게 도움이 되기도 한다. '마치 ~인 것처럼'As If 행동한다는 것은 어떤 의미일까? 나를 모욕한 누군가에게 화가 나고 용서가 안 될 때 마치 그를 용서한 것처럼 행동하기. 실제로는 냉담하고 무심하더라도 동료 작가의 좋은 소식에 관심이 있는 것처럼 행동하기. 글을 써 내려가는 데 어려움을 겪더라도, 필사적으로 매달리는 대신 그쯤은 누워서 떡 먹기라고 스스로에게 되뇌기. 그리고 정말로 쉽게 그 일을 해내기.

'마치 ~인 것처럼'을 반복하다 보면 우리가 가장하는 기분이 정말로 현실이 된다. 자신이 되고(하고) 싶은 것처럼 행동하다 보면 사고방식도 그에 맞게 바뀌기 때문이다. 우리의 기분이 '마치 ~인 것처럼' 움직이는 것이다. 이제 다음번에 글쓰기에 문제가 생기면 별것 아니라고 스스로에게 되뇌어 보라. 그리고 정말로 쉽게 그 일을 하라.

> 글을 쓸 때는 당신의 달링들을 모두 죽여야 한다.
> ― 윌리엄 포크너

고백해야겠다. 나는 살인을 저질렀다. 그리고 당신도 똑같이 하기를 권한다. 어려운 주문이라는 건 알고 있다. 비록 많은 작가가 살인에 관해 글을 쓰지만 당신은 아직 죽일 준비가 안 돼 있을지도 모른다. 혹은 당신도 이미 살인을 저질렀을 수도 있다. 한동안 글을 썼다면 당신은 당신이 사랑하는 사람들을 어쩔 수 없이 죽여야만 했을지도 모른다. F. 스콧 피츠제럴드와 스티븐 킹 같은 작가도 그랬다.

어떻게 포크너와 피츠제럴드와 킹은 우리에게 소중한 이들을 죽이라고 냉정하게 권할 수 있을까? 훌륭한 작가들이 전해 주는 지혜의 알맹이는 종종 오해를 산다. 당신이 사랑하는 사람들을 죽이라는 것은 소설의 캐릭터를 죽이라는 말이 아니다. 전문가들은 우리에게 보다 나은 문학 작품이 될 수 있도록 자기 자신에 대한 관대함에서 비롯된 구절(자신이 애착을 가지고 중시하는 말)들을 빼 버릴 것을 강력하게 권고한다.

이는 개인적으로는 선호하지만 독자에게 똑같은 방식으로 읽히지는 않는 말, 수많은 퇴고를 거치면서도 살아남았지만 객관적 관점에서 볼 때는 전적으로 불필요하고 던져 버릴 수 있는 구절(이는 스토리 전체가 될 수도 있다)을 삭제하는 것을 의미한다. 자신이 사랑하는 달링들을 죽인 뒤에야 비로소 우리는 작품의 내러티브에 더 많은 풍부함과 생명을 불어넣을 수 있다.

자기 집이 불타는 것을 보면서 안도할 정도로
많은 잡동사니를 소유하지 마라.
— 웬델 베리

어수선함과 잡동사니라…… 휴우! 이는 글쓰기 도구를 찾아내는
데 걸림돌이 되면서 우리의 소중한 시간을 잘라 먹고 또 다른 차원
의 좌절과 혼란과 스트레스를 더할 수 있다. 어쩌면 그 시간에 베스
트셀러를 쓸 수 있었을지도 모르는데 말이다. 우리는 종종 하찮은
것에 매달리느라 자신의 원동력과 창의력을 가로막고 있음을 깨닫
지 못한다.

늘어 가는 빚, 어수선한 책상, 지우지 않은 스팸메일, 정돈되지
않은 글쓰기 공간. 이 모두가 우리 안의 깊은 곳까지 영향을 미치면
서 발산되어야 하는 에너지를 가로막는다. 우리의 물리적 환경을
정돈하면 내면의 장애물이 제거되고 영감과 명료함과 창의성을 위
한 공간이 생긴다.

'자연은 공백을 몹시 싫어한다'라는 오래된 속담이 있다. 당신
의 삶에서 더 이상 쓸모가 없는 것을 치워 버린다면 당신에게 더욱
유용한 것으로 그 자리가 자연스럽게 채워질 것이다. 지난 5년간
서랍 속에서 잠자고 있는 빛바랜 원고는 어떨까? 최대한 많은 잡동
사니를 버리면서 더 이상 사용하지 않는 물건을 네 가지 범주로 나
누는 것부터 시작해 보라. 간직하기, 재활용하기, 누구에게 주거나
버리기.

> 나는 때때로 토막잠을 잔다.
> 그렇게 낮잠을 자는 것이 시간 낭비라고 생각하지 않는다.
> ― 마사 스튜어트

토막잠은 시간 낭비가 아닐뿐더러 실제로 우리가 더욱더 생산적이고 창의적인 작가가 되게 한다. 내가 아는 몇몇 성공한 작가도 에너지 충전을 위해 하루에 30분 정도씩 짧지만 효과적인 낮잠을 잔다. 토막잠을 자는 것은 오후 내내 깨어 있기 위해 레드불을 들이켜거나 커피 다섯 잔을 마시는 것보다 훨씬 효율적이다. 짧지만 깊게 낮잠을 자는 사람의 두뇌 활동과 기억력과 기분은 그렇지 못한 사람의 (시간이 갈수록 저하되는) 그것들과 비교할 때 훨씬 높게 유지된다.

　정신의 명료함과 글쓰기의 창의력을 개선하고 싶다면 강력한 낮잠을 시도해 보라. 당신의 전원 스위치를 끄고 하루의 나머지 시간을 위해 엔진을 재충전하라. 낮잠을 자기에 가장 좋은 시간은 오후 두세 시경이다. 너무 깊은 잠에 빠져 두통과 함께 깨는 일이 없도록 알람을 맞춰 놓으라. 전자 기기를 끄고 조용한 곳에서 낮잠을 청하라. 일어날 때는 서서히 재부팅되게 하라. 팔과 넓적다리를 문질러 몸을 일상으로 돌아오게 하고 얼굴에 찬물을 끼얹으라. 이제 당신은 앞으로 몇 시간 더 일할 준비가 된 것이다.

> 지혜로운 사람이 되는 길 중 하나는
> 친구의 성공에 진정으로 기뻐할 수 있는 경지에 이르는 것이다.
> — 노먼 메일러

몇몇 성공한 작가는 아마도 동료 작가에 대한 평가에서 우수상을 받기 힘들 것이다. 트루먼 커포티는 잭 케루악의 작품을 경박하게 깎아내렸다. "그건 글쓰기가 아니라 타이핑이다." 플래너리 오코너 역시 에인 랜드의 작품에 전혀 호의적이지 않았다. "에인 랜드의 소설은 더없이 수준이 낮으며……"

우리는 작가로서 동료를 깎아내리는 데 자신의 에너지를 쓸 가치가 있는지 자문할 필요가 있다. 그런 발언은 스포트라이트를 우리 자신에게 향하게 하면서 자신의 내면 풍경에 관한 질문을 불러일으킨다. 그래야 할 필요성은 어디서 비롯된 것일까? 시샘, 질투 혹은 잘못 표출된 분노일까, 아니면 자신의 실패에 대한 두려움일까?

우리는 다른 동료 작가의 성공에 진정으로 기쁨을 표현할 때 우리 자신의 성공 또한 기대할 수 있다. 다른 이의 방식을 모두 좋아하거나 인정할 필요는 없다. 그러나 누군가가 그렇게 한다면 그는 감사 인사를 받아 마땅하다.

일수가 나쁜 날에도 글을 쓰라

글을 쓰지 않는다는 것은 나로서는 상상도 못할 일이다.
그러나 가끔씩 글을 쓰지 않는 것은 얼마든지 상상할 수 있다.
— 앤 리버스 시돈스

글쓰기가 애초의 계획대로 되지 않을 때마다 우리는 글을 쓰는 게 무슨 소용이 있는지, 계속 글을 쓸지 말지 자문하게 된다. 많은 작가가 글쓰기를 그만두고 다른 일을 찾을 것을 고려해 본 적이 있다. '불운은 한꺼번에 닥친다'라는 말이 생각날 때면 노먼 메일러가 전해 준 지혜를 곱씹어 보라. "진정한 작가가 된다는 것은 일수가 나쁜 날에도 글을 쓸 수 있음을 의미한다."

당신이 버스 운전사나 교사, 벽돌공 또는 컴퓨터 프로그래머라면 일수가 사납다고 해서 일을 그만두고 떠나지는 않을 터다. 어떻게든 문제를 해결하고 계속 나아갈 것이다. 좋은 날이 그러하듯 일진이 나쁜 날도 수시로 오고 간다.

더 이상 글을 쓰지 않는 것으로 말하자면 당신에게 어떤 선택권이 있을까? 낙담과 좌절에 자리를 내주고, 일수가 나쁘다고 해서 글쓰기를 포기한다면 기분이 더 좋아질까? 진정한 작가라면 그럴 수 없을 것이다. 오히려 일진이 나쁜 날일수록 더더욱 글을 써야 한다. 심지어 발밑의 땅이 꺼지고 주위의 모든 것이 무너져 내리는 것 같을 때에도. 실제로 그런 일은 일어나지 않을 것이기 때문이다.

누군가와 대형을 이루어 날기

> 나는 내가 창조한 인물들과 함께 산다.
> 그들이 나의 근본적인 외로움을 덜어 준다.
> — 카슨 매컬러스

기러기들은 V자 대형을 이루며 날아간다. 서로의 소통과 무리의 협력에 도움이 되기 때문이다. V자 대형은 그들이 비행할 때, 특히 오랫동안 먼 길을 갈 때 효율을 크게 증진시킨다. 기러기 하나가 병들거나 부상을 당하면 다른 두 마리가 대열에서 빠져나와 그를 따라가며 보호한다. 그들은 그가 다시 날 수 있거나 죽을 때까지 그와 함께한다. 기러기는 비행의 안팎에서 서로 연결돼 있다. 그들을 날아오르게 하는 것은 바로 이런 연결성이다.

우리도 작가로서 함께 대형을 이루어 날 수 있기를 원한다. 나를 날아오르게 하고, 내가 떨어질 때 붙잡아 줄 누군가가 있기를 바란다. 그것이 내가 창조한 인물, 나의 반려동물 혹은 글쓰기 그룹이든 나를 지지해 주는 누군가가 있음을 알고 싶어 한다.

아무 말도 할 필요 없이 그저 누군가와 함께 있음을 느끼는 것. 내가 세상과 연결돼 있음을 말해 주는 따뜻하고 친밀한 느낌. 우리 중에서 이런 종류의 연결성을 느끼는 사람은 그리 많지 않다. 당신의 삶에는 함께 대형을 이루어 날아오르고 싶은 누군가가 있는가?

> 첫 소설의 성공이 요란할수록 작가는
> 두 번째 책을 쓰기가 훨씬 힘들어진다.
> — 재스퍼 리스

우리 중 많은 이가 '두 번째 책 증후군', '두 번째 책 집착증', '2년 차 증후군' 등의 다양한 이름으로 불리는 작가의 불안증에 대해 들어본 적이 있을 것이다. 혹은 나처럼 그것을 직접 경험해 본 사람도 있을 터다. 욱! 두 번째 책이 첫 번째 책만큼 훌륭하거나 훨씬 뛰어나야 한다는 압박감 때문에 손톱을 물어뜯거나 몸에 두드러기가 나는 경우도 있다.

때때로 우리는 왜 책을 쓰고자 했는지를 잊어버린 채 '수행 불안'Performance Anxiety이 글쓰기에 대한 사랑을 압도하게 한다. 첫 번째 책이 나의 모든 예술적 기교를 가져가 버렸으니 나머지 시간을 절망 속에서 살아야 하는 걸까? 두 번째 책도 첫 번째 책만큼 좋을 수 있을까? 내가 다시 올바른 목소리를 낼 수 있을까? 나는 내 안에 또 다른 책을 품고 있을까, 아니면 단 한 권의 베스트셀러 작가로 끝날까?

수행 불안은 당신이 글쓰기의 영역(특별한 노력 없이도 말이 물 흐르듯 이어지면서 캐릭터가 스스로 자신의 이야기를 쓰는 것 같은 마법 같은 영역)으로 들어가는 것을 가로막는다. 반면 글쓰기에 대한 당신의 사랑은 그 영역이 열려 있게 한다. 당신이 두 번째 책 증후군에 시달릴 정도로 운이 좋다면 다음과 같은 사실을 기억하도록 하라. 작가로서 초기의 성공을 이어 가는 게 아무리 어렵다고 해도 그와 같은 운이 없는 대부분의 사람은 그보다 훨씬 큰 어려움을 겪는다는 것을.

실패는 성공에 풍미를 부여하는 양념이다.
— 트루먼 커포티

태곳적부터 모든 분야에서 이름난 위인은 하나같이 각자의 방식으로 똑같은 지혜를 전수해 왔다. "결코 포기하지 말라"; "멈추지 않는 한 아무리 느리게 가도 상관없다"라는 말을 남긴 중국 고대의 사상가 공자로부터 "우리의 가장 큰 약점은 포기하는 데 있다. 성공으로 향하는 가장 확실한 방법은 언제나 한 번 더 시도하는 것이다"라고 말한 20세기 미국의 발명가 토머스 에디슨에 이르기까지 메시지는 언제나 똑같다.

우리 작가들은 마음속에 절망이 싹트는 많은 날들을 만나게 된다. 목표를 이루는 데 실패할 때마다 더 이상 계속할 수 없으며 포기하고 싶다고 자신에게 이야기한다. 진정으로 포기하고 싶은 것은 아니다. 단지 그것만이 유일한 선택지인 것처럼 느끼는 것뿐이다. 하지만 그건 사실이 아니다. 우리는 실제로 실패하는 게 아니다. 사람들은 자신의 기대에 못 미치는 것을 실패라고 부른다. 그러나 우리는 단지 수많은 작가가 성공의 산에 도달하려고 거쳐 간 계곡을 건너고 있을 뿐이다.

역사상 가장 위대한 야구선수 중 하나였던 베이브 루스는 "스트라이크 판정을 받을 때마다 나는 다음번 홈런에 더 가까워진다"라는 말을 남겼다. 글쓰기 훈련 가운데서도 루스의 지혜를 되새기면서 거절과 실패가 출판이라는 당신의 꿈에 한층 더 다가가게 해준다는 것을 기억하라.

당신의 꿈이 실체가 되게 하라

> 꿈만큼 실재적인 것도 없다. 당신 주변의 세상은 얼마든지
> 변할 수 있지만 당신의 꿈은 변하지 않는다.
> 꿈은 당신 안에 있어서 아무도 그것을 빼앗아 갈 수 없다.
> ─ 톰 클랜시

누군가가 내게 "언젠가는 나도 책을 한 권 쓸 생각이야"라고 말하는 것만큼 모욕적으로 느껴지는 것도 없을 터다. 그건 35년간 줄담배를 피우던 사람이 담배 연기를 한 모금 내뿜고는 "언젠가는 담배를 끊을 거야"라고 말하는 것과 다를 바 없다. 굳은 의지가 느껴지지 않는 그의 말로 미루어 볼 때 그 '언젠가'는 결코 오지 않을 것이 분명하다. 빈말과 꿈은 전혀 다르다. 어떤 사람은 책을 출판하고 싶다고 입버릇처럼 이야기하면서도 글을 쓸 시간을 내는 법이 없다. 그들의 빈말은 진정한 꿈이 아니기 때문이다.

그러나 글쓰기의 꿈은 실재하는 것이며, 그 꿈을 실체적인 것으로 여기는 게 중요하다. 그럼으로써 그 꿈이 손으로 만져지는 성취 가능한 것이 되기 때문이다. 당신 주변의 물리적 상황은 시시각각으로 변한다. 당신은 원고 마감일을 넘기고, 메일함에는 출간 제안서를 보내기가 무섭게 날아온 거절 편지가 쌓여 간다. 하지만 당신의 꿈은 변함이 없다.

바깥세상의 그 누구도 당신 안에 있는 꿈을 빼앗아 갈 수 없다. 행여 작가가 되기를 꿈꾼다면 로또에 당첨되고 싶어 하는 식으로 그 꿈에 대해 이야기하지 마라. 로또는 하나의 도박이고 운에 달린 게임이지만, 글쓰기의 꿈은 실재적인 것이며 성공의 밑바탕이 된다.

에베레스트산을 오를 때는 쉬운 게 하나도 없다.
그저 결코 뒤돌아보지 말고 언제나 정상에 시선을 고정한 채
한 번에 한 발씩 나아갈 뿐이다.
— 재클린 수전

치와와가 코끼리를 먹는 방법은? 한 번에 한 입씩 먹기. 등산가가 높은 산을 오르는 방법은? 한 번에 한 걸음씩 오르기. 작가가 300쪽짜리 작품을 쓰는 방법은? 한 번에 한 단어씩, 한 번에 한 단락씩, 한 번에 한 쪽씩 쓰기.

글을 쓰는 도중에 나머지 여정이 에베레스트산을 오르는 것처럼 느껴질 때면 다른 무언가를 하고 싶다는 유혹에 굴복하기 쉽다. 난공불락의 요새 같은 글쓰기 과제를 떠올리노라면 어떻게 목표를 이룰 것인지 의구심이 드는 것이다. 마지막 목표에만 초점을 맞추다 보면 자신의 관심을 눈앞에 놓인 빈 페이지에서 미래로 향하게 해 불안과 좌절감을 느끼기 십상이다.

당신을 기다리는 수많은 빈 페이지를 채울 궁리를 하기보다 지금 눈앞에 놓인 한 페이지에 집중한다면 글쓰기의 전진을 보장받을 수 있다. 당신이 내딛는 작은 걸음들(한 번에 단어 하나 또는 한 쪽씩)에 몰두하노라면 좀 더 편안한 마음으로 인내할 수 있을 것이며, 단어와 페이지가 함께 완전한 원고를 엮어 나갈 수 있을 터다.

당신의 도전을 널리 알리라

예술가의 자존심으로 세상에 존재하는 모든 권력의 벽을 향해
당신의 도전이라는 작은 나팔을 힘껏 불어라.
— 노먼 메일러

도전은 부정적인 말이 아니다. 노먼 메일러를 비롯한 많은 작가가 자신의 최고의 작품은 도전 정신을 바탕으로 쓰였노라고 이야기한다. 당신은 면전에 대고 문을 쾅 닫아 버리는 누군가를 향해 도전의 나팔을 불어 본 적이 있는가? 아니라면 자신의 나팔을 불기까지 얼마나 더 기다릴 생각인가?

잘나가는 출판사가 당신 위에 우뚝 서 있을 때면 마치 삼손과 골리앗을 상대로 싸우는 기분이 들기도 한다. 복종이 아닌 도전은 고압적인 권위를 향해 날리는 강력한 새총이다. "먼저 연락하실 필요 없어요. 우리가 연락드릴 겁니다"라는 말로 당신을 밀어내는 권력에 코웃음을 치는 것이다. 도전이 지닌 힘과 용기를 깨닫게 되면 그 힘으로 인해 당신은 예의 그 권력과 동등한 위치에 설 수 있게 된다.

글쓰기의 장애물에 대한 도전은 당신 안의 예술가적 기질을 고양하고 찬미하게 한다. 당신의 도전이라는 나팔을 부는 것을 주저하지 마라. 당신에게 "안 됩니다!"라고 이야기하는 누군가의 면전에 대고, "당신은 절대 할 수 없을 것"이라고 말하는 누군가를 향해 도전의 나팔을 불어라. 당신의 마음속에서 '이제 그만 포기하는 게 좋겠어'라고 속삭이는 반대의 목소리를 향해 당신의 나팔을 불어라. 종국에 당신을 앞으로 나아가게 하는 것은 당신을 가로막는 것에 대한 당신의 도전이다.

> 사람의 성격은 세 번째와 네 번째 시도에서
> 뭘 하느냐에 따라 규정된다.
> — 제임스 미치너

글쓰기가 뜻대로 되지 않을 때(필연적으로 때때로 그럴 것이므로) 당신은 역경을 이겨 내지 못하고 굴하고 마는가, 혹은 잘못된 결정을 할까 두려워 어떤 조치를 취하려 애쓰는가, 아니면 나쁜 소식을 받아들인 뒤 재빨리 회복해 다시 글쓰기를 이어 나가는가?

회복탄력성이란 99번의 거절에도 꿋꿋하게 계속 나아감으로써 100번째의 성공을 이루어 내는 마음의 견고함을 가리킨다. 글쓰기의 세계에 자신의 이름을 새기는 것은 어려운 일이며 회복탄력성의 영역을 개발하도록 요구받는다. 어떤 이는 운 좋게 그런 능력을 타고나기도 한다. 그렇지 못한 많은 사람은 오랜 시간 포기하지 않고, 특히 어려운 시기에는 더더욱 끈기 있게 그것을 키워 나가야 할 터다.

마음의 내성을 키우는 것은 글쓰기의 기술을 개발하는 것만큼이나 중요하다. 이 둘을 함께 갖추지 않고서 성공적인 작가가 되는 길은 요원하다.

> 떨어지는 물방울이 바위를 뚫는다.
> — 루크레티우스

당신은 자신을 '큰 나'$_I$가 아닌 '작은 나'$_i$로 생각하지는 않는지? 자신의 키와 상관없이 스스로를 작다고 생각하면 글쓰기 및 글 쓰는 사람과 맺는 관계에서 부지불식간에 그 사실이 드러난다.

각자의 틀의 크기, 성별, 튼튼한 체력 등은 성공적인 글쓰기에서 진정으로 중요한 게 아니다. 중요한 것은 자신을 귀한 존재로 여기고 그렇게 대하는 것이다. 엘리너 루스벨트는 "그 누구도 당신의 동의 없이 당신에게 열등감을 느끼게 할 수 없다"라고 했다. 오랫동안 자신의 일을 해 온 출판계의 권위자(저작권 에이전트, 편집자, 마케터, 서적상 등)와 맞설 때면 그들과 쉽게 타협하지 마라. 그들과 협상할 때뿐 아니라 자신의 태도를 드러내고 혼잣말을 할 때조차 움츠리지 말고 당당함을 유지하라.

당신은 자신의 글과 더불어 자신에 대한 존중을 함께 세상에 내놓는 것이다. 스스로의 치어리더가 되어 자신을 칭찬하고 북돋는 것은 성공적인 글쓰기를 위해 매우 중요하다. 결코 자기 자신을 과소평가하지 말고, 세상에 자신을 드러내는 일을 두려워하지 말라.

사실 우리는 때로 패배를 마주할 필요가 있는지도 모른다.
자신이 누구인지, 자신이 무엇을 이겨 낼 수 있는지,
패배의식에서 어떻게 벗어날 수 있는지를 알기 위해.
— 마야 안젤루

당신은 글쓰기의 결과물이 자신의 기대(아무리 터무니없는 기대라 할지라도)에 못 미칠 때 패배의식으로 자신을 괴롭힌 적은 없는지? 단순한 실수 때문에 스스로를 폄하하거나 공연히 글쓰기의 세계에 뛰어들었다가 실패했다며 자책한 적은 없는지? 그럴 때는 자신을 나무라는 대신 힘껏 노력한 자신에게 후한 점수를 줌으로써 패배의식을 넘어서는 게 중요하다.

성공과 실패는 패키지로 함께 찾아온다. 그리고 글쓰기와 출판의 세계만큼 패배의식이 만연한 곳도 드물다. 글쓰기의 실패는 우리 자신을 더 잘 알게 하고, 회복탄력성을 연마할 기회를 제공한다. 다른 이가 우리를 과소평가하는 데 동참해서는 안 된다. 거절 편지를 받았다고 해서 스스로를 부정해서는 안 될 터다. 어려운 시절은 결코 영원히 지속되지 않는다. 강인한 사람은 언제나 강인함을 유지한다.

다음번 글쓰기에서 좌절을 느끼게 되면 어떻게 이겨 낼지를 곰곰 생각해 보라. 그리고 그 방법을 눈에 띄기 쉬운 곳에 적어 두라. 부정적인 혼잣말로 자신을 비난하는 대신 자신의 긍정적인 글쓰기 자질을 찾아내려고 노력하라. 그리하여 또다시 "안 됩니다!"를 마주하게 될 때면, 자기비하를 넘어서려고 그 '실패'를 이용하는 한 당신은 결코 패배한 게 아님을 기억하라.

성급하게 단정 짓지 마라

다양한 인상을 받아들이는 뛰어난 능력을 갖춘 우리 마음은
결론을 내리는 데는 종종 더없이 무능하다.
— 버지니아 울프

사람의 마음을 읽는 일이 가능할까? 버지니아 울프 같은 위대한 작가는 훌륭한 글쓰기와 사람의 마음을 읽는 일이 나란히 가기 힘들다는 것을 잘 알고 있었다. 때때로 우리는 그 반대를 믿고 싶어 할지라도. 점심 식사 자리에서 당신은 어떤 책의 아이디어를 출판업자에게 제안한다. 그리고 2주가 지난 뒤에도 아무 말도 듣지 못한다. 당신의 결론은? '내 제안이 마음에 들지 않는 게 분명해.' 심지어 '어차피 나도 그 사람이 마음에 들지 않았어'라며 스스로를 합리화하기도 한다. 그로부터 한 달 후 그에게서 당신의 제안을 받아들이겠다는 연락이 온다. 그러나 그사이 최악의 시나리오를 상상하느라 당신의 몸과 마음은 이미 불필요한 고통을 겪은 터다.

당신에게 불필요한 좌절의 시간을 보내게 한 범인은 독심술이다. 당신은 구체적인 증거 대신 머릿속에 떠오른 생각에 근거해 결론을 내린 것이다. 사람들은 다른 사람의 생각이라고 믿는 것을 믿는 경향이 있다. 자신의 부정적인 생각을 진실로 여기고 비관적인 감정을 사실인 양 받아들이는 것은 자기 자신을 속이는 것과 같다.

반사적인 생각에 제동을 걸고 구체적 증거가 그것을 뒷받침할 때까지 기다림으로써 불필요한 고통을 줄이라. 이런 방법을 훈련할수록 우리는 인상印象은 결론이 아니며, 구체적 증거가 드러날 때까지 단편적 사실에서 결론을 도출하는 것을 삼가야 함을 깨닫는다.

> 당신이 팔고자 하는 무언가를 창조하려면
> 먼저 시장을 연구하고 조사해야 한다. 그런 다음 당신이 지닌
> 최고의 능력을 발휘해 제품을 개발하라.
> ― 클라이브 커슬러

우리는 푸른 꿈을 안고 글쓰기의 세계에 뛰어든다. 글쓰기는 멋진 일이지만 우리의 관심을 요하는 또 다른 측면, 즉 비즈니스적인 측면을 포함하고 있다. 성공적인 글쓰기에는 출판 시장에 대한 각고의 연구가 선행되어야 한다.

잘 팔리는 작가가 되려면 출판 시장에 대한 예리한 감각을 키울 필요가 있다. 서점에 가서 주변을 둘러보며 사람들이 어떤 책을 읽는지, 어떤 책이 팔리는지를 알아보라. 대부분의 서점에는 (주로 잘나가는 책에 할애된) 제한된 매대가 있다. 어떤 책이 잘 팔리는지를 알기 위해 매대에서 주목받는 책을 살펴보라.

책을 출간하는 법과 마땅한 출판사를 찾는 법 등에 관한 책을 읽고, 급변하는 소셜미디어의 풍경 및 팬층을 확보하는 법에 이르기까지 모든 것을 보여 주는 웨비나(*)에 등록할 수도 있다. 또한 글쓰기 강의와 책을 홍보하는 법에 대한 강연에 참석하고, 글쓰기 플랫폼을 구축하는 법을 배우고, 인터넷에서 관련 전자 잡지를 구독하는 것도 권장할 만하다.

(*) Webinar. 웹(Web)과 세미나(Seminar)의 합성어로 인터넷 웹상에서 행해지는 실시간 양방향 세미나를 의미한다.

인생은 노래다, 삶을 노래하라. 인생은 투쟁이다, 삶을 받아들여라.
인생은 비극이다, 삶과 맞서라. 인생은 모험이다, 삶에 도전하라.
— 테레사 수녀

글쓰기의 문제점은 자신의 관점과 결합된 상황에서 비롯된다. 흥분과 두려움 사이에는 미세한 차이가 있을 뿐이다. 가슴이 뛰게 하는 장면을 써 내려갈 때 당신의 심장은 신랄한 리뷰를 읽을 때처럼 쿵쿵 뛰지 않는가? 당신은 필시 전자는 즐거운 일로, 후자는 스트레스를 유발하는 일로 여길 것이다.

어떤 상황을 문제로 간주하면 우리는 스트레스를 받는다. 그러나 그것을 하나의 모험으로 여기면 우리는 흥분을 느낀다. 당신은 글쓰기를 향한 도전을 두려움을 야기하는 것이 아닌 대담한 모험이 되게 할 수 있다. 모험은 대체로 긍정적 반응을 촉발시켜 당신에게 창의적 가능성을 열어 준다. 그러나 똑같은 도전을 해결해야 할 문제로 여기는 것은 스트레스 반응을 일으켜 창의적 해결책의 문을 막아 버린다.

글쓰기가 언제나 당신 뜻대로 흘러가지는 않는다. 그러나 어려운 상황을 통제할 수 없을 때 자신의 관점을 바꿔 태도를 변화시킬 수는 있다. 다음번 글쓰기 도전을 하나의 모험으로 여기면서 방정식의 또 다른 항에 대해 근심하는 것을 줄이라. 이러한 방향 전환은 극복할 수 없을 것 같은 문제를 식은 죽 먹기처럼 느껴지게 해 줄 것이다.

기적을 기대하라

> 기적은 일어난다. 우리는 그 사실을 믿어야 한다.
> 삶에서 또 다른 무엇을 믿든지 우리는 기적을 믿어야 한다.
> — 어거스텐 버로스

작가들은 언제나 일어나는 글쓰기의 기적에 관해 이야기하곤 한다. 무명작가에서 전 세계의 스포트라이트를 받는 작가가 된 조앤 K. 롤링으로부터 자비 출판을 해 베스트셀러 작가가 된 신인 작가에 이르기까지 그런 예는 얼마든지 있다. 심리학자인 웨인 다이어는 자기 차에 자비 출판한 책을 가득 싣고 전국의 서점을 누비고 다녔다. 자신의 책이 베스트셀러 목록에 오를 때까지.

당신에게도 얼마든지 그런 기적이 일어날 수 있다. 여기서 한 가지 의문이 들 수 있다. 잘나가는 출판사의 관심을 이끌어 내기가 얼마나 어려운지를 강조한 뒤 기적을 이야기하다니! 그러나 기적은 언제나 존재한다. 모두가 조앤 K. 롤링과 같은 경험을 하지는 못할지라도 크고 작은 기적은 늘 일어난다. 우리가 문제 앞에서 노심초사할 때 삶은 우리가 한 번도 상상하지 못했던 방식으로 그 문제에서 벗어나게 해 준다.

기적은 어떤 수치로 나타내거나 현미경 아래에서 해부할 수 있는 게 아니다. 기적은 뜻하지 않게 우리가 가장 기대하지 않았을 때 우리를 찾아온다. 그래서 기적이라고 부르는 것이다. 기적의 발현에 가장 큰 걸림돌은 기적에 대한 우리의 불신이다. 글쓰기의 기적으로 축복받은 작가들의 두 가지 공통분모는 믿음과 끈기였다.

우리는 모두 때때로 그냥 있는 대신 늘 무언가를 하느라 바쁘다.
— 앤 리버스 시돈스

혹시 잠에서 깨어 발이 땅에 닿기가 무섭게 마치 달리기를 하듯 책상 앞에서 꼼짝도 않은 채 자신의 전자 목줄을 확인하고 커피를 홀짝거리며 출판사에서 완성된 원고를 마음에 들어 할지 아닐지를 걱정하고 있지는 않은가? 그러는 사이 머릿속을 오가는 많은 생각과 함께. 당신은 어쩌면 그렇게 정신없이 달리는 것이 자신의 글쓰기 목표를 이루는 가장 좋은 방법이라고 믿고 있는지도 모른다.

하지만 좋은 작가가 되려고 진을 뺄 필요는 없다. 평온이 글쓰기 기술을 연마하는 데 더 효과적인 상태임을 기억하라. 평화로운 상태에 놓이면 우리의 심장 박동 수와 호흡수가 줄어든다. 마음이 열리고 명료해지며, 행동과 결정이 사색적이 되고 균형이 잡힌다. 근심과 두려움이 줄어들수록 우리는 기분 좋은 평온함 속에서 세상과 조화를 이루게 된다. 심지어 격변의 시기에도 평온한 마음 상태를 유지하고 적절한 속도로 나아가면서 내면의 세계와 주변 세상을 다스리는 법을 배운다면 우리는 한층 더 생산적인 글쓰기를 할 수 있다.

당신의 내일의 가능성에 유일하게 제약을 가하는 것은
오늘 당신이 사용하는 '그러나'라는 말이다.
— 레스 브라운

때때로 우리는 자신의 마음을 어떻게 사용하는지 알지 못한 채 그 마음의 덫에 걸려들곤 한다. 일이 자기 뜻대로 풀리지 않을 때마다 우리는 인생이 자신에게 가혹하다고 생각한다. 그건 사실이 아니다. 우리의 무한한 잠재력에 빗장을 거는 것은 우리 자신의 마음이다. 안전의 필요성이 우리로 하여금 자신의 부정적인 면에 집중하게 하고 제약을 실재적인 것으로 여기게 하는 것이다.

여러 차례 좌절을 겪다 보면 스스로를 상처 입은 존재로 여기기 십상이다. 자신을 피해자로 간주하기, 부정적 성향, 자기연민 등이 사고의 습관적 방식으로 굳어진다. 그리고 이러한 제약은 우리 삶의 전반에 걸쳐 만성적 패턴으로 나타난다. 우리는 아무런 삶의 계획도 없이 홀로 권태롭고 우울한 나날을 보내게 된다. 이전의 경험에서 비롯된 낡은 판단과 두려움과 걱정이 현재에도 여전히 효력을 발휘하는 것이다.

나를 생각의 틀 속에 가두는 것은 나의 상황이 아니라 그에 대해 생각하는 나의 방식임을 깨닫고 나 자신을 마음의 덫과 고통에서 자유로워지게 하라.

삶의 불확실성을 받아들이라

> 불확실성을 받아들이기 힘들다면 당신은 그것을 두려움으로
> 느끼게 될 것이다. 그러나 불확실성을 온전히 받아들인다면 그것은
> 당신에게 더 많은 활력과 깨어 있음과 창의성을 선사할 것이다.
> — 에크하르트 톨레

"불확실성을 받아들이라고?" 당신은 얼굴을 찡그리며 이렇게 물을지도 모른다. 처음에는 굉장히 어려운 주문처럼 보일 수도 있다. 그러나 잘 생각해 보면 충분히 그럴 만한 가치가 있다. 사실 불확실성만큼 확실한 것도 없다. 불확실성이야말로 우리가 인생에서 믿을 수 있는 얼마 안 되는 것 중 하나다. 불확실성을 미리 받아들이는 것은 우리에게 마음의 평화를 가져다주고, 창의적 글쓰기에 기여하며, 우리를 혼란스러운 문학의 세계에서 버티게 해 준다.

글쓰기는 예기치 않은 커브볼로 가득 차 있다. 불확실성에 저항하는 것은 글쓰기의 에너지를 고갈시키고 우리에게 두려움을 안겨 준다. 어떤 상황에 대한 예측은 우리로 하여금 지나치게 결과에 집착하게 하면서 실망과 원망의 여지를 만든다. 우리는 불확실성을 기꺼이 받아들이는 대신 스스로 통제할 수 없는 것에 절망하느라 많은 에너지를 소모하게 된다.

글 쓰는 삶을 살기 위해서는 어떤 예기치 못한 상황에도 적응할 줄 아는 능력이 필수적이다. 불확실하고 통제할 수 없는 상황에 애써 저항하다 보면 몸이 긴장하기 마련이다. 두 팔 벌려 불확실성을 받아들이는 자신을 떠올리면서 나에게 어떤 일이 일어나는지를 주목하라.

나에게 글쓰기란 신을 찾아가는 과정이다.
— 카슨 매컬러스

프로 작가들은 종종 글쓰기를 영적 경험, 내면으로의 심층 여행, 변화된 의식의 상태 등으로 표현한다. 말하자면 시간이 분처럼 흐르는 또 다른 영역으로 옮겨 가는 것이다. 소설가 에이미 탄은 그런 현상을 더없이 적절하게 묘사했다. "글쓰기의 어떤 지점에서 뮤즈가 등장하면서 미묘한 변화가 느껴진다. 무언가가 나를 살짝 들어 올리는 동시에 모든 문이 열리고, 글쓰기가 자유로워지며, 아이디어가 물 흐르듯 쏟아지곤 하는 것이다……"

나 역시 연필을 손에 쥔 이래로 그런 현상을 경험한 적이 있다. 그때부터 지금까지 단어로 문장을 만들어 내는 것은 더없는 충만감과 기쁨으로 내 영혼의 깊은 곳을 표현함을 의미한다. 글쓰기의 비즈니스적 측면과 상대할 때조차 자신의 글에 담긴 영혼을 잃어버리지 않고 '더 빨리, 더 많이 쓰라'는 요구에 굴복하지 않는 것은 매우 중요하다. 나만의 세계의 창조자인 나와 내 안에 있는 말들의 관계는 심리적일 뿐 아니라 영적이기도 하다. 누군가는 신성한 관계라고 이야기하기도 한다. 결코 돈 때문에 당신의 뮤즈를 저버리는 일이 없게 하라.

> 궁극적으로 우리는 결코 자기 안에 사는 괴물보다
> 무서운 것을 만나지 못할 것이다.
> 지옥은 우리가 그것을 만들어 내는 곳에 있다.
> ― 딘 쿤츠

이륙하는 비행기에 타고 있는 두 명의 승객을 상상해 보자. 앤은 흥분해 있는 반면 몰리는 어딘가에 갇힌 것처럼 극심한 스트레스를 느끼고 있다. 앤은 아이팟을 들으면서 느긋이 쉬고 있지만, 몰리는 비행기가 추락할지도 모른다는 불안감을 감추지 못한 채 팔걸이를 꼭 쥐고 있다. 두 사람은 외적으로는 같지만 내적으로는 서로 완전히 다른 경험을 하고 있는 셈이다. 앤은 비행을 하나의 모험으로 보지만 몰리는 위험하다고 여기는 것이다.

　우리가 어떤 위협을 느끼면 우리 마음은 문제를 불안이나 두려움으로 축소시키는 경향이 있다. 그리고 우리 몸은 마치 위협이 실재하는 양 '투쟁 혹은 도피 반응'(*)을 보인다. 당신 주변에도 자신의 커리어를 천국처럼 여기거나 생지옥처럼 느끼는 작가가 있을 수 있다. 당신 역시 자신의 관점과 행동, 긍정적인 혼잣말만으로 글쓰기를 천국이나 지옥이 되게 할 수 있다.

(*) Fight or Flight Response. 긴박한 위협 앞에서 자동적으로 나타나는 생리적 각성 상태를 가리킨다.

> '그러면 어쩌지'가 당신을 좌우하게 하지 마라.
> '그러면 어쩌지'는 무한정이고 끝이 없다.
> 지금, 현재의 시간을 당신 것으로 만들라.
> ― 게리 주커브

어떤 위협을 과대평가하는 가장 흔한 방식 중 하나는 도끼가 자신의 머리 위로 떨어지길 기다리는 것이다. '그러면 어쩌지'What-Ifs는 우리를 밤낮으로 따라다니는 잔인한 유령과도 같다. '글쓰기 모임에서 내 글을 좋아하지 않으면 어쩌지?' '내 소설이 팔리지 않으면 어쩌지?' '다음번 작품의 플롯이 떠오르지 않으면 어쩌지?' '출판사가 내 소설을 거절하면 어쩌지?'

'그러면 어쩌지'는 우리 마음속을 끝없이 지나가는 (우리가 사실인 양 받아들이는) 과장된 생각으로 글쓰기의 즐거움을 방해한다. 그러나 실제로 우리가 걱정하는 것은 대부분 결코 일어나지 않거나 적어도 우리가 생각하는 방식으로는 일어나지 않는다.

우리를 현재의 자아와 단절시키는 '그러면 어쩌지'의 생각으로 결론을 내리는 대신 현재의 순간에 대한 통제력을 유지해야 할 터다. 자신을 살인에 관한 추리소설 속 사설탐정으로 가정해 '나의 예측을 뒷받침하는 증거는 어디 있지?'라고 자문해 보라. 구체적 증거가 나타나기 전이 아닌 후에 결론을 도출해 보면 실제로 일어난 일이 대체로 자신의 '그러면 어쩌지'와 모순됨을 알게 될 것이다.

> 우리는 자신의 소중함을 알지 못한 채 살아가고 있다.
> 여기, 지금, 바로 이 순간이 신성하다는 것을 알지 못한 채.
> 그러나 이 순간이 지나고 나면 그 가치는 무한대가 된다.
> ― 조이스 캐럴 오츠

우리 대부분은 지금 일어나는 일에는 무관심한 채 니르바나의 경지에 도달하고자 애쓰며 살아가고 있다. 스스로의 행동을 유심히 살피노라면 자신의 마음이 현재를 어떻게 건너뛰는지 보면서 놀랄지도 모른다. 우리는 교통 체증에 갇혀 있는 시간에 집중하기보다는 그것을 어떻게 뚫고 나갈지만을 생각한다. 샤워를 즐기는 대신 샤워를 끝내기가 무섭게 글쓰기 책상으로 달려갈 생각만 한다. 저녁 식사에 몰두하는 대신 텔레비전을 보기 위해 서둘러 식사를 끝내려고 한다.

현재의 순간은 하나의 선물이다. 과거가 현재를 훔치고 삶이 손가락 사이로 빠져나가게 놔두지 마라. 과거는 이미 지나갔고, 미래는 결코 오지 않을지도 모른다. 다음과 같이 현재의 순간을 인식하는 훈련을 해 보라. 아침 샤워를 하는 동안 당신의 피부에 닿아 튀어 오르는 수많은 물방울과 그것들이 욕조에 부딪치면서 내는 물소리를 떠올려 보라. 당신 얼굴을 훑고 지나가는 매끄러운 비누와 당신의 목과 팔과 가슴에서 부푸는 비누거품을 느껴 보라. 당신 몸을 감싸는 솜털처럼 보송보송한 수건과 이를 닦고 아침을 먹는 것을 포함한 아침 일과를 음미하라. 당신의 마음이 방황할 때마다(지금 이 글을 읽을 때조차) 그것을 붙잡아 현재로 되돌아오게 하라.

원망하는 마음은 쓰레기통에 던져 버려라

> 손도끼를 땅에 묻는 것은 아무 의미가 없다,
> 그곳에 표시를 해 둘 거라면.
> — 시드니 해리스

글쓰기의 여정 동안 누군가가 당신의 마음을 상하게 하는 일이 있을지도 모른다, 아마도 의도하지 않게. 어쩌면 벌써 그랬는지도 모른다. 그로 인한 분노를 마음속에 품고 있는가? 그러는 게 당신에게 감정적 만족을 주기 때문에? 만약 그렇다면 '당신을 분노하게 하는 사람이 당신을 이기는 것이다.' 우리는 누군가의 잘못된 행동에 굴복할 것인지 그로 인해 더욱 강해질 것인지 스스로 선택할 수 있다. 다른 이의 잘못된 행동을 용서하는 것이 곧 그를 이기는 길이다. 용서란 스스로를 내면의 부정적 감옥으로부터 자유롭게 해 주는 자기연민의 행위다. 부정적 생각과 느낌을 놓아 보내면 내면의 평화를 얻고 분노하는 마음을 누그러뜨릴 수 있다.

당신은 글쓰기의 여정에서 만난 누군가를 용서할 마음이 있는가? 그를 온전히 완벽하게 용서할 준비가 되어 있는가? 그가 아직 하지 않은 일이나 앞으로 할지도 모르는 일까지도? 만약 그렇다면 당신에게 분노의 감정을 유발하는 사람의 이름과 그의 행위를 적어 내려가라. 눈을 감고 무엇이 당신을 괴롭게 하는지, 그것의 원인이 되는 사람을 완전히 용서할 수 있는지를 생각해 보라. 진정으로 그를 용서할 수 있다는 생각이 들면 눈을 떠 종이를 갈기갈기 찢어 쓰레기통에 던져 버려라. 다음번에 또다시 그에 대해 부정적인 생각이 들면 당신은 이미 쓰레기통에 그 감정을 버렸음을 기억하라.

당신은 당신의 척추가 유연한 만큼만 젊다.
— 요제프 필라테스

글을 쓰다 보면 가슴 근육과 겨드랑이 근육이 뻣뻣하다는 느낌이 들 때가 종종 있을 것이다. 키보드를 두드리고 책을 들거나 책상에서 작업하는 행위 등은 오랜 시간에 걸쳐 근육을 위축시킨다. 이런 근육을 위해 다음과 같이 간단한 스트레칭을 해 보라.

○ 오른쪽 어깨가 문틀의 한쪽 끝에 닿도록(어깨로 문설주를 힘주어 누르는 기분으로) 바짝 기대서라. 문틀의 반대편을 향해 오른손을 죽 뻗으라. 당신의 손과 팔이 바닥과 평행하게 반대쪽 문설주에 닿게 하라.

○ 당신의 몸을 오른팔에서 멀어지도록 돌리면서 근육이 팽팽하게 당겨지는 것을 느끼라.

○ 이번에는 문틀의 반대편에서 왼팔로 똑같은 동작을 반복하라. 스트레칭 효과를 늘리기 위해 몸을 조금씩 더 멀리 돌리라. 스트레칭을 할 때마다 당신은 당신의 견갑골이 척추와 조금씩 더 가까워지는 것을 느낄 수 있을 터다.

이런 식으로 10분 정도 스트레칭을 하면 글을 쓰는 동안 몸에 쌓인 스트레스가 완화된다. 스트레칭은 기분을 좋게 해 줄 뿐만 아니라, 우리 몸의 긴장을 풀어 주고 느긋함을 느끼게 하는 가장 손쉬운 방법 중 하나다.

5월

모든 사람, 모든 곳의 모든 사람이 자신만의 영화를 상영하고 있다.
그 속에서 누구나 열렬히 자신의 배역을 연기한다.
다만 대부분 자신이 그 덫에 갇혀 있음을 알지 못할 뿐이다.
— 톰 울프

우리 뇌는 끊임없이 작은 영화를 상영하고 있다. 우리에게 연결됨으로써 살아남을 수 있는 과거의 짧은 장면이나 미래의 사건으로 이루어진 영화를. 신경세포의 반복된 점화點火 패턴을 통해 우리 뇌는 생명유지행동의 학습을 강화한다. 유전적 유산으로 인해 우리 뇌는 현재 일어나는 일이나 실제 생존과는 아무 상관 없는 짧은 영화를 계속 만들어 낸다. 그 사실을 알면서도 우리는 영화의 줄거리와 그로 인한 스트레스에서 쉽게 벗어나지 못한다.

일례로 글쓰기의 도전에 직면했을 때 머릿속 영화의 장면은 우리를 현재의 시간에서 벗어나 수천 마일 떨어진 곳으로 데려가기도 한다. 자신의 글이 어떤 평가를 받을지 몰라 초조해하고, 집필자 장애에 미리부터 좌절하며, 작품 낭독회를 준비하며 안절부절못하는 미래의 순간으로.

잠시 시간을 내 지금 당신의 머릿속에서 상연되는 영화에 주목해 보라. 그리하면 그것이 당신의 실제 삶보다 훨씬 작은 삶의 굴레에 자신을 가두고 있음을 알게 될 것이다. 훨씬 넓은 동물원에 방사된 호랑이는 여전히 예전의 작은 우리에 갇힌 것처럼 계속 몸을 웅크리는 법이다. 머릿속 영화에서 현재의 순간으로 되돌아오면 당신은 한층 더 확장된 삶을 살 수 있다.

> 멈추라. 세 번 심호흡을 한 뒤 당신 몸의 모든 곳을 향해 미소
> 지으라. 그러는 동안 자신의 몸에 어떤 일이 일어나는지를 관찰하라.
> 이제 다정하고 연민 어린 마음으로 미소 짓기를 반복하라.
> — 디팩 초프라

명상은 글 쓰는 사람의 마음을 달래 주는 좋은 약이다. 우리는 마음을 과도하게 사용하는 경우가 많기 때문이다. 명상에 전념하다 보면 우리의 정신적 부담과 불필요한 걱정이 점차 줄어든다. 명상을 하는 좋은 방법 중 하나는 눈을 감은 채 호흡을 하면서 각각의 들숨과 날숨에 집중하는 것이다. 폐가 공기로 가득 찬 숨쉬기의 시작부터 폐에서 공기가 모두 빠져나갈 때까지의 호흡의 모든 과정을 따라가라. 그런 다음 몇 번이고 그 과정을 반복하라.

5분간 이 과정을 반복하다 보면 대개 어떤 생각이 떠오르기 마련이다. 아직 마무리하지 못한 글에 대한 걱정, 내가 명상을 제대로 하고 있는 건지, 이러는 게 괜한 시간 낭비가 아닌지 등등. 마음이 방황하고 머릿속에 어떤 생각이 떠오를 때마다 서서히 그 생각의 흐름에서 빠져나와 자신의 호흡이 선사하는 감각에 집중하라. 5분 뒤 천천히 눈을 떠 주변의 생생한 색깔과 질감을 다시 받아들임으로써 자신이 현재와 얼마나 더 긴밀하게 연결돼 있는지를 주목하라.

> 유연한 사람은 행운아다. 그들은 자신에게 아무렇게나
> 찌그러지는 것을 용납하지 않을 것이기 때문이다.
> — 로버트 러들럼

'슈팅 라이크 베컴'Bend It Like Beckham은 훌륭한 축구 전략이며, 글쓰기 게임에서도 슈팅은 작가가 큰 득점을 하는 데 도움이 된다. 바나나킥은 가차 없는 문학 세계에서도 굴하지 않고 나아가면서 창의성에 연료를 공급하는 데 꼭 필요한 능력이다.

자신의 삶에 대해 고층 건물의 청사진처럼 세밀한 계획을 세울 때 우리는 그 이면에 어떤 불안 요소를 감추고 있을까? 우리의 가차 없음으로 인해 수많은 멋진 기회와 사람을 배제시키고 있는 것은 아닐까? 유연함은 일이 뜻대로 되지 않을 때 우리가 아무렇게나 찌그러지는 것을 막아 준다. 작품의 플롯에 구멍이 있거나 캐릭터에 일관성이 없을 때 창의적으로 수정할 수 있게 해 주는 것도 우리의 유연함이다. 글쓰기 모임에서 다른 이와 함께 작업하거나 공동의 프로젝트를 추진하고 서점 토론회의 참석자로 나설 때에도 유연함이 필요하다. 또한 유연함은 건설적인 비판에 대한 우리의 방어벽을 낮춘다.

자신을 구속하는 판에 박힌 일상을 바꿀 필요를 느끼는지, 자신의 글쓰기 기술을 개선시킬 반대 의견을 받아들일 의사가 있는지, 자신의 글쓰기를 지속시킬 수 있는 방법에 대한 멘토의 피드백을 수용할 수 있는지를 자문해 보라.

세상은 모든 사람을 부서뜨린다.
그 부서진 곳에서 수많은 강한 사람이 생겨난다.
— 어니스트 헤밍웨이

작가로서의 우리를 죽이지 못하는 것은 우리를 더욱 강하게 만들 뿐이다. 나도 안다, 그러니 내게 썩은 토마토를 던지지 말기를. 이 말을 한 것은 내가 아니다. 이미 오래전에 철학자 프리드리히 니체로부터 시작해 어니스트 헤밍웨이도 이 말을 했고, 싱어송라이터 켈리 클락슨도 자신의 노래에서 이 말을 대중화시킨 바 있다. 따라서 이 오래된 격언에는 어떤 진실이 포함돼 있음이 분명하다.

힘겹게 글을 쓰는 사람이 가장 듣기 싫어하는 게 글쓰기의 시련이 우리를 더욱 강하게 만든다는 말일 터다. 그러나 한번 좌절을 겪고 나면 이 말을 받아들이기가 훨씬 쉬워진다. 사실 거절과 실패와 상처가 어떤 것인지를 스스로 알지 못한다면 좌절과 실패를 겪는 캐릭터를 제대로 쓸 수 없다.

글쓰기의 한계 앞에서 물러서지 않고 그것을 깨부수고 나아갈 때 우리는 비로소 성장하고 강해질 수 있다. 우리 작가들은 모두 마음과 영혼 어딘가에 총알이 하나쯤 박혀 있다. 그리고 그 총알은 우리의 창의성과 회복탄력성을 위한 재료가 된다. 스스로 부서졌다고 생각할 때 우리는 그 부서진 곳에 있는 힘을 이용해 성공하는 작가의 길로 나아갈 수 있다.

> 내려가기가 없는 오르기, 왼쪽이 없는 오른쪽,
> 앞이 없는 뒤, 슬픔이 없는 행복이란 있을 수 없다.
> ― 할런 코벤

글쓰기에도 양쪽을 받쳐 주는 북엔드가 있다. 무언가를 갖고 싶으면 먼저 그 반대의 상황을 받아들일 수 있어야 한다. 실패가 없는 성공, 어둠이 없는 빛 혹은 고통이 없는 희열이란 있을 수 없기 때문이다. 자신을 작가로 인정받는 데 어려움을 겪고 있는가? 만약 그렇다면 먼저 문학 세계에도 얻는 것과 잃는 것이 공존한다는 사실을 받아들여야 할 터다.

당신의 원고가 채택되기를 바란다면 그것이 거절당할 수 있음도 염두에 두어야 한다. 독자가 당신의 팬이 되기를 원한다면 북사인회에 아무도 나타나지 않는 상황도 받아들일 수 있어야 한다. 비평가가 당신의 작품에 찬사를 보내기를 바란다면 신랄한 비평 역시 기꺼이 받아들일 수 있어야 할 터다.

세상 모든 것에는 서로 상반되는 것이 있기 마련이다. 자신이 원하지 않는 것도 기꺼이 받아들일 줄 알아야 자신이 원하는 것을 얻을 수 있다. 상반적인 것을 함께 받아들이는 마음가짐은 우리가 넘어질 때마다 힘내어 또다시 일어나게 하는 동기와 힘을 제공한다.

이득의 가능성이 있는 곳에는 상실의 가능성 또한 존재한다.
커다란 행복을 좇을 때마다 우리는 커다란 위험을 무릅써야 한다.
— 워커 퍼시

글쓰기라는 일생의 꿈을 좇기 위해서는 커다란 상실 또한 감수해야 한다. 대부분의 작가는 마치 도박을 하듯 이런 위험을 기꺼이 무릅쓴다. 그러나 여러 차례의 환멸과 실망스러운 피드백을 겪다 보면 많은 이가 슬픔과 좌절에 빠진다. 커다란 충격과 상심으로 눈물 흘리면서 글쓰기의 여정이 끝난 것처럼 느끼기도 한다.

치열한 생존 경쟁 가운데서 시간을 내 오래된 슬픔을 곱씹는 것은 중요하다. 우리는 대체로 자신이 상상했던 것과는 다른 때에, 다른 방식으로 좌절을 겪게 된다. 그것 또한 애도를 요하는 또 하나의 상실인 셈이다. 크고 작은 상실감을 느낄 때면 자신의 감정을 외면하는 대신 온전히 슬픔에 빠져 보라. 자기 내면의 상처와 아픔을 느끼는 것은 상처의 쓰라림을 완화시키고 치유하는 효과가 있다.

글 쓰는 사람으로서 우리는 혼자 슬퍼할 필요가 없다. 슬픔은 보편적인 것이며, 작가라면 누구나 그것이 어떤 것인지를 잘 안다. 글쓰기의 고통을 이해하는 또 다른 누군가와 슬픔을 함께 나누다 보면 우리 마음의 상처 또한 반으로 줄어들 수 있을 터다.

당신에게 해악을 끼치는 것을 멀리하라

> 자기연민은 해악에 맞서고자 하는 용감한
> 정신적 태도다. 과로, 과식, 과도한 분석 등은 우리가
> 우리 자신에게 매일같이 끼치는 해악이다.
> ― 크리스틴 네프

자기연민은 끊임없는 좌절의 해악에 맞서는 감정적 힘을 우리에게 부여한다. 우리로 하여금 자아에 입은 상처로부터 빠르게 회복하고, 자신의 단점을 인정하고, 자신을 용서하며, 스스로에 대한 배려와 존중으로 해악에 대응하게 해 준다. 자기연민은 정서적 행복감을 고양시키고, 불안과 우울을 감소시키며, 지속적인 환멸 가운데서도 글쓰기를 지속할 수 있는 용기를 선사한다.

거듭되는 실패에도 자신의 페이스를 유지하는 것은 엄청난 용기를 요하는 일이다. 당신이 다른 대부분의 사람과 같다면 다음과 같이 포기를 종용하는 목소리를 듣게 될 것이다. "넌 오랫동안 제자리에 머물고 있어. 아직 어떤 성과도 내지 못했다고. 넌 너의 시간과 인생을 낭비하고 있는 셈이야." 패배주의적인 혼잣말은 당신을 압도하고 결국에는 쓰러뜨리고 말 것이다. 단 당신이 그 말을 믿는다면.

비판적인 혼잣말은 패배를 부르는 힘이다. 그 목소리에 귀를 기울일 필요는 없다. 목소리가 크다고 해서 진실을 말한다고는 볼 수 없기 때문이다. 부정적 목소리를 멀리하고 자신에 대한 믿음과 내면의 용기에 주목하라.

> 글쓰기는 그것을 할 때 다른 무언가를
> 해야 할 것처럼 느끼지 않는 유일한 것이다.
> — 글로리아 스타이넘

어느 날 글로리아 스타이넘이 내게 전화를 했는데 그녀의 첫마디가 이러했다. "브라이언, 난 당신을 알 것 같아요." 우리는 한 번도 만난 적이 없지만 그녀는 내 책 『워커홀리즘』을 읽었다고 했다. 우리는 둘 다 자신의 어린 시절에 관한 책을 썼고, 서로의 상황은 달랐지만 저변에 깔린 심리는 유사했다. 어린 시절의 상처를 치유하기 위해 글로리아와 나는 효과적인 치료제로 글쓰기를 선택했던 것이다.

글쓰기는 많은 사람에게 말없는 친구가 된다. 소설가 앤 패칫에게 글쓰기란 오후에 같이 차를 마시는 상상의 친구다. 우리 중 많은 이에게 글쓰기는 위안과 여흥과 깨우침의 원천이자, 하루 중 아무 때라도 할 수 있는 일이다. 글쓰기는 부당한 세상에서 벗어나 자신만의 정의가 지배하는 곳에서 안전과 위안을 얻을 수 있게 해 준다.

일례로 일기 쓰기는 우리에게 자신의 생각과 느낌과 합의를 이룰 수 있게 하고 어려운 문제에 대한 통찰력을 준다. 반면 창의적 글쓰기는 우리에게 가해진 부당함으로 인한 스트레스를 완화하고 그 배출구가 된다.

> 분노, 열망, 질투, 두려움, 우울 중 무엇이 당신을 괴롭히든
> 중요한 것은 그것을 없애려고 하기보다 그것과 잘 지내는 것이다.
> — 페마 초드론

그렇다, 당신이 제대로 읽은 게 맞다. 반反직관적인 이야기로 들릴지 몰라도, 스트레스 요인과 우호적인 관계를 구축하는 것은 실제로 스트레스 수준을 낮추는 효과가 있다. 스트레스로 인해 갈등하고 자신과 싸우는 것은 적대적인 관계를 만들어 내고, 더 큰 좌절과 불안으로 우리를 이끈다. 따라서 스트레스와 맞서기보다는 그것을 받아들임으로써 그로 인한 고통을 줄이는 게 더 현명하다.

더없이 섬세한 우리의 신경계는 스트레스를 통해 우리가 살아남도록 대비해 놓았다. 스트레스는 수많은 위험으로부터 우리를 보호하는 안전장치다. 복잡한 도로를 달릴 때나 어두운 주차장에서 차를 찾을 때 혹은 원고 마감일을 맞추고자 애쓸 때에도 스트레스는 우리를 지켜 준다. 스트레스는 지속적으로 우리의 경계심을 일깨워 우리를 보호하는 친구인 셈이다.

스트레스가 당신을 힘들게 한다고 생각할 때조차도 스트레스는 반대로 언제나 당신을 지켜주고 있으며, 스트레스와 싸우는 것이 당신에게 이로움보다 해를 더 많이 끼친다는 것을 잊지 말라.

당신은 또다시 버려질지도 모른다. 언젠가는 버려질 것이다.
유일한 희망은 조금씩 무감각해지다 보면 언젠가는
아무것도 느끼지 못하는 날이 오리라고 믿는 것뿐이다.
— 척 팔라닉

출판 산업에서 고아처럼 버려지는 아픔을 겪을 확률은 매년 증가한다. 책을 출간한 뒤 출판사가 문을 닫으면 작가는 엄청난 여파에 시달리게 된다. 당신 역시 그런 일을 겪을 수 있다. 출판사가 팔리거나 파산한 경우 혹은 더 이상 당신을 작가로서 관리하지 않을 경우에도. 소규모 출판사가 문을 닫거나 더 큰 출판사에 흡수될 경우에도 고아가 되기 십상이다.

이미 계약한 시리즈물을 출판사가 더 이상 출간하지 않기로 한 경우에도 후속작을 위한 출판사를 찾기가 쉽지 않다. 버려진 작가는 마치 고아가 된 듯 처음에는 혼란스럽다가 점차 다음과 같은 아픔의 단계를 거치게 된다. 정신적 충격, 부인, 협상, 분노 그리고 마지막으로 받아들이기.

신음하고 눈물 흘린 뒤에는 미스터리 작가 데브라 골드스타인이 그랬듯이 또다시 글을 쓰는 게 중요하다. "버려진 작가가 된 뒤 나의 가장 큰 희망은 단편과 장편 소설을 계속 쓰는 것이었다." 삶이 계속되는 것처럼, 작가로서 버려지는 아픔을 이겨 내는 가장 좋은 방법은 중단 없이 글을 쓰는 것이다.

당신의 웹사이트를 자기홍보의 수단이 아닌
자아창조의 수단으로 생각하라.
— 오스틴 클레온

마침내 오랜 인내가 열매를 맺어 이제 당신은 책을 출간한 작가가 되었다. 어쩌면 당신도 나처럼 적극적인 홍보의 기술을 배울 것을 충고하는 편집자를 만났을지 모른다. 가슴이 답답해지고 얼굴이 붉어진다. '나는 작가이지 마케터가 아니야'라는 생각이 머릿속을 맴돌지도 모른다. 동네서점과 대형서점, 도서관을 찾아다니는 게 옳은 일일까? 이런 행위가 내 작품의 가치를 떨어뜨리지는 않을까? 자기 작품을 자화자찬하는 것과 지나치게 떠들어 대는 것의 차이는 무엇일까?

대부분의 작가에게 자기홍보는 제2의 천성이 아니다. 그러나 그것에 익숙해지는 것은 작가로서의 성공에 필수적이다. 그렇지 않으면 우리가 무엇을 했는지, 어떤 책을 출간했는지 대중이 어떻게 알겠는가? 서점과 도서관은 대체로 우리의 문학적 성취에 관해 알고 싶어 한다.

또 다른 측면에서 자기홍보는 자신의 글 쓰는 자아(작가로서의 페르소나)를 창조하는 일이다. 일단 홍보를 시작하고 보면 대부분의 사람들이 우리를 얼마나 따뜻하게 환영하고 지지하는지 알게 된다. 그러니 자기홍보에 손사래를 치기보다는 힘들게 이루어 낸 자신의 작품을 함께 나누고 널리 알리는 일에 익숙해지도록 하라.

반갑지 않은 불청객 쫓아 버리기

우리가 스트레스를 느끼는 것은 우리의 뇌가
스트레스 호르몬을 내보내기 때문이다. 이 호르몬은 우리의
건강을 해치고 우리를 신경질적인 사람이 되게 한다.
— 대니얼 골먼

글 쓰는 삶을 살다 보면 전혀 반갑지 않은 불청객이 찾아올 때가 종종 있다. 주로 스트레스로 인해 생기면서 아무리 다이어트를 하고 운동을 해도 꼼짝도 하지 않는 허리 군살이 그것이다. 예일대학교의 연구에 따르면, 보통 풀의 단백질을 먹고 사는 메뚜기 같은 곤충도 어떤 위협을 느끼면 달콤한 메역취속屬의 식물을 우적우적 먹어 치운다고 한다. 재빨리 달아나야 할 경우 단 음식이 흥분한 그들의 몸에 빠르게 연료를 공급하기 때문이다.

가끔씩 미치도록 피자가 먹고 싶어지는 이유는 무엇일까? 글쓰기에 지쳤을 때 우리는 빠른 에너지 공급을 위해 달거나 기름진 음식과 탄수화물을 찾게 된다. 우리 뇌는 마치 몸속에서 새총을 쏘듯 스트레스 호르몬인 코르티솔과 아드레날린을 우리의 혈류 속으로 쏟아 넣고, 급격히 증가한 혈당은 우리의 새로운 에너지원이 된다. 그리고 우리가 섭취한 지방과 당분의 나머지는 곧장 배에 축적됨으로써 우리를 스트레스에 더욱 취약하게 만든다. 이와 같은 악순환을 멈추려면 운동이나 명상 혹은 요가 같은 스트레스 완화용 활동에 건강한 식사와 숙면이 따라야 한다. 이러한 습관을 통해 우리는 글쓰기의 스트레스에 보다 건전하게 대처할 수 있다.

하루에 한 번은 자리에 앉아 글을 써 내려가라.
아무런 자아비판 없이, 자신이 쓴 말을 되돌아보지 말고.
자신의 글이 이미 인쇄되어 제본된 것처럼.
— 월터 모슬리

힘에 부친다는 생각이 들 때가 종종 있다. 우리가 만들어 나가야 하는 변화가 한없이 커다란 부담으로 우리를 압도한다. 문학의 길이 너무 멀고 가파르고 험난하다 보니 초조한 마음이 우리의 인내를 앞지르곤 한다. 우리는 자신의 말이 스스로 이야기하게 놔두는 대신 말을 밀어붙이고 서두르게 한다. 그런 식으로는 결코 만족스러운 결과물을 얻을 수 없다.

비현실적인 기대와 초조함은 당신의 글쓰기를 망칠 수 있다. 위대한 것을 이루는 데는 시간이 필요한 법이다. 그랜드캐니언은 하루아침에 생겨나지 않았다. 글쓰기의 관건은 서두르지 말고 한 번에 한 단어, 한 문장, 한 문단씩 써 나가는 것이다. 그렇게 매일매일 단어가 쌓여 페이지를 이룬다.

당신에게도 당신의 글이 꽃을 피우고 열매를 맺어 무르익을 수 있는 시간이 필요하다. 글쓰기도 강물처럼 저절로 흘러갈 수 있어야 한다. 고대 로마의 황제 아우구스투스는 "천천히 서둘러라" Festina Lente라는 말을 남겼다. 오늘 당신이 해야 할 일은 지금 이 순간, 이 시간에 결단해야 하는 것뿐이다.

> 한겨울에야 난 불굴의 여름이 내 안에 도사리고 있음을 알게 되었다.
> — 알베르 카뮈

수많은 작가와 시인, 음악가는 그들의 창조적 영감이 내면의 뮤즈로부터 비롯되었다고 이야기한다. 소설가 에이미 탄, 화가 파블로 피카소, 비틀스의 멤버 존 레논, 더 도어스의 짐 모리슨 등도 같은 말을 한 바 있다.

작가들은 가끔씩 자기 안에 무엇이 있는지 잊어버린다. 몇 날 며칠, 몇 주 동안 글쓰기를 멀리하면서 내가 아직 그 일을 할 수 있는지를 자문하곤 한다. 글을 쓰지 않는 동안에는 글쓰기가 마치 아득한 곳에 있어 기억에서 잊힌 땅처럼 생소하게 느껴지기도 한다. 그러면서 앞으로 영영 글을 쓰지 못하게 되는 건 아닌지 두려워한다. 우리 중 어떤 이는 자신의 뮤즈가 죽거나 영원한 휴가를 떠날까 두려워 휴식 시간조차 갖지 못한다.

그러나 우리 안의 뮤즈는 결코 사라지지 않는다. 우리가 다른 일상적인 일로 분주할 때에도 불굴의 뮤즈는 우리가 다시 그를 찾을 때까지 동면을 하고 있다. 우리는 우리의 창의적 노력을 사랑하고 이끄는 뮤즈에게 빚을 지고 있다. 그들이 없다면 문학은 더없이 삭막한 세상이 되고 말 것이다.

혼자 있을 때 어떤 목소리를 듣는 사람이 있다. 그중 어떤 이는
'미친 사람'으로 불리면서 방에 갇힌 채 온종일 벽만 바라보고 있다.
또 다른 이를 사람들은 '작가'라고 부른다.
— 레이 브래드버리

우리 안에는 개척되기를 기다리는 온전한 우주가 존재한다. 우리 중 어떤 이는 자신의 '또 다른 면'에 불편을 느낄지도 모른다. 익숙한 것을 고수하는 것은 우리를 좀 더 편안하고 안전한 영역에 머물게 하면서 창의적 과정과 충돌하게 만든다. 오랫동안 판에 박힌 일상이 당신의 삶을 지배해 왔다면 이제 거칠고 불완전한 당신의 또 다른 자아를 판단과 불신의 새장 밖으로 끄집어낼 때가 되었다.

지금까지 원칙대로만 살아왔다면 이제는 즉흥성과 유연성을 요하는 어떤 것을 시도해 보라. 스스로를 완벽주의자라고 생각한다면 무언가를 의도적으로 '불완전하게' 해 보라. 당신이 논리적이고 체계적인 사람이라면 예술과 춤과 시작詩作 등으로 자신의 창의적이고 직관적인 면을 발굴하라. 반대로 그때그때 즉흥적으로 일을 처리하는 편이라면 자신의 글쓰기에 체계를 갖추라. 대인 관계에서 어려움을 겪는 사람이라면 낯선 이에게 자신을 소개함으로써 외적인 성향을 개발하라. 일주일 내내 일에만 몰두하는 사람이라면 식물 키우기, 요가 또는 명상 등을 시도해 보라. 지금까지 한 번도 눈 돌리지 않았던 자신의 또 다른 면을 발굴하는 것은 글쓰기의 가능성을 극대화하는 일이 될 것이다.

> 다른 많은 창작자처럼 나도 자기방해, 자기회의
> 그리고 나 자신이 사기꾼 같다는 생각과 자주 싸운다.
> — 제프 자비스

자신이 사기꾼 같다고 느끼는 것은 언론인 제프 자비스만이 아니다. 이는 높은 성과를 이룬 창작자 사이에도 널리 퍼져 있는 현상이다. 배우 제인 폰다는 두 번째로 오스카상을 수상한 뒤 참석한 한 토크쇼에서 진행자에게 자신이 가짜인 것만 같고, 아카데미가 자신의 재능 없음을 알아채고 상을 도로 가져갈까 봐 두렵다고 고백했다. 심지어 미국의 작가이자 시인인 마야 안젤루도 이런 말을 한 적이 있다. "나는 지금까지 열한 권의 책을 썼어요. 그러나 매번 '이제 곧 사람들이 알아챌 거야. 여태 난 모두를 속여 왔어. 하지만 그들은 조만간 내가 어떤 사람인지 알게 될 거야'라는 생각을 떨쳐 버리지 못했어요."

당신이 스스로를 자격 없는 작가라고 생각하거나 심각한 단점을 갖고 있다고 믿는다면, 당신은 그런 믿음을 사실인 양 여기고 일상에서도 그렇게 행동하게 된다. 현실이 그 믿음과 배치될 때조차도 자신의 믿음을 스스로에게 강요하는 것이다. 이런 현상을 우리는 '가면 증후군'(*)이라고 부른다. 작가로서 대단한 성공을 거두었음에도 자신의 성취를 내면화하지 못하고 자신이 '사기꾼'임이 드러날까 봐 끊임없이 두려워하는 것이다. 실제로 내로라하는 많은 작가가 자신의 성취를 단지 요행수로 여기면서 스스로를 깎아내리고 다시는 그런 일이 일어나지 않으리라 믿는다.

(*) Imposter Syndrome. '사기꾼 증후군'이라고도 한다. 자신의 성공이 노력이나 실력에 의한 것이 아니라 순전히 운으로 얻어진 것이라고 생각하며, 지금껏 주변 사람을 잘 속여 왔지만 언젠가는 '실체'가 드러날 것이라고 불안해하는 심리를 일컫는다.

눈물보다는 웃음

> 웃음과 눈물은 모두 좌절감과 고갈에 대한 반응이다. 나는 웃는 걸
> 더 좋아한다. 우는 것보다 뒤처리가 깔끔하기 때문이다.
> — 커트 보니것

어떤 기대나 반짝이는 글쓰기 아이디어가 수포로 돌아가면 좌절감과 심신의 고갈이 우리를 힘들게 한다. 작가들이 흘린 눈물을 모두 모으면 바다를 채우고도 남을 것이다. 슬럼프에 빠져 눈물이 흐르면 작가의 눈물로 이루어진 바다에 소금물 한 방울을 더할 뿐이라고 생각하라. 고통받는 것을 좋아할 사람은 아무도 없다. 그러나 자신이 혼자라고 느끼면서 슬퍼할 필요도 없다. 당신은 당신보다 앞서 존재했던 작가들 그리고 앞으로 올 많은 이들과 연결돼 있으며 결코 혼자가 아니다.

때때로 우리는 글쓰기로 인한 좌절 때문에 우울해하고 눈물 흘리느라 모든 것에는 이면이 있음을 잊곤 한다. 슬픔이 당신을 통과해 지나가게 한다면, 그 슬픔은 당신을 앞으로 나아가게 하는 원동력이 될 수도 있다. 당신이 원하는 결과를 얻지 못했을 때조차 억지로 웃음을 짓는 것은 당신의 상처를 완화시켜 준다.

글을 쓰는 동안 좌절하고 심신이 고갈되었던 시절을 되돌아보라. 자동차의 백미러를 통해 보이는 자신을 향해 씩 웃음 짓게 되지 않을까?

당신의 수명을 줄어들게 하지 않거나
당신을 자살로 이끌지 않는 것은 사실상 할 가치가 없다.
— 코맥 매카시

자신의 글쓰기에 실망하고 환멸을 느낄 때 자신의 손목을 자르는 것보다 훨씬 쉬운 해결책은 글쓰기를 포기하고 펜을 내려놓는 것이다. 그러나 회복탄력성이 강한 작가가 되고자 한다면 비바람을 피할 수 있는 곳에 머물면서 글쓰기를 계속해야 할 터다. 교사, 변호사, 건설노동자 등도 자신의 목표를 이룰 때까지 묵묵히 자신의 길을 간다. 마찬가지로 작가인 우리도 믿을 만한 출판업자를 만나거나, 첫 작품을 출간하거나, 세 번째나 네 번째 소설로 대성공을 거둘 때까지 가던 길을 계속 가야 한다.

글쓰기로 인한 좌절이나 실망을 자신의 멘토로 여기면서 각각의 경우에서 무엇을 배울 수 있을지를 자문해 보라. 암울해 보이는 상황의 고무적인 면을 찾아내고, 실망 가운데서 도전이나 기회를 끄집어내도록 노력하라. 좌절을 견뎌내야 할 실패가 아닌 깨달음을 주는 가르침으로 삼으라. 그런 다음 더욱더 탄력적인 사람이 될 수 있도록 그 속에 포함된 기회에 집중하라. 그리고 이런 통찰력을 글 쓰는 동료들과 공유하라.

결코 이루어지지 않을 것 같은 일도
알고 보면 이루어지기 직전일 때가 많다.
— 토니 로빈스

"아무리 애써 봐도 마땅한 출판사를 찾을 수가 없어. 난 내가 글을 제법 쓰는 줄 알았는데 착각이었나 봐. 그동안 시간만 허비한 것 같아." 마치 당신 이야기 같지 않은가? 이 같은 도미노 효과는 우리의 감정이 과열돼 사실에 의거한 사건을 과장하는 데서 비롯된다. 앞의 문장 중 유일한 사실은 '나는 마땅한 출판사를 찾지 못했다'라는 것뿐이다. 나머지는 사실을 확대하고 과장하는 느낌에 불과하다. 감정의 도미노 효과가 지진해일처럼 몰아닥칠 때는 그런 감정이 실재하는 사실처럼 느껴지면서 우리로 하여금 인생에서 가장 큰 실수를 저지르게 한다. 글을 쓰던 펜을 내려놓고 원고를 서랍 속에 넣어 버리게 하는 것이다.

나 자신이 아닌 그 누구도 내가 성공하는 것을 막을 수 없다. 내가 절망감을 느끼면 나의 파충류 뇌가 부정적 감정으로 나를 가득 채우면서 이성적 두뇌의 전원을 차단한다. 그러나 행여 부정성의 격류에 휩쓸리더라도 빠져나갈 방법은 있다. 먼저 심호흡을 한 뒤 자신의 말이 사실인지 혹은 감정에 불과한 것인지를 자문하라. 우리는 대부분 감정에 반응하기 때문이다. 그런 다음, 감정의 도미노 효과가 일어나게 놔두라. 그러다 마음이 가라앉으면 당신의 이성적 뇌에 다시 불이 켜지면서 어떤 것이 진실인지를 가려낼 수 있게 될 것이다. 이제 부정적 감정을 배제한 사실에만 입각해 다시 자신을 돌아보라.

외상 후 성장을 이루어 내기

> 작가라는 직업에서 필수적인 부분은
> 역경을 헤치고 나아가는 끈기다.
> ― 로런스 블록

극적이고 긍정적인 변화는 우리의 글쓰기 노력을 좌절시키는 시련을 똑바로 마주하는 데서 생겨난다. 이런 시련이 죽고 사는 문제와는 상관이 없다고 하더라도 때때로 우리는 그 때문에 깊은 상처를 입는다. 당신이 타고난 낙관주의자가 아니라면 글쓰기와 출판의 세계에서 당신에게 절망을 안겨 줄 수도 있을 어려움을 극복할 힘을 키워 나가야 할 터다.

당신은 '외상 후 스트레스'가 아닌 '외상 후 성장'과 함께 글쓰기의 시련과 맞서 싸울 수 있다. 이상하게 들릴지 몰라도 시련은 나름대로 장점을 지니고 있다. 시련은 우리에게 스스로 생각했던 것보다 강하다는 것을 알려 주고, 글 쓰는 삶에 새로운 의미를 부여해 준다. 또한 더 깊고 충만한 정신세계로 우리를 이끌면서 자신과 타인에 대한 이해도를 높여 준다. 일이 생각한 대로 흘러가지 않을 경우에도 우리는 바꿀 수 없는 결과가 아닌 결과에 대한 대응 방식을 변화시킴으로써 긍정적으로 성장해 나갈 수 있다. 자신의 비전을 굳건히 지켜 나가면서 어떤 상황에서도 그 장점을 찾아내 시련이 아닌 성장의 바탕으로 삼으라.

혼란 가운데서도 차분함을 유지하기

> 평온이란 혼란, 소음, 힘든 일이 없는 곳에
> 머무는 게 아니라, 그런 것들 가운데 있으면서도
> 언제나 차분한 마음을 유지하는 것이다.
> ― 작자 미상

주변의 모든 것이 무너져 내리는 것 같을 때 차분한 마음을 유지하는 것은 쉬운 일이 아니지만 불가능한 일도 아니다. 우리는 자신과 평화를 이룰 때와 마음이 휴식할 때 더욱더 살아 있음을 느낀다. 휴식하는 마음이란 반드시 해야 할 무언가가 없는 마음, 지금 이 순간 아무것도 필요하지 않은 마음의 상태를 가리킨다.

우리는 훈련을 통해, 자기 주변의 것들을 바꾸거나 없애려고 하거나, 외면하기 위해 스스로를 바쁘게 만들지 않고도 있는 그대로를 느긋하게 즐길 수 있다. 우리에게 필요한 것은 무심함이 아닌 사려 깊은 행동이며, 신랄한 태도를 누그러뜨리는 다정한 말 한마디다. 히스테리를 직면하는 차분함은 마음을 가라앉히는 효과가 있다. 칭찬은 악감정을 반전시킨다.

휴식하는 마음과 차분함은 스트레스를 유발하는 상황에서 우리로 하여금 반응하는 대신 행동하게 한다. 성공을 거듭하는 작가일지라도 글쓰기의 스트레스 요인으로부터 몸과 마음을 지키기 위해 차분한 마음을 유지하는 것은 중요하다.

영감이 찾아오기를 기다릴 수만은 없다.
몽둥이를 들고 영감을 찾아 나서야 한다.
— 잭 런던

좋은 작가가 되기 위해서는 적극적으로 영감을 찾아 나설 필요가 있다. 먼저 자기 내면의 지혜에 가만히 귀를 기울여 보라. 결승선을 향해 서둘러 달려간다면 우리는 내면의 지혜를 들을 수 없다. 영감은 천천히, 가장 적절한 시간에 우리를 찾아오기 때문이다. 게다가 우리가 가장 기대하지 않을 때, 대개는 글쓰기나 글쓰기에 대한 생각이 아닌 다른 것을 할 때 찾아오기 십상이다.

세계적으로 유명한 작가도 마음을 편안하게 해 주는 의도적이고 자연스러운 조건하에 자신을 놓음으로써 영감을 이끌어 내곤 했다. 버지니아 울프, 앨리스 먼로, 이언 매큐언 등은 단지 걷는 것만으로 영감을 발견한 작가에 속한다. 걷기는 그들로 하여금 생생하게 살아 있음을 느끼게 하면서 영감을 물처럼 샘솟게 해 주었다.

D. H. 로런스 같은 작가는 자연 속에서 글을 쓰면서 영감을 발견했다. 바다를 마주하거나 먼 산을 바라보며, 눈을 맞거나 나무 그늘 아래에서 영국의 시골을 음미하면서. 그런 가운데서 그는 평온한 마음을 되찾고, 쉴 틈 없는 자신의 정신에 안온한 휴식을 선사하곤 했다. 당신 역시 영감을 발견하려면 먼저 영감이 떠오르게 하는 환경을 조성하거나 그런 환경 속으로 들어가야 할 터다.

> 초간단 자기돌봄 운동과 짧은 기분 전환의 순간이라는 패러다임의
> 전환은 우리의 지속적인 스트레스 수준에 결정적인 차이를 만든다.
> ― 애슐리 데이비스 부시

모든 에너지가 고갈되었음을 느낄 때조차 글쓰기의 요구를 충족시키고 원고 마감일을 반드시 지켜야만 할 때가 있다. 글쓰기의 압박에 시달릴 때는 헬스클럽에서 운동하기나 20분간 명상하기 혹은 동네 주변을 걷기 위한 시간조차 내기 힘들다.

그러나 책상에서 일어날 필요 없이 30초간 초간단 자기돌봄 운동을 행하는 것만으로도 스트레스를 완화하고 기분을 새롭게 할 수 있다. 초간단 자기돌봄 운동은 글을 쓰는 동안 우리를 지지해 주는 등을 튼튼하게 하고, 자기연민을 위한 가슴을 부드럽게 해 준다. 당신의 배꼽을 척추 쪽으로 끌어당긴 뒤, 마치 머리 꼭대기에서 눈에 보이지 않는 줄이 당신을 잡아당기듯 등을 꼿꼿하게 펴라. 그런 다음 마음으로 온몸을 유연하게 만든다는 느낌으로 깊은 복식 호흡을 반복하라. 초간단 자기돌봄 운동은 스트레스 반응을 상쇄하고 즉각적인 휴식의 느낌을 선사함으로써 신체적 스트레스를 훨씬 덜 느끼면서 글쓰기를 계속할 수 있게 해 줄 것이다.

자기패배적인 태도를 지양하기

우리는 사물을 있는 그대로가 아니라
우리 자신의 모습에 비추어 바라본다.
— 아나이스 닌

우리는 자신에 대한 스스로의 태도에 근거한 마음가짐으로 대부분의 상황에 대처한다. 어떤 방향으로 눈길을 돌릴 때면 결국 우리는 자신이 보고자 하는 것을 보게 돼 있다. 어떤 것에서 실패를 예감한다면 우리는 실패하게 될 것이다. 반면 성공을 쟁취하고자 한다면 우리는 성공할 수 있다. 굉장히 단순한 생각처럼 보이지만, 그 단순함이 우리의 글쓰기에 부여하는 무한한 가능성과 힘을 가리게 놔두어서는 안 될 터다.

우리는 우리가 발견하고 고수하는 것을 통해 글쓰기의 경험을 창조해 낸다. 우리가 구하는 것이 무엇이든 그것은 우리를 기다리고 있다. 글쓰기의 결과물이 나쁠 거라고 예상하면 십중팔구 그렇게 되게 되어 있다. 우리의 생각과 행동이 나쁜 결과에 맞춰 흘러가기 때문이다. 물이 그것을 담는 그릇의 모습을 띠는 것처럼 우리의 행동은 우리 생각의 모습을 띠게 마련이다. 글쓰기의 성공의 차이를 만드는 것은 우리의 글쓰기 훈련의 결과가 아니라 그 결과에 대한 우리의 태도다. 당신은 자신의 글쓰기에서 무엇을 찾고자 하는가? 그것을 찾았는가? 아니라면 어째서 찾지 못했는지를 스스로에게 물어보라.

인내하고 땀 흘리라

<blockquote>
땀 흘리라, 땀 흘리라, 땀 흘리라!
일하고 땀 흘리라, 울고 땀 흘리라, 기도하고 땀 흘리라!
— 조라 닐 허스턴
</blockquote>

글쓰기는 힘든 일이다. 몸과 마음 모두에 부담을 주고, 피와 땀과 때로는 눈물까지 요구되는 일이다. 글쓰기를 사랑한다면 그 일이 얼마나 어려운지를 알아야 한다. 어떤 날은 찌는 듯한 무더위에서 땀을 흘리는 것처럼 느껴지고, 어떤 날은 구름 위를 걷는 듯하다. 하지만 글쓰기를 사랑한다면 그로 인한 혜택이 그 일의 단조로움과 힘듦을 능가할 터다.

글쓰기가 오랜 시간 지지부진할 수도 있다. 꾸준히 만족스러운 결과물을 얻으려면 인내와 시간과 연습이 필요하다. 끈기 있게 매달리면서 어떤 조건에서 어떤 방식으로 글을 써야 할지, 자신의 글에서 어떤 것을 취하고 어떤 것을 버려야 할지를 아는 게 중요하다.

당신은 문학에 몰두하면서도 다른 분야의 사람이 어떻게 무언가를 만들어 내는지 알 필요가 있다. 또한 다른 작가들과의 유대를 통해 그들이 어디에서 영감을 발견하는지를 알아보라. 당신이 믿고 존중하는 작가에게 당신의 글쓰기를 냉정하게 평가해 줄 것을 요청하라. 글쓰기 수업을 듣고, 글쓰기 모임에 참여하며, 위대한 작가들의 책을 통해 그들이 어떻게 글쓰기 기술을 터득해 나갔는지를 익혀라. 이 모든 것이 힘든 일일지 몰라도 종국에는 보상을 받게 될 터이니.

자신만의 힘을 키우라

> 사람들이 자기의 힘을 포기하는 가장 흔한 방법은
> 자기에게 아무 힘이 없다고 생각하는 것이다.
> ― 앨리스 워커

신인 작가는 출판사나 계약 사항에 관해 선택할 때 자기의 힘을 포기하는 경우가 종종 있다. 출판 기획서를 보내고 출판사의 답을 듣기까지 몇 달이고 기다리려면 인내와 꿋꿋함이 무엇보다 필요하다. 첫 책을 출간하고자 하는 간절한 마음에 출판업자의 제안을 충동적으로 받아들일 수 있기 때문이다.

이미 책을 출간한 작가로서의 힘을 유지하는 비결에는 여러 가지가 있다. 다음과 같은 기술을 익혀 나감으로써 자기의 입장을 견지하는 데 필요한 힘을 갖추라. 때때로 과감함을 발휘하기. 몸과 마음과 정신의 회복탄력성 훈련하기. 서점을 방문해 무엇이 팔리고 사람들이 무엇을 읽는지 파악함으로써 출판 시장에 대한 젊은 감각 키우기. 글쓰기에 대해 전문가적인 태도를 갖추고 원고 마감일을 준수하려고 노력하기. 출판 산업에 대해 공부하고 그것이 작동하는 법을 이해하기. 자기홍보와 소셜미디어의 기술 배우기.

당신 안에 내재된 힘을 키우려면 앞에서 보듯 글쓰기의 여정에서 반드시 필요한 것들을 차근차근 훈련하고 익혀 나가야 할 터다.

당신의 돛에 바람을 불어넣어라

지금 당신이 있는 곳이 당신이 있어야 할 곳이다.
그곳을 물리치지 마라! 그곳에서 도망치지 마라! 꿋꿋이 버텨라!
심호흡을 하라. 다시 그리고 또다시.

— 이얀라 밴젠트

당신의 출판업자는 불가능한 요구로 당신을 숨 막히게 한다. 편집자의 비판은 당신의 돛에서 바람을 거두어 간다. 심지어 당신의 배우자마저 당신을 더욱 유심히 지켜보고 있다. 원고 마감일이 임박하면 숨 쉬는 것마저 어렵다. 당신은 무너지기 일보 직전에 있다. 호흡은 더 거칠어지고 얕아지고 빨라진다. 폐에 공기가 드나들게 하려고 횡격막이 아닌 가슴을 사용하기 때문인지도 모른다. 때로는 숨을 멈추거나 참으면서도 그 사실을 깨닫지 못할 수도 있다.

지금 당신의 호흡에 주목하라. 당신의 숨이 복부 깊은 곳이 아닌 가슴 높은 곳에서 나오는지, 빠른지 느린지를 확인하라. 스트레스가 당신의 숨을 앗아 가면서 얕은 흉식 호흡을 하게 만든다면 복식 호흡을 함으로써 심신을 안정시키라.

복식 호흡을 하면 혈류 속의 여분의 산소를 사용해 흥분하는 일이 없게 된다. 더불어 복식 호흡의 들숨은 횡격막을 수축시켜 폐활량을 증가시키는 효과가 있다.

> 야생 동물을 우리에 가둔다면 반드시 죽게 될 것이다.
> 그러나 자유롭게 놓아준다면 열에 아홉은 다시 돌아온다.
> ― 패니 플래그

당신의 창의성을 너무 오래 가두어 두면 결국에는 말라 버리고 말 것이다. 그러나 야성적이고 창조적인 생각을 자유롭게 해 주고 또 다른 행위에 집중한다면 당신이 돌아올 때 그것을 다시 만날 수 있다.

미리 계획하지 않은 순간을 위해 달력의 일정을 비워 두라. 아무 데도 가지 않아도 되고, 아무것도 하지 않아도 되고, 아무도 만나지 않아도 되는 시간을 자신에게 허락하라. 자신에게 사색적인 순간을 선사함으로써 마음이 자유로이 떠돌고, 몸의 긴장이 풀어지고, 길가의 풀이 자라는 것을 지켜볼 수 있게 하라.

마음을 편안하게 해 주는 자연을 감상하기. 해변에서 공놀이하기. 따뜻한 불가에서 반려동물을 어루만지며 차를 홀짝거리기. 가까운 누군가와 마음을 터놓는 대화하기. 이처럼 마음을 달래 주는 순간들은 당신의 배터리를 재충전시키고 마음을 자유롭게 해 주면서 당신에게 행복과 평온 그리고 충만한 창의적 영감을 선사할 것이다.

> 책을 출간하는 일에 너무 신경을 쓰다 보면
> 머리가 마비되어 아무것도 쓸 수 없을지도 모른다.
> ― 데이비드 발다치

때때로 스트레스는 자기회의를 느끼게 하면서 너는 결코 글을 쓸 수 없을 거라고 우리에게 속삭인다. 또는 글쓰기를 익히더라도 결코 책을 출간할 수는 없을 것이며, 한 권은 몰라도 두 번째 책을 세상에 내놓는 일은 없을 거라고 이야기한다. 출간에 대한 기대가 데이비드 발다치의 머리를 마비시킨다면 우리에게도 똑같은 일이 일어날 수 있다.

　스스로 아무것도 할 수 없을 거라고 생각하는 절친한 친구나 자녀에게 우리는 무슨 말을 할 수 있을까? "물론 넌 할 수 없을 거야. 능력이 부족하니까. 그러니 아예 시도조차 하지 않는 게 나을지도 몰라." 이렇게 말하는 대신 우리는 그들을 믿고, 다정한 격려의 말로 그들에게 용기를 불어넣는다. 작가도 자신에게 같은 종류의 지지를 보내는 게 중요하다.

　자기회의가 당신을 괴롭힌다면 자신의 급소를 찌르는 대신 긍정적인 확언으로 마음의 압박감을 덜어 내라. 자신의 상황이 실제보다 낫다고 믿게 하려는 속임수가 아니라, 자신이 믿고 싶어 하는 격려의 말을 스스로에게 처방하라. 지금 자신의 글쓰기에 어떤 종류의 지지가 필요한지를 곰곰 생각해 보고 스스로를 그렇게 지지하라.

마음이 글쓰기를 방해하지 않게 하라

> 장미의 일생의 목표는 잠재력이 발현되는
> 고유한 무엇이 되는 것이다. 잎이 잘 자라고 그 꽃이
> 더없이 완벽한 장미가 되는 것이다.
> — 에리히 프롬

많은 작가들의 목표는 장미가 더없이 완벽한 꽃을 피우듯 자신이 쓸 수 있는 가장 훌륭한 말들을 써내는 것이다. 장미의 미적 잠재력이 최고로 발현되기 위해서는 특별한 종류의 토양과 습도와 온도 그리고 햇빛이나 그늘이 필요하다. 마찬가지로 우리 작가들도 자신의 잠재력을 한껏 발휘하기 위해서는 어떤 조건과 최적의 보살핌이 필요하다.

적절한 조건과 보살핌이 없다면 장미는 스스로 할 수 있는 최선을 다하게 된다. 더 많은 영양을 섭취하기 위해 태양을 향해 휘어져 자랄 수도 있다. 작가는 자신의 마음이 성장을 방해하게 할 때가 많다. 부정적이고 기를 꺾는 생각이 작가에게서 습도와 햇빛과 비료를 빼앗아 간다. 반면에 자기애와 자기격려, 자기연민은 작가의 글쓰기를 풍요롭게 하는 최적의 조건을 만들어 우리가 최고의 작가로 커 나갈 수 있게 한다.

마음을 가라앉히기 위한 시간 내기

> 권태, 분노, 슬픔 혹은 두려움은 '당신의 것'도
> 개인적인 것도 아니다. 이것들은 인간 마음의 조건이며,
> 오고 가는 것이다. 오고 가지 않는 것은 당신이다.
> ― 에크하르트 톨레

어린 시절 미국 남부에서 자라는 동안 교회 야외 캠프를 구경한 적이 있다. 커다란 막사에서 예배가 진행되는 동안 신도들은 무더위를 쫓느라 열심히 부채질을 해 댔다. 나는 막사의 틈 사이로 그들이 하늘을 향해 두 팔을 올린 채 손뼉을 치거나 웅얼거리고, 때때로 카트를 끌면서 통로를 오가는 것을 훔쳐보았다. 모두 무아지경에 빠진 듯 보였다. 어렸던 나는 그들이 '스트레스 탄력성'(*)에 기여하는 무언가를 하고 있음을 이해하지 못했다.

광적인 흥분 상태에 빠진 경우가 아니더라도 끊임없이 오가는 마음을 진정시키고 정신적인 행복감을 추구하는 것은 중요하다. 마음을 평안하게 하는 최선의 방법 중 하나는 고독과 사색을 위한 시간을 따로 내 창의적 자아가 영혼의 키를 잡을 수 있게 하는 것이다. 자연이나 아름다운 석양을 응시하기, 깊은 명상에 잠기기, 기도를 통해 영적인 교감을 느끼기 등은 스트레스를 완화하면서 우리 몸을 편안하게 해 줄 수 있다.

(*) Stress Resilience. 스트레스에 저항력을 가지고 성공적으로 적응하여 스트레스에 덜 민감하게 하는 개인적 특성을 가리킨다.

6월

의자에 엉덩이를 딱 붙이기

글쓰기는 의자에 엉덩이를 붙이는 기술이다.
— 도로시 파커

화창한 날씨가 우리에게 손짓할 때면 온종일 책상 앞에 앉아 있기가 쉽지 않다. 날씨가 나쁠 때에도 영감이 떠오르지 않는다면 의자에 내내 엉덩이를 붙이고 있는 게 고역일 수 있다. 그러나 성공한 많은 작가가 진정한 작가라면 좋은 날씨나 영감의 부족이 자신의 글쓰기에 지장을 주는 일이 없게 한다는 데 동의할 터다. 하지만 우리 중에는 여전히 비 오는 날이나 글쓰기를 위한 최적의 기분이 되기를 기다리는 이가 많지 않을까?

진정한 작가는 우울한 기분이 들게 하는 눈부시게 아름다운 날이나 차라리 늦잠이나 자고 싶은 날에도 여전히 글을 쓴다. 자신이 하는 일에 상관없이 누구나 일진이 나쁜 날이 있기 마련이다. 그러나 배관공, 비서, 외과 의사, 전기 기술자는 비가 오나 해가 뜨나 일터에 나간다. 날씨나 당신의 기분이 글쓰기를 좌우하게 하지 마라. 작가가 되고자 한다면 하루에 단 15분만이라도 책상에 앉아 글을 쓰라.

사람은 죽기 전에 자기의 일생이 주마등처럼 눈앞을
스쳐 간다고 한다. 사실이다. 우리는 그것을 삶이라고 부른다.
— 테리 프래쳇

시간이 너무 빨리 지나가 버려 당신의 인생을 충분히 누리지 못했다는 생각이 든 적이 없는지? 카르페 디엠이라는 말은 충만한 삶을 살기 위해서는 오늘 할 일을 하고 과거나 미래는 걱정하지 말아야 함을 우리에게 일깨운다. 죽음에 임박했을 때 사람들은 사무실에서 일하거나 잔디를 깎는 데 보낸 시간을 떠올리지 않는다. 대개 자신에게 중요한 일을 끝마치지 못했음을 후회한다.

인생을 다시 살 수 있다면 나는 작가로서 무엇을 하고 싶을까? 적게 이야기하고 글을 더 많이 쓰기? 글쓰기 모임에 더 자주 참여하기? 밤을 지새워서라도 쓰던 이야기를 끝내기? '이걸 어떻게 해'보다는 '난 할 수 있어'라는 생각을 더 많이 하기? 잘 안 되는 일보다 잘되는 일에 더 많이 관심 가지기?

매일매일을 인생의 마지막 날인 것처럼 산다면 자꾸만 머릿속을 맴도는 다음 질문을 할 필요가 없을 것이다. '시간은 쏜살같이 흘러가는데 난 아직 오늘 할 일을 하지 못했으니 어떡하지?' 그렇다면 무엇을 망설이는가? 이제 오늘 할 일을 마무리해야 할 때다.

> 지독히 나쁜 패를 가진 사람도 자기에게 주어진 비극에
> 어떻게 대처하느냐에 따라 얼마든지 성공적인 삶을 살 수 있다.
> 나는 이것을 용기 있는 삶이라고 부른다.
> — 주디스 게스트

글 쓰는 삶이 우리에게 나눠 주는 카드는 우리의 행복이나 불행을 결정짓지 못한다. 그보다는 카드를 나눠 주는 손에 어떻게 반응하고 어떻게 생각하느냐에 따라 우리의 행복이 결정된다. 글 쓰는 삶을 사는 동안 우리는 자기 운명의 주인으로서 글쓰기의 경험이 어떤 것이 되게 할지, 손에 쥔 패를 갖고 있을지 던져 버릴지를 결정할 수 있다.

글쓰기와 출판 세계에서 겪는 어려움을 극복할 수 없다고 생각하면 그렇게 되고 말 것이다. 그러나 그 문제점을 작품을 개선하는 데 이용한다면 부정적인 경험을 긍정적인 경험으로 바꿀 수 있다.

당신의 성공과 실패는 글쓰기의 여정에서 자신에게 일어나는 일에 어떻게 반응하느냐에 달려 있다. 어려움과 문제에만 집중하다 보면 마치 궁지에 몰린 듯 그 상황에서 빠져나갈 길이 보이지 않게 된다. 좌절도 습관이 되면서, 글을 쓰는 동안 실패, 절망, 비관주의가 만성적인 감정으로 자리 잡는다. 그리고 그런 것이 글에도 드러나게 된다. 우리가 해야 할 일은 자신의 긍정적 면모와 용기와 자기확신에 집중하는 것이다.

우리는 대부분의 시간 동안 지금, 여기에서 일어나는 일은
간과하면서 기쁨의 샹그릴라에 이르고자 애쓴다.
— 로널드 시걸

우리는 무언가를 하면서도 자신의 마음이 어디로 향하고 있는지
모를 때가 많다. 마지막으로 샤워를 하거나 양치를 했을 때를 떠올
려 보라. 그 시간에도 어쩌면 당신은 생각의 흐름에 빠져 또 다른
일(아마도 글쓰기?)을 생각하고 있었을지 모른다.

글쓰기의 회복탄력성을 키우기 위해서는 마음에 끌려가기보
다 마음이 나를 따르도록 해야 한다. 실험 삼아 언제 한번 맛있는
음식을 만드는 동안 나 자신의 생각을 관찰해 보라.

음식 재료를 준비하는 동안 각각의 야채와 과일 또는 고기의
고유한 특징(무수한 색깔, 다양한 냄새와 재료의 질감 등)을 살피
라. 재료를 잘게 또는 큼직하게 썰고, 얇게 저미고, 잘게 갈거나 가
루로 빻을 때 나는 소리의 차이도 놓치지 말자. 음식을 맛보기 위해
입에 넣을 때 당신 혀에 닿는 질감은 또 어떤가? 다양한 재료를 조
합하는 동안 개별적인 것들이 하나가 될 때의 시각적 변화와 향기
에 주목하라. 그리고 음식을 먹기 전에 그 냄새와 색채를 먼저 음미
하라.

모두의 마음에 드는 사람이 되려고 하지 마라

> 난 당신한테 성공의 공식은 알려 줄 수 없지만 실패의 공식은
> 알려 줄 수 있다. 그것은 모두의 마음에 들기 위해 노력하는 것이다.
> — 허버트 베이어드 스워프

자신의 두 번째 소설이 성공하지 못할 것을 두려워하던 작가가 있었다. 그가 참여했던 글쓰기 모임의 누군가가 그의 이야기의 플롯을 이해하지 못하겠다고 했고, 그 이후 그는 몇 달간 집필자 장애를 겪으며 고뇌에 찬 시간을 보내야 했다. 그리고 마침내 자신의 진실을 저버리고 글쓰기 멤버의 마음에 들고자 이야기의 플롯을 바꾸기에 이르렀다.

우리 작가들 중에도 모두가 좋아하고 누구에게나 인정받는 좋은 작가가 되려고 애쓰는 사람이 있을지 모른다. 그러나 모두의 마음에 들고자 함은 자기의 글쓰기에 대한 불안감을 직접적으로 드러내는 것으로 작가에겐 독약과 같다.

글의 진실성을 위태롭게 하지 않으면서 열린 마음으로 피드백에 유연하게 대처할 수는 있겠지만, 글의 가치는 다른 이의 받아들임이나 인정에 달려 있는 게 아니다. 다른 사람의 의견에 따르느라 자기 고유의 목소리를 외면하는 것은 나 스스로를 속이는 일이며, 고통스러운 글쓰기와 진정한 정체성의 상실을 초래한다. 나의 생각을 고집하는 대신 다른 누군가의 생각을 따르느라 글 쓰는 자아를 저버렸던 때를 돌이켜 보라. 그런 뒤에 당신은 무엇을 느꼈는가?

나는 모레 할 수 있는 일을 결코 내일로 미루지 않는다.
— 오스카 와일드

미루기는 종종 실패에 대한 두려움에서 기인한다. 자신이 없는 글쓰기 과제를 미루는 것은 일시적으로 고통을 덜어 줄 뿐이다. 적절한 단어를 찾아내지 못하거나 공백을 마주해야 하는 즉각적이고 불쾌한 두려움에 굴복해서는 안 된다.

글쓰기를 미루는 것은 문제를 악화하고, 우리를 스트레스의 악순환 속으로 던져 넣으면서 압박감과 긴장의 수위를 높인다. 그렇게 쌓인 글쓰기의 리스트와 일상적인 일은 우리를 짓누르고 압도한다.

미루기를 밥 먹듯이 하는 사람이 되진 말아야 할 터다. 오늘 할일 중에서 하나를 골라 재빨리 완료하는 것은 미루기의 압박을 덜고 새로이 시작할 수 있게 한다. 마지막 순간까지 기다리는 대신 고개를 똑바로 들고 글쓰기 과제와 마주하라. 할 일이 여러 개가 있을 경우에는 우선적으로 처리해야 할 것과 그렇지 않은 것을 구분하라. 자신이 글쓰기를 미루었던 이유를 생각하고, 그동안 간과했던 글쓰기의 문제점을 하나하나 적어 내려감으로써 엄청난 압박감을 완화하는 게 중요하다.

무언가를 바랄 때는 조심하라. 바람이란 잔혹하고
용서할 줄을 모른다. 그것을 입 밖으로 꺼내는 순간 당신은
혀를 데고 다시는 그것을 주워 담을 수 없다.
— 앨리스 호프먼

글을 쓰는 사람 가운데는 진행 중인 글에 대한 피드백을 원하는 이가 많다. 피드백 요청을 받은 사람은 누구나 자신의 평가가 주관적인 것임을 강조하기 마련이다. 다른 이에게 피드백을 요구할 때는 그 대상(출판업자, 편집자 혹은 마케터)이 누구인지를 분명히 하고 가감 없이 충고를 받아들일 각오를 해야 한다.

　너무 많은 사람에게 피드백을 요구하는 것은 오히려 역효과를 불러일으킬 수 있다. 질문하는 사람의 수만큼 모순되는 대답을 들을 수 있기 때문이다. 서로 상충되는 의견은 당신을 혼란과 집필자 장애라는 진창에 빠뜨릴 수 있다.

　글에 대한 피드백을 요청하는 사람의 수를 제한하라. 그리고 그들이 글쓰기와 출판 산업에 대해 실질적으로 잘 알고 있는지를 확인하라. 마지막으로 그들의 주관적 판단을 신뢰할 수 있는지를 스스로에게 물어보라.

난 내가 생각하는 것을 있는 그대로 말할 뿐이다.
마음과 다른 말을 할 수는 없다.
— 헨리 워즈워스 롱펠로

우리 중 누군가는 "아니요"라고 말하고 싶을 때 "네"라고 말하곤 한다. "아니요"라고 말하는 것에 대한 두려움은 거부에 대한 두려움에서 비롯된다. 우리는 다른 이의 호감을 사기 위해 자신의 선호보다 그들의 욕망을 우선시한다. 그 결과 충족되지 못한 욕구가 차곡차곡 쌓여 마음속에 응어리로 맺힌다.

"아니요"라고 말하기는 자신의 솔직한 의견과 선택을 확언함으로써 스스로를 소중히 여긴다는 것을 의미한다. 다른 이와 자신에게 솔직할 때 우리의 기분이 좋아지고 욕구가 충족될 가능성이 더 높아지면서 그동안 쌓인 불만도 눈 녹듯이 사라지게 된다.

언제나 "네"라고 말한다면 적어도 가끔씩이라도 "아니요"라고 할 수 있을 때까지는 결코 진정으로 자유로울 수 없다. 자기 자신에게 솔직해지면 다른 이를 이해하고 좋아하는 일도 더 쉬워진다. 그렇다면 어떤 사람에게 "아니요"라고 말해야 할까? 오랜 시간이 걸려 알아낸 출판업자의 이메일 주소와 전화번호를 알려 달라는 동료 작가에게? 원고 마감에 쫓겨 정신이 없을 때 자기가 쓴 단편소설을 읽고 평해 달라는 지인에게? 한창 식사를 하는 중에 전화해 자기가 쓴 글을 읽어 달라는 친구에게? 당신은 누구에게 "아니요"라고 말할 것인가?

> 나는 살면서 절망을 느낀 적은 많지만 절망에 자리를
> 내준 적은 한 번도 없다. 나는 절망을 즐겁게 해 줄 생각이 없다.
> 절망을 내 식탁에 초대하는 일은 결코 없을 것이다.
> — 클라리사 핀콜라 에스테스

어느 정도 시간이 지나면 신인 작가와 프로 작가 모두가 똑같이 자신의 글쓰기에 절망을 느끼기 마련이다. 글쓰기의 어느 단계에서도 절망은 우리 문을 노크할 수 있다. 절망은 사람에 따라 다양한 메시지를 포함한다. 작가 지망생은 여러 차례의 시도에도 아무런 성과를 얻지 못해 맥이 빠질 수 있다. 신인 작가는 두 번째 책이 첫 번째 책에 미치지 못할 거라는 두려움과 절망에 빠진다. 프로 작가의 지속적인 성공은 너무 진부해진 나머지 한때 그가 가졌던 열정을 줄어들게 한다.

절망을 당신의 티타임에 초대하거나 즐겁게 해 줄 필요는 없다. 글쓰기로 인한 절망감을 느낀다면, 작가란 바로 이런 때를 위해 훈련받았으며, 이 또한 글 쓰는 삶의 빼놓을 수 없는 일부라는 사실을 기억하라. 때때로 절망이 찾아올 때면 절망 대신 당신의 내면에서 잠자고 있는 회복탄력성을 끌어내 당신과 함께 식사하게 하라.

처음에 느꼈던 글쓰기의 흥분과 경탄이 사라지면 새로운 장르, 새로운 캐릭터 혹은 또 다른 형태의 글쓰기를 시도하면 된다. 영감은 끝이 없다. 또한 글쓰기의 새로운 분위기 조성을 위해 다양한 장소를 발굴하는 것도 중요하다.

당신은 플로터인가 팬서인가?

> 글쓰기는 한밤중에 안개 속을 운전하는 것과 같다.
> 당신은 헤드라이트가 비추는 곳만큼만 볼 수 있지만
> 그렇게 길 끝까지 갈 수 있다.
> ― E. L. 닥터로

플로터plotter로 알려진 작가는 먼저 이야기의 줄거리를 만든 다음 글을 쓰기 시작한다. 그들은 글쓰기의 매 단계에서 자신이 어디로 가고 있는지, 이야기가 어떻게 끝날지를 알고 있다. 반면 팬서pantser로 불리는 작가는 이야기가 어떻게 흘러갈지 어떻게 끝날지를 거의 또는 전혀 알지 못한 채 그때그때 글쓰기에 자신을 내맡긴다.

미스터리 작가인 샬레인 해리스는 "나는 책을 쓰기 시작할 때 앞으로 무슨 일이 일어날지 미리 알기를 원할 때가 많았다"라고 말한 바 있다. 반면 소설가 앤 패칫은 "때로는 이야기가 어떻게 전개될지 모르는 것이 생각했던 것보다 나은 결과를 가져올 수 있다"라고 했다.

나는 논픽션을 쓸 때는 플로터이지만 소설을 쓸 때는 팬서가 된다. 이 두 가지 스타일을 결합하는 작가도 있다. 둘 중 어느 것도 정답이 될 수는 없다. 중요한 것은 어떤 방식이 자신에게 가장 잘 맞는지를 찾는 것이다. 당신은 팬서인가 플로터인가, 아니면 복합적인 글쓰기를 지향하는가?

> 등을 토닥이며 격려하는 것은 정강이를 걷어차는 것과
> 비교할 수 없을 만큼 훌륭한 결과를 낳는다.
> ― 엘라 휠러 윌콕스

몇 달간 여러 곳의 문을 두드린 끝에 난 지금 당신이 읽고 있는 이 책의 저작권 에이전트를 만날 수 있었다. 나는 너무나 기쁜 나머지 소리를 지르면서 제자리에서 껑충껑충 뛰었다. 아내와 친구들은 그런 나를 놀란 얼굴로 바라보았다. 그리고 저작권 에이전트가 마땅한 출판사를 찾아냈을 때 난 흥분을 감추지 못한 채 부엌에서 빙글빙글 돌았다. 아내는 수화기를 집어 들고 하마터면 911을 부를 뻔했다. 내 정신 상태를 감정하기 위해서.

그러나 문학 세계의 부침을 홀로 겪는 작가가 더 많은 게 사실이다. 우리가 얼마나 힘들게 글을 쓰는지 아무도 모르는 것 같거나 우리의 글이 제대로 평가받지 못한다는 생각이 들기도 한다. 어쩌면 작가가 아닌 이가 우리를 이해해 주기를 바라는 것은 비현실적일지도 모른다. 우리는 자신의 노력과 성과를 자축할 필요가 있다.

때때로 멈춤 버튼을 누르고 그동안 애써 얻은 글쓰기의 성과를 강조하고 칭찬하는 것은 앞으로 계속 나아가게 하는 원동력이 된다. 스스로를 치켜세우고 자기 자신에게 특별한 식사 대접이나 선물을 하는 것도 좋은 방법이 될 수 있다.

> 다른 이가 성공하도록 도움으로써 당신 또한
> 빠르게 성공할 수 있다는 것은 말 그대로 사실이다.
> ― 나폴리언 힐

'받는 것보다 주는 게 낫다'는 오래된 속담을 들어 본 적이 있는지. 마찬가지로 다른 사람을 돕는 것은 좋은 의미의 부메랑 효과를 불러일으킬 수 있다. 흔히 '헬퍼스 하이'(*)로 알려진 이런 현상은 우리의 기분을 고조시키고 평온을 가져다주며 스트레스성 질병을 완화시키는 효과가 있다. 과학자들의 연구에 따르면, 자애롭고 관대한 사람의 뇌는 그렇지 않은 사람보다 강력한 면역 체계와 평온한 성격, 더 나은 정서적 건강을 보여 준다.

　　우리는 다 같이 글쓰기라는 게임에 참여하고 있다. 작가는 서로 경쟁하는 사람이 아니다. 국제초보스릴러작가포럼 같은 온라인 멘토링 사이트에서는 작가들이 서로 조언과 정보를 공유하고, 기존의 작가가 신인 작가를 이끌어 준다. 다른 동료 작가에게 친절을 베푸는 것은 의미 있고 인간적인 방식으로 서로 연결돼 있음을 일깨워 준다. 선의를 널리 퍼뜨리면서 동료 작가를 돕는 것이 곧 자신을 돕는 길임을 기억하라.

(*) Helper's High. '러너스 하이'(Runner's High)에서 온 말로, 남을 도울 때나 돕고 난 뒤에 느끼는 심리적 포만감을 가리킨다. 이는 신체적으로도 혈압과 콜레스테롤 수치 하락, 엔도르핀의 증가와 같은 긍정적인 변화를 불러온다.

> 당신을 혼란스럽게 하는 것, 당신이 두려워하는 것, 그동안
> 말하고 싶어 하지 않았던 것을 쓰라. 자신을 기꺼이 열어 보이라.
> — 나탈리 골드버그

작가라면 누구나 어떤 두려움을 갖고 있다. 글을 써도 망하고 글을 쓰지 않아도 망할 거라는. 출판사의 편집자는 투고 원고가 충분히 좋지 못할 것을 염려하면서 대체로 다음과 같이 시작하는 거절 편지를 보낸다. "미안하지만 저희하고는 맞지 않는 것 같습니다." 작가 또한 자신의 글이 충분히 좋지 못할 것을 두려워한다. 세인에게 나쁜 평가를 받고, 자신의 부족함을 드러내며, 거부당하고 실패할 거라고 생각한다.

두려움은 우리에게서 생기를 짜내 즐거움을 줄어들게 한다. 새로운 도전을 하고, 새로운 관계를 맺고, 기존의 관계와 친밀감을 유지하는 것을 방해한다.

그러나 두려움을 마주하고 느끼면서도 어쨌든 글을 쓰는 게 중요하다. 당신을 불안하게 하는 것이 무엇인지 고백하고 자신을 활짝 열어 보이면서, 자신이 두려워하는 게 무엇인지, 그동안 말할 수 없었던 게 무엇인지를 써 내려가라. 그리하면 당신의 글쓰기는 지금보다 훨씬 풍부하고 깊이 있어지고, 독자와 동료 작가는 당신에게 더없는 친근감을 느낄 것이다. 그들 역시 당신이 마음속으로 느끼는 것을 느낄 것이기 때문이다.

남이 당신에게 던진 벽돌로 자신감을 쌓으라

> 성공하는 사람이란 남이 자신에게 던진 벽돌로
> 탄탄한 기반을 쌓을 수 있는 사람이다.
> — 데이비드 브링클리

어디선가 신인 작가인 존 히크먼이 쓴 다음 글을 읽은 적이 있다. "출판사로부터 '귀한 원고를 보내 주셔서 감사합니다. 하지만……'이라는 두려운 메일을 받는 것과 가까운 친구나 배우자에게 '당신 글이 마음에 잘 와닿지 않았다'라는 말을 듣는 것은 전혀 다른 문제다."

글을 쓰는 사람 중에는 히크먼과 같은 경험을 한 이가 적지 않을 것이다. 중요한 것은 사람들이 우리에게 던진 벽돌로 무엇을 하는가, 그 벽돌로 탄탄한 기반을 쌓을 수 있는가 하는 것이다. 당신이 나와 같다면 스스로 잘 썼다고 생각하는 글을 당신이 아는 모두에게 보여 주고 싶어 할지도 모른다. 그러나 친구와 가족은 당신 글을 이해하지 못할 수도 있고, 모순되거나 오해의 소지가 있는 피드백으로 당신에게 실망을 안겨 주거나 언짢게 할 수도 있다.

누구와 자신의 글쓰기를 공유할지 선택하는 것은 중요하다. 부정적인 피드백을 접했을 경우에는 피드백에 근거해 새로운 무언가를 쓰거나, 자신감을 갖고 애초에 의도했던 대로 계속 써 나가면 된다. 다른 이가 당신에게 던진 벽돌에 대해 곰곰 생각해 보고, 글쓰기에 대한 자신감을 구축하기 위해 그것을 어떻게 사용할지 자문하라.

> 균형 잡힌 삶을 살라, 조금씩 배우고 조금씩 생각하면서.
> 그림 그리고 노래하고 춤추고 놀고, 매일 조금씩 일하라.
> ― 로버트 풀검

오늘날 보통의 미국인은 '일과 삶의 균형'을 찾는 일에 대한 도전에 직면해 있다. 일을 더 많이 할수록 인생은 더 빨리 지나가기 마련이다. 많은 이가 개인 시간이 점점 더 줄어든다고 불평한다. 사람들은 무선 전자 기기에 매인 채 자신의 일과 삶의 균형이 깨지는 것을 지켜본다. 당신도 신인 작가인 앤 판즈워스와 같다면 아마도 집안일과 더불어 치열한 출판 세계의 비즈니스 측면에서 오는 압박과 글쓰기 사이에서 매일같이 곡예하듯 아슬아슬한 삶을 살고 있을 것이다. "주부로서 직면하는 가장 큰 어려움은 내 가족의 요구와 글을 쓰고 싶은 욕구 사이에서 균형을 찾는 일이다. 주부는 조용히 글을 쓸 수 있는 자기만의 장소를 가질 수 없는 것일까? 난 매일 이른 아침에 글을 쓴다. 그러면 온종일 창작의 황홀감이 나를 따라다니는 것 같다."

당신의 사연이 무엇이든 심호흡을 하고 한 걸음 뒤로 물러나 조감하듯 당신의 삶을 바라보라. 당신은 진정으로 자신이 원하는 삶을 살고 있는가? 혹시 한쪽으로 치우친 삶을 살고 있지는 않은가? 만약 그렇다면 불균형이 어디에 있는지를 찾아내고, 당신의 일상에 균형을 선사하기 위해 무엇을 할 수 있을지를 자문하라. 즐거운 음악 연주하기, 긴장을 완화시키는 운동과 명상, 자연을 음미하기 또는 가족과 함께 여유로운 시간 보내기 등을 고려해 보라.

조심하지 않으면 머지않아 독자나 자신이 아닌
리뷰어의 마음에 들기 위한 글을 쓰게 될지도 모른다.
— 루이스 라무르

첫 책의 출간에 흥분하지 않는 사람은 없을 것이다. 편집자도 만족스러워하고 책의 모양새도 근사하며 지인, 친구, 글쓰기 모임으로부터 멋진 피드백도 받았다. 모든 게 잘되어 가고 있는 듯 보인다. 이제 당신은 당신을 극찬하는 첫 번째 리뷰가 올라오기만을 기다린다. 그런데 누군가가 올린 신랄한 리뷰가 당신의 뺨을 후려친다. 당신은 자신의 글쓰기 능력에 대한 믿음을 잃고 이제 더 이상 글을 쓰지 못할 것 같은 좌절감에 빠진다. 어디선가 많이 들어 본 이야기 같지 않은가?

부정적 리뷰를 만나는 것은 작가라면 누구나 으레 거쳐야 할 통과 의례다. 아직 그런 적이 없다면 언젠가는 그럴 것이다. 작가라면 누구나 각자 감당해야 할 자신의 몫이 있는 법이다. 글쓰기는 주관적인 일이고, 리뷰는 개인적인 취향에 기반을 둔 것이다. 어떤 문학 작품을 쓰레기라고 혹평하는 사람이 있는가 하면, 똑같은 작품을 극찬하는 사람도 있다.

출발선에서 부정적인 리뷰를 발견한 경우에는 그냥 그것을 무시하면 된다. 수년간 출판을 한 뒤에 혹독한 리뷰를 만나게 되면 좋은 것과 나쁜 것을 함께 취하는 법을 배우라. 그런 가운데서 당신의 글쓰기에 어떻게 적절하게 적용할 수 있을지를 생각하라.

어수선한 환경은 강바닥에 토사가 쌓이듯 자유로운 정신의
흐름을 가로막아 정신의 토사가 쌓이게 한다.
— 메이 사튼

어지럽고 어수선한 작업실은 우리의 글쓰기에 혼란과 스트레스를
가져올 수 있다. 이런저런 일에 신경을 쓰다 보면 창의성이 사그라
지기 마련이다. 어수선한 환경은 필요한 것을 찾는 데 방해가 되고,
우리에게서 귀한 글쓰기 시간을 빼앗으며, 이미 과도한 창작의 스
트레스에 또 다른 좌절을 더한다.

전자 기기, 열쇠, 편지 그리고 다른 글쓰기 도구의 정돈된 체계
는 시간이 부족할 때 무언가를 찾는 압박감과 수고를 덜어 준다. 글
쓰기 공간에서 어수선함이 사라지고, 시각적인 매력과 순조로운
기능이 함께하는 환경이 조성되면, 우리의 글쓰기도 한층 더 생산
적이고 창의적이 될 수 있다.

질서는 모든 것이 자신의 통제 아래에 있다는 평온하고 안정적
인 느낌을 선사한다. 시각적인 휴식은 우리 마음의 창의적 흐름에
물꼬를 터 주면서 진정으로 중요한 것(글쓰기)에 주의를 집중할
수 있게 한다. 당신의 작업실에 시각적 휴식을 선사하기 위해 무엇
을 할 수 있을지를 곰곰 생각해 보라.

우리는 흔히 간밤에 골치 아팠던 문제가
잠의 위원회를 거친 아침이면 말끔히 해결되는 경험을 하곤 한다.
— 존 스타인벡

많은 사람이 잠을 당연한 것으로 여긴다. 하지만 원기 회복에 탁월한 효과를 지닌 잠은 글쓰기에도 지대한 영향을 미치는 것으로 알려져 있다. 작가 아리아나 허핑턴은 잠을 자연의 졸피뎀(수면제)이라고 불렀다(*).

수면 부족은 기억력과 학습에도 나쁜 영향을 미친다. 두뇌는 더 느리게 작동하고, 기억력과 집중력이 떨어지면서 불평이 늘게 된다. 더불어 심장마비, 뇌졸중, 우울증에 걸릴 가능성도 커진다.

플롯이나 캐릭터의 발전에 대해 고심하거나 출판사에 글을 보내 놓고 초조하게 기다릴 때도 한숨 푹 자고 나면 다음 날 세상이 새로워 보일 수 있다. 하루 평균 일고여덟 시간의 숙면을 취하는 사람은 스트레스를 훨씬 적게 받고, 감기와 바이러스에도 더 강하며 더 오래 산다고 한다. 이런 사실을 기억함으로써 당신은 다방면으로 더 나은 작가가 될 수 있다.

(*) 아리아나 허핑턴은 2016년 『수면 혁명』이라는 책을 출간한 바 있다.

> 내가 했던 가장 큰 실패는 성공이었다.
> — 펄 벅

작가로서의 실패에 대한 처방전이 필요한가? 세상에 그런 것은 없다. 애초에 작가로서의 실패란 존재하지 않기 때문이다. 무언가가 잘 안 될 때 그것에 실패라는 틀을 씌우지만 않는다면. 물론 출판사나 편집자 혹은 글쓰기 멘토가 당신의 글을 부정적으로 평가하면 당연히 기분이 좋지 않을 것이다. 하지만 과연 이런 것을 실패라고 할 수 있을까?

내게 실제로 일어났던 일을 예로 들어 보겠다. 금요일에 한 출판사로부터 거절의 편지를 받고 기분이 몹시 나빴다. 나 자신이 실패자처럼 여겨지면서 우울과 무력감에 빠져들었다. 그런데 며칠 후 월요일에 똑같은 작품의 출간 제안을 받아들이겠다는 또 다른 출판사의 이메일을 받았다. 어떻게 된 일일까? 어떻게 똑같은 작품으로 금요일에는 실패를 하고 월요일에는 성공을 거둘 수 있는 걸까?

실패란 그것을 어떻게 바라보느냐에 따라 달라진다. 굳이 '실패'라는 딱지에 연연한다면, 나쁜 소식이 문을 두드릴 때 실패를 확인하고 다시 글쓰기로 돌아가면 그만이다. 그러나 가장 현명한 방법은 애초에 자신의 글쓰기에 '실패'라는 딱지를 붙이지 않고, 그것 또한 글쓰기의 필수적인 한 부분임을 받아들이는 것이다. 혹시 과거의 '실패한' 글쓰기가 오히려 당신이 자랑스러워하는 성공적인 글쓰기의 바탕이 되진 않았는지 돌이켜 보라.

> 두려움은 우리 머릿속에 살고 있다. 용기는 우리 가슴속에 산다.
> 우리가 할 일은 머리에서 가슴으로 옮겨 가는 것이다.
> ― 루이즈 페니

극작가이자 소설가인 엘레나 하트웰이 어디선가 이런 말을 한 적이 있다. "초고를 쓸 때마다 글을 제대로 쓰지도 못하고 끝까지 쓰지도 못할 거라는, 난 결코 잘 해낼 수 없을 거라는 두려움에 사로잡히곤 합니다." 작가가 자신이 해내지 못할 거라는 두려움이나 공포에 사로잡히는 일은 비일비재하다. 그러나 우리는 스스로 인식하는 것보다 훨씬 큰, 두려움을 이기는 용기와 힘을 가지고 있다. 중요한 것은 우리의 머리에서 가슴으로 옮겨 가는 것이며, 그 여정을 믿는 것이다.

용기와 회복탄력성은 글을 쓸 때 자신이 취하는 태도를 잘 살피고, 그 태도를 스스로 선택할 수 있다는 깨달음에서 비롯된다. 두려움이 강타할 때는 두려움을 정면으로 응시하거나 자신의 태도를 바꾸면 된다.

하지만 결코 두려움으로부터 도망쳐서는 안 된다. 그것은 자기 자신으로부터 도망치는 것이기 때문이다. 두려움은 바깥세상이 아닌 우리 안에 살고 있다. 몸을 일으켜, 두려움이 나의 글쓰기 능력을 위협하게 하거나 더 이상 나 자신에 대한 의문을 갖게 하지 않겠노라고 말하는 데도 용기가 필요하다. 예전에 글쓰기를 향한 도전에 겁먹었던 때를 떠올려 보라. 이제 최대한 용기를 그러모아 머리에서 가슴으로 향하는 여정에 나설 때다.

식물(Plant)에서 온 것이면 먹고,
공장(Plant)에서 만들어진 것이면 먹지 마라.
— 마이클 폴란

밤늦게까지 글을 쓰거나 원고 마감일에 쫓겨 허둥대다 보면 스트레스로 인한 과식을 하기 십상이다. 스트레스를 해소하기 위해 우리는 편리하고 입맛이 당기는 것을 찾아 먹는다. 패스트푸드, 냉동식품, 간편식처럼 살이 찌는 고칼로리의 음식으로 자신에게 보상하려는 것이다. 이는 하나의 습관으로 자리 잡게 되고, 우리는 자신이 무엇을 하고 있는지도 깨닫지 못한다.

영양 상태가 좋은 신체는 글을 쓸 때 우리를 보호하고 작가로서의 지속 가능성을 높여 주는 '스트레스 저항성 보호막'을 지니게 된다. 혈당치를 안정화하기 위해 통곡물 빵, 시리얼, 파스타처럼 천천히 소화되는, 복합 탄수화물과 섬유질이 풍부하게 포함된 식품을 섭취하는 게 중요하다. 생과일, 견과류, 야채 등은 치즈볼이나 감자칩보다 장기적으로 우리에게 더 많은 에너지를 공급한다. 고지방의 고기 대신 오메가-3 지방산이 풍부한 연어나 참치 같은 생선을 섭취하는 것은 스트레스 호르몬의 증가를 방지하는 효과가 있다. 영양가 있고 건강한 식습관을 들임으로써 (공장에서 만들어진) 대니시 페이스트리 대신 (식물에서 온) 사과를 찾는 것이 제2의 천성이 되게 하라.

마음의 덫에서 빠져나와 '그러나'로 옮겨 가라

> 고통스럽거나 부정적인 각각의 경험에는 그 이면에 존재하는 인식과
> 두려움에 도전하고 지혜롭게 배워 나갈 수 있는 기회가 포함돼 있다.
> ― 게리 주커브

누구나 그렇듯 작가도 어느 정도의 건강한 일상을 필요로 한다. 하지만 행복과 기쁨의 순간에 실망과 좌절이라는 냉혹한 현실이 끊임없이 그늘을 드리운다면 어떻게 될까? 긍정적인 것을 외면하는 마음의 덫에 갇히게 되어, 비논리적인 결론을 끌어내고 글쓰기의 부정적인 상황을 과도하게 개인화한다. 또한 자신의 성취와 긍정적 자질을 과소평가하면서 부정적인 것에만 몰두한다. "물론 호의적인 리뷰도 있긴 했지. 하지만 혹평이 있는 것도 사실이잖아?" 이러한 생각들은 우리를 우울과 불안과 절망감이라는 덫에 가둔다.

좋은 소식은 우리는 자신의 밝은 전망을 스스로 만들어 갈 수 있다는 것이다. 우리 안에는 자기의 부정적인 면을 과장하고 확대하려는 마음의 덫에 제동을 거는 '그러나'가 있기 때문이다. 자신의 어떤 면을 더 크게 생각하는지 인식하고, 외부의 관찰자적 관점으로 자기 마음의 덫에서 빠져나와 자신의 글쓰기 능력에 대한 더 나은 전망으로 옮겨 가라.

> 번아웃과 지속 가능한 창의성은 서로 상극이다.
> ― 아리아나 허핑턴

번아웃은 창의성에는 스트레스나 피로보다 더 심각한 독으로 작용한다. 번아웃 상태가 되면 더 이상의 여력을 발휘할 수 없다. 실망감을 극복할 수 있다는 모든 희망이 사라지면서, 그간의 글쓰기 노력이 모두 헛되었다는 자괴감과 절망감에 빠지기 십상이다. 당신의 글쓰기는 의미를 잃고, 작은 일도 에베레스트산을 오르는 것처럼 힘겹게 느껴진다. 당신은 글쓰기에 대한 흥미와 동기를 잃어버리고, 원고 마감일을 지키지도 의무를 다하지도 못한다.

　　그러나 다행히 우리는 글쓰기의 여정을 더 오래 지속하면서 시간이 갈수록 더 생산적이 될 수 있도록 지속 가능한 글쓰기의 여건을 스스로 만들 수 있다. 일단 자신의 문제가 무엇인지를 파악한 뒤에는 번아웃이 되지 않도록 자기돌봄을 실천해야 한다.

　　성공적인 글쓰기와 자기돌봄은 쌍둥이처럼 나란히 가는 것이다. 글쓰기의 목표를 이룰 때까지 꾸준히 나아갈 수 있다는 자신감으로 건강하고 균형 잡힌 생활을 영위하면서 글쓰기의 기술을 갈고닦는다면, 당신은 지속 가능한 글쓰기로 향하는 길을 가고 있는 셈이다. 당신의 삶이 번아웃 상태가 되는 것을 방지하고 지속 가능한 창의성을 키우기 위해 무엇을 할 수 있을지를 스스로에게 물어보라.

> 책의 어떤 점이 비누나 시리얼이나 포드 자동차처럼 책을
> 잘 팔리게 할까? 우리는 모두 이 질문에 대한 답을 알고 싶어 한다.
> ― 올더스 헉슬리

어떤 출판사나 편집자는 우리에게 대중적으로 잘 팔리는 책의 모조품을 써내라고 요구한다. 그것도 되도록 빨리. 글쓰기 기술의 상업화(세탁용 세제처럼)와 진실한 글쓰기의 경계는 어디일까? 이 둘은 공존할 수 없는 것일까?

소설가 올더스 헉슬리는 글쓰기를 상업화한다는 생각에 눈살을 찌푸렸다. 그는 글쓰기의 상업화가 창의적 노력을 축소시킨다고 믿었다. "문학과 예술이 대중적 인기와는 상관없이 성공적이기 위해서는 진실해야만 한다." 따라서 우리 작가들이 스스로에게 던져야 하는 질문은 다음과 같은 것이 될 터다. 나는 어떤 종류의 글쓰기에 매력을 느끼는가? 픽션? 논픽션? 상업적 글쓰기? 학구적인 글쓰기? 저널리즘?

우리가 택하는 분야에 상관없이 대부분의 작가는 진실성을 성공의 초석으로 여긴다. 진실한 작가는 자기 자신에게도 진실할 수밖에 없다. 그런 작가는 자신이 아는 것과 열정적으로 좋아하는 것을 쓰기 마련이다. 또한 대중적인 인기에 근거한 흉내 내기와 모작을 하지 않는다. 그럼에도 진실한 글쓰기가 물질적인 보상을 가져다준다면 그 만족감은 배가될 것이다. 당신의 글쓰기가 얼마나 진실한지를 되돌아보고, 만약 그렇지 않다면 무엇을 변화시켜야 할지를 생각해 보라.

머릿속의 목소리 잠재우기

책상에 앉아 형편없는 초고를 쓰면서 내가 배운 것은
내 머릿속의 목소리를 진정시키는 법이었다.
— 앤 라모트

많은 작가가 자신이 얼마나 무능한지, 자신의 글이 얼마나 형편없는지를 수시로 속삭이는 머릿속의 목소리에 대해 이야기한다. 자신의 부하가 죽는 일이 없도록 혹독한 훈련을 시키는 상사처럼, 비판적인 목소리 혹은 심리학적 용어로 부분Parts은 우리의 실패를 지적하고, 우리가 살아남을 수 있도록 우리의 단점을 평가한다.

작가들은 이런 목소리를 자신을 부당하게 비난하고 자신에게 반하는 것으로 간주하곤 한다. 그러나 알고 보면 그 목소리는 글쓰기 싸움에서 우리 머리가 터져 버리는 일이 없도록, 우리가 건강한 일상을 영위할 수 있도록 우리를 보호하느라 여념이 없다.

다른 사람은 어떤지 몰라도 내 안에도 삶의 많은 문제로부터 나를 보호하려고 애쓰는 다양한 부분이 존재한다. 걱정은 세상 어딘가에 나를 위협하는 무언가가 있음을 경고한다. 판단은 앞으로의 도전에 대해 초조해하지 말라며 내게 용기를 준다. 좌절과 분노는 그동안 망설였던 것을 과감히 시도하도록 나를 강력하게 부추긴다. 우리는 내면의 목소리와 싸우는 대신 목소리의 진정한 의도를 이해하고 받아들임으로써 그것을 진정시켜야 할 터다. 글쓰기와 관련해 당신 머릿속에서 가장 크게 떠들어 대는 목소리는 어떤 것인가? 그것을 잠재우기 위해 당신은 무엇을 할 것인가?

자신의 진정한 자아와 내면의 목소리를 구분하기

어느 날 놀랍게도 당신은 자신이 찾고 있는 진정한 자아가
당신이 그러하듯 당신을 찾고 있음을 알게 될 것이다.
— 스티븐 코프

대부분의 작가는 자신에 대해 언급할 때 그가 자라는 동안 사람들에게 들었던 말을 반영하는 경향이 있다. 우리가 내면화한 그 말이 우리의 부분이 되고, 우리는 그 부분으로 자신을 정의하는 법을 배운다. 우리는 스스로를 안달쟁이, 멍청이 혹은 구두쇠라고 여길 수도 있다.

그러나 어떤 특징이 우리를 규정한다고 해도 그것은 단지 우리의 일부나 한 단면에 불과할 뿐 우리의 모든 것이 될 수 없다. 내가 나를 통제광統制狂이라고 생각한다면, 그 정체성이 나의 다른 부분을 가려 버리면서 내가 될 수 있는 또 다른 것을 제한한다. 내가 나를 화난 사람으로 여긴다면, 분노하는 나는 나 자신의 또 다른 모습을 알기 어렵게 한다. '내 머릿속의 목소리가 내가 아니라면 대체 나는 누구인가?' 당신은 이렇게 반문할지도 모른다. 우리는 우리 머릿속의 목소리를 듣고 지켜보는 사람이다. 진정한 자아 또는 관찰자인 것이다.

이제 다음과 같은 훈련을 해 보라. 사설탐정의 호기심으로 내면의 목소리를 (자신의 별개의 한 부분인 것처럼) 듣고 지켜보라. 그 목소리를 듣고 지켜보는 이가 누구인지 주의 깊게 살핀다면 당신은 자신의 진정한 자아와 내면의 목소리를 구분할 수 있을 것이다.

> 자신이 대리석이 아닌 진흙으로, 영원히 변치 않는
> 청동이 아닌 종이 위에 글을 쓰고 있음을 스스로에게 납득시키라.
> 당신의 첫 문장을 최대한 바보같이 쓰라.
> — 자크 바전

열대의 야자나무는 튼튼하다. 그 나무가 살아남는 이유는 바람의 힘에 따라 휘어지고 흔들릴 만큼 유연하기 때문이다. 우리 작가들 중에서 이 놀라운 나무의 유연성을 지닌 사람은 그리 많지 않다. 그러나 글쓰기의 폭풍우가 휘몰아칠 때면 우리는 어쩔 수 없이 흔들리고 휘어진다. 그렇지 않으면 부러지고 말 것이기 때문이다.

우리에게 그늘을 드리우는 것은 글쓰기의 성과에 대한 과도한 집착이다. 거대한 글쓰기의 세계에 맞서 자신의 경직된 고집대로 밀어붙이다 보면 진이 빠지기 마련이다. 글쓰기가 커브볼을 던질 때는 그것을 휘어질 수 있는 기회로 삼아라. 만족스럽지 못한 결과에 맞서는 대신 그 결과를 똑바로 마주하고 (그러는 게 아무리 고통스럽다 할지라도) 의미와 의도를 찾아 배움의 기회로 삼아야 할 터다.

노스캐롤라이나의 산악 지대에는 '곰에게 쫓겨 나무 위로 올라가면 경치를 즐겨라'라는 속담이 널리 퍼져 있다. 작가와 철학자들도 수천 년간 이러한 지혜를 공유해 왔다. 글쓰기의 세계에서 당신은 저항하고 부러지거나, 받아들이고 휘어지는 것 중에서 선택할 수 있다. 대리석이 아닌 진흙으로 글을 쓰듯, 자신이 통제할 수 없는 상황에서 어떤 경직된 습관을 구부러뜨려 그 상황을 최대한 이용할 수 있을지를 생각해 보라.

마음을 현재에 붙들어 두기

초대받지 않은 과거는 그토록 쉽게 저절로 떠오르면서
미래는 그토록 어렵게 관심을 받다니 참으로 이상하지 않은가.
— 리처드 루소

글쓰기라는 일은 한밤중에도 우리를 떠나지 않고, 우리의 생각은 매 순간 사방으로 흩어지기 십상이다. 과거의 기억이나 미래에 대한 걱정 속에서 헤매다 보면 우리는 현재에서 멀어지면서 평온한 마음을 유지하기 힘들어진다.

정신을 집중시키는 명상은 자신의 글이 비판의 도마 위에 오를 것에 대한 걱정, 쌓여 가는 고지서, 잘 풀리지 않는 인간관계에 대한 고민 등으로부터 우리를 벗어나게 해 준다. 또한 우리 뇌의 또 다른 영역을 활성화해 우리의 마음이 차분하고 안정적이 되게 한다.

자신의 생각을 지켜보면서 그것이 시시각각 어디로 향하는지에 주목하면 우리가 얼마나 자주 자신의 몸을 떠나 방황하는지를 알게 된다. 당신의 생각이 자신이 원하지 않는 곳으로 향한다면 그 생각을 서서히 다시 현재로 돌아오게 하라. 자신의 머릿속에서 일어나는 일로부터 자유로워질 수 있을 때 당신은 비로소 더욱더 평온하고 명료한 정신으로 더 많은 창의성을 발휘할 수 있다.

'신체를 단련하는 필라테스 메소드'는 우리의 정신으로 하여금
우리를 절대적으로 지배하는 몸을 다스리게 하기 위한 운동이다.
― 요제프 필라테스

필라테스는 몸의 중심이 되는 척추를 바로잡고 근력을 강화하며 몸의 유연성을 향상시키기 위해 고안된 운동이다. 나는 필라테스를 하면서 키가 1인치나 자랐다. 여기서는 글쓰기로 인한 긴장을 해소하는 데 도움이 되는 한 가지 방법을 추천하고자 한다.

매트에 등을 대고 누운 채 어깨뼈에 주의를 집중하라. 바닥에 몸을 납작 붙이듯 당신의 어깨뼈를 넓게 펼치라. 급격하게 움직이거나 끌어당기지 말고 서서히 부드럽게 하라. 이런 자세는 빗장뼈에서부터 당신의 몸이 서서히 열리는 느낌이 들게 할 것이다.

이제 어깨뼈를 귀에서 멀리 엉덩이를 향해 부드럽게 끌어당기라. 그러는 동안 당신의 골반뼈가 평평하게 놓여 있는지 확인하라. 이번에는 누군가가 당신의 머리 위에 매달린 끈을 부드럽게 잡아당기는 것 같은 느낌으로 목뼈를 길게 늘이라. 목뼈로부터 시작해 어깨뼈와 등 아래쪽, 꼬리뼈에 이르기까지 몸을 길게 늘이라. 동작을 반복하다 보면 어느새 당신도 나처럼 1~2인치가 자라나 있을지도 모른다.

> 실패는 작가인 나에게 가장 좋은 친구가 되어 주었다. 실패는 내가
> 역경을 헤쳐 나가는 데 필요한 것을 갖추었는지를 시험하곤 했다.
> ― 마커스 주삭

서점에 갔다가 자신의 책이 진열돼 있지 않은 것을 보고 낙담한 적은 없는지? 온라인서점에 소수의 리뷰만이 올라와 있거나 출판사로부터 1분기 판매 실적이 저조하다는 보고를 받고 우울했던 적은 없는지? 그럴 때마다 당신은 자신이 실패했다는 생각에 스스로를 마구 깎아내렸을지도 모른다.

실패란 어느 특정한 때의 마음의 상태일 뿐이다. 우리는 스스로를 실패자로 여기는 순간 그렇게 느끼고 생각하고 행동하기 시작한다. 그러나 여전히 노력하면서 포기하지 않는 한 우리는 실패한 것이 아니다. 스스로에게 실패자라는 딱지를 붙일 때에야 비로소 우리는 실패했다고 할 수 있다.

작가 닐 게이먼은 다음과 같은 말을 했다. "마음껏 실수를 저지르라. 놀라운 실수를 저지르라. 영광스럽고 굉장한 실수를 저지르라. 규칙을 깨뜨리라. 당신이 있음으로써 더욱더 흥미로운 세상이 되게 하라." 우리는 실패에 대한 정의를 다시 내리고, 우리에게 글쓰기 규칙을 깨뜨리는 것을 허락할 수 있다. 실패를 당신의 개인 트레이너로 삼으라. 무거운 바벨을 들어 올리는 운동은 당신의 원기를 북돋우고, 글쓰기의 세계가 남발하는 혹평에 대처할 수 있는 감정의 회복탄력성을 키워 줄 것이다.

7월

당신의 전쟁이 내게 영감을 주었다. 눈에 보이는 물리적
싸움이 아니라 당신의 이마 뒤에서 당신이 싸워 이긴 전쟁이.
— 제임스 조이스

다른 누구도 알지 못하는 내면의 전쟁을 치러 본 적이 있는가? 앞날에 대한 불안과 자기회의, 무능, 희망 없음 때문에 스스로에게 가혹하게 굴었던 적은 없는가? 우리는 자신의 가치를 결정짓기 위해 외적인 싸움에서 이기는 데 더 중점을 두곤 한다. 극찬과 수상, 호의적인 리뷰, 두둑한 보수를 잣대로 삼으면서.

하지만 당신이 싸워 이긴 내면의 전쟁은 어떠한가? 엄청난 마음속 갈등을 극복하고, 부정적 상황을 새로운 시각으로 바라보고, 수많은 도전을 이겨 내고, 아무도 당신을 믿지 않을 때 자신을 믿고, 결코 꿈을 포기하지 않으면서 싸워 이긴 전쟁은?

이러한 승리를 다른 이에게 널리 알릴 필요는 없다. 그러나 마음속 전쟁의 승리를 인정하고 자축하는 것(하이파이브, 특별한 음식 또는 말없는 칭찬으로)은 중요하다. 모든 것을 따져 볼 때 가장 중요한 승리는 자신과 싸워 이긴 내면의 승리이기 때문이다.

> 강인해지기 위해서는 무엇보다 강력한 감정 반응을 야기하는
> '경기장의 결정적 대결'에 대처할 줄 알아야 한다.
> — 브레네 브라운

자신의 글을 대중의 가차 없는 평가에 맡김으로써 스스로 취약한 존재가 되노라면 마치 무차별 사격을 당하는 기분이 들곤 한다. 수없이 쏟아지는 총탄 세례에 총소리만 들어도 심장이 쪼그라드는 것이다. 이런 일이 반복되면 다시 일어나 도약하기가 점점 힘들어진다.

작가라면 누구나 결정적 대결의 순간을 경험하기 마련이다. 글쓰기의 경기장에서 녹다운을 당할 때마다 상심하고 숨이 막힐 것 같다. 그러나 온몸이 먼지와 땀과 피로 얼룩지더라도 상처 난 무릎으로 기어서 비틀거리며 다시 몸을 일으켜야 한다.

역경을 헤치고 나아가는 것은 대중 앞에 모습을 드러내고 도전에 응하는 것만큼이나 가치 있는 일이다. 쓰라린 경험을 하게 되면 먼저 우리의 '파충류 뇌'가 활성화되면서 이성적 뇌의 전원을 차단한다. 그럴 때는 곧바로 자기비판('난 정말 한심하고 무능력해')에 나서는 대신 흥분된 감정을 가라앉히고 전전두엽에 다시 불이 켜지게 하는 게 중요하다. 용감하게 자신을 드러내는 것은 칭찬받아 마땅한 일이지만, 상처를 어루만지고 다시 일어서는 것은 훨씬 더 대단한 용기를 필요로 하는 일이다.

> 타이밍이 나쁜 비판은 그것이 비록 정당한 비판이라 할지라도
> 작가에게 심각한 해를 입히면서 그가 하는 일에 대한 믿음을 잃게
> 할 수 있다. 모든 일에서 가장 중요한 것은 타이밍이다.
> — 도나 타트

좋은 작가가 되려면 비판을 받아들일 줄 알아야 한다. 하지만 그러기 위해서는 언제 열린 마음으로 피드백을 받아들일지를 결정하는 게 무엇보다 중요하다. 아무리 다른 의견이 필요하다고 하더라도, 글쓰기를 모두 끝내기 전에 누군가가 어떤 것을 더하거나 삭제하거나 바꾸라고 이야기하게 놔두는 것은 자신의 글에 재앙으로 작용할 수 있다.

누구나 자신이 하는 것에 대한 객관적 평가가 궁금할 수 있다. 그것이 자신을 혼란에 빠뜨릴 수 있음을 알면서도. 그러나 자신의 글에 대한 건설적 피드백을 너무 일찍 구하다 보면 창의적 영감이 일찍 말라 버릴 수 있다. 글쓰기를 향한 열정과 그에 필요한 에너지 그리고 글쓰기에 대한 자신의 신념마저 잃을 수 있다.

창의적인 이야기를 써 나가는 동시에 편집하는 일은 우리 뇌의 서로 상충하는 부분들을 사용한다. 계제가 나쁜 전략은 종종 우리의 비판적 사고에 '마른 우물 증후군'Dry-well Syndrome, 2년 차 증후군, 집필자 장애 등을 야기한다. 비판을 받아들이는 타이밍은 때로는 머리가 아닌 가슴으로 결정되어야 하며, 자신의 능력에 대한 믿음이 바탕이 되어야 한다. 자신의 글에 대한 피드백을 받아들이는 가장 좋은 시기와 가장 나쁜 시기가 언제였는지를 잘 생각해 보라.

> 자극과 반응 사이에는 비어 있는 공간이 있다.
> 바로 그 공간에서 당신은 자신의 반응을 선택할 수 있다. 당신의
> 성장과 자유는 자극에 어떻게 반응하느냐에 달려 있다.
> ― 빅터 프랭클

혹시 가려움증으로 고통받을 때 긁을수록 더 가려운 경험을 한 적이 있는지. 가려움증을 없애는 것은 당신의 능력 밖의 일일지라도 긁는 것에 대해서는 당신도 무언가를 할 수 있다. 글쓰기의 성과가 우리의 기대에 훨씬 못 미쳐 좌절감에 빠지는 것은 상처를 덧나게 하고 고통을 가중시킬 뿐이다. 글쓰기와 관련된 부정적 사건이 첫 번째 걸림돌이라면, 그 때문에 좌절하는 것은 두 번째 걸림돌로 스스로를 칼로 찌르는 것과 다름없다. 첫 번째 걸림돌도 물론 불쾌하게 느껴지지만, 때로 진정한 고통은 두 번째 걸림돌에 대한 우리의 반응에서 비롯된다.

걱정, 분노, 좌절 같은 불쾌한 감정이 느껴질 때는 그런 자신을 별개의 부분으로 간주하고 편견 없이 관찰해 보라. 자기 손에 묻은 티끌을 주목하듯 그것이 어디에서 왔는지를 생각해 보라. 불쾌한 감정을 밀어내고 못 본 체하거나 억누르려고 하기보다 마치 오랜 친구를 대하듯 그 존재를 인정하는 게 중요하다. 두 번째 걸림돌을 인식하는 것만으로도 좀 더 명료하고 편안한 마음으로 첫 번째 걸림돌에 대처할 수 있을 터다.

> 사람들은 너무나 일에 중독된 나머지
> 자신의 진짜 모습을 보지 못한다.
> — 올더스 헉슬리

매년 7월 5일은 전국의 일중독자에게 바쳐진 '일중독자의 날' National Workaholics Day이다. 당신도 그런 사람(어쩌면 당신도 그중 하나일 수 있다)을 알고 있을지도 모른다. 그들은 남보다 일찍 일을 시작하고, 점심을 건너뛰고, 밤을 새우다시피 하며 일에 매달린다. 그들의 삶에서 무엇보다 우선하는 건 일이다. 가족 관계, 놀이, 중요한 사회적 행사, 자기돌봄은 언제나 일 다음이다.

우리 중 얼마나 많은 이가 건강한 일과 삶의 균형을 희생하면서 글쓰기를 하나의 탈출구로 여기고 있을까? 마치 당신 이야기를 하는 것 같다면 오늘 당장 한 걸음 뒤로 물러나 여유를 가져 보라. 오후의 짧은 낮잠, 재미있는 책 읽기, 유튜브 시청하기 등등. 그사이 당신의 글은 내일 컴퓨터에서 당신을 다시 만나기를 기다리고 있을 것이다.

일중독자가 아닌 사람에게 오늘은 자신이 아는 모든 일중독자를 기억하고 그들이 이룬 모든 것을 인정하는 날이 될 터다. 또한 일중독자의 날을 기념하는 의미에서 평소보다 일찍 일터에 도착해 그동안 미뤄 두었던 일을 시작해 볼 수도 있을 것이다.

자기주장이란 당신이 무엇을 하는가가 아니라
당신이 누구인지를 말해 주는 것이다.
— 샥티 거웨인

다른 사람의 의견에 반대하고 싶으면서도 동의하거나 나의 선호를 밝히지 않은 채 다른 사람의 취향을 따르는 경우, 혹은 다른 사람의 선호를 나의 것보다 우선시하는 것은 모두가 거부에 대한 두려움에서 비롯된다. 다른 이가 나의 욕구와 권리를 침해하게 놔두는 것은 나 자신을 거부하는 것이나 다름없다. 큰 소리로 말할 줄 알게 되면 '자기수용'이 거부로 인한 상실을 훨씬 넘어서게 된다. 주변 사람들이 당신의 당당한 태도에 당혹감을 느낄지도 모르지만 그들이 불편해한다고 해서 뒤로 물러서서는 안 될 터다.

자기주장이란 다른 이들과의 대등한 관계 속에서 자기존중적인 태도를 견지하는 것을 의미한다. 우리는 지배나 혹사에 굴복하지 않고도 전투적 태도를 지양한 채 때로는 양보하고 때로는 우리의 입장을 고수할 수 있다. 나의 삶을 되찾는 방법 중 하나는 다른 사람의 생각을 그대로 흘려보내고 나의 필요에 따라 삶을 사는 것이다. 지금 내가 '양보하기'와 '자기 입장을 견지하기' 사이에서 어느 지점에 있는지를 살펴보라. 그리고 어느 쪽으로 저울의 바늘을 옮길 필요가 있는지를 스스로에게 물어보라.

> 당신은 자신의 문제를 감춘 채 계속 달리면서 세상 탓을 하거나
> 분연히 일어나 중요한 사람이 되기를 결심할 수 있다.
> — 시드니 셸던

자기 본연의 모습대로 살아가기는 우리가 직면하는 가장 큰 도전 중 하나일 터다. 강인하면서도 자신에게 충실한 삶을 살기 위해서는 그 비용을 치러야 한다. 그런 삶의 방식에 사람들이 불쾌해하거나 욕을 할 수도 있고, 반대하거나 비아냥거릴지도 모른다. 그러나 결국 그로 인한 혜택이 그 비용을 훨씬 넘어서게 된다. 더불어 자기 자신과 일관성 있는 삶을 사는 것은 우리에게 기분 좋은 자기만족을 안겨 준다.

작가이자 법률인, 사회 운동가였던 벨라 앱저그는 다음과 같은 말을 한 바 있다. "사람들은 나를 강인하고 시끄러운 여자, 명예를 좇는 사람, 인간 혐오자 등으로 부른다. 투쟁하는 벨라, 용기의 표본 혹은 포트노이(*)보다 불만이 많은 유대인 엄마로 생각한다."

당신은 대담하거나 강인한 사람 혹은 자신이 바라는 또 다른 무엇이 될 수 있다. 세상 모든 사람에게 자신을 맞추려고 하다 보면 당신이란 존재는 머지않아 사라지고 말 것이다. 이런 생각을 한번 해 보라. 당신이 만약 슈퍼히어로 영화의 주인공이 될 수 있다면 어떤 사람이고 싶은가? 어떤 복장을 하고 싶은가? 당신이 이미 갖고 있는 특별한 힘 중에서 어떤 것을 좋은 일에 쓰고 싶은가?

(*) 필립 로스의 소설 『포트노이의 불평』의 주인공.

난 데드라인을 좋아한다.
데드라인이 지나갈 때 나는 쉭쉭 소리를 좋아한다.
— 더글러스 애덤스

생각해 보라. 마감 기일을 데드라인Deadline이라고 부르는 데는 그만한 이유가 있을 것이다. 우리는 때로 마감 기일을 너무 빠듯하게 잡는 바람에 시속 80마일로 달리면서 여러 차례 타이어를 갈아야 할 때가 있다. 스스로를 충족시키기 힘든 데드라인은 우리를 병들게 하거나 진이 빠지게 하거나 심지어 죽일 수도 있다. 죽으면 더 이상 글을 쓸 수 없다.

이제 데드라인 대신 우리로 하여금 더욱 생산적이 되게 하고 효율적인 글쓰기를 할 수 있게 하는 라이프라인Lifeline을 생각할 때다. 라이프라인은 과도한 스케줄을 잡을 필요가 없이 속도를 늦추게 하며, 글쓰기 사이사이에 시간이라는 완충제를 두게 한다. 시간의 완충제는 우리에게 한숨을 돌리고, 간식을 먹고, 목욕을 하거나 혹은 그저 창밖을 내다보는 여유를 허락한다.

데드라인이 아닌 라이프라인을 정하면 데드라인이 쉭쉭 지나가는 소리나 '늘' 배 속 깊은 곳에서 느껴지던 꽉 막힌 느낌이 한층 덜 느껴질 터다. 마감 기일에 덜 쫓기고 덜 시달릴수록 글쓰기가 더욱더 즐거워지리라는 것은 자명하다. 당신은 어떠한가? 지금 당신의 귀에도 데드라인이 쉭쉭 지나가는 소리가 들리진 않는지?

> 겸손은 자신을 하찮게 생각하는 게 아니라
> 자신을 덜 생각하는 것이다.
> — C. S. 루이스

작가로서의 겸손은 귀중한 재산이다. 우리는 모든 사람처럼 인간적인 결함을 갖고 있음을 인정함으로써 다른 동료 작가들과 동등해질 수 있다. 어떤 식으로든 자기 자신을 깎아내리거나 평가절하해서도 안 되지만, 동료 작가와 경쟁하거나 깊은 인상을 주려고 자신의 성취를 과장해서도 안 될 터다. 사실 우리는 자기 자신보다 다른 작가들의 성공에 더 신경 쓸 때가 많다.

자존심보다 겸손을 앞세울 때 우리는 놀랍도록 확장되고 만족스러운 무언가를 느끼게 된다. 눈을 감은 채 자신이 이 우주의 모래 한 알에 불과하다는 상상을 해 보라. 그리고 잠시 당신이 확장될 수 있는 어떤 공간을 떠올려 보라. 당신은 어떤 것도 방해하거나 가로막지 않을 것이며, 어떤 곳도 혼잡하게 하거나 아무것도 소유하지 않을 것이라고 자신에게 속삭여 보라. 그리고 몇 분 후 어떤 느낌이 드는지를 주목하라.

아이러니한 것은 겸손이 독자를 우리의 작품으로 이끈다는 사실이다. 자신을 과장하는 글쓰기는 그들을 등 돌리게 한다. 겸손은 자신을 덜 생각하고 다른 이를 더 생각하는 것이다. 작가로서 우리는 자신의 장점을 돋보이게 할 필요가 없다. 우리가 그럴 가치가 있다고 생각되면 독자가 우리를 대신해 그렇게 할 것이기 때문이다.

영감의 불꽃을 더 활활 타오르게 해야 한다. 그 작은 초 주위에
유리 막을 둘러쳐 좌절이나 비웃음으로부터 불꽃을 보호하라.
— 메리 히긴스 클라크

'글쓰기에서 내가 경계해야 할 것은 무엇일까?' 몇 달 전 글쓰기에
관한 책을 읽으면서 이런 생각이 들었다. 어린 시절에 처음 글을 쓰
기 시작했을 때 사람들은 나의 순진한 질문과 어린아이로서 쓴 짧
은 이야기에 웃음을 터뜨리곤 했다. 사람들은 그때의 나를 보고 웃
었고, 지금의 당신을 보고 웃을지도 모른다. 어쩌면 이미 그랬는지
도 모른다. 하지만 그들은 토머스 에디슨과 재니스 조플린을 보고
도 웃었다는 사실을 기억하라. 오늘날 칭송받는 많은 이들이 초기
의 창의적 야망으로 웃음거리가 되곤 했다. 나는 에디슨도 조플린
도 아니지만 좌절이 나의 영감의 불꽃을 사그라지게 하지 못하도
록 꾸준히 글을 썼다. 그리고 당신도 그렇게 할 수 있다.

이에 관해 소설가 제임스 미치너는 이런 말을 했다. "나는 작
가가 되고 싶어 하는 사람을 많이 알고 있다. 그들은 모두 자기 이
름이 박힌 책을 갖기를 꿈꾸었다. 그러나 그 빌어먹을 책을 세상에
내놓기 위한 노력은 하려고 하지 않았다."

> 목적지에 도달하는 데 오래 걸리는 것은 문제가 되지 않는다.
> 중요한 것은 목적지가 있다는 사실이다.
> ― 유도라 웰티

작가로서의 여정에는 수많은 출발점이 있을 수 있지만 정해진 출발선이란 존재하지 않는다. 우리는 각자 다른 지점에서 글쓰기를 시작한다. 누구는 어린 시절부터, 또 누구는 대학생 때부터, 또 누군가는 성인이 되어서. 자신의 목적지에 이르는 데는 오랜 시간이 걸릴 수도 있다. 순간 이동의 마법으로 그곳으로 옮겨 갈 수는 없다. 글쓰기에 대한 사랑과 자신의 글쓰기가 어디로 향하는지를 아는 한 우리는 우리가 가고자 하는 곳으로 갈 수 있다. 최상의 글쓰기가 가능한 곳으로.

당신은 언제 어디서부터 시작할 것인가? 그때가 언제든 시작할 준비가 되어 있는가? 다른 사람과 자신을 비교하면서 아직은 때가 아니라고 속삭이는 목소리가 들리지는 않는가? 지금 당장 시작하고 싶다면 당신이 해야 할 일은 무엇인가? 아마추어 작가, 작가 지망생, 초보 작가, 프로 작가 중 어떤 위치에 있건 그 자리에서 다시 시작할 용의가 있는가? 혹은 당신이 지금 있는 곳이 아닌 또 다른 곳에서 다시 시작하고 싶지는 않은가?

> 얼마든지 헤매도 좋다, 당신이 필요한 만큼 많이.
> 딱 한 번만 제대로 하면 된다.
> ― 타나 프렌치

자동차로 그레이트스모키 산맥 국립공원을 통과할 때면 여행객은 산들을 가로지르는 캄캄한 터널을 여러 번 만나게 된다. 그곳을 지나는 운전자는 불이 켜지지 않은 터널 속을 통과해 빛이 보이는 반대편 입구로 향한다. 우리의 글쓰기 여정도 이처럼 캄캄한 터널 속으로 우리를 이끌 때가 종종 있다. 문장 사이에서 길을 잃고 헤맬 때면 우리는 좌절감에 빠지면서 일말의 두려움마저 느껴진다.

어둠 속을 헤맬 때 우리가 할 수 있는 최선은 어둠이 최종적이거나 치명적인 것이 아니며, 글쓰기에 도움이 되는 한 부분임을 기억하는 것이다. 어둠과 싸우는 대신 그것을 받아들이고, 그 속에서 느긋한 마음으로 문장이나 문단을 계속 다듬어 나가라. 필요한 만큼 헤매는 것을 스스로에게 허락하면서.

아이러니한 것은 잘못된 길로 들어서서 헤매기를 허용할수록 창의성의 수문이 더 활짝 열린다는 사실이다. 캄캄한 터널 속을 통과할 때처럼 어둠 속에서도 평온한 마음으로 그 길에 대한 믿음을 잃지 않는다면 우리는 반대편 입구의 빛을 향해 나아갈 수 있다.

> 모든 문제에는 두 개의 손잡이가 있다. 우리는
> 두려움의 손잡이나 희망의 손잡이 중 하나를 선택할 수 있다.
> — 마거릿 미첼

글쓰기의 기술이 늘어날수록 실패한 도전을 바라보는 우리의 관점도 더불어 성숙해진다. 글쓰기와 출판의 세계는 우리가 기대하는 것을 우리에게 줄 어떤 의무도 없다. 따라서 지나친 기대를 하지 않는 것이 현명하다. 그다음으로 알아야 할 것은 작가에게 진정한 축복은 종종 고통, 상실, 좌절의 형태로 나타난다는 사실이다.

우리는 성장할수록 정신적 태도를 변화시킬 힘을 갖게 되고, 상실보다는 이득을, 절망보다는 희망을 더 보게 된다. 심지어 상실과 좌절 가운데서도 축복과 건설적인 결과를 보는 법을 배운다. 즐겁고 희망적인 글쓰기 여정으로 향하는 열쇠는 자신이 찾고 있는 것을 또 다른 관점에서 바라보는 것이다. 우린 언제나 선택할 수 있다. 사소한 것을 지나치게 부풀리거나 그것에 압도당하지 않는 게 중요하다.

작은 문젯거리와 커다란 문젯거리를 구분하고 보다 중요한 문제에 집중하라. 나에게 스스로의 태도를 선택할 수 있는 힘이 있다는 인식만으로도 우리는 자신의 글 쓰는 삶을 절망에서 희망으로 바꿀 수 있다. 당신은 어떤 신선하고 새로운 관점으로 자신의 글쓰기를 바라볼 것인가?

움츠러들지 마라

당신이 움츠린다고 해서 세상이 더 좋아지는 것은 아니다.
주변 사람들이 불안해하지 않도록 자신을
낮추는 것은 세상에 아무 도움도 되지 않는다.
— 메리앤 윌리엄슨

다른 사람이 커 보이도록 매일 자기 자신을 낮추면서 산다는 것을 깨닫지 못하는 사람이 많다. 어쩌면 주변 사람들이 불안해하지 않도록 움츠리며 사는 게 더 편하게 느껴지기 때문인지도 모른다. 우리는 곤충망으로 나비를 채집하듯 매일 자신의 가치를 증명하기 위한 증거를 모은다. 그리고 하루가 끝나면 주로 자신에 대한 부정적인 코멘트와 패배와 실수를 모아 차곡차곡 마음속에 쌓아 둔다.

채집망을 또 다른 방향으로 향했더라면 당신이 웅크리고 있던 사각지대를 밝히고 찬사와 성공과 기쁨의 증거를 수집할 수 있었을지도 모른다. 오늘 자신에 대해 어떤 종류의 증거를 수집했는지 되돌아보라. 단점과 실수? 성공과 칭찬? 그런 다음 또 다른 방향을 살펴보라. 다른 사람을 위해 스스로를 낮추거나 움츠리는 대신 그동안 도외시했던 자신의 사각지대를 면밀히 살피라.

운동은 움직임의 산문이고, 요가는 움직임의 시다.
요가의 문법을 이해하고 나면 움직임의 시를 쓸 수 있다.
— 아미트 레이

글을 쓰는 동안 우리 몸에서 스트레스가 가장 많이 축적되는 곳은 주로 어깨 위쪽과 목덜미로 이루어진 스트레스 삼각지대다. 정신없이 글을 쓰다 보면 우리는 자기도 모르게 어깨를 귀 쪽으로 향한 채 몸을 웅크리곤 한다. 내가 종종 그렇듯 당신도 이런 무의식적인 습관이 몸에 배어 있다면 앉은 자리에서 다음과 같은 스트레칭을 해 볼 것을 권한다.

○　자리에 앉거나 선 채로 오른 귀를 오른 어깨를 향해 내리라. 그렇게 10초간 머무르라.

○　그런 상태에서 왼팔을 몸에서 되도록 멀리 뻗으라.

○　이번에는 오른팔로 이마의 왼쪽을 잡고 왼팔을 부드럽게 좀 더 멀리 뻗으라. 그렇게 30초간 머무르라.

○　서서히 제자리로 돌아온 후 이번에는 반대쪽으로 똑같은 동작을 반복하라.

우리 인생은 적의를 품거나 잘못을 기억하며 살기에는 너무 짧다.
— 샬럿 브론테

글 쓰는 삶을 살다 보면 누군가에게 적의를 품거나 다른 사람의 잘못을 오래 기억하게 될 일이 생긴다. 나에 대한 다른 사람의 태도나 그에 대한 나 자신의 반응에 언짢은 기분이 들기도 한다. 그러나 중요한 것은 그러한 적의로 무엇을 하는가이다. 내내 마음속에 품고 있는 적의는 우리에게 나쁜 영향을 끼치면서 글쓰기에 요구되는 에너지와 창의성을 앗아 간다. 또한 우리의 생각을 흐리고 부정적인 것에만 집중하게 한다.

글쓰기는 평생 보장되는 일이 아니다. 언제라도 무언가가 당신에게서 그 에너지와 원동력을 빼앗아 갈 수 있다. 마음속에 어떤 적의를 품고 있다면 그것이 당신의 글쓰기의 최전선을 지배하는 일이 없게 해야 할 터다. 그 적의를 보다 고귀한 일에 사용할 방법을 궁리하고 당신의 감정과 관점을 성숙하게 표현하라. 이에 관해 작가 조앤 K. 롤링은 다음과 같은 말을 한 바 있다. "우리는 내면에 빛과 어둠을 동시에 지니고 있다. 중요한 것은 어떤 부분을 따라 행동하기를 선택하느냐이다. 그것이 진정한 자신의 모습이기 때문이다."

> 인내, 꾸준함, 땀은 성공을 위한 완벽한 조합이다.
> — 나폴리언 힐

탐광가探鑛家는 탐험가다. 캐낸 광석 중에서 가치가 낮거나 쓸모없는 것을 골라내고 금을 찾는 사람이다. 작가 역시 거절과 거부 사이에서 성공적인 글쓰기를 추구한다는 점에서 탐광가를 닮았다. 우리의 펜과 키보드는 곡괭이나 삽을 대신한다. 자신의 몫을 차지하기 위해서는 광산으로 가서 무수한 나쁜 결과와 장애물을 걸러내야 한다. 하지만 지난한 노력의 끝에서도 아무런 성과를 거두지 못할 수도 있다.

　글쓰기의 탐사에 필요한 가장 중요한 세 가지는 인내, 꾸준함, 땀이다. 탐광가는 자신이 빈손으로 돌아올 수 있음을 예상하면서도 탐험을 멈추지 않는다. 인내와 꾸준함과 땀을 기본으로 갖춘다면 글쓰기에서 어떤 성과를 거두지 못하더라도 쉽게 낙담하거나 의기소침하지는 않을 터다. 좋은 작가가 되기 위해 자신이 이 세 가지를 갖추고 있는지를 살피고, 금맥을 만날 때까지 곡괭이질을 멈추지 말아야 한다. 당신이 이 세 요소를 이미 갖고 있다면 그중에서 어떤 것이 가장 강력하거나 약한지, 어떤 것을 더 갈고 다듬어야 할지를 생각해 보라.

> 세상이 "이제 그만 포기해"라고 말할 때
> 희망은 "한 번만 더 해 봐"라고 속삭인다.
> — 작자 미상

성공한 작가가 되고 싶은 사람이라면 누구나 강인한 면과 부드러운 면이 모두 필요하다. 작가 제임스 패터슨은 자신에 대해 이렇게 이야기했다. "나는 강인한 사람인가? 단호하고 강경한 편인가? 물론이다. 뜨거운 프라이드치킨 샌드위치를 베어 물 때는 너무 좋아서 눈물 섞인 신음 소리를 내는가? 이 또한 사실이다."

많은 작가가 그들의 부드러운 면(글쓰기에 대한 사랑)과 함께 시작한다. 그러나 점차 거친 바다로 항해할수록 나약한 면이 아닌 거친 면을 소환할 필요가 있다. 명심해야 할 것은 글쓰기와 출판에서 겪는 시련이 나의 개인적인 잘못으로 일어나는 게 아니라는 사실이다. 이 분야에서 그런 일은 다반사다. 충족되지 못한 기대는 나를 좌절에 빠뜨리면서 꿈으로부터 멀어지게 하지만 누구도 나의 동의 없이는 나의 결연한 의지를 꺾을 수 없다.

녹슨 못처럼 버티면서, 장애물이 당신에게 불러일으키는 힘으로 용감하게 그것과 맞서라. 바스라지지도, 서서히 어둠 속으로 미끄러져 들어가지도 마라. 꼿꼿하게 고개를 쳐들고 땅에 발을 굳게 딛고 선 채 성공적인 글쓰기로 나아가는 또 다른 길을 탐험하라.

> 희망은 갱신 가능한 옵션이다. 하루가 끝날 무렵
> 희망이 바닥나면 다음 날 아침 다시 갱신하면 된다.
> — 바버라 킹솔버

수없이 실망을 거듭하다가 더 이상 아무런 희망도 남아 있지 않은 것처럼 느낀 적이 있는가? 만약 그렇다면 당신은 혼자가 아니다. 수많은 작가가 똑같은 경험을 한다. 절망이 자신에게 차츰차츰 스며들어 자기 자신이 되어 버릴 때가 있는 것이다. 하지만 절망을 기꺼이 맞아들여 식탁에 자리를 내주는 것은 작가에겐 흔한 일이고 필수적이기까지 하다.

집에 찾아온 손님을 대하듯 절망에게 자리를 권하고 함께 차를 마시라. 그 얼굴을 똑바로 바라보고 더 많이 알아 가라. 절망과 그것을 초대한 당신은 별개의 존재임을 인식하라. 절망이란 단지 때때로 왔다 가는 당신의 일부일 뿐이다. 절망이 당신을 방문한다고 해서 당신 안에 영영 자리를 잡게 해서는 안 된다. 함께 차를 마신 뒤 배웅하고 떠나보내면 그만이다. 절망이 떠나고 나면 희망이 다시 자리를 잡으면서 당신은 새로워진 자신을 느낄 것이다.

어떤 일이 절망적으로 느껴진다고 해서 그것이 절망적인 것은 아님을 기억하라. 희망은 우리 모두가 언제라도, 매일 매 순간 다시 사용할 수 있는 재생 가능한 재화다.

용기란 두려움의 부재가 아니라 두려움에도 불구하고
당당하게 계속 뻗어 나가는 능력을 의미한다.
— 스콧 터로

작가가 감당해야 하는 가장 커다란 감정적 위험 중 하나는 미지의 곳으로 걸어 들어가는 것이다. 글쓰기의 여정에는 걸음을 내딛는 곳마다 수많은 불확실성이 포진해 있다. 감정적인 위험 부담에 대한 가장 좋은 해결책은 뻗어 나가는 것이다. 즉 우리가 평소에 하던 것과 다른 행동을 취하는 것이다. 두려움을 느끼면서도 뛰어오르는 식으로. 뻗어 나가는 데에는 어느 정도의 용기가 필요하지만 그것은 우리를 전혀 다른 장소(대체로 더 나은)로 데려다준다.

즐거움을 맞아들이고 고통을 피하는 것은 우리 대부분에게 손쉬운 방법이다. 그러나 지속적으로 글을 쓰려면 미지의 낯선 곳, 예측 불가능한 일 속으로 발을 내디딜 수 있어야 한다. 글쓰기 세계 속의 어떤 것이 두려운지 안전한지를 판단하지 않은 채 모든 곳으로 뻗어 나가는 능력이 용기와 즐거움을 이끌어 낼 것이기 때문이다.

예측 불가능한 상황 속으로 뻗어 나가기는 우리의 창의력과 글쓰기를 풍부하게 할 뿐 아니라 우리 자신에 대한 믿음을 강화하는 효과가 있다. 아이러니한 것은 두려움과 안전을 동시에 받아들일수록 장애물에 맞서는 힘이 더 커진다는 사실이다. 당신은 글을 쓰는 동안 얼마나 기꺼이 미지의 곳으로 뻗어 나가면서 스스로를 놀라게 하고 심지어 당황하게 만들 수 있는가?

예전에는 쉬운 삶을 살길 바랐지만 이젠 강인해지기를 바랄 뿐이다.
— 윌리엄 켄트 크루거

당신은 글쓰기의 목표를 이루기 위해 얼마나 탄력적인 자세를 유지할 수 있는가? 긍정적인 태도와 원기로 어려움을 헤쳐 나갈 수 있는가? 종종 강력한 걸림돌을 만나더라도 아랑곳없이 계속 그 길을 갈 수 있는? 당신의 회복탄력성을 저울로 측정한다면 바늘이 어디에서 멈출 것 같은가?

자신의 회복탄력성이 얼마나 되는지 알아보는 한 가지 방법은 자기의 바늘이 10점 만점 중 어디에 위치하는가를 확인하는 것이다. 낮은 회복탄력성(0~3), 적당한 회복탄력성(4~7), 높은 회복탄력성(8~10)을 스스로에게 매겨 보라. 회복탄력성이 당신이 생각하던 것보다 낮다면 적극적인 사고나 좀 더 많은 글쓰기 시간, 글쓰기 모임에 참여하기 등을 통해 회복탄력성을 더욱 키울 수 있을 터다.

글쓰기 회복탄력성의 바늘은 우리의 글쓰기 조건에 따라 시시때때로 오르락내리락한다. 그러한 변화를 일종의 도표로 작성해 보면 내가 어떤 상황에서 가장 많이 혹은 가장 적게 탄력적인지, 지금 내가 어떤 지점에 있는지를 알 수 있다. 자신의 회복탄력성의 바늘을 더 높은 곳에 위치시키기 위해 무엇을 해야 할지를 생각해 보라.

　침묵을 듣는 법을 배우라. 당신 주변의 세상의 소리를 들으라.
　그러면 침묵이 당신에게 아름다운 노래를 들려줄 것이다.
　　　　　　　　　　　— 멜로디 비티

평생 침묵의 소리를 한 번도 듣지 못하는 사람이 많다. 라디오, 텔레비전, 아이팟, 진공청소기 또는 아이폰과 컴퓨터가 끊임없이 다양한 소리를 뱉어 낸다. 개가 짖고 아이가 떠든다. 우리 주위의 모든 것이 우리를 치유하는 삶의 소리(귀뚜라미의 합창, 짹짹거리는 새소리, 똑똑 떨어지는 물소리 혹은 나뭇잎 사이로 융융 불어오는 바람 소리)를 듣지 못하게 한다.

　주변의 기계음을 줄인 뒤 들려오는 소리에 귀 기울이면 우리가 평소에 듣지 못하던 또 다른 소리의 세계를 발견할 수 있다. 침묵은 우리의 창의력을 휘저어 자극하고 아이디어가 부화할 시간을 선사한다. 침묵이 아름다운 노래를 불러 주고 자연의 음악으로 우리 영혼을 다시 채워 주는 동안 우리는 마음의 평화와 안정을 되찾는다. 침묵 속에서 우리는 언제라도 물러나 쉴 수 있는 고요와 성소를 발견할 수 있다. 은밀한 성찰 가운데서 글쓰기의 장애물과 문제에 대한 해결책이 자연스럽게 떠오를 수도 있다. 당신도 한번 시도해 보라. 그리고 그 경험에서 무엇을 배웠는지 되짚어 보라.

우리는 우리 자신 안의 어떤 것이 소중한지,
그것에 귀 기울이고 신뢰하며 어루만질 가치가 있음을
다른 누군가가 알려 주기 전까지 자신을 믿지 못한다.
— E. E. 커밍스

글쓰기 과제를 제대로 해내지 못하거나 어떤 상실이나 실망을 겪을 때 먼저 자신을 자책하지 않는 사람이 얼마나 될까? 기대가 충족되지 않을 때 자신을 어떻게 대하는지에 따라 우리가 겪을 고통의 강도가 결정된다.

호기심과 세심함으로 자신의 감정을 주의 깊게 들여다보더라도 우리는 여전히 고통이나 상처를 느낄 수 있다. 그러나 자기 자신에 대한 평가와 비판이 곁들여지면 그 고통이나 상처는 배가된다. 우리에게는 스스로를 자책하는 후자가 아닌 자신을 배려하는 전자의 자세가 필요하다. 어려움이 닥쳤을 때 편견 없이 열린 마음과 다정함으로 자신을 배려함으로써 적절한 감정을 느끼고 상실감의 강도를 완화할 수 있다. 스스로를 배려하는 것은 자기 자신과 맺는 관계이자 정신적 행복과 신체의 건강을 불러오는 자기조화의 한 형태다.

마음이 무너져 내리고 고통스러울수록 자신을 사랑하고 존중하라. 자신의 동반자이자 가장 좋은 친구가 되어라. 당신이 가장 사랑하는 이들을 위해 기꺼이 할 수 있는 것을 자신을 위해 하라.

> 책은 쓰는 게 아니라 고쳐 쓰는 것이다. 당신 책도
> 그래야 한다. 이를 받아들이기란 쉽지 않다. 특히 일곱 번째
> 고쳐 쓰기가 아직 완전히 끝나지 않았을 때에는.
> ― 마이클 크라이튼

작가 지망생이 잘 알지 못하는 것 중 하나는 완성된 작품은 수없이 고쳐 쓰기를 거듭한 끝에 탄생한다는 사실이다. 어떤 작가에게 고쳐 쓰기란 극도의 고통으로 점철된, 지옥으로 향하는 길이 되기도 한다. 고쳐 쓰기의 필요성은 작가 지망생에게 자신이 그 일을 해낼 수 없을 거라고 믿게 하기도 하지만 대체로 그건 사실이 아니다.

좋은 작가가 되려면 무엇보다 고쳐 쓰기에 능해야 한다. 기꺼이 쓰고 고쳐 쓰기를 거듭하는 것은 종종 훌륭한 작가의 증거가 된다. 따라서 자신이 쓴 게 마음이 들지 않는다고 언짢아할 필요가 없다. 그것이야말로 작가에게 바람직하고 꼭 필요한 것이기 때문이다. 초고를 쓴 다음에는 3~4주가량 원고에서 멀리 떨어져 있으라. 그런 뒤 자신이 얼마나 강력한 고쳐 쓰기의 필요성과 함께 원고를 마주하게 되는지를 보면 놀랄 것이다. 당신의 새로운 관점은 작품을 조감하는 독자의 시선으로 글을 바라보게 할 터다. 수없이 글을 다시 고쳐 쓰게 될 때마다 당신이 모든 위대한 작가들이 했던 일을 하고 있음을 기억하라. 글쓰기는 한 번으로 끝나는 일이 아니다. 세상의 모든 책은 단순히 쓴 게 아니라, 쓰고 거듭거듭 고쳐 쓴 것이다.

글쓰기의 가치는 스스로 결정하는 것

> 당신은 어떻게 혹은 언제 죽을 것인지를 선택할 수 없다.
> 오직 어떻게 살 것인지를 결정할 수 있을 뿐이다, 바로 지금.
> ― 존 바에즈

자신의 글쓰기에 어떤 가치가 있다고 생각하는가? 당신은 자신의 글 쓰는 삶에 관해 자유로운 선택을 하고 있는가, 아니면 자신이 출판 세계와 출판업자, 비평가에게 얽매인 죄수처럼 느껴지는가? 스스로 글쓰기의 가치를 결정하는 대신 자신의 삶의 조건이 그것을 좌우한다면 당신은 마치 감정적 감옥에 갇힌 것처럼 느낄 터다.

우리는 우리 자신에게 글쓰기의 가치를 결정할 힘이 있음에도 불구하고 종종 자기도 모르게 그 권위를 남에게 넘겨주곤 한다. 부정적 상황이 자신의 생각과 감정 그리고 거절이나 실패에 대한 반응을 결정짓게 하는 것이다. 스스로 의식적인 선택을 할 때 당신이 행하는 모든 것의 가치는 더욱 커진다. 글쓰기의 가치는 부보다 훨씬 중요하다. 글쓰기를 더 많이 행할수록 당신은 더 많은 것을 얻게 될 것이다. 글 쓰는 삶에서 자신의 가치를 높이기 위해 할 수 있는 의식적인 선택이 무엇인지를 생각해 보라.

넘어짐이 얼마나 아플지 온 힘을 다해 생각한다면
당신은 이미 반쯤 넘어진 것이나 다름없다.
— 타나 프렌치

살다 보면 우리 마음속 반향실反響室에서 울려 퍼지는 어떤 목소리
가 우리가 시작하기도 전에 이미 패배했노라고 이야기할 때가 있
다. 그런 목소리가 우리를 지배하게 놔둔다면 우리는 이미 반쯤은
쓰러진 것이며 여정을 시작조차 할 수 없게 된다.

　　다음번에 당신의 기를 꺾는 목소리가 네온사인처럼 마음속에
서 깜빡거릴 때면 당신과는 별개의 부분인 양 그 목소리에 귀 기울
이라. 이런 식의 초연함은 그 속에 있는 것을 편안한 마음으로 보게
한다. 그것은 단지 당신 마음이 떠드는 목소리일 뿐 그 이상도 이하
도 아니다. 마음의 행위로부터 의식적으로 분리되기는 고통을 완
화하면서 좀 더 부드럽고 세심하게 자신과 조화를 이루게 해 준다.
그리고 이는 궁극적으로 당신이 좀 더 나은 작가가 되도록 돕는다.
잠시 시간을 내 외부인의 호기심으로 마음의 소리를 들어 보고 자
신과 그 목소리를 분리할 수 있는지, 그런 뒤 마음의 평온이 뒤따라
오는지를 살피라.

자신이 어디로 갈지는 자신이 아는 것에 달려 있고,
자신이 무엇을 알게 될지는 자신이 어디로 가는가에 달려 있다.
— 테스 게리첸

수많은 작가 지망생이 가리개로 눈을 가린 말처럼 글쓰기의 세계로 뛰어든다. 오로지 미래만을 생각하면서 곧장 직진하고, 자신에게 처음 내미는 손을 덥석 잡기도 한다. 하지만 앞으로만 돌진하다 보면 그 길에서 고려해야 할 것을 놓칠 때가 많다. 소설가 테스 게리첸의 말을 빌리자면 "마음은 어떤 선택을 할 때 결과를 생각지 않는다."

어떤 일을 시도할 때는 결과를 염두에 두면서, 처음 주어지는 기회를 덥석 잡기에 앞서 다양한 옵션을 고려해 보는 게 중요하다. 글쓰기와 관련해 성급한 결정을 내리기 전에, 눈가리개를 벗고 으레 놓치기 마련인 중대한 결과를 따져 보라. 그러기 위해서는 먼저 모든 각도에서 모든 옵션을 따져 보는 데 도움을 주는 정보로 무장할 필요가 있다. 자신이 미처 보지 못한 사각지대가 어디 있는지, 자신이 그동안 무엇을 혹은 누구를 간과했는지, 자신의 글쓰기와 관련된 더 많은 결정을 내리기 전에 어떤 눈가리개를 벗어던질 필요가 있는지를 스스로에게 물어보라.

우리 각자는 이미 하나의 완전체다

> 지금까지 나는 완전해지기 위해서는 누군가가
> 필요하다고 생각했다. 하지만 이제 나는
> 내가 나 자신에게만 속한다는 것을 알겠다.
> — 수 몽크 키드

혼자서는 불편을 느끼면서, 내가 완전해지려면 또 다른 누군가가 필요하다고 믿으며 밖에서 누군가를 찾아 헤매는 것만큼 괴로운 일이 또 있을까? 소설가 수 몽크 키드 말고도 많은 작가가 이 말을 한 바 있다. 수많은 사람이 (자신을 보완하기 위해) 자신이 속할 수 있는 누군가 혹은 무언가를 찾아 헤매곤 한다. 좌절감에 빠져 자신의 희망을 다른 사람에게 걸게 되면, 그 사실에 얽매여 자신을 위한 최선의 선택을 할 수 없게 된다.

1은 완전한 자연수다. 우리 각자는 그 자체로 이미 하나의 완전체다. 아무리 다른 이의 사랑과 지지가 필요하다고 할지라도 그 때문에 자신을 잃어버려서는 안 된다. 우린 모두 진행 중인 작품이며, 우리가 아닌 무엇이나 누구도 우리를 완전하게 할 수 없다. 글 쓰는 사람은 더더욱 그렇다.

우리 각자에게는 자신만의 생각과 느낌과 행동이 있으며, 오직 그것만이 중요하다. 다른 이에 대한 존중과 사랑을 먼저 자신에게로 향하게 함으로써 자신을 완성해야 할 터다. 당신이 당신 자신에게만 속함을 분명히 하기 위해 오늘 무엇을 할 수 있겠는가?

> 당신이 원하는 것이 무엇인가? 그것을 얻기 위해 어떤 것을
> 기꺼이 포기할 수 있는가? 글쓰기에는 희생이 요구되는 법이다.
> 작가가 되고 싶으면 열심히 할 각오를 하라.
> ― 샌드라 브라운

글쓰기에 관한 샌드라 브라운의 말은 정곡을 정확히 꿰뚫고 있다. 작가가 되고 싶은 사람은 열심히 해야 할 뿐 아니라 무언가를 기꺼이 희생할 각오가 돼 있어야 한다. 여기서 '희생'은 부정적인 말이 아니다. 자신이 원하는 것을 얻기 위해 초라하게 가난에 찌들어 살아야 한다는 의미가 아니다. 희생한다는 것은 글쓰기에 기꺼이 자신의 시간을 (매일같이) 바치고 전념하고 충실해야 한다는 의미다. 희생이란 보다 높은 목표를 위해 무언가를 포기하는 것이기 때문이다. 나에게 글쓰기가 진정으로 보다 높은 목표라면 다른 무엇보다 글쓰기를 우선시해야 한다. 나의 또 다른 욕구, 목표, 일, 심지어 인간관계까지도 글쓰기 다음이 되어야 하는 것이다.

　우리 중에서 글쓰기가 성공적인 소명이 될 수 있도록 무언가를 희생할 각오가 돼 있는 사람이 얼마나 될까? 당신은 글쓰기에 대한 사랑을 지속하기 위해 자신이 좋아하는 어떤 것을 기꺼이 포기할 수 있는가?

나는 책임감이 투철한 편이다. 뭐든 열심히 한다.
— 엘리자베스 길버트

아무리 글쓰기에 열심이라고 해도 가끔씩 글을 쓰고 싶지 않을 때가 있기 마련이다. 끝내지 못한 원고는 마치 올라야 할 에베레스트 산처럼 눈앞에 버티고 있다. 얼른 끝내라고 압박하는 누군가가 없다면 진공청소기를 돌리거나 친구에게 문자메시지를 보내거나 아이팟으로 음악을 듣는 게 훨씬 더 쉬워진다.

지속적인 글쓰기를 위해서는 스스로에게 책임감을 가져야 한다. 그럴 수 없다면 강제로 책임감을 느끼게 하고 글쓰기의 완성을 부추기는 (편집자, 저작권 에이전트, 글쓰기 수업의 멤버 혹은 가까운 친구 같은) 다른 누군가를 찾아야 할 터다.

책임감이 강한 사람에게는 글쓰기 과제를 되도록 작고 구체적인 목표로 쪼개는 게 도움이 된다. 작은 목표는 우리에게 즉각적인 보상을 안겨 주기 때문이다. 각각의 목표치를 달성할 때마다 스스로에게 자신이 받아 마땅한 보상을 하는 것도 좋다. 자신의 상사가 될 수 없으면서 글쓰기를 계속 미루는 사람은 또 다른 상사를 찾아나설 필요가 있다. 자기 자신이 아닌 다른 누군가에게 의무감을 가지는 것은 종종 자신의 글쓰기 목표를 이루는 데 도움을 준다.

오늘 쓰라

> 작가란 오늘 글을 쓴 사람이다. 작가이기를 원한다면
> 오늘 글을 썼는지를 스스로에게 물어보라.
> 그것이 진정한 작가임을 말해 주는 첫 번째 증거다.
> — J. A. 잰스

당신이 진정한 작가라는 첫 번째 증거는 오늘 그리고 매일 글을 쓰는 것이다. 명예나 돈을 위해서가 아니라 핏속에 잉크가 흐르고 있어 쓰지 않을 수가 없어서 쓰는 것이다. 글쓰기를 너무도 사랑해서 글을 쓸 수밖에 없는 사람들이 있다. 소설가 새러 그루언도 그중 하나다. "글을 쓰는 것보다 나를 더 미치게 만드는 유일한 것은 글을 쓰지 않는 것이다." 작가로서의 삶을 산다는 가장 중요한 증거가 무엇일까? 답은 간단하다. 오늘 글을 쓰는 것이다.

손끝에 선천적인 재능을 타고나지 못했다면 매일 조금씩 쓰는 습관을 들임으로써 글쓰기 능력을 개발할 필요가 있다. 단 15~20분만이라도, 염두에 둔 특별한 계획이 없다 할지라도. 그러다 보면 매일 쓰는 훈련이 하나의 습관으로 자리 잡을 것이다. 당신 핏속에 잉크가 흐르지 않더라도.

오늘 글을 썼는가? 아니라면 지금 당장, 잠깐이라도 시간을 내 단 몇 줄이라도 써 보라. 매일 조금씩 쓰기는 당신이 진정한 작가임을 스스로에게 입증하는 것이다. 나는 오늘 글을 썼는가, 아니면 오늘 글을 쓸 것인가?

중요한 것은 출발점이나 목적지가 아니라 그 사이의 여정이다.
— 데이비드 발다치

내가 아는 작가 중에 한두 번쯤 좌절을 겪지 않은 사람은 없다. 그러나 중요한 것은 좌절을 겪은 뒤에 무엇을 하느냐이다. 절망감에 빠져 자신을 비난하게 되면 다시 일어서기가 더 어려워지고 불안과 우울감이 글쓰기 능력을 저하시킨다. 그럴 때 긍정적인 혼잣말과 자신을 향한 격려의 말은 당신이 다시 안장 위에 올라 여정을 즐기는 데 도움이 된다.

때로는 터널의 끝에 있는 불빛을 보지 못하는 것이 그곳에 이르는 데 훨씬 유리하게 작용한다. 자신의 글쓰기에 실망하고 절망하며 불확실성 속에서 허우적거릴 때마다 당신이 '그 사이'의 여정 위에 있음을 떠올리라. 앞이나 뒤를 아무리 둘러봐도 보이지 않지만 어딘가에서 당신을 기다리는 땅이 존재한다는 것을 기억하라. 그 순간 당신이 할 수 있는 것은 목적지에 도착할 때까지 계속 길을 가는 것뿐이다.

글쓰기에서 장애물을 만날 때마다 자신이 '그 사이'에 있음에 익숙해지라. 스스로를 비난하는 대신 자신에게 친절하고 다정하게 대하라. 그리하면 장애물조차 좀 더 즐겁고 유익한 여정의 일부로 느껴질 것이다.

남의 인정을 구하지 말라

> 살면서 난 누구에게서도 인정을 받은 적이 없다.
> 그래서 나는 그런 것 없이 사는 법을 배웠다.
> ― 팻 콘로이

어린 시절의 팻 콘로이에게 누군가의 인정이란 한 번도 경험해 본 적이 없는 특권 같은 것이었다. 그래서 그는 남의 인정을 구하지 않는 법을 배웠다. 그런 전략은 결과적으로 어린아이로서는 저주였지만 작가로서는 축복임이 드러났다. 그러나 우리 중 많은 이가 콘로이와 달리 다른 사람들의 인정을 자신의 글쓰기 노력과 성과에 대한 기준으로 삼고 있다. 우리는 저작권 에이전트, 편집자, 비평가, 글쓰기 친구의 인정 등에서 계속 글을 써 나갈 용기를 얻곤 한다. 나는 충분히 잘 하고 있는가? 다른 사람이 내 글을 읽고 싶어 할까? 이만하면 난 괜찮은 작가인 걸까?

프로 작가는 다른 사람이 자기 작품을 인정해 주지 않아도 글쓰기를 멈추는 법이 없다. 이에 관해 작가 수 그래프턴의 현명한 조언을 새겨들을 필요가 있다. "자신의 작품을 냉정한 눈으로 평가하는 법을 배우라. 스스로 획득하는 배움은 다른 무엇보다 소중하다. 그것은 자신의 내면으로부터 얻어진 것이기 때문이다."

작가로서 성공할수록 부정적인 비판이 많아지기 마련이다. 리뷰어와 독자로부터 전해지는 다양한 메시지는 객관적인 관점을 유지하기 힘들게 한다. 콘로이나 그래프턴과 같은 초연함을 유지하지는 못하더라도 남의 인정 없이도 글쓰기를 계속하는 것이 중요하다. 이런 점에서 당신은 어떻게 하고 있는지를 되돌아보고, 앞으로 무엇이 달라져야 할지를 곰곰 생각해 보라.

> 모든 것은 '당신에게'가 아닌 '당신을 위해' 일어난다. 모든 것은 정확히
> 제때 일어난다, 너무 이르거나 너무 늦지 않게. 그런 사실을 반드시
> 좋아할 필요는 없다. 다만 그럴 수 있다면 일이 좀 더 쉬워질 것이다.
> — 바이런 케이티

건전한 정신을 가진 작가라면 아무도 그랜드캐니언에서 뛰어내릴 생각을 하지 않을 것이다. 우리는 모두 만유인력의 법칙에 지배되기 때문이다. 하지만 글 쓰는 삶에서는 절벽에서 뛰어내려야 할 경우가 종종 생긴다. 작가는 삶이 저절로 흘러가게 놔두는 대신 세상에 자신이 바라는 방식을 강제하고 세상에 저항하기 때문이다.

글 쓰는 사람이 부딪히는 가장 큰 어려움 중 하나는 문학의 길이 자신을 어떤 확고한 방향으로 이끌 것이라는 기대다. 또 다른 어려움은 그럴 수 없을 거라는 숨겨진 추정 때문에 생겨나는 마음의 저항이다. 하지만 고통스러운 글쓰기의 결과(좌절, 거부, 실망)에 저항할수록 우리의 상심은 커질 수밖에 없다. 실망스러운 결과를 받아들일수록 우리의 고통은 줄어든다.

나쁜 일이 일어나면 모든 것은 당신에게가 아니라 당신을 위해 일어난다는 사실을 기억하라. 지나간 실망스러운 일을 돌이켜 보면서 '당신에게 일어난 것'과 '당신을 위해 일어난 것'의 차이점이 무엇인지 생각해 보라.

> 당신이 전날 얼마나 많은 단어를 썼는가는 중요하지 않다.
> 당신은 매일 똑같은 빈 페이지나 똑같은 빈 화면에서
> 다시 새롭게 시작하는 것이다.
> — 링컨 차일드

빈 페이지나 빈 화면을 마주하고 있을 때면 두렵거나 즐거울 수 있다. 둘은 종이 한 장 차이다. 그럴 경우의 정신 상태에 대해 작가들 사이에 어떤 합의가 있는 것은 아니지만 빈 페이지를 마주하기가 언제나 어려운 일이라는 데는 의심의 여지가 없다. 어떤 작가는 아무리 노련한 프로 작가가 되어도 그것이 더 쉬워질 일은 없을 거라고 이야기한다. 반면에 빈 화면이나 빈 페이지를 마주하는 것이 축복이라고 말하는 작가도 있다.

당신은 빈 페이지를 마주할 때면 어떤 기분을 느끼는가? 두려움인가, 즐거움인가? 그 일이 두려워질 거라는 예상은 글쓰기에 필요한 에너지를 차단한다. 두려움은 스트레스 반응을 활성화하고 창의적 아이디어의 흐름을 방해하는 저항성을 포함하기 때문이다. 때로는 빈 페이지 증후군의 원인이 되기도 한다. 반면에 즐거움은 휴식의 느낌을 불러일으키는 호기심의 한 형태로, 창의력의 흐름을 원활하게 하고 글쓰기에 필요한 에너지를 선사해 준다. 다음번에 빈 페이지나 빈 화면 앞에 앉게 되면 두려움 대신 흥분과 호기심과 즐거움을 느끼는 상상을 해 보라.

> 그동안 난 지나치게 나에게 몰두해 있었다.
> 그리고 이제야 깨달았다. 내가 나 자신이 아닌 다른 사람을 위해
> 글을 쓰고 있었음을. 내가 글을 쓰는 것은 사람들이 내게
> 박수를 보내고, 나의 재능을 알아보고, 내가 얼마나 멋진 사람인지
> 이야기하거나 나의 성공을 질투하게 하기 위해서였다.
> ─ 루이즈 페니

사교 모임에서 워너비 작가라는 사람들 때문에 난처했던 경험이 한두 번이 아니다. 그들은 종종 이런 말을 하곤 한다. "언젠가는 나도 책을 쓸 거야." "근사한 소설의 아이디어가 떠올랐어." 개중에는 언젠가 할리우드 영화사에서 자기 작품을 영화로 만들자고 제안할지도 모른다고 생각하는 사람도 있다. 하지만 그런 날이 쉽게 찾아오지 않으리라는 것은 그들과 나 모두 잘 알고 있다.

책을 출간한 작가에 대한 환상에 사로잡힌 사람은 그것이 얼마나 많은 용기와 시간과 희생을 요구하는 일인지를 알지 못한다. 명성과 돈과 세인의 인정을 추구한다면 작가가 될 생각을 하지 않는게 좋다. 반면, 만약 도랑 파는 것을 좋아한다면 당신은 글쓰기를 사랑하게 될 것이다.

가장 성공적인 작가는 오직 글쓰기에 대한 사랑에서 만족스러운 보상을 얻는 사람이다. 글쓰기에서 얻는 내적 충족감이 돈과 명성, 고된 작업, 희생, 실망 등 다른 모든 것을 작아 보이게 하는 것이다. 그러니 환상이 당신을 '꿈의 땅'으로 이끌기 전에 글쓰기의 안팎을 꼼꼼히 살펴봐야 할 터다. 이미 그 속으로 발을 내디뎠다면 자신이 글을 쓰려는 진정한 이유가 무엇인지, 자신에게 바꿔야 할 무언가가 있는지를 다시 한 번 되짚어 볼 필요가 있다.

> 나는 변덕이 심하고 쉽게 주의가 산만해진다. 나는 멀티태스킹을
> 좋아하지 않는다. 무언가를 할 때는 오로지 그것만 한다.
> — 마거릿 애트우드

어떤 면에서 글쓰기와 출판 세계는 우리로 하여금 멀티태스커가 되도록 강요한다. 여러 가지를 한꺼번에 해내기 위해 시속 80마일로 달리는 타이어를 장착하게 하는 것이다. 어떤 작가는 여러 개의 글쓰기 과제 사이를 정신없이 오가는 것을 생산성을 늘리는 지름길로 여긴다.

그러나 전문가들은 멀티태스킹이 그렇게 좋기만 한 것은 아니라고 주장한다. 이메일, 전화, 문자메시지를 동시에 상대하는 것은 뇌의 피로와 집중력 저하, 생산성 감소를 초래한다. 우리가 멀티태스킹을 할 때마다 매번 새롭게 집중할 것을 강요받는 뇌는 생산성이 40퍼센트까지 감소한다. 쪼개진 생각과 집중력 부족에 시달리는 멀티태스커는 그렇지 않은 사람보다 과제 사이를 옮겨 가는 데 더 많은 시간이 걸릴 뿐 아니라 여러 문제 사이의 균형을 잡는 데도 덜 효율적이 된다.

가끔씩 여러 가지 일을 한꺼번에 처리해야 할 때가 있긴 하지만, 되도록 한 번에 한 가지씩 처리함으로써 집중력과 능률, 생산성과 창의성을 유지하는 것이 중요하다.

> 난 미래에 대해 구체적인 계획을 세우지 않는다.
> 오직 성공만을 생각하면서 성공적인 태도를 유지하고자 한다.
> — 피터 제임스

성공적인 태도를 유지하는 것은 성공적인 글쓰기를 위해 매우 중요하다. 바람직하지 않은 상황에 맞서는 저항의 형태인 주의主義는 문화적인 잘못(성차별주의나 인종차별주의 또는 파시즘이나 공산주의 같은 위험한 정치적 운동)을 바꾸는 데 유리할 수 있다. 알코올중독이나 일중독 같은 주의는 허구의 캐릭터에게 풍부한 개성과 특색을 부여하기도 한다.

그러나 어떤 부정적 주의는 우리의 태도를 독으로 물들이고 글쓰기의 진전을 방해한다. 냉소주의, 숙명주의, 비관주의 등은 글쓰기에 대한 야심과 창의력을 죽이고 미래의 가능성을 갉아먹는다. 작가 휴스턴 스미스는 "모든 주의ism는 분열schism로 끝난다"라고 했다. 우리가 지닌 주의들은 우리를 대립하게 만들고, 우리가 그 주의들이 포함하는 힘과 맞서 싸우게 한다. 자신의 글쓰기에 포함된 부정적 주의가 글쓰기의 여정을 가로막는 일이 없는지 곰곰 생각해 보라. 그리고 부정적 주의 대신 믿음과 희망과 기대를 포함하는 긍정적 주의의 목록을 만들어 보라.

우리 모두가 자기 안에 가지고 있는 게 있다.
강인함, 충만한 지혜, 한없는 기쁨이 그것이다. 누구도 우리에게서
이것을 빼앗아 갈 수도 망가뜨릴 수도 없다.
— 휴스턴 스미스

글쓰기의 도전에 직면할 때 우리 엔진의 힘을 증가시킬 수 있는 8C가 있다. 심리학자들은 이러한 자질들을 회복탄력성과 관련짓는다. 8C의 목록을 적은 다음 하나하나 숙고해 보라. 이 중에서 주목할 만한 항목을 발견하면 그것을 글쓰기의 기술에 적용할 방법을 적어 보라. 8C를 적절히 사용하면서 자신의 글을 개선하기 위해 어떤 방법이 필요할지를 생각해 보라.

① 동료 작가, 편집자 그리고 자신과의 기분 좋은 유대감Connectedness

② 명료한 마음Clear-mindness과 자신이 나아갈 방향에 대한 뛰어난 감각

③ 차분함Calm과 걱정하지 않기

④ 글 쓰는 동료와 자신을 흥미보다는 호기심Curiosity으로 판단하기

⑤ 과거의 상처나 미래에 대한 두려움이 아닌 자기확신Confidence으로 행동하기

⑥ 다른 작가와 자신에게 더 깊은 연민Compassion 느끼기

⑦ 새로운 상황을 만들기보다는 한 번도 겪어 보지 못한 상황 앞에서 담담할 수 있는 용기Courage

⑧ 창의력Creativity의 잦은 발현 및 거리낌 없는 즐거움 만끽하기

유머, 내게 그것은 생존의 기술이다.
— 질 매코클

작가는 노력의 결과를 기다리는 동안 무수한 긴장의 시간을 보낸다. 내 원고가 받아들여질까? 문학 콘퍼런스에 패널로 참석할 수 있을까? 응모한 문학상을 받을 수 있을까? 북사인회에 사람들이 나타날까?

이처럼 긴장된 시간을 보내는 동안 유머는 근심의 무게를 덜어 주고 강렬한 감정에 균형을 잡아 준다. 두려움은 대비책이 되지도 기다림이 즐거운 것이 되게 하지도 못하지만 유머는 그럴 수 있다. 너무 많은 사람이 글쓰기를 지나치게 진지하게 여기면서 자기 자신을 옥죈다. 재미있게 글 쓰는 법을 잊어버린 것이다.

인생의 좀 더 경쾌한 측면은 글쓰기의 압박감을 완화시켜 준다. 삶을 충실하게 살기 위해서는 걱정과 두려움뿐 아니라 유머와 즐거움도 적극 표현해야 할 터다. 당신이 당신 자신이나 거듭된 실패를 생각하며 마지막으로 소리 내 웃은 게 언제였는지를 떠올려 보라.

> 작가는 무엇보다 관찰자다. 우리는 종종 삶의 경계에
> 있음을 느낀다. 그곳이 우리가 속한 곳이기 때문이다.
> 우리는 자신이 속한 곳을 관찰할 수 없다.
> ― 리사 엉거

많은 작가가 글쓰기에 관한 투쟁의 역사 및 저작권 에이전트와 출판업자에게 배신감을 느낀 경험을 갖고 있다. 그런 기억을 떠올리다 보면 자신을 상처 입은 피해자로 여기기 십상이다. 그러나 광각 렌즈를 장착하고 개인적인 시련을 소설 속 인물의 그것처럼 바라보면 자신을 피해자가 아닌 목격자나 화자로 여길 수 있게 된다.

작가이자 영적 스승이었던 람 다스는 "자신을 이야기 속의 배우가 아닌 목격자와 동일시하는 순간 모든 게 변한다"라고 했다. 글쓰기의 여정 가운데서 부딪히는 거절과 실망과 좌절을 관찰자의 시각으로 되감아 보라. 자신을 냉철한 시각을 지닌 관찰자로 여기면서 글쓰기의 트라우마의 가장자리에 머물라. 스스로에게 피해자로서의 상처 대신 관찰자의 힘을 부여하는 큰 그림 전략은 글쓰기의 트라우마를 예방하고 자신의 가치에 대한 잠재적 통찰력을 부여하는 효과를 낳는다.

뇌는 속일 수 있지만 위는 속일 수 없다.
— 렉스 스타우트

많은 프로 작가가 경험한 것처럼 글쓰기의 세계는 힘겨운 싸움을 치러야 하는 냉혹한 세계다. 자신의 작품을 인정받는 것이 결코 오를 수 없는 힘든 목표처럼 보일 수도 있다. 당신이 작가 지망생이라면 실망이 절망으로 바뀌면서 몹시 취약한 상황에 놓이기 십상이다. 출판업자가 당신 얼굴에 계약서를 들이대면 당신은 망설임 없이 사인을 하고 출판사에 원고를 넘긴다. 그들은 출간에 드는 모든 비용을 당신에게 떠넘기고 뚝딱 책을 만들어 온라인서점에 내보낸다. 당신의 책을 사는 사람은 당신의 가족과 글쓰기 모임의 멤버, 몇몇 친구들 정도다.

선의의 출판사로 가장한 채 아무 책이나 좋다고 하면서 저자에게 비용을 물리고 아무런 마케팅도 하지 않는 자비 출판사에 속지 말라. 겉보기에 번지르르해 보이는 유혹적인 제안에 혹하는 일이 없어야 할 터다. 출간에 관한 최종 결정을 내리기 전에 출판사와 스스로에게 다음과 같은 몇 가지 질문을 해 보라. 저자에게 출간 비용을 물리진 않는지. 편집의 질은 어떤지. 어떤 마케팅을 할 것인지. 서점에 어떤 식으로 책을 공급하는지. 어떤 공급자와 거래를 하는지. 출판사의 전작들에 대한 평가가 어떤지.

> 우리는 모두 같은 곳에 함께 발을 담그고 있다. 한 작가의
> 성공은 곧 모든 작가의 성공이다. 우리는 서로를 잘 돌보면서
> 글쓰기의 기술을 이야기하고 재능을 부추길 필요가 있다.
> ― 리사 가드너

고립적이고 외로운 글쓰기 세계에서는 자신을 꼭꼭 숨기지 않아도 되고, 자신의 글쓰기 기술을 감정적으로 솔직하게 이야기하고, 다른 이와 아이디어를 공유하면서 피드백을 받을 수 있는 곳(배우자, 친구, 글쓰기 수업, 글쓰기 모임 등)을 확보하는 게 중요하다. 또한 어디에서 자신을 드러낼지를 현명하게 선택해야 한다. 비슷한 마음의 사람에게 이끌려 이루어진 인간관계는 자신의 깊은 곳을 진정으로 이해하는 이를 만났다는 강렬한 느낌을 안겨 준다.

이때 글쓰기 세계와 출판 산업의 안팎을 속속들이 이해하는 일종의 공명판(자신을 솔직하게 내보일 수 있고 조언을 구하는 게 편안하고 안전하게 느껴지는 누군가)을 선택하는 게 중요하다. 글쓰기 모임이나 수업의 멤버는 당신보다 글쓰기에 대해 잘 알지 못할 수도 있다. 그중에는 출판할 가치가 있는 책을 쓰는 법에 대해 알지 못하면서 남의 글을 평가하는 것을 즐기는 워너비 작가도 포함돼 있다. 누군가에게 자신의 공명판과 안내자가 되어 줄 것을 요청하기에 앞서 그가 진정으로 자신을 돕고 이끌어 줄 선의를 지닌 사람인지를 깊이 생각해 봐야 할 터다.

명상 연습: 부정적인 자기평가를 지양하기

> 인생에서 가장 중요한 것은 넘어지는 법을 배우는 것이다.
> — 저넷 윌스

자신의 글이 거절당한 데 대한 자기평가는 그런 상황 자체보다 우리에게 더 많은 스트레스를 야기한다. 자기평가는 나쁜 소식을 확대시키면서 우리 마음속에 걱정, 불안 혹은 자책을 심어 놓는다.

자기평가적인 생각은 우리가 어디에서 무엇을 하건, 해변에서 산책을 하거나 다음번 글쓰기 아이디어를 구상 중일 때에도 우리를 쉽게 압도한다. 우리는 스스로를 한심하다고 여기면서도 자신이 어떤 생각의 흐름에 사로잡혀 있음을 깨닫지 못한다. 우리가 마음을 다스리는 것이 아니라 마음이 우리를 지배하고 있음을 알지 못하는 것이다.

그러나 마음챙김을 연습하면 우리 마음이 어떤 감정적 반응을 이끌어 내게 된다. 눈을 감은 채 글쓰기에서 자신이 실수를 했거나 무언가에 실패했다고 자책했던 경험을 떠올려 보라. 몇 분간 그 일을 떠올린 뒤 기분이 어떤지를 살피라. 이번에는 스스로를 연민하는 마음으로 그 일을 떠올린 뒤 기분이 어떻게 달라지는지에 주목하라. 자기평가가 아닌 사랑으로 자신을 대하노라면 기분이 나아짐은 물론 글쓰기도 한결 개선됨을 느낄 수 있을 것이다.

너무 쉽게 포기하는 것은 후회로 이어지기 마련이다.
반면 시도했다가 실패하는 것은 우리를 두 번째 기회로 이끈다.
그것을 실패가 아닌 배울 기회로 받아들인다면.
— 캐런 화이트

"단편소설의 구성이 엉망진창이야. 난 아무리 해도 안 되나 봐. 절대 책을 출간하지 못할 거야." 우리는 자신의 능력이나 부정적인 사건의 의미에 대해 종종 포괄적인 결론을 내리곤 한다. 무언가가 처음에 진실이면 다음번에도 언제나 진실일 거라고 믿는 것이다. 이처럼 믿지 못하는 마음의 덫을 '과잉일반화'라고 부른다. 우리가 무언가를 믿는 것은 그 순간 그것이 사실이라고 생각하기 때문이다.

한 번의 부정적 상황을 겪고 난 뒤에도 우리는 언제나 두 번째 기회로 상황을 바꿀 수 있다. 스스로 부정적 결과를 끝없이 반복되는 패배의 패턴인 양 여긴다면 그 결과를 뒷받침할 증거를 찾아보라. 당신은 결코 과잉일반화를 뒷받침할 증거를 찾을 수 없을 것이고, 각기 다른 두 가지 가능성을 지닌 별개의 두 사건이 있을 뿐임을 알게 될 것이다. 이제 당신은 당신이 겪은 부정적 상황을 배울 기회로 여기면서 기적이 일어날 때까지 그것에 매달리면 된다.

> 내 잔은 어느 날은 반쯤 비어 있고 또 어느 날은 반쯤 차 있다.
> 때로는 물이 하나도 없거나 넘쳐흐르기도 한다.
> — 메리 앨리스 먼로

나는 작가로서의 나 자신이 가진 힘에 관해 두 가지 사실을 알고 있다. 하나는 내게 스스로의 시야를 바꿀 능력이 있다는 것이고, 다른 하나는 부정적 관점보다는 긍정적 관점이 나를 더 많은 가능성의 세계로 이끈다는 것이다.

스트레스를 야기하는 글쓰기 상황에서 긍정성은 가능성의 영역의 빗장을 열고, 부정성이 감추는 고무적인 결과를 찾아내게 한다. 다시 말하면 부정성은 글쓰기의 문제에 집중하게 하는 반면 긍정성은 문제의 해결책을 발견하게 하는 것이다. 확장하고 구축하는 효과를 지닌 긍정적인 태도는 우리의 세계관을 넓히면서 우리의 문학적 도구상자에 더 많은 아이디어와 실천을 더하게 한다.

먼저 글쓰기와 관련한 당신의 걱정거리가 어떤 것인지를 잘 살피라. 그런 다음 당신이 지닌 낡은 관점을 쇄신하고 당신의 상상력이 이리저리 돌아다니게 하라. '난 결코 작가가 될 수 없을 거야'가 아니라 '난 여전히 좋은 작가가 되는 법을 배우는 중이야'로 기억하라.

성공은 결정적인 것이 아니고, 실패는 치명적인 것이 아니다.
중요한 것은 계속 나아가는 용기다.
— 윈스턴 처칠

우리는 어쩌면 우리가 사랑하는 누군가를 지키기 위해 굳세게 버티는 법을 알고 있는지도 모른다. 우리는 스스로를 각인하는 법도 알고 있고, 때로는 기꺼이 위험한 길을 택하기도 한다. 하지만 우리 가운데 글쓰기 세계에서 거듭되는 실패에도 불구하고 계속 나아갈 대단한 용기를 지닌 사람은 얼마나 될까? 통계에 의하면 심리적인 실패를 연속으로 겪은 뒤가 교통사고를 당한 후보다 계속 나아가기 힘들다고 한다.

용기는 또 다른 많은 속성(확신, 인내, 자기존중, 내면의 평화, 성공 등등)으로 향하는 관문이다. 용기는 우리 모두의 깊은 곳에 존재하고 있다. 실패가 눈앞에 보일 때에도 용기는 우리에게 다시 일어나 한 걸음 더 내딛게 하는 에너지를 선사한다. 또한 실패가 치명적인 것이 아니고 성공이 결정적인 게 아니며, 문학의 길을 여행하는 동안 우리가 언제라도 비틀거릴 수 있음을 가르쳐 준다.

소설가 제니 밀치먼의 말을 빌리면, "글쓰기는 단거리 경주가 아닌 마라톤이다. 때로는 천천히 걷거나 기기도 해야 하지만 어쨌든 계속 가야 한다. 당신이 죽지 않는 한 무엇이든 일어날 수 있기 때문이다." 중요한 것은 실패가 결정적이 아니라는 것을 언제나 기억하는 것이다. 실패란 단지 우리를 성공으로 이끄는 이정표일 뿐이기 때문이다.

'음울함'이라는 이름의 말이 경기에서 이긴 적은 한 번도 없다.
— 어니스트 헤밍웨이

글쓰기 여정 중에는 불안과 좌절과 성마름으로 가득 찬 날도 있다. 힘든 순간은 우리를 시험하고 압박하며 희망을 앗아 간다. 그러나 외로움과 슬픔과 절망은 수많은 사람이 시시때때로 느끼는 인간의 정상적인 감정들이다. 이런 감정들을 멀리하거나 무시하는 대신 저절로 잦아들 때까지 그대로 놔둬 보라. 살다 보면 앞으로 열 걸음을 뛰기 위해 뒤로 세 걸음을 물러나야 할 때가 있다. 뒤로 물러나기는 앞으로 나아가기의 일부다.

　글쓰기의 여정에서 어두운 날은 우리의 최종 목적지가 아니다. 작가라면 누구나 정상에 오르기 위해 거쳐야 할 계곡이 있기 마련이다. 감정적인 계곡을 지날 때면 성공한 작가들이 앞서 거쳐 간 길 위에 당신이 있음을 기억하라. 그 사실이 당신에게 오늘을 견딜 힘을 줄 것이니.

책을 쓰는 것은 인간이 겪는 것 중 출산과 가장 가까운 경험이다.
— 노먼 메일러

우리 작가들은 기이한 종족이다. 우린 지구상에서 가장 힘든 일 중 하나에 이끌린다. 유일하고 이해 가능하면서도 흥미로운 방식으로 말들을 한데 모으는 것. 이것이 우리가 하는 일이다. 수태된 우리의 아이디어는 우리를 흥분시킨다. 그것을 낙태한다는 것은 상상도 할 수 없다. 아이디어를 세상에 내보내기 위해 우리는 불안과 절망과 고통의 오랜 시간을 견딘다.

글쓰기에 대한 우리의 사랑과 열정은 무슨 일이 있어도 끝까지 가겠다는 결의를 다지게 한다. 때로는 변덕스럽고 안절부절못하기도 하지만 우리는 가던 길을 멈추지 않는다. 때로는 다른 작가들이 어떻게 그렇게 빨리 작품을 써내는지 놀라면서 자신을 되돌아보고 우울해하며 자신만의 세계로 침잠하기도 한다. 그리고 모든 게 잘 될 거라고 우리를 격려하는 이의 공감을 외면한다. 그럼에도 우리의 열정은 노고의 결실을 맺을 때까지 글쓰기를 계속하게 한다.

나는 첫 소설을 펴냈을 때 마치 나의 첫아이인 양 밤새 책을 꼭 껴안고 잤다. 내 책은 나의 피와 땀과 눈물로 빚어진 것이다. 내 말을 믿으라. 언젠가는 당신의 고통과 투쟁이 보람 있었음을 느끼게 될 것이니.

실패를 피하는 것은 곧 성공을 피하는 것이다

글쓰기에서 얻은 유일한 교훈은 계속 쓰는 수밖에 없다는 것이다.
— R. L. 스타인

글쓰기가 세상에서 가장 위험한 일은 아닐지라도 우리를 두렵게 하는 일인 것만은 분명하다. 그리고 우리 마음의 자연스러운 반응은 두려움의 근원을 피하는 것이다. 글쓰기에 포함된 두려움과 직면한 뒤 글쓰기를 포기해 버리는 사람이 얼마나 많겠는가? 두려움이 우리를 이기게 하는 대신 자기연민과 함께 두려움에 맞선다면 결과에 상관없이 우리는 성공을 쟁취하는 셈이다. 그러한 행위가 용기, 끈기, 회복탄력성, 궁극적인 성취를 가져다주기 때문이다.

성공은 실패의 바탕 위에 이루어진다. 실패를 피하는 것은 성공을 피하는 것이나 다름없다. 실패를 성공적인 글쓰기로 향하는 근본적인 디딤돌로 받아들이는 순간 우리는 목적지에 도달하는 데 필요한 실수를 저지르는 것을 자신에게 허락한다.

글쓰기에서 당신이 느끼는 크고 작은 두려움은 글쓰기를 머뭇거리거나 마감일을 계속 미루는 것부터 누군가가 당신의 글을 읽는 것을 거부하기에 이르기까지 다양하게 나타난다. 지금까지 실패의 위험 때문에 피했던 것이 무엇인지를 안다면 용기와 자기연민으로 그 두려움을 헤쳐 나가라. 그리하면 지금까지 당신이 외면해 왔던 성공에 한 걸음 더 가까이 다가갈 수 있을 것이다.

안달복달하기를 멈추라

> 조바심을 치는 것은 결코 만기일이 오지 않을 빚을 갚는 것과 같다.
> — 윌 로저스

자신의 글이 충분히 좋지 않을까 봐, 아무도 당신의 글을 인정하지 않거나 시간을 내 읽으려고 하지 않을까 봐 걱정한 적이 있는 사람은 손을 들어 보라. 아마도 지금 이 글을 읽는 사람 중 많은 이가 그런 적이 있을 것이다.

글쓰기와 걱정은 나란히 함께 가는 것이다. 하지만 잠깐 멈춰서서 생각해 보라. 걱정한다고 해서 문제가 해결되지는 않으며, 우리가 걱정하는 것의 대부분은 실제로 일어나지 않는다. 오히려 걱정은 우리가 걱정하는 것(글쓰기)을 망칠 수 있다. 우리를 지치게 하며 에너지를 고갈시키고 초조하게 만들면서 집중을 방해한다.

대부분의 걱정은 불필요하지만 그로 인해 우리의 몸과 마음은 일이 잘 풀릴 때조차도 정신적이고 신체적인 고통을 겪는다. 말하자면 결코 만기일이 오지 않을 빚을 갚는 격이다. 가장 현명한 방법은 결과를 기다리도록 마음속의 걱정과 타협하는 것이다. 아무것도 아닌 일로 자신의 소중한 글쓰기 자산을 허비하는 일이 없도록. 자신의 에너지를 걱정에 소모하기보다는 좋은 글을 쓰는 데 쓸 수 있도록.

당신의 삶은 이미 예술적이며,
당신이 삶을 예술로 만들어 주기를 기다리고 있다.
— 토니 모리슨

글쓰기를 막 시작하는 사람은 글쓰기가 아주 오랜 시간 느릿느릿 가는 과정임을 잘 알지 못한다. 하나의 원고를 완성하는 데 수개월 아니 수년이 걸리기도 하고, 저작권 에이전트와 출판업자를 찾기 위해 적어도 몇 달을 더 기다려야 할지도 모른다. 혹은 이보다 더 오랜 시간 동안 초조해하며 작은 손으로 원고를 붙들고 있어야 할 수도 있다. 모든 것이 즉각적이고 초고속으로 이루어지는 시대에 인내는 쉽게 익숙해지기 힘든 덕목 중 하나다.

글쓰기 세계의 냉정한 속도는 우리 대부분에게 매우 고통스러운 도전으로 다가온다. 그러나 그 긴 기다림 동안 마냥 숨죽이고 가만히 있어서는 안 될 터다. 인내란 어떤 태도로 어떻게 기다리느냐에 관한 것이다.

작가의 일이란 완성된 글과 함께 끝나는 게 아니다. 기다리는 동안 우리는 마케팅과 홍보 계획을 짜거나 다음번 글쓰기의 계획을 세워야 한다. 혹은 글쓰기에 몰두하느라 소홀히 했던 삶의 영역을 돌아볼 수도 있을 터다.

> 뜨거운 목욕으로도 치유되지 않는 것이 많이 있겠지만
> 난 그게 어떤 것인지 잘 모른다.
> — 실비아 플라스

뜨거운 욕조에 몸을 담그거나 스스로에게 휴식을 선사하는 무언가를 마지막으로 한 게 언제였는지 기억나는가? 당신의 기운을 북돋우고 창작력을 회복시키는 행위라면 어떤 것이든 상관없다. 당신이 즐길 수 있는 어떤 행위, 몸과 마음의 긴장을 푸는 데 도움이 되는 무언가를 떠올려 보라. 그런 것을 마지막으로 한 때가 언제였는지? 하루, 일주일, 한 달 혹은 일 년 전이었는지. 늘 하고 싶었지만 그동안 한 번도 시간을 내지 못했던 일이 무엇인지 생각해 보라. 그것은 당신이 새롭게 개척하고 싶어 했던 영역일 수도 있다. 반드시 손으로 만질 수 있는 어떤 것일 필요도 없다.

당신이 진정으로 좋아하는 것이나 하고 싶었던 것을 떠올리고 그 속으로 빠져들라. 그것이 당신을 사로잡고, 먼 곳으로 데려가고, 정신을 고양시키며, 마음에 휴식을 선사할 수 있게 하라. 그런 다음 자신에게 일어나는 변화에 주목하라. 팽팽한 긴장이 풀리면서 한결 느긋한 상태가 되고, 정신이 더욱 또렷해지고, 집중력이 강화되는 것을 느껴 보라.

자신을 있는 그대로 봐 주는 이를 알아보기

자신이 특별하다고 생각하는 사람은
자신을 있는 그대로 봐 주는 사람이 많다는 것을 알지 못한다.
그가 주목하는 것은 그렇지 못한 사람이다.
— 조디 피코

누군가가 당신의 글을 칭찬하면 얼굴이 붉어지는가? 당신이 행한 친절 때문에 박수를 받으면 마음이 불편한가? 누군가가 당신의 외모를 칭찬하면 왠지 어색한가?

부정적인 생각은 긍정적인 생각보다 훨씬 즉각적이어서 우리는 부정적인 생각이나 상황을 세 배나 더 믿는 경향이 있다. 부정적인 성향은 우리를 안전하게 지켜 주기도 하지만 불필요한 스트레스를 야기하면서 우리의 가능성을 제한하고 스스로를 믿는 것을 방해한다. 그러나 부정적으로 굳어진 삶이 우리의 글 쓰는 삶을 지배하게 놔두어서는 안 될 터다.

긍정적 상황이 우리 머릿속을 떠돌게 하는 대신 좀 더 적극적으로 그것을 강조할 필요가 있다. 비판보다는 칭찬을 더 편안하게 받아들이고 긍정적인 코멘트와 인정에 더욱더 익숙해지라. 부정적 피드백을 과소평가하고, 흥미진진한 미래의 가능성을 과대평가하라. 손실에 포함된 이득을 주목하라. 하나의 나쁜 결과가 미래의 전망을 지배하는 일이 없게 하라. 당신이 할 일은 단순히 생존에 필요한 생각을 넘어서서 부정적인 생각이나 상황의 미끼를 무는 것을 피하고, 당신을 있는 그대로 봐 주는 이가 누구인지를 알아보는 것이다.

> 나는 지난 십 년간 많은 거절 편지를 받았고 모두
> 상자에 보관해 두었다. 그리고 마침내 상자가 가득 찼을 때
> 그것을 도로변으로 가지고 가 불태워 버렸다.
> — 재닛 에바노비치

컴퓨터 화면에 거절 편지가 번쩍하고 뜨면 마음이 착 가라앉고 고개가 처지며 실망이 아우성을 친다. 그러나 가장 중요한 것은 실망한 뒤에 무엇을 하는가이다. 스스로를 비난하고 깎아내림으로써 나를 거절하는 이들의 대열에 합류하는 것은 아닌지 생각해 보라. 누군가가 나를 포기하는 것이 내가 나를 포기해야 한다는 의미는 아니다.

나 자신을 거부하기는 스스로를 옴짝달싹 못하게 하고 부정적인 느낌을 자신의 글쓰기에까지 스며들게 한다. 스스로를 거절의 피해자가 되게 하는 대신 거절이 나를 위해 일하게 하라. 나의 운명을 결정짓는 것은 출판사 대표나 서적상이나 비평가가 아닌 나 자신이다.

거절 편지를 받으면 그 편지로 어떻게 당신의 글쓰기를 개선할수 있을지를 자문하라. 어쩌면 처져 있는 시간 동안 그 편지가 좀더 다정하고 연민 어린 태도로 자신을 대하고 지지하는 법을 가르쳐 줄지도 모른다. 또한 좀 더 느리게 가면서, 상실과 패배의 감정을 딛고 좀 더 의연하게 인내하며 강화된 회복탄력성으로 글쓰기를 계속하도록 당신을 부추길지도 모른다.

부정적 생각을 덥석 물지 않기

지금까지 살면서 늘 걱정이 많았지만
그중 대부분은 한 번도 실제로 일어나지 않았다.
— 마크 트웨인

누군가가 통화 중 당신에게 듣기 싫은 소리를 해서 전화기를 귀에서 멀찌감치 떼어 놓은 적이 없는지? 마찬가지로 부정적인 생각도 당신에게 멀리 떼어 놓고 바라볼 수 있다. 그것을 믿거나 그것에 동화되지 않은 채.

때때로 어떤 상황이나 자신에 대해 부정적인 생각이 들 수도 있다. '이런 원고로는 아무것도 하지 못할 거야'나 '내가 책을 출간하는 일은 절대 없을 거야'와 같은 식의.

그럴 때면 편안한 곳에 자리를 잡고 앉아 눈을 감은 채 잠시 자신의 부정적 생각이 어떤 것인지를 살펴보라. 시간이 지날수록 당신은 그것이 당신의 한 부분이 아니라 당신과 분리된 것이며, 그런 생각이 실제 사실과 다를 수 있음을 알게 될 것이다. 그런 생각과 당신을 동일시하거나 그것에 저항하지 마라. 부정적인 생각이 마음대로 오가게 놔두면 결국엔 멀리 떠내려가게 될 것이다.

당신 마음속의 비평가에 관해 말하자면, 당신을 좋아하지
않는 사람의 충고는 무시하라고 조언하고 싶다. 자신을 괴롭힌
가해자에게 치유받기를 기대할 수는 없는 법이다.
— 패트릭 캘리피아

내가 아는 작가는 모두 가혹한 말로 자신을 괴롭히는 내면의 비평가를 가지고 있다. 그는 우리를 게으르고 융통성 없고 어리석고 이기적이고 재미없다고 비난한다. 우리에게 무언가를 할 수 없거나 해야만 한다고 잔소리를 늘어놓는다. 또한 우리를 가차 없이 평가하면서 충분히 좋게 만들거나 빨리 해내지 못한다고 이야기한다. 이런 식의 비난이 끝없이 이어진다.

내면의 비평가와는 싸워 봤자 아무 소용이 없다. 그는 시간이 갈수록 더욱 강해질 것이고, 우리는 그를 완전히 없앨 수 없다. 그러니 마음속의 비판적 목소리를 자신의 전부가 아닌 별개의 부분으로 간주하고 그와 시시비비를 따지려고 들지 마라. 그는 언제나 다시 돌아올 것이고 언제나 이길 것이기 때문이다.

당신을 자신의 CEO로, 내면의 비평가를 주주로 여기라. 당신은 그가 말하는 모든 것에 동의하지는 않으면서 그의 의견을 들을 수 있다. 그가 아닌 한층 더 다정한 당신의 목소리가 당신을 이끌고 격려하며 창작력을 북돋우게 하라.

내 몸을 마사지하기

> 우리 마음속의 감정적 심리적 정신적 스트레스는
> 산소처럼 우리 몸의 모든 부분을 돌아다닌다.
> ― 캐롤라인 미스

우리 몸은 자기만의 마음을 가지고 있어서 고된 일상에 대한 반응으로 긴장하며 스스로를 옥죈다. 우리가 삶의 다양한 그림(공과금 납부하기, 포트폴리오 만들기, 원고 마감일을 지키기 위해 밤새워 일하기 등등)을 그려 나가는 동안 몸이 우리를 대신해 '생각하기' 때문이다. 내가 글을 쓰느라 분주할 때도 내 몸은 스트레스 요인에 끊임없이 반응한다. 글쓰기 때문에 스트레스를 받을 때마다 나도 모르게 어깨가 움츠러든다. 내가 몸의 목소리에 귀 기울이지 않으면 몸이 단호한 목소리(두통, 소화불량, 근육통, 앙다문 입 등등)로 나에게 말을 걸어온다. 이럴 때 책상에 앉은 채로 행하는 마사지는 몸의 스트레스를 빠르게 완화시켜 준다.

○ 머리: 손끝으로 관자놀이와 이마, 귀 주위를 부드럽게 문지르기.

○ 눈: 눈을 감은 채 약지를 눈썹 아래 콧날 주위로 가져가기. 5~10초간 점차 세게 눌렀다가 부드럽게 누르기를 반복하기.

○ 어깨: 몸 앞쪽으로 한 팔을 반대편 어깨를 향해 뻗기. 어깨뼈 위쪽의 근육을 원을 그리듯 세게 누르기. 반대편 팔로 같은 동작을 반복하기.

바람은 당신 안에 자신의 신선함을 불어넣고,
폭풍우는 자신의 에너지를 불어넣을 것이다. 그러는 사이
당신의 걱정은 낙엽처럼 떨어져 나갈 것이다.
― 존 뮤어

우리 중 많은 이가 실내에서 컴퓨터를 마주한 채 너무 많은 시간을 보내고 있다. 그러는 게 필요하기 때문이겠지만. 과학자들은 야외에서 시간을 보내는 것이 스트레스를 완화하고 몸의 활력을 재충전하는 지름길이라고 이야기한다. 하루에 밖에서 20분만 보내도 훨씬 활기찬 삶을 살 수 있다는 것이다. 매일 빠른 걸음으로 10분간 걷기는 우리의 에너지 수준을 높이고 유지하며 지친 뇌에 기운을 불어넣는다. 또한 복잡한 거리에서 걷기보다는 숲속에서 산책한 후에 훨씬 더 많은 능력이 발휘된다.

　그러니 잠시 글쓰기를 멈추고 소셜미디어와 기계의 인위적인 세계를 벗어나 공원이나 자연 속을 거닐어 보라. 불어오는 바람을 얼굴에 느껴 보고, 나뭇잎과 꽃의 색깔과 내음을 음미하고, 풀벌레와 새의 울음소리나 흐르는 물소리에 주의를 기울여 보라.

자신의 영혼을 팔지 말라

순응에 대한 보상은 당신 자신을 제외한
다른 사람 모두가 당신을 좋아한다는 것이다.
— 리타 메이 브라운

어떤 사람은 자기 자신으로 사는 것보다 '잘 하는 것'(다른 사람이 원하는 것에 자신을 맞추기)이 더 중요하다고 생각한다. 우리는 종종 카멜레온처럼 자신이 만나는 사람에 어울리게 색깔을 바꾸고, 다른 이가 바라는 대로 자신의 태도와 감정과 행동을 만들어 나간다. 외적인 기대에 부합하느라 애쓰다 보면 진정한 나 자신과는 멀어질 수밖에 없다. 내 마음속 그곳을 다른 사람의 관점이 차지해 버리기 때문이다.

당신은 어떤가? 자신이 잘 알고 느끼는 것 대신 대중적으로 인기 있는 것을 씀으로써 당신 자신을 팔고 있진 않은가? 자신의 마음과 영혼을 대여해 글쓰기의 세계가 당신 마음속 그곳을 차지하게 놔두진 않는가?

내가 허락하지 않는 한(난 매일같이 이런 선택에 직면한다) 누구도 내 머릿속과 마음속을 무단으로 점거할 권리가 없다. 내 글이 매일 부는 바람에 따라 달라진다면 나는 내 마음과 영혼과 더불어 나에 대한 존중심마저 잃고 말 것이다.

나는 웃음은 가벼움이고 가벼움은 웃음이며,
이것이 우주의 비밀이라는 것을 깨달았다.
— 길리언 플린

글쓰기의 도전을 힘겹고 재미없는 결단으로 받아들이면서, 놀이는 없이 오로지 글만 써야 한다고 생각하는 사람이 많다. 즐길 수 있는 권리를 획득하려면 땀 흘리며 고되게 일해야 한다고 믿는 것이다. 그러나 가벼운 마음으로 꾸려 나가는 문학적 삶은 우리의 궁극적인 성공에 기여한다. 우리는 우리의 즐거움과 기쁨 혹은 좌절과 분노의 수령인이다. 고양된 기분은 우리 몸에 긍정적인 신체적 효과를 가져다주지만 우울한 기분은 해로운 영향을 미친다. 웃음이야말로 우리를 치유하고 지탱해 주는 신체적 화학 반응을 일으키는 훌륭한 약이다.

우리 삶의 무엇이든 우리를 가볍게 하는 기회가 될 수 있다. 즐거움을 선사하면서 인생의 유머러스한 면을 볼 수 있게 해 주는 일은 도처에 널려 있다. 아이들의 우스운 이야기, 누군가의 사소한 농담, 우리가 저지르는 바보 같은 일 등등. 그중에서 더 오래도록 행복하게 글 쓰는 삶을 살 수 있게 해 주는 특효약은 하루에 한 번씩 큰 소리로 웃는 것이다.

죽음이 임박한 이들을 카운슬링해 주는 동안, 난 직장에서
좀 더 많은 시간을 보내지 못한 것을 후회하는 사람을 본 적이 없다.
— 해럴드 S. 쿠슈너

조심하라. 그들은 어디에나 있다. 당신의 글 쓰는 삶에 침입하는 균형 도둑은 당신을 약화시키고 글쓰기의 능률을 저하시킨다. 당신은 혹시 전자 기기에 매인 채 곡예하듯 좀 더 많은 일을 해내기 위해 밤을 새우고, 꼭 필요한 휴가마저 포기한 채 당신 자신을 제외한 다른 모든 사람에게 언제라도 유용한 존재가 되고 있진 않은가?

일의 스트레스와 긴 작업 시간은 우리를 더 불만스럽고 덜 효율적이 되게 하며, 더 많은 건강상의 문제를 야기한다. 균형 도둑이 우리의 삶을 압도하는 일이 없도록 조치를 취할 필요가 있다. '더 오래가 아니라 더 현명하게 일하라'는 격언처럼 정해진 시간에 컴퓨터 전원을 끄고 책상에서 일어나라. 글 쓰는 삶을 일종의 올림픽처럼 여기고, 신체적이고 정신적인 건강과 인내에 성패가 달려 있음을 기억하라. 균형 도둑이 접근하지 못하도록 때때로 개인 시간을 내 즐거운 일(취미, 목욕, 요가, 얼굴 마사지, 독서, 운동, 명상 등)을 계획함으로써 회복탄력성을 강화하라.

당신은 당신이 믿는 것보다 용감하고,
겉으로 보이는 것보다 강하며, 자신이 생각하는 것보다 현명하다.
— A. A. 밀른

우리는 스스로 생각하는 것보다 훨씬 큰 회복탄력성을 지니고 있다. 혼란스러운 상황 앞에서 우리는 위험을 예견하고, 충격을 제한하며, 신경계의 자연스러운 균형을 되찾고, 생존과 적응을 통해 빠르게 다시 일어설 수 있는 능력을 발휘한다.

우리는 '리소싱'Resourcing이라는 신체의 타고난 능력을 통해 두려움과 위협에 대한 반응을 억제하고 더 나은 기분과 편안함을 느낀다. '내적 리소스'는 어떤 재능, 특성, 능력처럼 우리 안에 있는 긍정적인 어떤 것을 가리킨다. 반면에 '외적 리소스'는 사랑하는 사람, 어떤 장소나 기억 혹은 반려동물과 같은 외부의 어떤 것을 의미한다. 리소싱은 우리의 투쟁 혹은 도피 반응에 제동을 걸고 우리를 휴식하는 상태로 만들어 준다.

혼란스러운 글쓰기 시간에는 다음과 같은 방법으로 당신의 신경계를 재정비해 보라.

○ 자신에게 힘과 즐거움을 가져다주는 어떤 사람이나 장소, 반려동물 혹은 자신의 강점을 떠올리기.

○ 앞서 언급한 리소스를 마음의 눈에 담은 채 온몸으로 즐거운 기분을 느껴 보기.

○ 느려진 호흡 및 심박과 완화된 근육 긴장도에 주목하기.

마침내 꽃봉오리 안에 갇혀 있는 위험이
활짝 꽃을 피우는 위험보다 훨씬 고통스러운 날이 왔다.
— 아나이스 닌

아무리 성장이 고통스럽다고 해도(그래서 성장통이라는 말이 있는 것이다) 자신의 작은 도피처에 갇혀 있는 것이 훨씬 더 고통스럽게 느껴질 수 있다. 활짝 꽃피우는 위험을 무릅쓰는 것은 우리가 원하는 작가가 될 수 있을지, 가치 있는 일을 이루고 우리가 세운 목표를 달성할 수 있을지를 결정짓는다.

글쓰기 목표를 달성하지 못해 스트레스를 받을 때조차 우리는 위험과 그에 따르는 노력을 자신의 무능을 드러내는 것으로 여겨서는 안 된다. 그럼에도 위험을 감수하면서 도전하기를 멈추지 말아야 한다. 글쓰기에서 부족한 부분을 감추려고 하기보다는 정확히 짚어 내 차근차근 극복해 나가는 게 중요하다. 당신을 격려하고 불안감을 다독여 주는 동료 작가들과 어울리는 데 만족하지 말고 당신이 성장하도록 도전 정신을 부추기는 이들을 찾아 나서라. 이미 검증된 진실을 찾아 나서기보다 당신을 활짝 꽃피우게 해 주는 경험에 도전장을 던지라. 글쓰기의 여정 중 어느 지점에서 활짝 꽃피우는 위험을 무릅쓸지를 수시로 자문하라.

> 낙관론자와 비관론자 사이에는 흥미로운 차이점이 있다.
> 낙관론자는 도넛을 보지만 비관론자는 구멍을 본다.
> — 맥랜드버그 윌슨

낙관론자가 되려고 동화에 나오는 기쁨의 샘물을 소유할 필요는 없다. 언제나 미소 띤 얼굴로 장밋빛 안경을 통해 인생을 바라보는 낭만주의가 아니어도 상관없다. 낙관론자는 도전에 굴복하기보다 그것에 대처하기 위해 적극적 조치를 취하는 현실주의자다.

부정적 상황의 긍정적 측면을 볼 줄 알면 글쓰기의 장애물을 넘어설 수 있다는 희망을 갖게 된다. 낙관론은 우리의 지엽적인 시야를 확장시켜 평소보다 더 많은 것을 보게 한다. 연구에 의하면 낙관론자는 확장된 영역으로 인해 스트레스를 더 적게 받고, 커리어의 사다리를 더 빨리 올라가며, 건강상의 문제가 적고 더 긴 수명을 누린다.

누군들 그런 걸 원하지 않겠는가? 우리에게 필요한 것은 상실 가운데서 이득을, 끝맺음에서 또 다른 시작을 볼 줄 아는 눈이다. 장미 화원에 들어갈 때면 가시에 집중하는 대신 꽃의 아름다움과 향기를 음미해 보라. 당신의 비관주의적 생각 속에도 언제나 일말의 낙관론적 생각이 있기 마련이다. 당신을 절망으로 이끄는 비관론자 대신 낙관론자와 어울리며, 당신의 글쓰기와 인간관계에 긍정적 태도를 심도록 노력하라.

성취보다 극복이 중요하다

> 성공한 사람은 자신이 성취한 것이 아닌
> 자신이 극복한 것으로 규정된다.
> ― 패니 플래그

이런 젠장! 오늘 또다시 거절의 편지를 받았다. 나는 깊은 상실감과 함께 모든 것을 포기하고 원고를 몽땅 태워 버리고 싶은 절망감을 느낀다. 더 이상 원고에 더할 말도 없고, 나 자신이 완전한 패배자처럼 느껴진다.

어디선가 많이 들어본 듯한 말이 아닌가? 이는 글 쓰는 사람이라면 누구나 한 번쯤은 느껴 봤음 직한 감정이다. 그러나 거듭 말하지만 감정은 사실이 아니다. 여기서 유일한 사실은 다른 많은 작가들처럼 거절의 편지를 받았다는 것뿐이다. 글쓰기를 계속하는 한 나는 결코 패배자가 아니다. 내가 패배자라면 똑같은 작품으로 어떤 곳에서는 거절을 당하고 또 어떤 곳에서는 받아들여지는 것을 어떻게 설명할 수 있겠는가?

당신의 성공을 규정짓는 것은 당신이 극복하는 장애물이다. 수많은 거절, 자신의 능력에 대한 부정적 감정, 요즘 작품에 대한 기대치가 월등히 높아졌다고 이야기하는 사람. 이 모두가 당신이 넘어서야 하는 장애물이다. 스스로에게 패배자라는 딱지를 붙이지 말고, 사실과 감정을 구분하고, 당신이 극복한 글쓰기의 장애물의 목록을 만드노라면 자신이 어떤 것을 얼마나 이루었는지를 알 수 있을 터다.

혼란이 아닌 평온을 선택하기

> 자유란 자신의 짐을 선택하는 것을 의미한다.
> ― 헤프시바 메뉴인

스트레스와 혼란 속에서 사는 것에 너무 익숙해지다 보니 때때로 그런 생활이 습관이 되기도 한다. 그럴 필요가 없을 때조차도 자신의 삶에 스트레스를 더하곤 하는 것이다. 그러나 우리는 위기와 혼란에 휩쓸리는 대신 마음속에 고요가 깃들게 하기를 선택할 수 있다. 스트레스가 우리 주위에서 소용돌이칠 때조차도.

우리는 얼마나 자주 부지불식간에 단순한 상황을 위기로 만들곤 하는가? 어째서 나는 끊임없이 불을 끄고 있는 것처럼 느껴지는가? 혹시 내가 불을 더욱 지피고 있는 것은 아닌가?

자신이 무엇을 하고 있는지를 깨닫게 되면 자신에게 혹은 다른 사람에게 스트레스를 주지 않고도 만족감을 얻을 수 있는 더 나은 방법을 찾을 수 있다. 나보다 앞서가는 누군가가 너무 느리게 가면 나도 속도를 늦추면 된다. 나의 글쓰기 목표가 기대했던 대로 실현되지 않는다면 다른 방식으로 실현되게 할 수도 있을 터다. 누군가가 사려 깊지 못하거나 무례하게 굴 때에도 우리는 언제나 혼란 대신 평온을 선택할 수 있다. 그렇게 할 때 우리는 우리에게서 결정할 자유를 앗아 가는 감정적 속박에서 자유로워질 수 있다. 순간의 기분이 자신을 좌우하게 놔두지 말고 자신의 기분을 스스로 선택하라. 실제 상황이 어떠하든 혼란이 아닌 평온을 선택하라.

> 분노에 휩싸여 뒤를 돌아보지도, 두려움에 사로잡혀
> 앞을 내다보지도 말고 냉철하게 주위를 둘러보라.
> ― 제임스 서버

어떤 날은 실망과 좌절이 사방에서 전속력으로 나를 향해 돌진하는 것 같을 때가 있다. 글쓰기의 압박감, 원고 마감일, 거절, 실현될 수 없는 기대, 끝내지 못한 계획이 총알처럼 나를 연타한다. 거기에 기술적인 문제마저 가세해 나를 미치게 한다. 프린터가 고장 나고, 컴퓨터가 다운되면서 미처 백업해 두지 못한 원고가 모두 날아가 버린다. 그야말로 부글부글 끓어오르기 직전이다.

살다 보면 누군가가 혹은 무언가가 당신의 인생 버튼을 대신 누를 때가 있다. 하지만 그보다 중요한 것은 당신이 그 사실에 어떻게 반응하는가이다. 어떤 버튼이 당신을 부글부글 끓어오르게 하는가? 그것을 알아내려면 자신이 언제 끓어오르면서 감정적으로 흔들리고 사고하는 정신이 멈추는지를 파악해야 할 터다.

이런 상황에 즉각적으로 반응하기보다는 자신을 끓어오르게 만드는 사람과 상황의 패턴에 주목하라. 그리고 그것을 어떻게 조절할 수 있을지를 곰곰 생각해 보라. 당신을 끓어오르게 하는 것과 나를 끓어오르게 하는 것은 각기 다를 수밖에 없다. 그것을 조절하는 것은 우리 각자의 몫이다.

> 자기연민을 느끼는 사람은 끊임없이 스스로를 비난하는
> 사람보다 자기 자신을 더욱 존중하는 경향이 있다.
> ― 데이비드 D. 번즈

나쁜 소식으로 인해 고통받을 때는 누군가가 내 어깨를 다정히 감싸 안아 주는 것만큼 위안이 되는 것도 없다. '자기위로'란 다른 사람의 팔이 아닌 나 자신의 팔로 나를 감싸 안는 것이며, 이는 장애물과 좌절에 매우 효과적인 처방이 될 수 있다. 자기연민과 자기존중 그리고 창작의 결과물 사이에는 서로 긴밀한 연관성이 있다. 스스로를 다정한 말과 연민 어린 감정으로 다독인다면, 좌절과 실망스러운 상황을 겪은 뒤에도 좀 더 빨리 글 쓰는 삶으로 되돌아갈 수 있을 터다.

　부정적 감정을 자기연민으로 감싸 안는 것은 우리 안에 새로운 긍정적 감정을 샘솟게 한다. 부정성의 지배로부터 스스로 자유로워짐으로써 그 빈 공간을 희망, 용기, 확신과 같은 보다 긍정적인 감정으로 채우라. 그리하면 그 감정이 당신의 창의성과 생산성에 다시금 불을 지펴 줄 것이다.

실수를 저지르라, 기회를 잡아라, 바보처럼 보여라,
하지만 계속 나아가라. 그 자리에 얼어붙지 마라.
— 토머스 울프

한 커플이 스코틀랜드에 사는 친척을 방문하러 가던 중 영국에 도착했다. 그런데 영국은 전국적인 철도 파업으로 몸살을 앓고 있었다. 기차, 렌트카, 버스 그리고 배편마저 구할 수 없었다. 그들이 할 수 있는 것이라곤 고속도로에서 히치하이킹을 하는 것뿐이었고, 그들은 두려움을 느끼며 그 일을 해냈다.

결론적으로 그때의 경험은 그들의 일생에서 최고의 휴가를 안겨 주었다. 그들은 흥미로운 사람들을 만났고, 직접적으로 정치와 풍습에 관해 배울 수 있었으며, 기차로 여행하는 것보다 시골을 더 많이 구경할 수 있었다.

끈기와 고집 사이에는 커다란 차이점이 있다. 고집은 자기의지의 한 표현으로, 무엇이든 자기가 원하는 대로만 하려는 것이다. 반면에 끈기란 목표를 이루기 위해 새로운 방식을 선택하기를 주저하지 않는 것을 의미한다. 고집이 당신의 길을 가로막게 하지 마라. 자신의 고집을 고수하는 것과 열린 마음의 끈기로 행하는 것의 차이를 목록으로 작성해 그중 어떤 것이 당신의 글 쓰는 삶을 이끄는지를 확인하라.

> 우리는 어제와 내일의 슬픔을 곱씹으면서 삶에 대한 불필요한
> 반추와 저항을 더하고, 그럼으로써 스스로에게 고통을 야기한다.
> — 제프 포스터

글쓰기의 여정 중에 어떤 불쾌한 일이 생기는 것이 반드시 상황 탓만은 아니다. 상황 자체보다는 우리 자신의 생각과 감정 혹은 반응 때문에 더욱 그럴 수 있다. 어떤 사건이나 행위는 그 자체로는 좋지도 나쁘지도 않으며, 개인적인 것은 더더욱 아니다. 그냥 그런 일이 일어난 것뿐이다.

　주관적 생각과 느낌에 근거해 상황을 판단하는 순간 우리는 감정적으로 그 상황과 얽히게 된다. 부정적 생각은 우리를 보다 높은 차원의 자아와 멀어지게 한다. 반면에 스스로를 판단하는 생각을 담담히 관찰한다면 그 생각에 매몰되는 일은 없을 것이다.

　제프 포스터의 다음 말은 진정한 기쁨이란 좌절이나 실망의 부재가 아니라 그런 감정들을 기꺼이 껴안는 데서 비롯됨을 일깨워준다. "완벽하려고 하기보다는 당신이 가는 여정에서 겸손을 배우라. 의문, 실망, 환멸은 길이 없는 이 길에서 내내 변함없는 친구가 되어 줄 것이다." 그동안 당신이 외면하고자 했던 감정을 두 팔 벌려 포옹하라. 그리하면 그것이 어느새 사라지고 그 자리에 희망과 기쁨이 들어서게 될 것이다.

나는 글쓰기 습관을 맹신하는 사람이다. 글쓰기의 재능은
신체적이고 정신적인 습관으로 내내 보살펴야 한다.
그렇지 않으면 고갈되어 사라지고 말 것이기 때문이다.
― 플래너리 오코너

개울이 강물을, 강물이 바다를 이루듯 우리의 글쓰기 습관도 서서히 쌓여 우리의 성공을 돕거나 방해한다. 우리 중 많은 이가 작품을 쓰는 데만 몰두하느라 자신의 전진을 가로막을 수 있을 나쁜 습관에 신경을 쓰지 못한다. 미루기, 산만한 정신, 자기파업, 수면 부족, 운동과 영양 부족이 그것들이다.

습관이 자신을 거친 파도 속으로 몰아넣고 있는 것은 아닌지 혹은 잔잔한 바다로 이끌고 있는지를 자문해 보라. 우리가 만든 습관은 언제라도 깨뜨릴 수 있다. 나쁜 습관과 하나씩 결별할 때마다 글쓰기의 여정에서 한 걸음씩 더 나아갈 수 있을 터다.

여기서 마크 트웨인의 다음 말을 되새겨 볼 필요가 있다. "나쁜 습관은 창밖으로 던져서 깨뜨릴 수 없다. 그것이 계단으로 천천히 내려오게 해야 한다." 당신이 결별하고 싶은 나쁜 습관이 무엇인지를 파악하고 그것이 만들어질 때처럼 천천히 한 계단씩 내려오게 하라. 그런 다음 작가로서의 성장에 도움을 줄 새로운 습관을 구축해 나가라.

> 사람들은 느슨한 밧줄(*)로 목매달아 죽는 법이다.
> — 젤다 피츠제럴드

글쓰기 여정에서 전진하고 싶다면 과거의 일을 깔끔하게 매듭지을 필요가 있다. 마무리가 필요한 어떤 계획이나 행위를 오래도록 방치하고 있지는 않은지 되돌아보라. 어째서 글쓰기 프로젝트나 여전히 불확실한 인간관계를 마무리 짓는 것을 미루고 있는지 곰곰 생각해 보라.

매듭지을 필요가 있는 계획이나 인간관계의 목록을 작성한 뒤 중요한 순서대로 해 나가거나 짧은 시간에 완성할 수 있는 것부터 시작하라. 한 번에 하나씩 해 나감으로써 마무리하지 못한 일의 부담을 덜어 나가라. 미뤄 둔 일을 깨끗하게 마무리하면 창의력과 생산성에 더 많은 에너지를 쏟을 수 있다. 당신의 글 쓰는 삶에서 매듭지어야 할 것이 있는가? 오랜 죄책감 떨쳐 내기, 오래 미루어 둔 누군가와의 오해 풀기 혹은 오랜 글쓰기 과제를 마무리하기 등등. 그게 무엇이든 지금 당장 그것을 실행에 옮기라.

(*) '일을 매듭짓다'라는 의미의 'tie up the loose ends'에서 'the loose ends'에 빗댄 말이다.

> 에고는 누구보다 흠잡기를 즐긴다. 자기 마음속에서 다른 사람을
> 몰아내기 위해 교묘하고 은밀한 핑곗거리를 찾아내곤 한다.
> ― 메리앤 윌리엄슨

사람들은 대부분 다른 일에 최선을 다하듯 다른 사람을 흠잡는 일에도 열성을 다한다. 우리의 기분을 상하게 하고 좌절감을 안겨 주는 이들의 동기를 이해할 수 있다면 그들에 대한 우리의 반응도 완화할 수 있다.

모든 것이 무너져 내릴 때조차 내면의 평온을 유지하는 것은 성공적인 글쓰기를 가능하게 하는 커다란 힘이다. 우리의 내면에 더 큰 평온이 깃들기를 바란다면, 우리를 가장 힘들게 하는 사람이나 상황이 아이러니하게도 성장을 위한 가장 커다란 기회를 제공한다는 사실을 이해해야 한다. 그들은 우리에게 우리 자신의 마음을 들여다볼 기회를 제공하기 때문이다.

다른 사람의 흠을 '나쁜' 사람의 속성이 아닌 타고난 인간 조건의 한 부분으로 여긴다면 참기 힘든 상황도 이해하고 받아들일 수 있다. 거기에 더하여 누군가의 표면적인 행동보다는 그의 숨은 의도에 초점을 맞춘다면 그에 대한 우리의 반응 또한 크게 달라질 수 있다.

자신이 아닌 사람이 되려고 하지 마라

> 헤밍웨이, 플라스, 피츠제럴드 그리고 다른 작가들은 모두 꺼져라!
> 오직 당신만이 될 수 있고 되고 싶은 작가가 되도록 하라.
> — 윌리엄 켄트 크루거

글쓰기의 요구는 거대한 파도처럼 우리를 덮쳐 그 밑으로 빨아들일지도 모른다. 그러나 바닥에 닿으면 우리는 세게 발길질을 해서 수면 위로 올라와 다시 숨 쉴 수 있다. 자신을 있는 그대로 받아들이는 한 우리는 스스로 생각하는 것보다 훨씬 강인한 존재다.

때로는 머리를 세게 얻어맞고서야 자신이 아닌 사람 대신 진정한 자신의 모습을 보게 되기도 한다. 작가 리처드 로어는 다음과 같은 말을 한 바 있다. "위대한 현자들은 모두가 당신에게 필요 없는 것을 놓는 법과 자신이 아닌 사람이 되기를 그만두는 법을 가르쳐 준다. 그리하면 당신은 진정한 자신이 차지하는 조그만 자리가 아이러니하게도 넘치도록 충분하며 당신에게 필요한 모든 것이라는 걸 알게 된다."

당신은 밀어붙이고, 사정하거나 구걸하고, 강요하거나 저항할 필요가 없다. 당신은 아무것도 증명하거나 지킬 필요가 없다. 있는 그대로의 나 자신으로 충분하다는 깨달음이 당신으로 하여금 최고의 작가가 되게 해 줄 것이다. 그런 자유로움이 당신의 글 쓰는 목소리로 하여금 당신이 말할 수 있고 말하고 싶은 것만을 쓰게 해 줄 것이다.

휴식을 취하면서 공백을 허용하고 심호흡을 하면
즉각적으로 정신이 맑아짐을 경험할 수 있다. 갑자기 느긋한
마음이 되면서 바깥을 내다보면 거기 세상이 있다.
— 페마 초드론

깨어 있는 작가가 된다는 건 무슨 의미일까? 그것을 어떻게 실천에 옮길 수 있을까? 깨어 있음은 평온한 마음으로 현재 순간의 깨달음을 동반하는 상태, 판단보다 연민이 앞서는 상태를 가리킨다. 하지만 어떻게 그것을 일상적인 글쓰기에 적용할 수 있을까?

깨어 있는 글쓰기를 실천하는 한 가지 방법은 다음 세 가지 질문에 대해 생각해 보는 것이다. 첫째, 당신의 몸은 무엇을 필요로 하는가? 음식, 잠, 운동? 그렇다면 영양가 있는 식사, 숙면, 힘찬 걸음으로 동네 한 바퀴 돌기 혹은 요가 등을 추천한다.

둘째, 당신의 마음에 필요한 것은 무엇인가? 글을 쓰기 위해 자리에 앉기 전 잠시 심호흡을 한 뒤 자신의 생각과 감정에 주목해 보라. 어쩌면 당신은 출판사에 원고를 빨리 보내야 한다는 압박감, 오늘은 글쓰기가 제대로 되지 않을 거라는 불안감과 자신의 능력에 대한 회의 등에 시달리고 있을지도 모른다. 그럴 때면 '오늘은 너희가 날 찾아왔구나'라며 그런 생각과 감정을 받아들인 뒤 물살에 나뭇잎을 떠내려 보내듯 그것들을 떠내려 보내라.

셋째, 지금 당신의 글쓰기 공간에 필요한 것은 무엇인가? 좀 더 적은 소음과 환한 조명, 정리정돈이 필요하지는 않은지? 만약 그렇다면 지금 당장 최적의 글쓰기를 북돋우는 글쓰기 환경을 조성하라.

나는 종종 이렇게 말하는 사람들을 만났다.
"이런저런 것을 하고 싶지만 시간이 있어야 말이지."
하지만 그들은 언제나 시간이 있어 보였다.
— 데이비드 세다리스

하루에도 몇 번씩 "도무지 시간이 없어", "매일 시간이 너무 부족해"라는 말들을 듣곤 한다. 심지어 작가들도 그런 말을 자주 한다. 그러나 글 쓰는 시간이 충분한 작가는 드물지만, 생산적인 작가는 이미 있는 시간을 활용할 줄 안다.

소설가 커샌드라 킹도 이런 사실을 상기시킨 바 있다. "시간에 관한 한 구두쇠가 되어라. 시간을 잘 비축해 두고 귀하게 여기며 단 1분도 허비하지 마라." 글 쓰는 사람으로서 하찮은 일이나 사소한 걱정으로 자신에게 주어진 시간을 낭비하고 있진 않은지 돌아볼 필요가 있다. 자신의 아이디어가 충분히 좋지 않을지도 모른다는 두려움을 외면하기 위해 다른 데에 정신을 팔고 있지는 않은지? 한번 잃어버린 시간은 결코 되찾을 수 없다.

사실 당신에겐 하루 24시간이라는 충분한 시간이 있다. 글을 쓰는 데 더 많은 시간은 필요 없다. 따로 시간을 만들 필요도 없다. 자신에게 주어진 시간을 취해 글을 쓰면 되는 것이다. 당신이 스스로에게 해야 할 질문은 다음과 같은 것이다. "어째서 난 글쓰기를 위한 시간을 내지 못하는 걸까?"

우리 안에는 너무도 많은 자아가 살고 있어서
단 하나의 자아만 개발하는 것은 아주 잘못된 것이다.
적어도 창작자에게는.
― 제임스 디키

우리는 작가로서 단 하나의 인격만 가지고 있지 않다. 우리는 다양한 측면을 지닌 다차원적인 존재다. 어떤 결정을 두고 마음이 여러 갈래로 찢어진 적이 얼마나 많았던가? 당신의 한 부분은 하이킹하기를 원하지만, 또 다른 한 부분은 집에서 텔레비전이나 보며 빈둥거리고 싶어 한다. 케이크가 다양한 재료로 만들어지듯 우리도 다양한 인격들로 이루어진 결합체다.

다차원적인 우리는 글쓰기의 원천으로 개척되고 발굴되어야 할 보고寶庫와 광산을 지닌 셈이다. 우리는 때로는 단호하고 때로는 다른 사람의 뜻에 따르기도 한다. 햄버거를 먹고 싶을 때가 있고 샐러드를 선호할 때도 있다. 소설을 쓰든 논픽션을 쓰든 각양각색의 자아가 제공하는 다양한 관점에 따라 글을 써 나가는 것이다.

자신이 지닌 자아의 여러 측면(영리하고 부정직하고 다정하고 게으르고 성급하고 유능하고 통제력이 강하고 화를 잘 내고 등등)을 주목하고 그중 어떤 것을 글쓰기에 활용할지를 궁리해 보라. 자기이해를 위해 또는 잠재적인 복합적 인격의 표출로서.

현재에서 과거를 분리하기

> 과거는 언제나 거기서, 당신 안에서 살고 있었고
> 지금의 당신을 만드는 데 일조했다. 그러나 과거는 멀찌감치 떨어져
> 있게 해야 한다. 과거가 미래를 지배하게 해서는 안 된다.
> — 바버라 테일러 브래드포드

문제가 있는 가정(대부분 조금씩은 다 문제가 있지 않은가?)에서 자란 사람 중 어떤 이는 과거에 대한 생각을 마치 사실인 양 여기며 일상의 삶에 반영하곤 한다. 자신이 지닌 과거의 부정적 믿음을 현재 상황에 덧붙이고 어제를 통해 오늘을 바라보는 것이다. 부지불식간에 튀어나오는 이런 믿음은 현재를 있는 그대로 보지 못하게 하고 우리 안의 좋은 것을 알아보지 못하게 한다. 그 결과 우리는 과거의 일에 근거해 현재 상황에 반응하게 된다.

그러나 기계적으로 반응하는 대신 현재 상황이 기억을 촉발시키는 과거의 일에 주목할 필요가 있다. 어째서 우리는 오래된 일을 계속해서 살아 있게 놔두는 걸까? 그것을 불러내 과거를 현재에서 분리시킨다면 부정적인 역사가 자신의 삶을 지배하는 일은 더 이상 없을 것이다. 우리 안에 부정적 반응을 야기하는 것은 현재의 사람이나 상황이 아닌 우리의 마음속 필터이기 때문이다.

언제나 모든 이에게 친절을 베풀라.
그리하면 지금 이미 천국에 와 있음을 알게 될 것이다.
— 잭 케루악

다른 이에게 친절을 베푸는 행위는 '헬퍼스 하이'로 알려진 부메랑 효과를 일으킨다. 선행은 우리의 기분을 좋아지게 하면서 스트레스와 관련된 병을 예방하는 효과를 낳는다. 우리 뇌는 도파민과 엔도르핀을 분비함으로써 우리에게 행복감과 희열을 안겨 준다.

의학 연구에 의하면 다른 이에게 연민을 느끼는 사람의 타액에는 그렇지 않은 사람보다 면역글로불린 A(미생물의 감염에 대항하는 항체)가 더 많이 포함돼 있다. 관대한 사람들의 뇌는 너그러움이 그들에게 더욱 차분한 마음과 더 적은 스트레스, 더 나은 정신 건강과 보다 높은 자기존중심을 선사한다는 것을 보여 준다.

이 글을 읽는 사람 중 누군가는 "그래서 어떤 점에서 선행이 글쓰기의 회복탄력성과 관련이 있다는 거죠?"라고 내게 물을지 모른다. 모든 면에서 관련이 있다. 곤경에 처한 다른 사람을 도우다 보면 글쓰기의 압박감이 줄어들고, 면역 체계가 한층 더 강화된다. 더불어 자신의 삶에 대한 새로운 깨달음도 얻을 수 있다. 결론적으로 다른 사람을 배려하면 그의 삶뿐 아니라 자신의 삶도 함께 변화시킴으로써 글쓰기의 회복탄력성을 강화시키는 효과를 낳는다.

> 무언가를 찾는 데 몰두한 나머지
> 자신이 이미 발견한 것을 보지 못하는 일이 없게 하라.
> ― 앤 패칫

많은 작가가 글쓰기의 압박을 덜기 위해 강장제의 도움을 받는다. 커피, 맥주, 초콜릿, 레드불, 아이스크림 혹은 쇼핑하기 등등이 그 것이다. 아마 당신도 예외가 아닐 것이다. 우리 대부분은 죄책감을 동반한 즐거움을 느끼게 하는 일종의 '길티 플레저'Guilty Pleasures를 가지고 있다. 글쓰기의 회복탄력성을 유지하려면 강장제가 우리를 글쓰기에서 멀어지게 하는 대신 효과적인 글쓰기에 기여하게 해야 한다.

당신은 어떤 것을 특히 더 얼마나 자주 찾는가? 가끔씩 그러는 지 혹은 규칙적으로 그러는지? 술이나 음식에 일상적으로 탐닉하지는 않는지? 도박이나 과소비 혹은 섹스 같은 충동적 행위에 빠져 들곤 하진 않는지? 그러나 이런 것들은 모두 단지 일시적인 해결책일 뿐이다. 주의를 기울이지 않으면 글쓰기의 스트레스를 완화하려고 사용하는 방법이 오히려 더 큰 문제를 야기할 수 있다. 다음번에 스트레스를 받으면 또다시 그런 것들을 찾게 되고, 더 강력한 효과를 위해 그 강도를 자꾸만 높이게 된다. 이런 불건전한 악순환에 빠지지 않으려면 자신이 사용하는 강장제를 적절하게 사용하도록 주의를 기울여야 한다. 강장제는 적게 사용할수록 좋다는 사실을 잊지 말라.

힘들 때는 마음의 채널을 바꿔 보라

> 느닷없이 고통스러운 상황이나 기억과 마주할 때도 우리는
> 놀라운 자신감으로 긍정적인 집중력을 유지할 수 있다.
> ― 프레드릭 러스킨

단어와 씨름하느라 지나치게 시간을 많이 소모할 때면 어쩔 수 없이 불안해지고 회의에 빠지게 된다. 자신의 글쓰기에 관한 절망적인 소식에 충격을 받고 막막함을 느낄 때도 있다. 이럴 때 마음의 채널을 바꾸면 자신의 삶에서 아름답고 좋은 것을 찾아내 절망 대신 감사를 느낄 수 있다.

마음의 채널 바꾸기는 텔레비전 프로그램의 채널을 바꾸는 것과 비슷하다. 첫 번째 채널은 우리가 이런 절망의 시대를 위해 준비된 사람임을 상기시킨다. 우리의 신경계는 우리가 더없이 혹독한 도전을 이겨 내고 땅에 굳건히 발을 딛고 서도록 만들어졌다. 두 번째 채널은 우리가 혼자가 아니며, 우리보다 앞서 이 길을 걸어갔던 성공한 수많은 작가들이 우리에게 영감을 준다는 사실을 떠올리게 한다. 세 번째 채널은 불평불만에서 우리가 감사할 수 있는 것으로 옮겨 가게 한다. 우리가 사랑하는 사람이나 반려동물, 꽃처럼 아름다운 것 혹은 누군가의 사소한 잘못 용서하기 등등으로. 이런 방법을 반복하다 보면 글쓰기로 인한 상심과 패배감에서 벗어나 활기를 되찾고 다시 앞으로 나아갈 수 있을 것이다.

> 올바른 태도를 취하면 부정적 스트레스가
> 긍정적인 것으로 바뀔 수 있다.
> ― 한스 셀리에

'진자 운동'은 행복감과 스트레스 사이를 오가는 신경계의 자연스러운 흔들림을 가리킨다. 이는 오래 글을 쓰는 동안 우리 몸이 느끼는 스트레스에 가려진 자연스러운 이완 현상을 주목하게 한다.

눈을 감은 채로 당신 몸의 어디에 스트레스가 느껴지는지를 알아보라. 스트레스는 두통, 동통 혹은 답답함으로 나타날 수 있다. 그런 다음에는 몸에서 스트레스가 덜 느껴지거나 전혀 느껴지지 않는 부분을 찾아 어떤 것이 느껴지는지를 알아보라. 느린 심장 박동과 호흡, 힘을 뺀 턱, 이완된 근육 등등. 그리고 그런 감각이 몸의 또 다른 부분으로 퍼져 나가는 광경을 머릿속으로 그려 보라.

이제 당신이 처음 스트레스를 느꼈던 부분으로 되돌아가라. 무언가가 달라졌다면 달라진 느낌에 주목하라. 몸의 기분 좋은 느낌에 의식적으로 집중하면 몸이 느끼는 불쾌한 스트레스가 효과적으로 상쇄된다.

자신의 생각을 모두 믿지는 말라

> 당신의 생각을 조심하라. 생각이 말이 된다. 당신의
> 말을 조심하라. 말이 행동이 된다. 당신의 습관을 조심하라. 습관이
> 인격이 된다. 당신의 인격을 조심하라. 인격이 운명이 된다.
> ― 엘리너 루스벨트

궁극적으로 자신의 글쓰기 능력을 스스로 믿는 것이 우리의 문학적 운명을 결정짓는다. 우리가 받아들이지 않는 한 생각은 우리에게 아무런 실제적 힘을 발휘하지 못한다. 생각은 진실과 별로 상관이 없음에도 끊임없이 우리를 괴롭히고 좌지우지한다. 우리가 생각을 하는 게 아니라 생각이 우리를 지배하는 격이다.

우리가 일단 생각을 믿으면 그것은 실제가 되면서 힘을 가지게 된다. 생각이 우리를 압도하고 지배하고 통제하는 것이다. 우리는 그 생각이 자신의 글쓰기 목표나 우선적인 이해관계와 언제나 같지 않더라도 그것과 일치하도록 느끼고 행동하게 된다. 그리하여 생각의 덫에 걸린 채 생각의 지배 아래에서 살게 된다. 당신이 생각하는 것을 모두 믿지는 말라. 작가라면 마땅히 자신의 문학적 잠재력에 관한 생각에 의문을 가져야 한다. 이런저런 생각들이 당신의 머릿속을 스쳐 지나갈 때면 어떤 것을 믿고 어떤 것을 믿지 않을지를 신중하게 선택하라.

"예!"와 함께 시작하라. 현실을 있는 그대로 받아들이고
그 현실이 당신을 가르치게 놔둘 준비가 된 채로.
— 리처드 로어

우리의 성공은 "아니요!"가 아닌 "예!"라는 주문과 함께 시작된다. 우리는 과거의 거절과 실망, 좌절에 근거한 "아니요!"가 마음속에서 울려 퍼지는 것을 들을 수 있다. 그러나 글쓰기의 결과가 아무리 실망스럽다 할지라도 그에 대해 "예!"라고 말할 수 있어야 한다.

글쓰기에서 자신이 노력한 결과를 반드시 좋아할 필요는 없다. 다른 작가의 성공과 자신의 성과를 비교할 필요도 없다. 자신의 글쓰기가 매 걸음마다 자신을 어디로 데려갈지 알 필요도 없다. 우리는 때때로 길을 잃음으로써 자신의 길을 찾기도 한다. 길을 잃는 것에도 "예!"라고 말할 수 있다면 우리의 글쓰기는 해결해야 할 문제가 아닌 하나의 모험이 된다.

중요한 것은 자신의 성과를 자기 마음이 원하는 대로가 아니라 있는 그대로 받아들이는 것이다. "아니요!"가 아닌 "예!"와 함께 결과를 받아들인다면 다음 질문의 여지가 생겨나기 때문이다. '이 결과는 내게 무엇을 말하고 있는가? 여기서 내가 배워야 할 것은 무엇인가?'

긍정의 힘으로 자신을 채우기

> 어떤 이유에서도 당신의 마음이 긍정적 건설적 낙관적이지 않거나
> 사려 깊지 않은 생각을 곱씹게 놔둬서는 안 된다.
> ― 에밋 폭스

당신도 다른 많은 작가처럼 어쩌면 글쓰기와 관련한 불안한 요소에 더욱 신경을 쓸지도 모른다. 언제나 똑같은 불쾌한 거절, 사려 깊지 못한 출판업자 혹은 새로울 게 하나도 없는 글쓰기 콘퍼런스 등등. 그리하여 당신은 자신의 불만 목록을 작성해 부정적 렌즈를 통해 자신의 글쓰기를 평가한다. 그럴 때 부정이 아닌 긍정의 힘으로 자신을 채우면 글쓰기의 스트레스와 부정적 태도가 당신의 몸과 마음에 끼친 해를 상쇄하고 좀 더 유연한 회복탄력성으로 문제에 대처할 수 있다.

글쓰기의 즐거움을 대수롭지 않게 그냥 지나치지 마라. 먼저 당신의 글쓰기 세계를 이루는 긍정적인 면모를 파악하라. 그것이 아무리 작은 것이라 할지라도. 자신이 짠 플롯대로 글을 써 나갈 때의 느낌, 글 쓰는 장소에 놓인 꽃의 향기, 바깥에서 글을 쓸 때 얼굴을 스치는 바람, 글쓰기 모임에서 자신의 글을 낭독했을 때 받은 멤버들의 박수와 지지. 이런 것들이 모여 긍정적이고 유쾌한 느낌을 불러일으킬 때 당신의 글쓰기 회복탄력성은 더욱 강화되고 커질 수 있다.

> 인생은 비극과 희극이 뒤섞인 한 편의 드라마와 같다.
> 우리는 희극적 에피소드를 좀 더 즐기는 법을 배워야 한다.
> — 저넷 윌스

성공적인 글쓰기와 출판의 길로 향하는 동안 우리는 수많은 좌절을 겪기 마련이지만 그 여정이 언제나 암울한 것은 아니다. 그 길에는 즐거움과 기쁨 또한 존재한다. 우리가 그것에 집중하기로 마음먹는다면. 그러나 우리는 때로 오로지 자신의 목표만을 생각하면서 글쓰기에 몰두하느라 좀 더 경쾌한 순간을 하찮거나 무책임한 것으로 생각하는 경향이 있다. 한마디로 즐기는 법을 잊은 것이다.

　글쓰기에는 비극과 희극이 모두 포함돼 있다. 보다 경쾌한 면은 우리에게 일상적인 글쓰기의 압박에서 벗어나 운신할 여지와 숨 쉴 공간을 허락한다. 우리 안에는 밖으로 나오기를 갈망하는 장난꾸러기 아이가 있다. 잠시라도 장난을 즐기는 자신의 한 부분을 자유롭게 해 주면 우리의 회복탄력성과 지속성이 강화된다. 그럼으로써 우리는 어려운 순간에 좀 더 쉽게 대처할 수 있다.

　적어도 하루에 한 번은 자신의 경쾌한 면을 불러내 철저히 탐구하는 습관을 들이라. 특히 글을 쓰기 위해 책상에 앉기 전에.

목발을 집어 던지고 스스로 걸어가라

나에게 해피엔딩이란 자신의 삶에 뚜렷한 비전을
가진 사람이 있는 곳에 더 잘 찾아오는 어떤 것이다. 그런 사람은
자신의 목발을 던져 버리고 스스로 걸을 줄 안다.
— 질 매코클

수없이 거절을 당한 끝에 원고가 받아들여지거나 문학상을 타는 순간 더없이 강렬한 희열이 느껴진다. 마침내 찾아온 성공에 자신감이 부풀어 오르고 정신이 몽롱해진다. 이제야말로 제대로 된 길을 가고 있는 셈이다. 다음번에는 또 어떤 좋은 일이 찾아올까?

그리고 한 달 뒤 한 잡지사에서 이메일로 당신의 단편소설을 거절한다는 소식을 알린다. 뒤이어 나쁜 소식이 줄지어 들려온다. 연이은 세 번의 투고가 모두 거절당하면서 당신은 깊은 절망감에 빠져든다. 당신을 취하게 했던 성공에 무슨 일이 일어난 걸까? 세상사는 당신의 기대대로 흘러가지 않고, 당신의 꿈도 어느새 증발되고 만다.

글쓰기의 세계에서 해피엔딩은 자주 찾아오는 것이 아니다. 우리 중 얼마나 많은 이가 글쓰기와 관련한 불쾌한 일에 자신의 정서적 행복을 맡기고 있을까? 글쓰기의 외적 상황이 당신의 행복을 결정짓게 하지 마라. 목발을 집어 던지고 스스로 걸어가라. 글쓰기에 당신의 목숨을 걸기보다는 실망과 절망을 발판으로 삼아 내적인 힘을 구축하고 앞으로의 글쓰기에 대비하라.

> 아픔에 저항하는 것은 자기 머리를
> 현실이라는 벽에 부딪치는 것과 같다. 아픔 위에 분노,
> 좌절, 스트레스를 차곡차곡 쌓는 셈이다.
> ― 크리스틴 네프

얼마 동안이라도 글을 써 본 사람이라면 적어도 한두 번쯤은 고통스러운 시간을 보낸 적이 있을 것이다. '고통＝아픔×저항'은 정서적 아픔에 저항할 때 고통이 야기된다는 것을 보여 주는 공식이다. 글쓰기의 결과가 우리의 바람이나 욕망과 일치하면 행복하고 만족스럽겠지만 그렇지 못할 때 우리는 고통을 받는다. 그 결과가 지금과 다르기를 바라기 때문이다.

실제로 글 쓰는 사람이라면 누구나 자기회의, 거절 혹은 끝이 보이지 않는 기다림의 고통을 거치기 마련이다. 하지만 자신에게 주어진 결과를 있는 그대로 받아들인다면 더 이상 고통을 겪지 않아도 된다. 벽에 머리를 찧을지 아닐지는 자기 노력의 가혹한 결과를 받아들이느냐 거부하느냐에 달려 있다. 당신이 도전했던 글쓰기의 한 부분인 고통을 받아들일 것인지 아닌지를 곰곰 생각해 보라. 글쓰기의 결과를 바꿀 수 없다면 고통을 전적으로 받아들이고 실망이 아닌 자기연민으로 자신을 대해야 할 터다.

신경세포는 함께 활성화하면서 함께 작동한다.
— 도널드 헤브

적어도 몇 달에서 몇 년에 이르기까지 오랫동안 쓰고 다듬은 원고를 보낸 뒤 출판사나 편집자로부터 거절 메일을 받는 것은 다반사로 일어나는 일이다. 그러나 이메일 하나로 단번에 자신의 오랜 노력을 부정당할 때마다 씁쓸함을 금할 수 없다! 이 때문에 열 받는 것은 어쩔 수 없지만 그런 상태로 오래 머물러 있어서는 안 될 터다.

분노와 원망의 감정에 사로잡힐 때면 우리의 신경세포는 부정적인 감정 반응과 더불어 함께 활성화하고 작동한다. 그런 일이 반복되면서 하나의 패턴으로 굳어지는 것은 성공적인 글쓰기에 장애물로 작용할 수 있다. 오래 지속되는 분노와 원망을 없애려면 한창 흥분된 순간에 스스로의 반응을 변화시키면 된다. 이때의 타이밍은 신경계가 어떤 반응을 강화시키고 유지할지 또는 약화시키거나 없애 버릴지를 결정하는 매우 중요한 요인이 된다.

자신의 글쓰기의 결과에 만족하지 못한 채 똑같은 일을 반복하면서 또 다른 결과를 기대해서는 안 된다. 부정적인 패배감의 패턴을 바꾸기 위해서는 자기연민으로 스스로를 다스리는 게 중요하다.

펜으로 자기 눈을 찌르고 싶은 날에는

당신을 작가로 만들어 주는 것은 당신이 너무도 싫어하는 날이다.
차라리 펜으로 자기 눈을 찌르고 싶은 생각이 드는 날이다.
― 론 래시

당신에게도 그런 날이 있을 것이다. 글쓰기가 죽기보다 싫은 날이. 밖에서는 화창한 날씨가 당신을 유혹하는데, 책상에 앉은 채 방 안에 갇혀 있어야 한다니! 그런 생각이 든다고 해서 펜으로 자기 눈을 찌를 필요는 없다. 좋은 날씨를 즐기지 말란 법도 없다.

글을 쓰고 싶지 않은 날에도 글을 쓰는 것은 중요하다. 이런 식으로 스스로를 훈련해 더 나은 작가가 될 수도 있다. 그러나 절친한 친구나 사랑하는 사람을 대하듯 자신을 대하는 것 또한 중요하다. 우린 이를 '정적 강화'(*)라고 부른다.

한 차례의 글쓰기가 끝나면 좋아하는 음식이나 활동으로 나 자신에게 보상하라. 날씨가 당신을 부른다면 공원이나 동네를 한 바퀴 돌아보는 것도 좋다. 자신의 노고를 적극적으로 보상함으로써 당신은 글쓰기에서 더 나은 결과를 이끌어 낼 수 있을 터다.

(*) 정적 강화(正的强化, Positive Reinforcement)는 특정 행동 이후에 긍정적인 자극을 제시하여 해당 행동이 증가하거나 보다 빈번하게 일어나도록 하는 강화 전략의 일종이다.

심호흡을 한 뒤 주위를 둘러보면,
"나에게 무슨 일이 일어나는지를 보라!"가
"무슨 일이 일어나는지를 보라!"가 될 수 있다.
— 실비아 부어스타인

자신의 글쓰기에서 무슨 일이 일어나는지를 살피라! 글 쓰는 삶에는 온갖 다양한 드라마가 존재한다. 좋거나 나쁘거나 추한 일이 일어난다. 그리고 우리는 그 속에 발을 담그고 있다. 하지만 그 일은 우리에게 일어나는 게 아니라 우리를 위해 일어나는 것이다. 우리는 그 일의 피해자가 아닌 능동적인 참여자다.

문학 세계에서 자신이 통제할 수 없는 어떤 일이 일어날 때면 우리는 스스로를 피해자가 아닌 생존자로 여기고 그것을 받아들여야 한다. 그럴 때 우리는 또 다른 힘을 갖게 된다. 어떤 반갑지 않은 사건이 일어나는 것은 우리를 더욱 강하게 만들기 위한 것이다.

글쓰기에서 얻은 실망감을 자신의 생각과 감정과 행동을 개선하는 데 이용한다면 부정적 경험으로부터 긍정적 경험을 창조할 수 있다. 이런 자세는 글 쓰는 삶을 통제하는 힘이 외부가 아닌 자신의 내면에서 비롯됨을 보여 준다. 그리고 앞으로 닥칠 수 있는 또 다른 예측 불가의 사건에 대처할 우리의 회복탄력성을 강화시켜 준다.

갓난아이처럼 숨 쉬기

> 숨을 들이쉬면서 몸과 마음을 편안히 하라. 숨을 내쉬면서 미소 지으라.
> 현재의 순간에 머물면서 현재가 유일한 순간임을 깨달으라.
> ― 틱낫한

오랜 시간 글을 쓰면서 올바른 말을 찾느라 고심하다 보면 우리는 자연스레 숨 쉬는 법을 잊곤 한다. 때로는 숨을 참기도 하고 때로는 얕은 숨을 쉰다. 갓난아이처럼 자연스럽게 숨을 쉬면 복부가 팽창하거나 수축한다. 당신은 자연스러운 복식 호흡을 행함으로써 깊은 휴식의 상태를 맛볼 수 있다. 딱 5분만에. 다음과 같이 복식 호흡을 해 보라.

한 손은 가슴에 다른 한 손은 배 위에 올려놓으라. 가슴 위쪽은 움직이지 않게 하면서 부드럽게 서서히 코로 숨을 들이쉬며 넷까지 세라. 폐 깊숙이 숨을 들이쉬었다가 다시 내쉴 때마다 복부가 올라가고 내려가는 것에 주목하라. 반면 당신의 가슴은 움직임이 거의 없을 것이다. 숨을 들이쉬고 난 뒤에는 잠시 호흡을 멈췄다가, 넷을 세면서 서서히 부드럽게 숨을 내쉬어 온몸이 한껏 이완되게 하라.

매일 이런 과정을 5분간 혹은 5분간 여러 번 반복하라. 그러면 오래지 않아 당신의 스트레스치가 내려감을 느끼게 될 것이다.

> 어떤 이는 매달리는 것이 우리를 강하게 만든다고 생각한다.
> 그러나 때로는 놓아 버리는 것이 우리를 더욱 강하게 만든다.
> — 헤르만 헤세

무언가에 매달리기보다 손에서 놓아 버리는 게 더 많은 용기를 요구할 때가 있다. 우리가 받아들여야 하는 것 중 하나는 원고를 보내고 난 뒤에는 더 이상 할 수 있는 게 없다는 것이다. 그리고 그 사실이 반드시 나쁜 것만은 아니다. 오히려 놓아 버리는 게 여러모로 유용할 수 있다. 안달하고 걱정하고 곱씹는 것은 아무 도움도 되지 않을 뿐 아니라 우리의 에너지를 빼앗고 정신을 흩뜨린다. 글쓰기의 힘겨운 과정을 지나 거듭거듭 고쳐 쓴 원고를 보낸 뒤에는 우리가 그 결과에 아무런 영향을 미칠 수 없다.

소설가 E. M. 포스터의 말을 빌리면, "우리는 자신을 기다리는 삶을 위해 스스로 계획했던 삶을 기꺼이 놓아 버릴 수 있어야 한다." 있는 그대로를 받아들이기와 놓아 버리기(포기나 굴복의 반대인)는 패배가 아닌 개인의 힘을 보여 주는 행위이다. 이는 끈기와 내면의 평화에 기여하면서 우리가 스스로 통제할 수 있는 것에 집중하고 앞으로 나아갈 수 있게 한다.

높음을 찬양하라, 그러나 낮음보다 진지하게 받아들이지 마라.
또한 낮음을 높음보다 진지하게 받아들이지 마라.
— 웬디 타이슨

숱한 좌절과 상심에도 불구하고 자신의 글이 출간된다는 사실은 우리에게 굉장한 희열과 행복감을 안겨 준다. 그것은 지극히 소수의 사람만이 이룰 수 있으며 찬사를 받아 마땅한 일이기 때문이다. 그러나 인생의 낮음이 닥칠 때면 우리는 그것을 인생의 높음보다 진지하게 받아들이는 경향이 있다.

우리의 몸과 마음은 서로 연결돼 있어서 몸의 세포가 마음의 날갯짓을 통해 우리의 생각을 엿듣는다. 우리가 자신의 글쓰기에 실망하면 우리 몸은 그 감정에 맞춰 우리를 더욱더 절망감 속으로 몰아넣는다. 그리하여 우리는 고개를 숙이고 걷거나 넘어지기도 한다.

좋은 소식은 우리가 자세나 호흡 방식, 얼굴 표정, 몸짓, 움직임, 언어 습관과 어조 등을 바꾸면 내면 상태도 자연스럽게 변화한다는 것이다. 미소 짓기를 연습하다 보면 저절로 기분이 좋아지는 식이다. 내가 원하는 생각과 느낌에 맞추도록 연습하다 보면 생각과 느낌을 실제로 내가 원하는 대로 바꿀 수 있다.

딱 한 걸음씩, 한 번에 한 걸음씩만 나아가라.
한꺼번에 모든 걸 할 필요는 없다.
— 제니퍼 니븐

글쓰기의 도전이 아무리 어렵다고 해도 모든 것을 한꺼번에 할 필요는 없다. '한 번에 한 단어씩'과 '살살 하라'를 기억하라. 글쓰기의 부담이 너무 크고, 우유부단함에 시달리거나 글쓰기의 파도가 당신을 덮칠 때면 이 두 가지가 감정의 소용돌이를 헤치고 항해하게 도울 것이다.

우리는 단지 지금 이 순간, 이 시간, 이 분과 이 초를 살면 되는 것이다. 현재의 삶을, 매일 하루씩 살아 나갈 따름이다. 글쓰기의 장애물을 만나면 한 걸음 뒤로 물러서라. 그리고 커다란 과제를 작은 부분들로 쪼개 큰 그림에 압도당하지 않게 하라. 그렇게 꾸준한 걸음으로 조금씩 나아가다 보면 어느새 목적지에 도달해 있는 자신을 발견하게 될 것이다.

서점은 도서관이 그렇듯, 넓은 세상의 가장 길고
가장 흥분되는 대화를 물적으로 구현하는 장소다.
— 리처드 루소

우리 동네에 있는 맬러프라프 서점 카페는 동네 사람들이 라테를
마시면서 책을 읽고, 자신의 다음 책이 베스트셀러가 되기를 고대
하는 작가가 노트북을 두드릴 수 있는 유일한 장소다. 고객들은 코
를 자극하는 갓 볶은 커피 향에 매료되고, 막 출간된 책의 따끈따
끈한 잉크와 종이 냄새, 그들에게 손짓하는 서가의 다양한 책(스릴
러, 미스터리, 회고록, 역사책, 자기계발서 등등)에 이끌린다.

우리 작가들은 종종 서점이 살아 있으며 감정이 있는 존재라는
것을 잊고 당연히 거기 있어야 하는 것으로 여기곤 한다. 아무 때나
안으로 들어가 매대를 살피고 자기 책이 쌓여 있는지를 확인한다.
당신이 나와 같다면, 자기 책이 있어도 실망하고 없어도 실망할지
모른다. 매대에 자기 책이 보이지 않으면 서점이 책을 주문하지 않
은 것이고, 책이 쌓여 있으면 서점에서 홍보를 하지 않아서 팔리지
않은 거라고 생각하는 식이다.

서점과 작가는 호혜 관계이다. 우리는 서점이 우리의 책에 지
지를 보내기를 기대하면서 서점, 특히 독립서점의 경우에는 더더
욱 우리의 지지가 필요하다는 사실을 종종 잊어버린다. 아직 그러
지 않았다면, 당신이 사는 동네의 서점에 들러 당신과 당신의 작품
을 알리라. 동네서점 주인들은 대부분 지역의 작가를 널리 알리기
를 좋아하지만, 자신의 서점을 지지하는 지역의 작가라면 더 환영
할 것이다. 지역의 동네서점을 자주 방문해서 책을 사고, 그곳에서
여는 행사에 참여함으로써 다른 이도 그렇게 할 수 있게 하라.

> 난 신발이 없다고 울었다. 그리고 발이 없는 사람을 만났다.
> ― 사디

자신이 원하는 것을 기준으로 행복을 생각하면 우리는 상실과 불만족의 관점에서 삶을 바라보게 된다. 자신의 삶에 없는 것에 초점을 맞추면서 무언가가 혹은 누군가가 그 빈 곳을 채워 줄 거라고 스스로 믿는 것이다.

　우리가 무엇에 집중하건 그것은 확장되는 경향이 있다. 무언가를 욕망하다 보면 자신의 삶이 부족하다는 느낌이 더 커진다. 그리하여 허기를 채우기 위해 자꾸만 더 바라게 되고 더 많은 것을 필요로 하게 된다. 만족에 이를 수 있는 가장 좋은 방법은 이미 가지고 있는 것에 감사하는 마음을 갖는 것이다. 당신은 하루에 몇 번이나 자신이 가지고 있는 것에 감사했는가? 식탁 위의 음식, 편히 쉴 수 있는 보금자리, 별 탈 없는 건강, 자신의 삶을 이루는 소중한 사람에게 감사한 마음을 가졌는가?

　전쟁에서 한쪽 다리를 잃은 한 참전 용사는 에베레스트산을 올랐다. 당신이 그동안 미처 보지 못했거나 깨닫지 못했던, 당연하게 여겨 왔던 놀라운 선물들에 감사하라. 당신이 일상에서 누리는 축복을 헤아리다 보면 어느새 불만족이 다른 이와 나누고 싶은 풍요로 변해 있을 것이다.

흐름에 몸을 맡기라

> 무슨 일이 일어나건 흐름에 몸을 맡기며
> 당신의 마음을 자유롭게 하라.
> — 장자

흘러가기. 이 얼마나 굉장한 말인가! 글 쓰는 삶이 나를 어디로 향하게 하든 함께 흘러갈 수 있다는 말은! 상황을 자신의 특별한 경우에 맞추려고 애쓰는 대신 어떤 예기치 못한 상황이라도 그것에 자신을 맞추는 능력은 글쓰기에도 훌륭한 자산이 된다.

자신이 실패했거나 평정을 잃었다고 느낄 때면 흐름에 몸을 맡기는 것이 좋은 결과를 낳을 수 있다. 글을 쓴다는 것은 때로 바다로 흘러가는 강물과 같아서, 우리는 수영을 할 필요조차 없다. 그저 편안한 마음으로 흐름에 몸을 맡기다 보면 좌절이나 분노의 감정과 싸울 일이 없게 된다.

먼저 당신이 흘러가는 데 장애가 되는 어떤 사람이나 상황이 있는지를 생각해 보라. 그리고 눈을 감고 그 사람이나 상황과 마주하고 있다고 상상해 보라. 마음속으로 '흘러가기'를 되뇌면서 흐름에 몸을 맡긴 뒤 당신의 몸과 마음에 생기는 변화를 느껴 보라.

> 당신이 들어가기를 두려워하는 동굴에
> 당신이 찾는 보물이 숨겨져 있다.
> ― 조지프 캠벨

어느 날 밤 나스레딘은 집으로 돌아가는 길에 집의 열쇠를 잃어버렸다. 부근을 지나던 한 낯선 사람이 가로등 아래를 엉금엉금 기어다니는 나스레딘을 보았다. 놀란 그가 나스레딘에게 어째서 그러고 있는지를 물었다. 나스레딘이 이유를 말하자 친절한 남자는 그가 열쇠를 찾는 것을 도왔다. 한참을 찾아도 열쇠가 발견되지 않자 낯선 사람이 다시 물었다. "정말 열쇠를 여기서 잃어버린 게 맞습니까?" 그러자 나스레딘이 좁은 골목길을 가리키며 말했다. "아뇨, 저기 캄캄한 데서 잃어버렸어요." 남자가 어이없다는 표정으로 화를 내며 물었다. "그런데 왜 여기 가로등 아래서 찾는 겁니까?" 나스레딘이 대답했다. "여기가 더 환하니까요."

이 오래된 우화는 우리에게 무엇을 말하려고 하는 것일까? 우리는 종종 진정한 해답이 있는 어둠 속으로 들어가는 것이 두려워 익숙한 곳에서 해답을 찾곤 한다. 우리 마음은 낯선 것보다는 자신이 잘 알고 편안하게 느끼는 것을 고수하려는 경향이 있기 때문이다. 그리고 이는 우리와 글쓰기의 요구를 상충하게 만든다. 프랑스의 작가 앙투안 드 생텍쥐페리는 "우리는 위대한 어둠을 만나기 위해 자신의 하찮은 현실을 버리기를 두려워한다"라는 말을 했다. 우리가 찾고자 하는 글쓰기의 열쇠는 종종 우리가 들어가기를 두려워하는 어둠 속에서 발견된다.

> 종이와 잉크를 아는 사람은 아주 사악해질 수 있다.
> — 캐스린 스토킷

문학의 세계에는 비평가가 넘쳐난다. 누군가가 어떤 훌륭한 글을 써 내면 언제나 그것을 면밀히 살피는 비평가가 있기 마련이다. 이런 비평가를 어떤 말로 깎아내릴 수 있을지는 몰라도 그들의 눈은 결코 피할 수 없다.

아마존에서 자신의 책이 흥미롭지 않고 지루하기 짝이 없다는 독자의 가차 없는 리뷰를 만나면 즉각 반박을 하고 싶어진다. 피가 끓어오르는 것을 느끼면서 서둘러 컴퓨터 앞에 앉아 똑같이 가차 없는 댓글을 쓰고 싶어진다. 어떤 비평가는 우리의 첫 소설을 갈기갈기 찢으면서 차라리 햄버거 가게에서 일하는 게 어떻겠느냐는 충고를 덧붙이기도 한다. 그리고 당신은 햄버거 가게에서 일자리를 찾는 대신 그에게 반박하는 글을 소셜미디어에 올린다.

하지만 그런 식으로 반응하는 것은 금물이다! 작가가 지켜야 할 가장 중요한 법칙 중 하나는 비평가의 적대적인 비판에 결코 공개적으로 답하지 않는 것이다. 그것은 당신을 더욱 방어적으로 보이게 하면서 비평가의 애초의 비판을 더 주목받게 할 뿐이다. 가장 좋은 방법은 그의 비판이 저절로 잊히도록 그냥 놔두는 것이다. 그의 평가는 단지 한 사람의 주관적 관점일 뿐임을 상기할 필요가 있다. 중요한 것은 신랄한 비평가의 비판이 아니라 피와 땀과 눈물과 함께 오랜 시간을 글쓰기에 쏟아부은 당신 자신의 평가다.

끊임없이 요구와 비판을 쏟아내는 목소리가
알고 보면 그것을 받아들이는 목소리보다 현명하지
않다는 사실은 우리를 겸손해지게 한다.
— 티모시 걸웨이

우리 모두의 마음속에는 끊임없이 불평을 해 대는 불평꾼이 살고 있다. 아마도 이런 불평꾼을 사교 모임에서 직접 대면한다면 우리는 얼굴을 찌푸리면서 그에게 무슨 나쁜 일이 있었는지 궁금해할 터다. 그리고 그가 아무리 옳은 말을 한다 할지라도 그와 거리를 두고 싶어 할 것이다.

한 발 뒤로 물러서서 바라보면, 우리 안의 불평꾼은 우리의 사기를 꺾고 글쓰기의 회복탄력성과 끈기를 약화시킬 뿐 진실을 말하고 있지 않음을 알게 된다. 우리는 그가 외쳐 대는 말을 믿거나 동의하지 않음으로써 그 폭압적인 위세에서 벗어날 수 있다.

불평꾼과 다투거나 논쟁하지 말고 냉정하게 바라보노라면 그가 당신 마음의 아주 작은 부분만을 차지하고 있음을 알게 될 것이다. 멀리서 아무런 판단 없이 그를 지켜봄으로써 그가 없을 때의 자신이 어떠한지를 면밀히 살피라.

책은 우리 내면의 얼어붙은 바다를 깨부수는 도끼여야 한다.
— 프란츠 카프카

첫 미스터리 소설을 펴낸 뒤 나는 실망스럽게도 매스컴에서 내 책에 관한 어떤 기사도 발견할 수 없었다. 내 책은 텔레비전의 책 소개 코너에도 언급되지 않았고, 『뉴욕타임스』의 베스트셀러 목록에도 오르지 못했다. 출판사로부터 웬만한 금액의 수표를 받았지만 주택 담보대출을 갚기에는 턱없이 부족했다. 과연 나는 잘하고 있는 걸까?

출판의 세계에 온 것을 환영한다. 출판은 오랜 글쓰기와 퇴고, 출판사에 기획서 보내기, 편집과 홍보 등의 작업을 모두 포함하는 지난한 일이다. 자기회의와 불확실성에 시달리는 작가는 (휴일과 기념일을 포함해) 개인적 삶뿐 아니라 건강까지 희생해야 한다. 하지만 고된 작업과 낮은 보수에도 이 미친 과정에는 엄청난 만족감을 선사하는 어떤 것(돈과 명성보다 훨씬 큰)이 있다.

계속 글을 쓰는 사람에게 만족이란 없다. 우리는 우리가 사랑하는 것에 이끌린다. 글쓰기는 자기발견의 여정이기 때문이다. 우리는 글쓰기를 통해 자기 내면의 미지의 풍경 속으로 깊숙이 들어간다. 세상과 나 자신의 신비에 대한 해답을 찾기 위해. 우리는 내면의 얼어붙은 바다를 조금씩 쪼개 나간다. 무정형의 실체가 서서히 우리에게 윙크하며 모습을 드러낼 때까지.

> 무엇보다 출판사에 보내는 기획서는
> 작품을 팔기 위한 외침으로, 작가 지망생이 앞으로 쓰게 될
> 글 중에서 가장 중요한 한 페이지가 될 것이다.
> — 니컬러스 스파크스

어쩌면 당신은 엘리베이터를 탈 일이 별로 없을지도 모른다. 하지만 출판을 하고 싶다면 '엘리베이터 피치'Elevator Pitch를 익혀 두기를 권한다. 엘리베이터 피치란 엘리베이터가 올라가는 짧은 순간에 자신의 글쓰기 아이디어를 간결하게 요약해 말하는 것이다. 당신과 함께 엘리베이터에 올라탄 누군가가 "무엇에 관한 건가요?"라고 물으면 5층에 도달하기 전에 그의 호기심을 이끌어 낼 줄 알아야 한다.

많은 작가가 원고 전체를 쓰는 것보다 그에 관한 짧은 기획서를 쓰는 게 훨씬 어렵다고 이야기한다. 기획서는 사람의 마음을 잡아당기는 호소력과 간결함, 강렬한 매력을 포함하고 있어야 한다. 수많은 읽을거리 사이에서 선택을 해야 하는 잠재적인 독자는 말할 것도 없고, 출판업자와 편집자와 마케터는 당신의 제안에 할애할 시간이 제한돼 있기 때문이다.

당신의 제안에 관심을 보이는 누구에게라도 좋은 인상을 남길 수 있도록 간결하고도 핵심적인 작품 기획안을 미리 준비해 두라. 어떤 형태가 되었든 그 기획안은 작가 지망생인 당신이 앞으로 쓰게 될 글 중에서 가장 중요한 한 페이지가 될 것이다. 또한 그것을 항상 뒷주머니에 가지고 다니면서 언제라도 사람들에게 당신이 누구인지, 어떤 글을 썼는지를 알게 하는 것이 중요하다.

당신은 글쓰기에 얼마나 많은 것을 바칠 수 있는가

> 좋은 소식은 눈이 먼다고 해서 당신이 생각하는 것만큼
> 불행해지지 않는다는 것이다. 나쁜 소식은 복권에 당첨된다고 해서
> 당신이 기대하는 것만큼 행복해지지 않는다는 것이다.
> ― 대니얼 길버트

당신은 글쓰기에 얼마나 자신을 바칠 수 있는가? 글쓰기에 대한 헌신의 정도를 0부터 10까지로 나눈다면 어디쯤 위치할 것 같은가? 혹은 눈금을 좀 더 올리기 위해 어떤 구체적인 일을 할 수 있는가?

자신이 글쓰기를 얼마나 헌신적인 마음 자세로 대하는지 아는 것은 중요하다. 혹시라도 복권에 당첨되어 평생 동안 쓸 돈이 생긴다면 글쓰기를 그만두겠는가, 아니면 글쓰기에 방해가 되는 또 다른 일이나 의무와 결별하고 글쓰기에 더 많은 시간을 바치겠는가?

이런 질문에 대한 솔직한 답은 우리가 글쓰기에 얼마나 마음을 쓰고 있는지를 알게 해 줄 터다. 나는 언젠가 부자가 되리라는 기대로 돈을 벌기 위해 글을 쓰는가, 아니면 글쓰기에 대한 깊은 사랑으로 계속 글을 쓸 수 있도록 또 다른 일을 해서 돈을 벌고 있는가?

물론 부자가 되는 것이 나쁠 것은 없다. 그러나 글쓰기가 당신에게 진정한 즐거움과 행복을 가져다준다면 세상의 모든 돈이 당신을 더 행복하게 해 주진 않을 것이다. 애초에 자신이 왜 글을 쓰고자 했는지를 잊지 않는다면 좌절과 실망도 그다지 고통스럽게 느껴지지 않을 터다.

> 어떤 날은 글쓰기의 압박을 견디기가 몹시 힘들다.
> 그럴 때 내 머리를 쉬게 하면 좋은 아이디어가 떠오르곤 한다.
> 그럼 난 또다시 즐거운 마음으로 글을 쓸 수 있다.
> ― 행크 필리피 라이언

작가들은 각기 다른 방식으로 스트레스가 많은 상황에 대응한다. 어떤 이는 에너지 충전용 음식을 섭취하거나 운동을 함으로써 차츰 원기를 회복해 나간다. 어떤 이는 압박감을 이기지 못해 글쓰기를 포기하고 자신의 꿈이 연기 속으로 날아가는 것을 지켜본다. 당신은 어떠한가? 위가 뒤틀리지는 않은지? 하루를 근근이 보내고 있지는 않은지? 이를 갈거나 주먹을 꼭 쥐고 있지는 않은지? 도로에서 당신 앞으로 끼어드는 차를 향해 욕설을 퍼붓지는 않는지?

스스로를 정신없이 몰아붙이는 작가는 휴식을 위한 시간을 낼 필요가 있다. 틈틈이 5분씩만 속도를 늦춰도 도움이 된다. 작업장과 소셜미디어에서 한 발 뒤로 물러선 뒤 심호흡을 하면서 속도를 조절해 보라. 어느 정도 몸의 긴장이 풀렸음을 느끼면 하루를 느리게 보내는 광경을 머릿속으로 그려 보라. 한 번에 한 가지씩 하면서, 느리게 먹고, 느리게 운전하고, 느리게 쓰는 자신을 상상해 보라. 그날 있었던 사소한 일과 서둘렀던 자신의 모습을 떠올려 보라. 하루가 느리게 지나가는 것을 상상할 때 어떤 느낌이 드는지를 주목하라.

> 창의적 행위는 그게 무엇이든 스트레스를
> 유발하기 마련이다. 느긋한 마음과 휴식, 안온함은
> 진지한 작업에 수반되는 요소가 아니다.
> ― 조이스 캐럴 오츠

우리는 때때로 자신의 스트레스를 유발하는 것이 무엇인지 알기 위해 스스로를 분석하고 주기적으로 자신의 생각을 점검할 필요가 있다. 그런 생각을 파악하고 객관적으로 바라본다면 더 이상 자기 생각의 피해자가 되지 않을 수 있다.

만약 가족이나 직장 동료와 수시로 다투거나 언쟁을 벌인다면 그 문제들의 공통점이 무엇인지 자문해야 할 터다. 당신이 느끼는 스트레스가 자신의 방식을 강요하거나 다른 이의 관점을 거부하는 데서 오는 것은 아닌지? 스트레스에 대한 대응 기제로 한없는 걱정의 악순환에 빠져들고 있지는 않은지? 그런 반응은 사태를 악화시킬 뿐 아무런 도움이 되지 않는다는 것을 깨닫지 못한 채. 아니면 물컵이 반이나 비었다고 생각하는 부정적 사고를 습관처럼 하고 있지는 않은지?

자신의 스트레스 반응의 저변에 어떤 감정이 자리하고 있는지를 찬찬히 생각해 보라. 실패에 대한 두려움? 계획한 글쓰기를 하루 속히 끝내야 한다는 초조함? 혹은 적절한 단어가 떠오르지 않는 데서 오는 좌절감?

당신의 평온을 방해하는 것을 용서하기

> 용서에는 우리 영혼의 평온을 방해하는 모든 것이
> 포함되어야 한다. 우리의 잠을 앗아 가는 개 짖는 소리,
> 여름날의 열기, 한겨울의 추위까지도.
> ― 바버라 우드

다른 이와 자기 자신의 잘못을 용서하는 법을 배우는 것은 대단히 중요한 성취다. 우리는 완벽한 존재가 아니다. 자신의 결점과 부정적인 자기회의 그리고 가혹한 자기평가와 욕망을 용서할 수 있다면 이야말로 인간적인 성공의 진정한 척도라고 할 수 있다.

더불어 글쓰기의 정신을 흩뜨리는 모든 것을 용서할 수는 없을까? 다리를 물어뜯는 모기, 파티를 즐기는 이웃, 계속 울려 대는 휴대폰, 징징대는 아이, 살로 파고드는 발톱, 더운 날 제대로 작동이 안 되는 에어컨, 시끄러운 오토바이 소리, 등의 통증, 접속이 끊긴 컴퓨터, 원고 마감일 등등.

용서란 다른 사람을 위한 선물일 뿐 아니라 자기 자신을 위한 선물이기도 하다. 용서는 정신 집중과 창의적 글쓰기를 방해하는 좌절, 짜증, 분노, 걱정 등을 상쇄하는 효과가 있다. 지금까지 당신의 평온을 방해해 온 모든 것의 목록을 적은 다음 하나하나 용서하는 시간을 보내 보라.

지금 서 있는 곳에서는 비가 아무렇게나 내리는 듯 보인다. 그러나
또 다른 곳에 서서 바라보면 그런 가운데서 질서를 발견할 수 있다.
— 토니 힐러먼

우리의 생각과 행동은 우리가 어느 각도에서 사물을 바라보느냐에
따라 달라진다. 우리 중에도 오직 자신의 관점만으로 삶을 살아가
고 있는 사람이 많을 터다. 그리하면 인생의 큰 그림을 보기가 힘들
다. 삶이 그럴 거라고 생각하는 대로만 삶을 바라보게 되기 때문이
다. 그렇게 뒤틀린 관점은 우리에게 배우고 이해하고 사랑할 기회
를 보지 못하게 한다. 더불어 우리의 글쓰기 경험도 제한한다.

하지만 다른 누군가의 관점을 취하면 마법처럼 놀라운 일이 일
어난다. 삶을 바라보는 아주 다양한 방식이 존재함을 알게 되는 것
이다. 달라진 관점과 더불어 우리는 삶에 대한 새로운 경험을 하게
된다. 우리의 글쓰기는 한층 더 호기심을 자극하고, 글 속의 풍경과
인물이 살아 숨 쉬게 된다. 우리는 모든 것에서 놀라운 무언가를 발
견하게 된다. 평범한 것 속에서 아름다움을, 단순한 것 가운데서 우
아함을, 얄팍한 것 속에서 지혜를, 따분한 것 가운데서 자극을 느끼
게 된다. 단지 지금과 다른 장소에서 바라보는 것만으로 오랫동안
알던 세상을 재발견하고, 새로운 통찰력과 명료함으로 그것을 바
라볼 수 있게 되는 것이다.

타인에 대한 자신의 평가는 스스로를 비추는 거울이다

> 다른 사람에 대한 불만은 우리 자신을 더 잘 이해하게 만든다.
> — 카를 구스타프 융

다른 이에 대한 우리의 평가는 자동차의 헤드라이트를 닮았다. 언제나 다른 차의 헤드라이트가 자신의 것보다 더 밝아 보인다. 다른 이들에 대한 우리의 비평, 평가, 불만은 그들에게 스포트라이트를 더 많이 비추게 하고 길 반대편에 있는 자신의 차는 보지 못하게 한다. 우리는 자신을 짜증나게 하는 다른 사람에게서 자신의 문제점을 본다. 자신의 판단을 좀 더 정직하게 들여다본다면 그 판단이 스스로 생각하는 것보다 훨씬 자기현시적임을 알게 된다. 우리가 누군가를 비난할 때는 대개 자신이 좋아하지 않는 자신의 어떤 점을 비난하는 것이기 때문이다.

이런 사실을 이해하는 것은 자신의 단점을 알게 해 주는 귀한 자산이 될 수 있다. 따라서 다른 이를 비판할 때면 그런 평가가 타인이 아닌 나 자신에 대해 무엇을 말하는지를 자문해 보는 것이 필요하다. 그리하면 다른 이를 비판하는 데 쏟는 에너지를 나를 위해 사용함으로써 긍정적인 자기변화를 시도해 볼 수 있을 것이다.

세상의 모든 거짓말 중에서 때로 가장 나쁜 것은 우리의 두려움이다.
— 조지프 러디어드 키플링

어떤 작가들은 자신의 무능, 실패, 거부, 포기 등에 뿌리 깊은 두려움을 가지고 있다. 어쩌면 그래서 글을 쓰기 시작할 때의 첫 번째 목표가 '인정받는' 것인지도 모른다. 물론 그 길은 미끄러운 비탈길이 될 가능성이 높다. 문학 세계는 정신적으로 더없이 건강하고 탄탄한 작가에게도 이런 두려움을 손쉽게 불러일으킨다.

두려움이 우리의 삶을 지배하면 우리는 자신의 글쓰기 능력에 대해 뒤틀린 관점을 가지게 된다. 당당한 자신감으로 대처해야 할 상황에서 지나치게 경계하면서 민감한 반응을 보이는 것이다. 더불어 다른 이들과 맺는 관계에서도 어려움을 겪게 된다.

사실 두려움은 우리에게 아무런 영향력을 발휘하지 못한다. 그것은 바깥세상이 아닌 우리 마음속에만 존재하기 때문이다. 스스로 그런 것이 존재한다고 생각하는 것뿐이다. 충동적인 거짓말쟁이로 알려진 피노키오의 거짓말조차 우리의 두려움이 우리에게 매일같이 하는 거짓말과는 비교될 수 없다. 그 사실을 깨닫는다면 두려움은 더 이상 우리에게 아무런 해를 끼치지 못할 것이다.

장애물 너머에 있는 것을 발견하기

> 사람들은 아주 작은 고통 앞에서도 달아나려고
> 하기 십상이다. 어떤 장애물이나 벽 혹은 두려운 것 너머에
> 무엇이 기다리고 있는지 결코 알지 못한 채.
> ― 페마 초드론

아이쿠! 등이 쑤시고 어깨가 뻣뻣하다. 오랫동안 컴퓨터 앞에 앉아 글을 쓰노라면 몸 여기저기에서 신호가 느껴지기 마련이다. 그럴 때 우리는 뭘 해야 하는지 잘 알고 있다. 스트레칭, 동네 한 바퀴 돌기, 러닝머신 위에서 달리기, 아스피린 먹기 등등. 그런데 이 밖의 또 다른 고통에는 무엇을 할 수 있을까? 실패에 대한 두려움, 거절로 인한 상처, 실망으로 인한 상심 등에 대해서는?

사람들은 대체로 육체적 고통에는 신속히 대응하지만 정신적 심리적 고통은 어떻게든 외면하려는 경향이 있다. 그러나 고통을 피하려고만 하다 보면 장애물 너머에 있는 기회를 발견할 가능성을 스스로 박탈하게 된다.

고통 속으로 걸어 들어간다고 해서 죽지는 않는다. 그 반대로 우리는 더욱더 탄력적이 되면서 우리 앞에 놓인 흥미로운 기회를 발견할 수 있게 된다. 고통의 끝까지 뚜벅뚜벅 걸어가서 그 너머에서 당신을 기다리는 것을 만나라. 그런 다음 당신의 고통에서 아직 남아 있는 것이 무엇인지를 확인하라.

재앙이 글쓰기의 자양분이 되게 하라

> 나는 재앙을 반갑게 맞이했다. 놓쳐 버린 비행기,
> 부러진 배수관 등등 주로 물질적인 재앙이었다.
> 최악의 재앙은 적어도 600단어는 쓸 거리가 되었다.
> — 린우드 바클레이

내게 실제로 일어났던 일이다. 슈퍼에서 내가 낸 20달러 지폐를 확인한 계산대 점원이 나를 쳐다보면서 말했다. "모두 145달러 35센트인데요." 나는 기겁하면서 계산대를 내려다봤고 내 뒤에 서 있던 여성이 물건 사이에 분리 막대를 놓지 않았음을 발견했다. 뒤섞인 물건들을 분리하고 바로잡는 데 20여 분이 걸리긴 했지만 난 조금도 언짢지 않았다. 오히려 그 일을 좋은 글감으로 여겼다. 서둘러 집으로 돌아와 내가 작업 중이던 소설에 그 일화를 추가했다. 소설 속 커플이 처음 만나는 장면은 이렇게 탄생했다.

　일생을 살아가는 동안 일어나는 사건 사고를 모두 피할 수 있는 사람은 아무도 없다. 일어날 일은 어쨌든 일어나게 돼 있다. 따라서 그것을 나에게 유리하게 사용하는 편이 낫다. 당신을 언짢게 하는 달갑지 않은 일이 자신에게 풍부한 글감과 글쓰기의 자양분을 제공할 수 있음을 기억하라.

> 어쩌면 우리는 자신과 다른 사람을 비판하지 않는 삶을
> 살 수 없을지도 모른다. 그러나 그런 가운데에 언제나 자기애가
> 작동하고 있음을 잊지 말아야 할 것이다.
> ― 애덤 필립스

우리 중 많은 이가 자기희생이 훌륭한 미덕이라고 배워 왔다. 그러나 자신을 항상 맨 마지막에 두는 것은 미덕이 될 수 없으며, 언제나 자신을 맨 앞에 두는 것만큼이나 정신적으로 해로울 수 있다. 마음속 깊이 나 자신을 인생의 가장 좋은 것을 누려 마땅한 가장 좋은 친구로 여길 때 우리는 온전하게 사랑하고 글을 쓸 수 있다. 사랑하는 사람을 대할 때처럼 스스로를 사랑과 존중, 친절과 배려로 대하는 것은 자신에게 위로상이 아닌 대상을 수여하는 것과 같다.

자기희생과 이기주의는 종종 우리를 고착 상태에 머물게 하지만, 자기애는 우리를 앞으로 나아가게 한다. 인간적 연민과 친절 또한 자기애의 자연스러운 산물이다. 자기애는 우리가 다른 이를 사랑하게 하고, 어떤 보상이나 인정의 필요 없이 친절을 베풀게 한다. 자기애의 연료가 부족해지면 다독이는 말과 특별한 선물, 여가 시간, 찬사 등을 나 자신에게 선사함으로써 행복감을 높이는 게 필요하다.

당신의 용기를 꺾는 사람에게 감사하라

포기하지 마라. 세상에는 당신을 좌절시키려는
사람이 너무 많다. 그들의 말을 듣지 마라. 당신을 포기하게
할 수 있는 사람은 오직 당신 자신뿐이다.
— 시드니 셸던

글쓰기의 성공은 깨달음 위에 세워지고, 깨달음은 실패를 기반으로 한다. 성공과 실패는 바늘과 실처럼 나란히 함께 가는 것이다. 당신의 실패나 실수가 자신의 글 쓰는 자아에 관해 무엇을 가르쳐 줄 수 있는지를 생각해 보라. 당신에게 습관적으로 제동을 거는 사람을 글쓰기의 성공에 필요한 깨달음을 얻게 해 주는 메신저나 선생으로 여기라.

심지어 당신의 용기를 꺾고, 당신을 혼란에 빠뜨리거나 반박하거나 배신하고, 당신에게 상처를 주는 사람을 고마운 은인으로 여기라. 그들은 당신을 더욱더 현명하고 강하게 만들고, 다음번 도전에 성공할 확률을 높이는 깨달음을 선사하기 때문이다.

실수는 잊고 앞으로 나아가라

난 오랜 시간이 지나서야 실수는 좋거나 나쁜 게
아니라는 것을 깨달았다. 실수는 단지 실수일 뿐이다.
실수는 잊고 앞으로 나아가면 되는 것이다.
— 케이 기번스

작가라면 누구나 실수를 하고 자신에게 실망감을 느끼기도 한다. 하지만 그게 뭐 어떤가? 인간은 누구나 실수를 하고 부끄러움과 죄책감에 사로잡힐 때가 있다. 자신을 탓하고 깎아내리고 심하게 질책하면서 더 이상 앞으로 나아갈 엄두를 내지 못하기도 한다. 자신이 저지른 잘못과 자신을 혼동하고 동일시하기 때문이다.

그러나 실수는 좋은 것도 나쁜 것도 아니다. 실수는 단지 실수일 뿐이다. 실수를 바로잡는 일은 자신이 실수를 저질렀음을 인정하는 것부터 시작한다. 실수가 인간 조건의 일부일 뿐임을 기억하고 자기 자신을 비난하기를 자제한다면 모든 것은 또다시 스스로 제 길을 찾아 나아갈 것이다. 내일은 또 다른 새날이다. 내일이 되면 우리 마음은 더욱 명료해지고, 실수는 더 이상 나쁘게 생각되지 않을 것이다.

나 자신을 보호한다는 이유로 도망치지 않기

우리는 세상으로부터 보호받아서는 안 된다.
그것은 우리의 힘을 약화시키기 때문이다.
— 조지핀 험프리스

자신에게 반하는 것으로부터 자신을 보호하려는 것은 인간의 본성이며, 우리는 그렇게 하도록 타고났다. 우리의 파충류 뇌는 위험으로부터 우리를 보호해 주지만 글쓰기의 도전을 시도할 때는 장애물로 작용하기도 한다. 아무리 돈이 많고 강한 권력을 지녔더라도 글쓰기의 성공을 살 수는 없다. 모든 가치 있는 일이 그렇듯 성공적인 글쓰기는 결코 쉽게 얻어지는 게 아니다. 고된 작업, 끈기, 위험을 수반한 노력을 통해서만 얻을 수 있다.

성공을 이룰 수 있는 유일한 사람은 오직 나 자신뿐이다. 욕망과 재능이 있다고 해도 뼈를 깎는 노력 없이는 목표를 이룰 수 없다. 일이 잘 풀리지 않는다고 해서 달아나 바위 밑에 숨을 수는 없다. 스스로를 보호한다는 이유로 움츠리기보다는 용기와 자신감으로 적극적인 행동에 나서야 할 터다. 되풀이해 발생하는 문제라면 그동안 고수해 왔던 낡고 경직한 법칙을 깨뜨리고 새로운 방식으로 접근할 필요가 있다. 먼저 지금까지 자신이 피하고 달아나고자 했던 글쓰기의 문제가 무엇이었는지를 파악한 다음 새로운 시도로 새로운 길을 열라.

자기회의는 좋은 자질이 될 수 있다.
그것을 잘 단련시키기만 한다면.
— 라이너 마리아 릴케

성공한 작가는 자기회의에 잘 빠지지 않는다는 사회적 통념이 있다. 그러나 유명 작가도, 어쩌면 다른 작가보다 훨씬 많이, 종종 자기회의에 사로잡히곤 한다. 나는 충분히 재능이 있는 걸까? 사람들이 내 작품을 마음에 들어 할까? 사람들이 나를 좋아할까?

자기회의가 전적으로 나쁜 것만은 아니다. 자기회의는 우리가 글쓰기와 적당히 타협해 평범함 속에 안주하는 것을 막아 준다. 항상 스스로를 경계하게 하고 자신의 능력을 최대한 발휘하게 해 준다. 자기회의의 혜택을 알게 되면 그에 겁먹는 대신 그로부터 힘을 끌어낼 수 있다.

할런 코벤처럼 성공한 작가는 자기회의와 더불어 사는 법을 배우면서 자신에게 유리하게 그것을 단련해 왔다. "책이 너무 잘나가기 시작하면 대체로 어떤 문제가 있음을 알게 된다. 난 더 고군분투할 필요성을 느낀다. 말하자면 자기회의가 드는 것이다. 그럴 때면 이 책은 나의 최고의 작품이 아니라고 생각할 필요가 있다." 작가로서 끊임없이 성장하려면 자기회의를 회피하는 대신 글쓰기에 동기 부여가 되도록 유용하게 이용하는 것이 중요하다.

공감으로 불화를 상쇄하기

> 가끔씩 이 세상 밖으로 나가 또 다른 세상의 시야로
> 세상을 바라보는 게 유용할 때가 있다.
> ― 테리 프래쳇

다른 사람의 관점으로 볼 수 있는 능력은 우리의 이해력과 감성을 키우고 회복탄력성을 함양한다. 다른 이와의 공감은 서로 간의 불화를 상쇄하고 우리의 편협하고 부정적인 판단력을 자유롭게 해 준다. 더불어 우리가 좀 더 자신 있게 다양한 상황에 대처하고 좀 더 차분하게 어려운 사람과 상황을 대할 수 있게 해 준다.

가령 당신이 고급 레스토랑에서 누군가와 로맨틱한 저녁 식사를 한다고 가정해 보자. 그럴 때 서빙하는 웨이트리스가 불안해 보이고 짜증스러운 기색을 보인다면 어떤 생각이 들까? 대부분의 사람은 언짢고 화가 날 것이다. 그런데 누군가가 그녀의 아들이 차 사고로 죽었고 그녀는 일을 해야만 하는 싱글맘이라는 사실을 알려 준다면 어떨까? 아마도 대부분의 사람은 그녀를 이해하고 연민을 느낄 것이다.

무엇이 달라진 것일까? 그녀는 여전히 같은 사람이다. 그러나 그녀의 입장에서 생각해 보기가 당신 안에서 분노를 연민으로 변화시킨 것이다. 우리는 다른 사람들이 매일같이 견뎌 내야 하는 삶의 짐에 대해 알지 못한다. 자신의 판단을 잠시 보류하고 다른 사람의 입장에서 생각해 보기는 그에 대한 공감뿐 아니라 자신의 유연성과 긍정적 감정도 이끌어 낼 수 있다.

집착을 내려놓기는 자신이 통제할 수 없는 것에
현명하게 적응하는 것을 의미한다.
— 실비아 부어스타인

우리 작가들은 대부분 글쓰기의 결과에 집착하며, 그러는 것이 당연하다. 우리는 우리의 작품으로 독자들에게 호평을 받고, 베스트셀러 작가가 되어 많은 돈을 벌고, 심지어 작품이 영화화되어 오스카상을 받을 수 있기를 바란다.

이런 목표에 과도하게 집착하다 보면 걱정과 좌절, 불안감이 지배하는 글 쓰는 삶을 살게 된다. 문학 세계는 예측하기 힘든 일로 가득한 곳이다. 어떤 편집자는 내 원고에 호의적인 이메일을 보냈지만 그 후에는 더 이상 아무런 말이 없다(내게 실제로 일어난 일이다). 어떤 출판업자가 내게 출판 계약을 제안했는데 그로부터 한 달 후 출판사가 파산을 하고 문을 닫은 적도 있다.

이 세계에서 온전한 정신을 유지하는 길은 내가 통제할 수 없는 결과에 대한 집착을 내려놓고 스스로 최고의 작품이라고 생각하는 글을 쓰는 것이다. 때로는 집착을 버릴 때 기대보다 좋은 결과를 얻기도 한다.

> 내가 나를 위하지 않는다면 누가 나를 위할까?
> 내가 오직 나 자신만을 위한다면 난 어떤 사람이 될까?
> ― 토니 힐러먼

작가로서 성공을 거두려면 먼저 나 자신을 위할 줄 알아야 한다. 다른 사람에게 반하라는 것이 아니라 자기 자신을 위하라는 말이다. 그러지 않는다면 누가 자신을 위할 수 있을까? 세상에는 자신을 위하는 것에 익숙하지 않은 사람이 있다. 사람들은 때로 자기 자신보다 다른 사람을 먼저 생각할 때 더 편안해한다. 어쩌면 자신은 중요하지 않다는 생각을 미묘한 방식으로 주입받아 왔기 때문인지도 모른다.

많은 사람이 너무 성급하게 자신을 판단하면서 스스로의 성취와 가치를 과소평가하는 경향이 있다. 당신은 어떤가? 자기 자신의 편에 서 있는가? 자신의 이해를 추구하고 있는가? 자신이 필요한 것을 위해 목소리를 높이는가?

글쓰기의 여정 동안 스스로에게 이런 질문을 수시로 던질 필요가 있다. 그 답을 통해 가까운 다른 이를 대하듯 자기 자신을 위하고 배려하고 있는지 아닌지를 알 수 있을 터다.

> 나는 스스로를 재창조하는 사람을 존경한다. 우리가 훌륭해질 수
> 있는 기회는 어제보다 나은 자신을 위해 노력할 때 생겨난다.
> — 로버트 크레이스

어제보다 나은 작가가 되기를 목표로 삼으면 자기 마음을 사용하는 방식에 따라 자신의 한계가 정해진다는 것을 알게 된다. 내가 최악을 생각하면 최악의 일이 생긴다. 반면에 최선을 생각하고 기대하면 긍정적인 결실을 거두게 된다.

자기충족 예언이 우리 머릿속에서 생생하게 작동하고 있으며, 자신의 관점을 바꿈으로써 삶의 변화를 가져올 수 있는 힘이 자신에게 있음을 기억하라. 그와 더불어 인생이 괴로움과 고난과 상심으로만 이루어져 있지 않다는 것을 알아야 할 터다.

이 세상이 경이와 마법으로 이루어진 환상의 세계는 아니지만 우리는 모든 상황에서 최선을 추구할 필요가 있다. 그러기 위해서는 자신의 편협함이 성장을 가로막지 않게 하고, 매일 새날에 만나는 새로운 경험에 마음을 열고 있어야 한다. 현실적이면서 낙관적인 눈으로 글 쓰는 삶을 바라볼 때, 긍정적인 생각과 느낌으로 낙관적 결과를 기대할 때 우리는 오늘, 어제보다 나은 작가가 될 수 있다.

참으로 소중한 순간이었다. 책장 사이에 눌러 놓거나 양말 서랍 속에
감춰 두었다가 또다시 꺼내 보고 싶은 그런 순간이었다.
— 릭 브래그

누구에게나 오래도록 기억하고 싶은 순간이 있을 것이다. 글 쓰는
사람에게도 소중히 간직하고 싶은 풍요로운 글쓰기의 기억, 절정
의 문학적 경험이 있다. 나쁜 기억을 밀어내고 그 자리에 오래오래
머물게 하고 싶은 기억이.

소중한 순간을 보존하는 가장 좋은 방법은 어떤 일이 일어날
때 그것을 충분히 음미하면서 마음속으로 밑줄을 그어 놓는 것이
다. 마음속에 그 기억을 각인해 훗날 어려운 상황이 닥칠 때 좋은
자산이나 기회처럼 꺼내 쓸 수 있도록 저장해 놓는 것이다. 소중한
순간이라는 무기로 스스로를 무장하는 것은 미래의 장애물을 극복
하리라는 희망을 우리에게 선사해 준다. 당신에게도 글쓰기와 관
련해 책장 사이에 기념품처럼 눌러 놓거나 양말 서랍 속에 꼭꼭 감
춰 두고 싶은 소중한 순간의 기억이 있는가? 있다면 어떤 것인가?

11월

> 내게 글쓰기란 나 자신을 계속 나아가게 하는 하나의
> 방식이다. 나는 글쓰기를 중심으로 내 삶을 구축해 나간다.
> 이것이 나로 하여금 이 일을 계속할 수 있게 한다.
> ─ 로버트 모건

입구가 넓은 단지에 조그만 돌들을 넣은 뒤 큰 돌을 넣으려고 하면 잘 들어가지 않는다. 그러나 큰 돌을 먼저 넣으면 작은 돌들은 자연스레 그 주변에 자리를 잡게 된다. 어떤 작가가 다른 작가보다 성공적인 길을 걷는 것은 글쓰기를 하나의 커다란 돌처럼 여기기 때문이다. 그는 글쓰기를 최우선으로 생각하고 그 주위로 자신의 삶을 구축해 나간다.

어떤 일은 다른 일보다 중요하므로 무엇이 먼저인지 우선순위를 정할 필요가 있다. 무엇을 먼저, 어떻게 이루어 나갈지 더 구체적으로 계획을 세울수록 목표에 더 효율적으로 집중하게 되면서 스트레스가 줄어든다.

즉각적인 주의를 요하는 것에 먼저 집중하고, 그보다 덜 중요한 것은 뒤로 미루거나 도움을 청할 수 있는 다른 이에게 부탁할 수도 있을 터다. 글쓰기를 중심으로 삶을 구축해 나가려면 먼저 '글쓰기에 우선권을 주기 위해 내가 해야 할 일이 무엇인가?'를 곰곰 생각해 봐야 할 것이다.

몸의 언어에 귀 기울이기

자기 몸을 진정으로 존중할 때만 몸과 조화를 이룰 수 있다.
자신의 적과는 진정으로 소통할 수 없는 법이다.
— 해리엇 러너

오랜 시간 앉아 글을 쓰는 사람은 몸의 언어에 귀 기울이는 것이 무엇보다 중요하다. 우리는 마음속에서 많은 시간을 보내느라 몸의 이야기에는 잘 신경을 쓰지 않는다. 자기 몸속에서 사는 데 너무 익숙해지다 보니 몸이 자신에게 하고 싶은 이야기가 있음을 깨닫지 못하는 것이다. 근육의 뻣뻣함과 강직이 반복적으로 느껴진다면 한층 더 주의를 기울이면서 몸을 돌보아야 할 터다.

먼저 편안하게 앉거나 누운 채 몸의 긴장을 완화시킬 수 있는 조용한 장소를 물색하라. 그리고 발부터 시작해 천천히 조금씩 위로 올라오면서 자신의 몸을 꼼꼼히 살피라. 각각의 근육 부위를 나눠 한 번에 한 군데씩 집중하면서 근육을 움직여 보라. 그러는 동안 어느 부분이 긴장감과 경직성이 느껴지고 뻣뻣하고 화끈거리며 예민하게 반응하는지를 파악한 뒤 충분한 스트레칭으로 근육을 풀어 주라.

나는 문학적 의미로 완벽한 문장을 쓴 적이 없다.
완벽한 문장을 쓰는 것보다 완벽한 패스를 하는 게 훨씬 쉽다.
― 그렉 아일즈

자기 자신에게 최악의 비평가가 되기는 쉽다. 그러나 완벽한 문장을 쓸 수 있는 사람은 별로 없다. 우리는 대부분 자신에게 매우 까다로운 편이라 스스로의 기대를 충족시키기가 매우 어렵다. 내 글은 충분히 좋지 않다고 거듭 되뇌고, 글의 장점보다는 단점이 자꾸만 눈에 들어온다. 나에게 완벽을 요구하는 것은 다른 이가 아닌 나자신이다. 그리고 그 사실은 종종 나를 멈춰 세운다.

우리의 가장 중요한 문학적 목표는 매력적인 플롯이나 완벽한 문장을 쓸 수 없다는 생각으로부터 자유로워지는 것이다. 자신이 쓰고 싶어 하는 모든 글에서 완벽을 추구하는 사람은 실제로 쓰는 글에서 결코 완벽에 도달할 수 없다. 글쓰기에서 완벽이란 존재하지 않음을 받아들인다면 창의력이 다시 샘솟는 것을 느끼게 될 것이다.

완벽이 당신의 글쓰기를 가로막는가? 그렇다면 그동안 배운 문법, 철자, 문체에 대한 것을 모두 잊고 자유롭게 글을 써 보라. 아무런 자기평가 없이 바보 같고 하찮아 보이는 글을 쉼 없이 써 보라.

> 자신의 물리적 공간을 정돈하는 데서 얻어지는
> 일시적 위안에 만족하지 못한다면 심리적 공간을
> 정돈할 필요성은 더욱 느끼지 못할 것이다.
> ─ 곤도 마리에

아마도 다른 많은 작가처럼 당신도 글을 쓰는 동안 스트레스 반응이 높은 수위에 도달했음을 인식하지 못할지도 모른다. 자질구레한 일상에 치이다 보면 글쓰기의 스트레스가 신체적 심리적으로 자신을 얼마나 짓누르는지를 잘 깨닫지 못한다. 집의 서재처럼 겉보기엔 무해해 보이는 작업장도 건강상의 문제를 초래할 수 있다. 최적의 글쓰기를 유지하려면 때때로 작업장을 쇄신할 필요가 있다.

당신의 작업장이 지진해일이 훑고 지나간 것 같은가? 그렇다면 새롭게 변신을 시도해 보라. 혼란스럽고 너저분한 작업 공간은 긴장을 고조시킬 수 있다. 잘 정돈된 공간은 스트레스를 줄이고 평온과 통제력을 느끼게 한다.

당신을 둘러싼 환경에 보다 세심한 주의를 기울이라. 신발과 양말을 벗고 맨발로 바닥을 디디면서 어떤 느낌이 드는지를 주목하라. 차가움, 따뜻함, 부드러움, 딱딱함 중 어떤 것이 느껴지는가? 창문이 열려 있다면 잠시 지저귀는 새소리와 꽃향기에 마음을 기울여 보라. 좋은 글쓰기는 정신적 인내를 북돋는, 심리적으로 건강한 공간에 달려 있음을 기억하라.

나는 내가 할 수 없는 것이 아닌 내가 할 수 있는 것을 한다.
— 애거사 크리스티

어떤 사람은 자신에게 주어지는 모든 글쓰기 기회마다 "예!"를 외치곤 한다. 그러나 "아니요!"라고 해야 할 때에도 "예!"라고 하는 것은 감당하기 힘든 부담으로 작용할 수 있다. 현명한 작가는 자신이 할 수 있는 것을 하고, 자신이 할 수 없는 것에는 "아니요!"라고 이야기한다. 모든 사람에게 "예!"라고 하다 보면 저절로 자신에게는 "아니요!"라고 하게 되며, 이는 자기 자신을 조금씩 갉아먹는다. 자신에게 아무것도 남아 있지 않게 될 때까지.

한계를 받아들이는 것은 자신의 개성을 약화하는 대신 강화한다. 자신의 에너지를 고갈시키는 사람을 멀리하고, 자신을 지지하고 사랑하고 자신감을 북돋아 주는 이를 가까이하는 게 중요하다.

이미 일에 과부하가 걸려 있고 자신만의 시간이 필요할 때는 또 다른 일을 맡을 여력이 없기 마련이다. 그럴 때 무조건 "예!"를 외치는 것은 상대방과 자신에게도 부당한 일이다. "아니요!"라고 해야 할 때 그러지 못한다면 "예!"는 위장된 "아니요!"일 뿐이며, 이는 우리 자신에게서 자유로운 선택을 빼앗는 것과 같다.

일이 술술 풀리고 글쓰기가 순조로우면
아침에 기분 좋게 일어난다. 하지만 전날 일진이 나쁜 경우에는
뚱한 얼굴로 잠자리에서 일어난다.
— 로버트 캐로

글쓰기에 대한 자신의 태도가 어떤지, 변화가 필요하지는 않은지를 곰곰 생각해 보라. 낙관적인 작가는 그렇지 못한 이보다 더 높은 성취를 이루어 내는 경향이 있다. 그러나 자신의 글쓰기가 불만스러운 작가는 새로운 사고를 하는 것과 어떤 문제의 해답을 찾는 데 어려움을 느낀다. 또한 비관적이고 부정적인 태도는 글쓰기의 스트레스를 더욱 커지게 하는 반면 낙관적인 태도는 스트레스를 극복하게 한다.

자신이 과거에 이겨 냈던 도전과 독자에게서 받았던 긍정적인 코멘트를 떠올리는 것도 불만스러운 태도를 개선하는 데 도움이 될 수 있다. 스트레스가 심한 프로젝트를 행하는 중에도 한두 가지 긍정적인 점을 찾아내 그 일을 즐기는 게 중요하다. 무엇보다 불만스러운 태도가 당신의 글쓰기에까지 스며들어 성공적인 글쓰기를 가로막는 일이 없게 해야 할 터다.

다른 길로 걸어 보기

> 어제와 똑같은 길을 걷는데 보도에 커다란 구멍이
> 뚫린 게 보였다. 그래서 그 주위를 돌아서 갔다.
> ― 포셔 넬슨

수많은 사람들이 매일 똑같은 길을 걷는다. 그러다 보도에 구멍이 뚫린 것을 발견하기도 한다. 그것을 못 본 척하고 가다가는 그 속으로 빠질 수밖에 없다. 그리고 그곳에서 빠져나오는 데는 오랜 시간이 걸릴 수 있다. 우리는 그런 일이 반복될 때마다 자신이 여전히 똑같은 장소에서 헤매고 있음에 당혹스러워한다.

글쓰기와 관련된 나쁜 소식이 들릴 때마다 우리는 매번 좌절, 분노, 절망을 느낀다. 그럴 때는 또 다른 길을 찾기 위한 질문을 던짐으로써 자신의 태도를 바꿀 수 있다.

길가의 장애물을 피해 돌아갈 수 있는 길이 있는가? 목적지로 향하는 또 다른 길이 있는 것은 아닐까? 새로운 지도가 필요하진 않을까? 글쓰기의 장애물이 무엇이든 우리는 그것을 통과해 지나가야만 한다. 그 위로 넘어가든 주위를 돌아가든. 혹은 전혀 다른 길로 걸어갈 수도 있다.

> 행복이 지닌 많은 모순 중 하나는 우리가 자신의
> 삶을 통제하고자 애쓰지만 행복은 대부분
> 낯선 것과 전혀 뜻밖의 것에서 비롯된다는 사실이다.
> ― 그레첸 루빈

그레첸 루빈의 연구는 도전과 새로움이 행복의 강력한 원천임을 보여 준다. 매번 똑같은 글쓰기를 반복하면서 도전을 피하는 것은 행복한 작가가 되는 길을 가로막고 우리를 지루함과 불만으로 이끈다.

　인간의 뇌는 놀라움에 자극받으며, 예기치 못한 일을 극복하는 것은 강력한 만족감을 안겨 준다. 마찬가지로 새로운 글쓰기 과제에 대한 도전은 익숙한 글쓰기를 고수하기보다 훨씬 커다란 흥분을 느끼게 한다. 전혀 새로운 글쓰기의 추구 및 낯섦과 뜻밖의 것을 도전으로 여기는 자세는 한층 더 만족스러운 작가의 삶으로 우리를 이끈다.

　또한 새로운 상황의 창조는 더 많은 감정적 반응을 불러일으키고, 우리에게 시간의 흐름을 더 느리고 더 풍요롭게 느끼게 한다. 오늘, 어떤 새로운 길을 택할지를 스스로에게 물어 보라. 그것은 새로운 형태의 문학적 경험일 수도 있고, 놀라운 일이나 부정적 사건에 반응하는 비정형적 방식일 수도 있다. 그 답이 무엇이든 오늘 새로운 것을 시도해 보라.

나 자신을 잘 알기 시작한 다음에야 비로소
다른 사람을 알기 시작하게 된다. 내가 만나는 모든 사람들
속에서 나의 한 부분을 발견하기 때문이다.
— 존 D. 맥도널드

우리가 일생 동안 하는 여행 중에서 가장 긴 여행은 우리의 머리와 가슴 사이의 18인치를 탐험하는 것이다. 이 여행을 떠남으로써 우리는 문학 세계에서 받는 고통을 줄일 수 있다. 초조, 판단, 좌절, 분노 등은 우리의 머릿속에 존재하는 것이다. 그곳에 너무 오래 머물다 보면 불행해지기 십상이다. 그러나 머리에서 가슴에 이르는 여정에 나서게 되면 우리 안의 무언가가 변하는 것을 느낀다.

길을 가는 중에 우리의 앞길을 가로막는 모든 것을 사랑할 수는 없을까? 슈퍼의 계산대에서 새치기를 하는 사람, 운전 중에 앞으로 끼어드는 운전자, 나의 글에 혹평을 남긴 리뷰어 등등. 나를 고통스럽게 하는 사람 역시 나와 똑같은 인간이다. 아마도 나처럼 최선을 다해 매일을 살아가는, 누군가에게 깊이 사랑받는 자녀이거나 부모 혹은 누군가의 친구일 수 있다. 나 또한 부지불식간에 누군가의 앞길을 가로막은 적이 얼마나 많았겠는가? 초조해지는 순간마다 세상에서 가장 긴 여행을 떠나 보라.

당신의 글쓰기 능력을 빈티지 와인처럼 음미하라

가수는 결국엔 목소리를 잃게 되고, 야구선수는 팔을 잃게 된다.
반면 작가는 더 많은 지식을 얻게 되고,
좋은 작가라면 나이가 들수록 더 훌륭한 글을 쓸 수 있게 된다.
— 미키 스필레인

"난 작가가 되기엔 너무 늙었어"나 "글쓰기를 시작하기엔 너무 늦었어"라고 말하는 사람을 보면 이렇게 외치고 싶어진다. 작가이자 배우인 조안 리버스는 70세가 될 때까지 자신의 목소리를 발견하지 못했고, 유명한 민속 화가 애나 메리 로버트슨 모지스는 78세가 되어서야 그림을 그리기 시작했으며, 내 소설의 한 독자는 80세에 첫 소설을 썼다고!

소설가 토니 힐러먼은 82세에 자기 책을 읽고 싶어 하는 사람이 하나라도 있는 한 글쓰기를 멈추지 않겠노라고 선언했다. 힐러먼과 스필레인은 생애 마지막 날까지 자신의 역량을 마음껏 발휘했다. 일흔 살이든 여든 살이든 자신의 꿈을 좇기에 늦은 나이란 없다. 로맨스 소설가인 바버라 카틀랜드는 얼굴이 완전히 쪼그라들 때까지 계속 글을 쓰겠노라고 선언했고 실제로 그렇게 했다. 99세의 나이로 세상을 뜰 때까지.

글쓰기를 시작하기에 늦은 나이란 없다. '내내 글로 쓰고 싶었는데 쓰지 못한 게 뭐가 있지?'라고 오늘 스스로에게 물어 보라. 이미 쓰고 싶은 것을 다 썼다면 지금까지 쓴 것과 다른 새로운 것을 쓰면 된다. 소설, 노랫말, 시나리오, 단편소설, 연애편지 등등 뭐든 상관없다. 당신의 글쓰기 능력은 시간이 흐를수록 더 그윽해지는 빈티지 와인과 같다. 그 능력을 더 많이 발휘할수록 당신은 당신 자신을 더 믿게 될 것이다.

> 이 세상은 계단과 계단을 오르거나 내려가는
> 두 부류의 사람으로 이루어져 있다.
> ― 에드 맥베인

우리는 문학 세계의 계단을 올라가거나 내려갈 수 있다. 당신은 어느 쪽으로 가고 싶은가? 그 답은 출판 산업에서 일어나는 일(지켜지지 않는 약속, 거절, 예기치 못한 좌절 등)로 정해지지 않는다. 그것은 시도의 결과에 상관없이 우리가 어느 방향으로 가고자 하는지에 따라 달라진다.

계단을 올라가면 성공과 꿈의 실현이 우리를 맞이하고, 계단을 내려가면 실패와 좌절이 우리를 기다리고 있다. 우리의 글쓰기 계획이 계단을 내려가게 만들 때에도 우리는 단호함과 꿋꿋함으로 계단을 오르기를 선택할 수 있다. 매일 글을 쓸 때마다 내가 어느 방향으로 가고 있는지를 자문하라. 계단을 내려가는 중이라면 방향을 바꿔 계단을 오르려면 나에게 어떤 마음가짐이 필요한지, 어떤 행동을 취해야 하는지, 어떤 습관을 버리거나 바꿔야 하는지를 생각해 보라. 반대로 계단을 오르는 중이라면 나의 어떤 면을 유지하기를 원하는지, 그런 결정에 수반되는 것이 무엇인지에 주목하라.

두려움이 아닌 과제에 집중하기

위험에 집중하면 위험에 대한 생각이 마음속에서 점점 커지면서
종국에는 당신을 마비시키고 말 것이다.
위험이 아닌 과제에 집중하면서 당신이 해야 할 일을 하라.
— 배리 아이슬러

작가로서 우리가 집중하는 것은 그게 무엇이든 점점 커지면서 확장되기 마련이다. 우리 마음이 장애물이라는 생각에 머문다면 긴장이 점점 커지면서 장애물이라는 말 자체가 장애물이 되고 만다. 글쓰기의 장애물이 과장돼 보이면서 우리를 마비시키고 장애물 너머로는 나아갈 수 없게 만드는 것이다.

많은 경우 두려움이 점점 커질수록 그에 대해 더 많이 생각하는 악순환에 빠지게 된다. 당신이 두려움을 느끼는 게 아니라 두려움이 당신을 먹어 치우는 격이다. 일시적이고 강박적인 두려움에 사로잡히는 대신 눈앞의 과제를 마치는 데 집중함으로써 두려움이 자신을 좀먹고 자신의 잠재력을 억제하는 일이 없게 하라. 그래야만 한층 더 효율적인 글쓰기와 함께 조금씩 앞으로 나아갈 수 있다. 당신 역시 머릿속에만 존재하는 위험에 신경 쓰느라 당장 처리해야 할 과제를 소홀히 한 적은 없는가?

> 당신을 잘못된 방향으로 이끌었다고 부모를
> 탓하는 데도 유효 기간이 있다. 당신이 손수 핸들을 잡을 만큼
> 충분히 자라면 그 책임은 당신에게로 옮겨 온다.
> — 조앤 K. 롤링

혹시 자신의 문제를 두고 다른 누군가를 탓하려고 한 적은 없는지? 아무 잘못 없는 제삼자에게 자신의 잘못을 떠넘기려고 한 적은 없는지? 자신이 원하는 대로 일이 되어 가지 않을 때는 스스로의 내면을 들여다보면서 원인을 따져 봐야 한다.

다른 사람을 아무리 자주 아무리 많이 비난하더라도 그로 인해 내가 변화하거나 더 나은 사람이 되진 않는다. 남을 탓하기는 자기 자신을 들여다보는 것을 가로막을 뿐이다. 우리는 자신의 불만이나 좌절을 설명하는 데에 외적인 이유를 필요로 하기 때문이다.

글 쓰는 삶을 사는 동안 수많은 실패를 겪을 수는 있지만, 스스로의 책임을 인정하는 대신 다른 누군가나 상황을 탓한다면 우리는 결코 자신의 문학적 삶을 더 낫게 변화시킬 수 없다. 자신의 삶을 스스로 책임지게 되면 어느새 아무도 탓하지 않으면서 문학적 청소년기에서 성숙기로 옮겨 갈 수 있다.

자기회의 굶겨 죽이기

자신의 믿음에 먹을 것을 주면 자기회의는 굶어 죽기 마련이다.
— 데비 매컴버

자신의 글쓰기 노력이 스스로 기대한 만큼 빨리 인정받지 못하면 우리는 자기회의란 놈에게 시달리게 된다. 아무 재능도 없는 사람이 그런 척했다고 스스로를 깎아내리면서 자신을 사기꾼 취급하기도 한다. 자기회의는 우리에게 실패하기도 전에 포기하라고 종용한다. 그리고 우리는 때때로 자신에 대한 믿음을 잃어버리고 자기회의의 충고를 따른다.

당신이 자기회의를 믿는 것은 그것이 곧 당신 자신이라고 생각하기 때문이다. 그러나 자기회의는 당신의 목소리 중 하나일 뿐이다. 자기회의가 메가폰을 들고 소리치면 그것에 휘말리지 말고 휴대폰을 귀에서 떼어 놓듯 멀리서 들으면 그뿐이다.

당신의 믿음에 먹을 것을 주고 자기회의를 굶겨 죽이기 위해서는 글쓰기의 여정 동안 수시로 자신의 능력과 가치를 확언하는 게 필요하다. 그리고 그 힘은 당신 안에 있다.

꽉 움켜쥔 주먹으로는 소매를 걷어붙일 수 없다.
— 제임스 롤린스

아직 일어나지도 않은 일을 두고 불안해하거나 자신의 기대대로 되지 않은 일을 오래도록 떨쳐 버리지 못한 채 불쾌한 감정을 곱씹은 적은 없는지? 아무런 타당한 이유도 없이 머리 위에서 도끼가 떨어지거나 나쁜 일이 생길지도 모른다는 생각에 전전긍긍한 적은 없는지? 과거의 일이나 미래에 대한 생각에 연연하다 보면 현재의 필요를 등한시하게 된다.

어떤 이는 '걱정'을 마치 침입자처럼 여기면서 분노하거나 걱정을 없애려고 한다. 그러나 걱정과 적대적인 관계를 맺으면 우리 안의 좌절감과 불안감은 더욱 커진다. 사실 걱정은 우리에게 반하기보다는 우리를 보호하고 글쓰기의 위협과 도전에 미리 경고하기 위해 존재한다. 문학적 투쟁에서 우리 머리가 터지는 일이 없도록.

그러니 미래에 대한 걱정으로 꽉 움켜쥔 주먹을 풀고 소매를 걷어붙인 뒤 당신 앞의 과제와 도전에 집중하길.

> 인간은 매우 탄력적인 존재다. 일주일 전에 우리를 두렵게 했던
> 끔찍한 일이 오늘은 용납할 만한 일이 된다.
> — 조지프 헬러

우리는 모두 과학자들이 '회복탄력성 영역'이라고 부르는 것을 유전적으로 타고났다. 이 말은 편안하고 차분하게 느껴지면서 우리의 정신을 한데 모을 수 있는 내면의 장소, 즉 안전지대를 뜻한다. 관련 연구에 따르면 우리는 자기 몸의 동요(불편, 불안, 걱정 등)에 흔들릴 필요가 없다. 사실 우리는 자신의 일상적 반응과 다른 반응을 보이는 것만으로도 회복탄력성 영역을 넓힐 수 있다.

그러기 위해 다음과 같은 방법을 한번 시도해 보라. 먼저 어떤 어려움이 있어도 글쓰기를 계속하겠다는 결의를 다지는 짧은 문장을 써 보라. 말하자면 그것은 "글쓰기를 그만두고 싶어질 때는 내가 왜 글쓰기를 시작했는지를 기억할 것이다"나 "내가 하기로 마음먹은 것은 그게 무엇이든 반드시 끝낼 것이다" 식의 문장이 될 터다. 그런 다음 조용한 곳에서 그 문장을 여러 번 읽어 보라. 눈을 감은 채 문장을 되뇌는 동안 나의 몸에 어떤 느낌(좋은 느낌, 담담함 등)이 드는지를 주목하라. 그와 더불어 부정적인 생각이나 행동과 긍정적인 생각이나 행동이 짝을 이루게 함으로써 스트레스 반응에 대한 유연성을 높이고 회복탄력성 영역을 확장하라.

집을 떠나고 나라를 떠나고 익숙한 것을 떠나라.
그래야 비로소 일상적인 일들(빵 사기, 야채 먹기,
인사하기 등등)이 모두 다시 새로워질 수 있다.
　　　　　　　　　　— 앤서니 도어

우리는 규칙, 일상, 일정 등을 통해 삶의 질서를 유지할 필요성을 느낀다. 하지만 때로는 삶을 원칙대로만 살려고 하다가 수많은 새로운 경험과 흥미로운 인간관계를 배제하고 있진 않은지 돌아볼 필요가 있다. 자신에게 익숙한 것을 고수하기는 안락함과 안전함을 느끼게 할 수는 있겠지만 우리의 창의성을 제한할 수밖에 없다. 게다가 아무리 힘겹게 익숙한 것에 매달려도 결국에는 새로운 변화가 글쓰기의 새로운 방식을 발견하게끔 우리를 부추기곤 한다.

　매일같이 똑같은 것만을 반복하다 보면 한 방향으로 가게 되면서 글쓰기를 새로운 눈으로 바라보지 못하게 된다. 이에 관해 소설가 테스 게리첸은 다음과 같이 조언했다. "언제나 호기심을 가져라. 아직 한 번도 가 보지 못한 곳으로 떠나라. 낯선 나라로 떠나기는 새로운 것을 보는 것과 동시에 완전히 새로운 시야로 보는 것을 가능하게 한다."

　여행을 갈 수 없다면 단지 관점을 바꾸는 것만으로도 매일을 첫 번째 경험인 것처럼 살면서 자신의 일상을 새롭게 느낄 수 있다. 평범한 것에서 아름다움을, 단순한 것에서 우아함을, 피상적인 것에서 지혜를, 단조로움 가운데서 자극을 발견할 수 있다. 일상적인 세계 속에서도 늘 호기심을 잃지 않는다면 우리는 언제나 새로운 경험으로 가득한 나날을 만들어 갈 수 있다.

중요한 건 소유가 아닌 자족감이다

충만한 자족감을 느낄 수만 있다면 어떤 대상을
소유하느냐 아니냐는 중요하지 않다.
어느 쪽이든 당신은 여전히 만족할 것이기 때문이다.
— 달라이 라마

달라이 라마는 자족감을 느끼는 데 두 가지 방법이 있음을 설파했다. 하나는 자신이 원하는 모든 것을 소유하는 것이다. 비싼 집, 스포츠카, 완벽한 배우자, 고급 음식, 유행하는 옷, 해외여행, 완벽하게 다듬어진 몸매…… 목록은 끝없이 이어진다.

이런 삶의 문제점은 밑 빠진 독에 물 붓기라는 것이다. 내면의 빈 곳을 채우려고 자꾸만 외적인 것을 추구하면서 우리는 어느새 일 중독자가 되어 간다. 그러다 보면 머지않아 간절히 원하지만 가질 수 없는 (아무리 많이, 아무리 힘들게 일하더라도) 무언가가 생겨나기 마련이다.

당신은 이런 삶의 패턴을 좀 더 자족감을 느낄 수 있는 다른 방법으로 변화시킬 수 있다. 자신이 이미 가지고 있는 것을 원하면서 감사하는 것이 그것이다. 그리하면 자신의 능력 이상의 것에 연연하지 않게 되어 자족감과 내면의 평화를 누릴 수 있다. 오늘 자신이 감사해야 하는 것과 자신의 삶을 가치 있게 만들어 주는 것의 목록을 만들어 보라. 그리고 감사하는 태도를 연습함으로써 그러한 태도가 하나의 습관이 되게 하라. 그동안 당연하게 여겨 왔지만 그것들이 없다면 삶이 공허하고 무의미하게 느껴질 것들을 눈앞에 떠올려 보라.

> 당신이 의사나 변호사라면 친구가 단지 담소를 나누기 위해서나
> 일을 방해하면서까지 일터에 들르지 않는다. 그러나 왜 그런지는
> 모르겠지만 글 쓰는 일은 다르다고 생각하는 사람이 많다.
> — 더글러스 프레스턴

의사나 변호사, 배관공과 달리 작가는 대부분 집에서 일하며, 이는 글쓰기의 유지가 가족과 친구 들이 그의 개인적인 글쓰기 공간을 존중하는 데 달려 있음을 뜻한다. 그러나 나를 포함한 많은 작가의 경험에 의하면, 선의를 가진 이조차 사적인 글쓰기 영역을 자주 침범하는 게 사실이다. 어떤 작가는 위안을 찾아 집 밖으로 나가 글을 쓰기도 하지만 언제나 그럴 수 있는 것은 아니다. 집에서 글을 쓰는 작가는 공동의 영역에서 떨어진 곳에 오직 글쓰기만을 위한 공간(가족에게도 출입이 금지된)을 정해 놓을 필요가 있다.

　글쓰기 공간의 경계를 분명히 하는 것은 모두에게 득이 된다. 가족과 친구는 글 쓰는 일이 전기 기술자나 치과의사의 일과 조금도 다르지 않다는 것을 알게 된다. 우리는 다른 이에게 글쓰기 공간을 존중하는 법을 가르치면서 아무런 방해 없이 일을 끝낼 수 있다.

추수감사절 만찬을 준비하는 데는 18시간이 걸리지만
먹는 데는 12분이 걸린다. 경기 중의 하프타임도 12분이다.
이것은 우연의 일치가 아니다.
— 어마 봄벡

추수감사절에도 미식축구 경기, 퍼레이드, 칠면조 요리에서 잠시 눈을 돌려 모든 것에 감사하는 시간을 갖는 게 중요하다. 우리는 행복해지는 데 필요한 모든 것을 이미 가지고 있다.

추수감사절 주간의 매일 아침 눈을 뜰 때마다 자신이 아는 모든 사람과 사물에 감사하는 시간을 갖도록 하라. 이는 자신이 이룬 것보다 이루지 못한 것에 과도하게 집중하는 경향이 있는 작가에게 특히 중요하다. 자신이 가진 것에 진심으로 감사하는 마음을 갖는 것은 우리의 속도를 늦추고 내면을 충만하게 채워 준다. 자신이 여전히 필요한 것을 갖지 못함에 불평하기보다는 그동안 잊고 있었던 것이나 당연하게 여겼던 축복에 감사를 표하고 자신의 내면에 어떤 충족감이 느껴지는지에 주목하라.

> 열린 마음을 갖는 것의 문제점은 사람들이 자꾸
> 내 안으로 들어와 나를 좌지우지하려 한다는 데 있다.
> — 테리 프래쳇

우리는 좁은 마음에서는 더 이상 자라날 수 없다. 좁은 마음은 우리를 자기중심적이 되게 하고, 창작과 삶의 미스터리에서 멀어지게 하며, 다른 이의 눈으로 세상을 바라보게 한다. 닫힌 마음은 두려움과 불안의 결과물이며, 작가들은 대부분 어느 정도 이런 마음을 갖고 있다. 그러나 두려움과 불안이 우리의 글 쓰는 삶이 선사하는 커다란 선물을 퇴색하게 놔두어서는 안 될 터다.

열린 마음을 개발하면서 자기 안으로 들여보낼 것을 선별하고 선택하라. 아무것이나 당신 안으로 들어와 자신을 좌지우지하는 일이 없도록. 당신 안으로 들어오는 것은 그게 무엇이든 문학의 여정 동안 당신을 더 멀리 나아가게 할 수 있어야 한다.

당신이 글 쓰는 삶에서 어떤 외부적인 것을 차단하고 있는지를 되돌아보라. 그리고 이렇게 자문해 보라. '어떤 것에 더 마음을 엶으로써 나의 일상적인 글쓰기를 더욱 풍요롭게 하고 작가로서 더 성장하게 할 수 있을까?'

더 많은 성공을 거두기 위해서는
더 많은 실패를 기꺼이 받아들여야만 했다.
— 그레첸 루빈

성공과 실패는 동전의 양면 같은 것이다. 서로 적이 아닌 쌍둥이인 셈이다. 언젠가 수영을 한 번도 배운 적이 없는 대학원생을 만난 적이 있다. 그녀는 처음 시도할 때 물에 계속 떠 있지 못할 것을 두려워했다. 만약 한 번이라도 시도를 했더라면 얼마간은 배울 수 있었을 터였다. 그러나 그녀는 한 번도 시도하지 않았고, 그 후로도 영영 수영을 배울 수 없었다.

얼마나 많은 이가 그녀처럼 실패가 두려워 과감히 나서지 못하고 책상에만 붙어 앉아 있거나 원고를 서랍 속에 감추고 있을까? 글쓰기 모임에 나가거나 자신의 글을 다른 이에게 보여 주기를 망설이면서.

밀가루 없이 케이크를 만들 수 없듯 실패는 성공에 없어서는 안 될 중요한 요소다. 더 많은 성공을 거두려면 어느 정도의 실패는 반드시 필요하다. 실패를 자신에게 유리하게 이용하는 것은 훌륭한 작가의 특징 중 하나다. "실패는 매우 중요하다. 우리는 언제나 성공만을 이야기한다. 그러나 종종 더 큰 성공으로 우리를 이끄는 것은 실패에 굴하지 않거나 실패를 이용하는 우리의 능력이다." 소설가 조앤 K. 롤링의 말처럼 미래의 성공을 위해 자신의 실패를 어떤 식으로 이용할지를 아는 것은 매우 중요하다.

마침내 선택의 여지가 없게 되었을 때는 눈앞의 것을 선택하고
그것에 매달릴 수밖에 없다. 당신도 마침내
받아들이기라는 잔인한 관대함 속으로 들어선 것이다.
— 수 몽크 키드

문학의 세계에서도 오래된 사고와 행동 방식이 더 이상 통하지 않을 때에는 어쩔 수 없이 새로운 것을 받아들여야만 한다. 그럴 때는 마치 세상이 무너져 내리는 것 같은 느낌이 들기도 한다. 그래서 오래된 패턴에 매달리느라 변화에 저항하고 어떻게든 자신이 상황을 통제하고자 한다. 새로운 변화에 몸을 내맡기는 것이 위협적이고 불안하게 느껴지기 때문이다. 그러나 자신이 통제할 수 없는 경험에 굴복하기는 종종 우리의 영혼이 추구하는 자유로움으로 다가오기도 한다. 자신이 추구해 온 글쓰기의 세계가 무너져 내리는 것 같을 때면 무엇보다 인내와 믿음을 잃지 않는 게 중요하다.

　때로 이런 변화가 뜻밖의 흥미로운 선물을 선사하기도 하지만 우리는 처음에는 그 사실을 알아차리지 못한다. 인내와 믿음으로 꾸준히 나아갈 때에야 비로소 새로운 가능성과 의미를 발견할 수 있다. 문학 세계에서 일어나는 자연스러운 변화를 받아들이기 위해 내가 고수해 온 어떤 것을 버릴지를 생각해 보라. 그 변화가 나에게 가져다줄 선물을 떠올리면서 기꺼이 낯설고 새로운 것을 향해 발을 내디디라.

> 결코 일어나지 않을지도 모르는 일 때문에 안달복달하지 마라.
> 그랬다가는 스스로 자기충족 예언을 실현하게 될지도 모른다.
> ― 레이먼드 커리

어째서 우주는 내 말에 귀를 기울이지 않는 걸까? 어째서 나의 글쓰기는 계획대로 되지 않는 것일까? 글쓰기의 결과가 기대에 미치지 못할 때마다 왜 난 절망에 사로잡히는 걸까? 어떤 일이 일어나기를 기대하거나 그 반대로 일어나지 않기를 기대함으로써 우리는 스스로에게 고통을 야기한다. 어느 쪽이든 우리의 기대가 실제 결과와 다르기를 바라기 때문이다. 그리고 우리는 자기충족 예언이 생생하게 자기 머릿속에서 실현되고 있음을 깨닫게 된다.

'기대란 계획된 원망'이라는 오래된 속담이 있다. 어떤 일이 일어날 때 우리 마음을 상하게 하는 것은 그 상황이 아니라 우리가 그것에 대해 생각하고 느끼는 방식이다. 자신의 주관적 생각과 느낌에 근거한 판단을 내리는 순간 우리는 감정적으로 그 일에 휩쓸리게 된다.

우리가 기대하는 것 중 대부분은 실제로 일어나지 않는다. 우리가 알 수 없는 또 다른 힘이 함께 작용하기 때문이다. 분노와 원망 혹은 절망을 느끼는 것은 우리가 애써 피하고자 했던 고통을 야기하는 것과 다를 바 없다. 우리가 할 수 있는 것을 변화시키고, 우리가 할 수 없는 것을 받아들이면서 그 둘의 차이를 깨닫는다면 언제라도 평온한 마음을 유지할 수 있을 터다.

> 나는 일진이 좋은 날에는 내 책들이 그럭저럭
> 괜찮다고 생각한다. 하지만 일진이 나쁜 날에는
> 아직 좋은 글을 한 줄도 쓰지 못했다고 생각한다.
> ― 데니스 루헤인

자산관리사는 대체로 우리에게 주식 시장의 변동에 과잉 반응 하지 말라고 충고한다. "전혀 새로울 게 없어요. 시장이 오르락내리락하거나 주가가 조금 혹은 급격히 떨어지는 건 늘 있는 일이니까요. 중요한 건 그때그때 어떻게 반응하느냐입니다."

문학 세계에 대해서도 똑같은 말을 할 수 있다. 글쓰기라는 롤러코스터에 자리를 잡을 때는 급격한 움직임에 대비해 안전벨트를 단단히 매야 한다. 글 쓰는 삶은 우리의 통제를 벗어날 때가 많아서 우리는 마치 공중을 나는 공중 곡예사가 된 느낌이 들곤 한다. 어떤 날은 새로운 아이디어가 샘솟다가 또 어떤 날은 머리가 텅 빈 것 같다.

그러나 글 쓰는 삶은 통제 불가능한 것이 아니다. 중요한 것은 글쓰기에 내포된 변화무쌍함에 당황하지 말고 그것을 반복되는 하나의 패턴으로 여기는 것이다. 글쓰기를 시작하면서 이미 당신은 그 세계의 부침을 기정사실로 받아들였음을 잊지 마라.

상실에서 이점을 끌어내기

끊임없이 아프다고 생각하면 실제로 아픔을 느끼게 된다.
스스로 아름답다고 믿으면 정말로 아름다워진다.
— 샥티 거웨인

우리 삶에서 일어나는 모든 것은 행동으로 나타나기 전에는 단지 하나의 생각에 불과하다. 작가는 자신의 걸작을 종이에 써 내려가기 전에 먼저 마음속으로 글을 쓴다. 화가와 음악가도 캔버스에 그림을 그리거나 악기로 연주하기 전에 먼저 머릿속에서 구상을 한다.

어떤 상황에 대해 긍정적이거나 부정적인 생각을 떠올리는 것은 자신이 하게 될 경험의 색조를 미리 창조하는 것과 같다. 머릿속에 긍정적인 생각을 떠올리면 미래의 상황에 대해 긍정적인 가능성을 창조하게 된다. 결함보다는 아름다움을, 절망보다는 희망을 더 많이 보게 된다. 심지어 상실과 절망 가운데서도 축복과 잠재력을 발견할 수 있다.

글쓰기에서 느끼는 모든 상실 가운데는 어떤 이점이 포함돼 있기 마련이다. 당신이 겪게 될 상실에서 자신을 작가로 성장시킬 수 있는 어떤 이점을 끌어낼 수 있을지를 생각해 보라.

> "빌어먹을 자동완성 기능!" 스마트폰 사용자라면
> 누구나 한 번쯤은 이런 말을 내뱉은 적이 있을 것이다.
> ― 질리언 매디슨

우리가 사용하는 모바일 기기의 자동완성 기능은 사용자의 편의를 위해 고안되었지만 종종 우리를 당혹스럽게 한다. 컴퓨터나 스마트폰에 내장된 자동완성 기능은 우리가 쓰고자 하는 단어를 예측해 빈번히 발생하는 오자를 수정해 준다. 자동완성 기능의 목적은 사용자의 시간을 절약하는 데 있지만 우리는 그것 때문에 머리를 쥐어뜯기도 한다.

'자동'이라는 말이 포함된 어떤 기기에도 기기 고유의 정신이 있다. 예의 그 자동완성 기능은 우리의 글쓰기에까지 침범해 자신이 쓰고자 했던 것과 전혀 다른 것을 쓰게 만든다. 대중문화 블로거 질리언 매디슨은 『빌어먹을 자동완성 기능!』Damn You, Autocorrect! 이라는 흥미로운 책에서 자동완성 기능의 수많은 예가 성적인 암시와 관련돼 있음을 보여 준다. 나는 분명히 내 책의 홍보 담당자에게 '비용을 지불했다'paid라고 문자메시지를 보냈는데 '섹스를 했다'laid라는 메시지로 둔갑해 보내졌다면? 이런 어처구니없는 예는 얼마든지 들 수 있다. 그러니 '보내기'를 누르기 전에 한 번 더 확인하는 습관을 들이도록 하자. 출판업자나 편집자에게 황당한 메시지를 보내 원고가 거절당하는 일은 없어야 하지 않겠는가.

> 당신을 구속하는 사슬은 지배 계급이나 상류층,
> 사회, 국가 혹은 지도자가 묶어 놓은 것이 아니다.
> 누구도 아닌 당신 자신이 묶어 놓은 것이다.
> ― 티모시 걸웨이

자기 마음을 어떻게 사용하느냐에 따라 궁지에 빠질 수도, 거기서 벗어날 수도 있음을 알지 못하는 사람이 많다는 것은 놀라운 일이다. 우리의 글쓰기 능력이 무한한데도 우리 마음은 종종 스스로 그 잠재력에 빗장을 걸곤 한다. 안전의 필요성이 우리를 부정적인 생각에 매달리게 하고 자신의 한계를 실재하는 것으로 인식하게 만드는 것이다. 하지만 작가로서 느끼는 한계는 자신의 마음을 어떻게 사용하느냐에 따라 정해진다.

글쓰기의 장애물을 만나면 우리는 삶이 자신을 가혹하게 다룬다고 느낀다. 그러면서 습관처럼 자신을 패배자이자 낙오자로 여긴다. 자신을 스스로 빗장을 지른 방에 가두는 셈이다. 글쓰기에 제약을 가하는 것은 객관적 상황이 아닌 우리의 제한된 시야다. 스스로를 구속하는 사슬을 푸는 열쇠가 우리 자신에게 있음을 깨닫는다면 우리의 글쓰기도 한층 더 낫게 변화할 것이다.

> 무언가를 포기한다는 것은 자신이 그 일을 해낼 수
> 있었음을 결코 알지 못함을 의미한다.
> 나는 내 인생에 대해 알지 못한다는 게 정말 싫다.
> ― 소피 킨셀라

거부와 좌절은 야금야금 우리를 갉아먹음으로써 자신이 수많은 자상(刺傷)으로 죽어 가는 것처럼 느끼게 한다. 그러다가 마침내 우리는 더 이상 단 하나의 상처도 허용되지 않는 마지막 순간이 닥쳤음을 느낀다.

그러나 분명히 말하지만, 글쓰기의 세계에서는 상처를 더 입는다고 죽는 일은 없다. 저명한 스릴러 작가 스티브 베리는 12년간 여든다섯 번의 거절을 겪은 뒤 작가로서의 성공을 거두었다. 성공한 많은 작가들이 마치 마라톤을 하듯 수많은 좌절을 겪은 뒤 모든 것을 포기하기 직전에 두 번째 기회를 잡았음을 이야기한다. 그럴 때면 느닷없이 강력한 전기가 몸속을 흐르듯 온몸이 새로운 에너지와 단호함으로 가득 차는 것을 느끼게 된다는 것이다.

무언가를 포기하고 싶어질 때면 당신 안에는 스스로 생각하는 것보다 훨씬 큰 회복탄력성이 잠재돼 있음을 기억하라. 만약 지금 포기한다면 당신은 자신에게 그런 힘이 있음을 결코 알지 못할 것이다. 자신에게 어떤 일을 해낼 수 있는 힘이 있었음에 놀라는 경험을 하고 싶은가? 그렇다면 두 번째 기회가 올 때까지 매달림으로써 자신이 무엇을 할 수 있는지를 확인하라. 글쓰기의 목표가 아무리 불가능하고 높아 보여도 결코 포기하지 않기. 그것이 올림픽의 우승자처럼 글쓰기의 정상에 오르는 길이다.

선 바깥에 글쓰기

> 다른 사람이 준 펜을 내려놓으라. 지금까지 남에게
> 빌린 잉크로 생생한 문장을 쓴 사람은 없었다.
> — 잭 케루악

길리언 플린의 소설 『나를 찾아줘』Gone Girl가 비호감 여주인공이라는 유리천장을 깨자 트렌드에 뒤질세라 소설 제목에 'girl'을 포함한 책이 홍수처럼 쏟아져 나왔다. 그중에는 성공을 거둔 책도, 소리 없이 사라진 책도 있다. 한 국제 글쓰기 콘퍼런스에 참석한 대표 출판업자와 저작권 에이전트는 이후 'girl'이라는 제목이 붙은 소설을 보면 곧장 쓰레기통으로 보낸다고 입을 모아 말했다.

성공적인 글쓰기로 향하는 열쇠는 자기만의 진실한 이야기를 쓰는 것이다. 시류에 편승해서 트렌드를 좇는 글을 쓰는 대신 늘 새로운 아이디어와 좀 더 진실한 내러티브가 담긴 자기만의 새로운 틀을 찾는 게 중요하다. 우리는 자신이 아는 것과 자신이 느끼는 것을 글로 쓴다. 『나를 찾아줘』가 성공한 것은 그것이 독창적이었기 때문이다.

알베르트 아인슈타인은 "자신의 삶이 걸작이 되게 하고 싶으면 때때로 선 바깥에 색칠을 해야 한다"라는 말을 남긴 바 있다. 마찬가지로 우리도 자기만의 걸작을 쓰고 싶으면 남이 모두 쓰는 선 안쪽이 아닌 선 바깥에 글을 써야 한다. 나 자신에게 충실하면서도 독창적인 스타일로. 이제 스스로에게 자문해 보라. '나는 남에게 빌린 잉크로 글을 쓰고 있는가, 아니면 나만의 독창적인 표식이 담긴 글을 쓰고 있는가?'

12월

나는 오전 내내 내가 쓴 시의 교정쇄를 검토한 뒤 쉼표 하나를 뺐다.
그리고 오후에는 뺐던 쉼표를 도로 넣었다.
― 오스카 와일드

성공적인 글쓰기로 향하는 길에는 우리를 좌절하게 하는 많은 것들이 도사리고 있다. 아이디어의 고갈, 집중력 부족, 끝없는 현재진행형의 일, 서랍 속에서 잠자고 있는 원고, 출판사의 거절 등등. 지치고 낙담하여 책상에 앉는 일조차 힘들 때에도 우리는 또다시 컴퓨터 화면 앞에 앉기를 반복한다.

때로는 글쓰기가 자신을 알은체도 하지 않는 것 같다. 그럼에도 경주를 멈출 수는 없다. 단어를 이리저리 옮겨 보고, 쉼표를 더하거나 없애 보기도 하지만 어느 것도 만족스럽지 않다. 문장을 다시 쓰고 이리저리 뒤집어 보거나 다른 문장의 앞뒤로 배치해 보기도 한다. 점심을 먹으면서도 그 문장을 생각하고, 오후에는 단락 전체를 삭제하고 모든 것을 처음부터 다시 쓸 때도 허다하다.

중요한 것은 노련한 작가들도 모두 예외 없이 이런 시절을 거쳤고 지금도 거치고 있다는 사실이다. 좌절과 실망은 글쓰기에서 반드시 거쳐야 할 통과의례 같은 것이며, 개인적이거나 자신에게만 고유한 것이 아님을 기억하라.

> 스트레스가 당신의 전략에 걸림돌이 되게 하지 마라.
> 대부분의 사람은 경쾌한 산책, 가벼운 식사, 마사지,
> 잠깐의 낮잠만으로도 기분이 한결 나아질 수 있다.
> — 바버라 테일러 브래드포드

스케줄이 아무리 빡빡하다고 해도 스트레스를 해소할 시간은 언제나 있다. 긴장을 완화할 수 있는 특별한 장소가 있다면 휴식 버튼을 누르기가 훨씬 쉬워진다. 집에서도 스트레스를 야기하는 글쓰기의 문제를 생각하거나 걱정하지 않아도 되는 자기만의 공간을 확보할 필요가 있다.

스트레스로부터 자유로운 공간에서는 홀로 시간을 보내면서 고요와 평온을 누릴 수 있다. 그곳에는 전자 기기도 작업 도구도 스케줄 표도 없다. 그곳에서는 글쓰기의 압박도, 곱씹는 생각과 걱정도 금지돼 있다.

따로 자기만의 방을 마련할 수 없다면 차고나 지하실처럼 사람이 많이 드나들지 않는 곳이나 침실의 한 구석을 이용할 수도 있을 터다. 혹은 자기만의 코너를 만들어 즐거운 기억이나 편안한 느낌을 불러일으키는 특별한 기념품이나 좋아하는 사진으로 장식하는 것도 좋다.

우리 인생에는 다른 사람이 나를 어떻게 볼까
걱정하는 것보다 훨씬 중요한 일이 많이 있다.
— 데니스 루헤인

"자신에 대해 스스로 어떻게 생각하느냐보다 다른 사람이 어떻게 생각하느냐가 더 중요한 이유는 뭘까?" 이는 매우 흥미로운 질문이다. 다른 사람에게 인정받고자 하는 욕구는 있는 그대로의 자신 및 자신의 능력과 재주를 충분히 인정하지 않는 데서 비롯된다. 글쓰기에서도 많은 이가 대중이 자신에게 쓰기를 바라는 글을 쓰는 일에 몰두한다. 그런 경우에는 대중의 욕구와 취향에 따라 자신의 흥미와 목표도 바뀔 수밖에 없다.

하지만 결코 자신의 가치를 폄하해서는 안 된다. 나쁜 소식이나 뜻하지 않은 사건이 나의 문학적 행보를 가로막는다 할지라도. 자기존중은 자신의 내면에서 비롯된다. 자신이 중요한 존재라는 것을 믿고 스스로를 사랑하고 존중하라. 그래야만 문학적 도전과 좌절과 실망을 넘어설 수 있다.

자기존중이 습관이 되게 하기 위해 다음 몇 가지 질문을 자신에게 던져 보라. 내가 느끼는 실망감이 과장된 것은 아닐까? 만약 그렇다면 균형 잡힌 시각으로 그것을 바라보려면 어떻게 해야 할까? 내가 처한 상황의 긍정적인 면을 보는 게 가능할까? 상황의 부정적인 면에도 밝은 전망과 기회가 감춰져 있지는 않을까? 난 지금 문제와 해결책 중 어떤 것에 집중하고 있는 걸까? 실현 가능한 해결책을 어떻게 찾아 낼 수 있을까?

> 삶의 지침으로 삼아야 할 진실이 있다면 그것은
> 우리에게 언제나 희망이 있다는 것이다. 우리가 희망을 포기한다면,
> 우리의 영혼은 재가 되어 날아가 버리고 말 것이다.
> — 존 코널리

글쓰기라는 꿈의 희망이 모두 사라져 버린 것 같을 때가 있다. 글을 쓰는 동안 한 번이라도 절망을 느껴 보지 않은 사람을 난 알지 못한다. 절망은 두려움에 기반을 두고 있다. 저명한 스릴러 작가 로버트 러들럼은 "희망은 두려움보다 유일하게 강력한 것이다"라고 했다.

절망적이 된다는 것은 미래에 대한 전망이 보이지 않는다는 것을 의미한다. 그러나 아무리 글쓰기의 장애물이 커 보여도 역경 가운데에도 언제나 희망은 있는 법이다. 자신의 감정이 '사실'이 아님을 알면서도 스스로에게 절망감을 허락하는 것은 중요하다. 절망을 느끼는 것은 희망을 포기하는 것과는 다르기 때문이다. 오히려 그것은 희망을 영영 포기하고 싶은 충동을 완화시켜 주면서 다시 돌아올 봄날을 기대하게 한다.

두 눈을 감은 채 두 팔을 활짝 벌리고 절망감을 받아들이는 상상을 해 보라. 이런 훈련을 반복하다 보면 절망감을 받아들임으로써 더 큰 희망을 되살아나게 할 수 있음을 알게 될 것이다.

열정이 당신의 영혼을 살아 있게 하리니

열정은 그 결과가 어떻든 우리의 영혼을 살아 있게 해 준다.
비록 그중에서 희미한 빛만이 살아남는다 할지라도. 난 그 빛을
보았고, 그 속에 잠겨 봤으며, 그 빛으로 인해 변화했다.
— M. J. 로즈

글 쓰는 사람 대부분에게 글쓰기는 하나의 열정이자 개인적인 커다란 소명이다. 우리 안에서 불타오르면서 모든 것을 태우는 불꽃이자 변함없는 강렬한 사랑이다. 그 사랑이 우리를 앞으로 나아가게 하며, 꺼져 가는 불길을 다시 타오르게 하고 힘든 역경을 헤쳐 나가게 한다.

성공한 작가들은 대부분 마음과 영혼에 깃든 이런 열정을 글로 옮겼다. 나 역시 그들에게 많은 영감과 영향을 받았다. 우리 안에 있는 열정은 우리 바깥에 있는 글쓰기의 도전보다 훨씬 강력한 힘을 지니고 있다. 그 열정을 끄집어내 그 속에 몸을 담그고 그것이 실재가 되게 하는 것은 전적으로 우리 자신에게 달려 있다.

인내와 열정이 똑같이 작용한다면 우리가 하는 모든 것이 결실을 거둘 수 있다. 그것이 비록 희미한 흔적만을 남긴다 할지라도. 우리는 회의나 두려움이 아닌 열정으로 글을 쓰고, 화창한 날에 글을 쓰듯 먹구름이 끼고 폭풍우가 몰아치는 날에도 변함없이 글을 쓸 수 있다.

완벽에 대한 요구는 진정한 선의 가장 큰 적이다.
— 리처드 로어

모든 작가는 어떤 면에서든 얼마간의 결점을 가지고 있다. 우리의 그림자(자신이 좋아하지 않거나 부인하고 싶은 숨겨진 면모)는 인간 조건의 한 부분이다. 그것과 마주하기를 두려워하지 않는 것 또한 우리가 피할 수 없는 도전 중 하나다. 자신의 단점을 인정하고 입 밖으로 소리 내 말하지 않으면 그에 대한 불만을 다른 이에게 투사할 가능성이 높아진다. 무엇보다 중요한 것은 자신의 인간적 결함과 불완전함을 받아들이는 것이다.

이에 관한 작가 리처드 로어의 말을 들어 보자. "가장 먼저 목적지에 도달하는 것은 대체로 '맨 나중'에 출발한 사람이다. 첫 번째로 도착하려고 너무 애를 쓰는 사람은 결코 그곳에 도달할 수 없을 것이다." 우리는 '잘 하기'보다는 '잘 못 함'을 통해 작가로서 훨씬 더 많이 성장할 수 있다. 그 사실을 깨닫지 못하면 스스로를 완벽하다고 믿으며 자신을 과도하게 옹호하는 작가로 머물기 십상이다.

우리 중 많은 이가 가 보지 않은 길을 가는 데 어려움을 겪는다. 하지만 살다 보면 길이 없는 곳을 가지 않으면 결코 또 다른 기회를 얻을 수 없음을 깨닫게 될 때가 온다. 당신이 지금까지 가 보지 않은 길을 갔을 경우 매일의 글쓰기에서 어떤 것이 달라질지를 생각해 보라.

> 가장 심오한 진실들은 우리가 종종 잊어버리는 어떤 것들이다.
> 그중 하나는 자신의 내적인 삶을 친절하게 대하지 않으면
> 다른 이에게 마음을 열기 어렵다는 것이다.
> ― 타라 브랙

노련한 작가들이 타인에 대한 친절의 중요성을 역설하는 것을 보면서 놀랄 때가 많다. 다른 사람을 친절하게 대하는 것은 매우 중요하다. 우리는 그들이 어떤 짐을 지고 있는지 결코 알 수 없기 때문이다. 그리고 그들 속 어딘가에 자신을 끼워 넣는 것도 나쁘지 않은 생각이다. 자기연민을 연습하다 보면 다른 이를 향한 선의로 이어지기 때문이다. 나는 자기연민을 연습하는 도구로 빠르고 쉬운 두 문자어 '웨이트'WAIT를 고안해 냈다.

○ Watch: 글쓰기의 스트레스가 느껴질 때면 나의 내면에서 무슨 일이 일어나는지를 살피라.

○ Accept: 스트레스를 유발하는 경험과 그에 대한 마음속 반응을 있는 그대로 받아들이라.

○ Invite: 활성화된 감정들을 불러내 호기심과 연민으로 다독거리라.

○ Tell: 자기 내면의 반응을 향해 마음속으로 이렇게 속삭이라. '내가 여기 함께 있을 거야.' '우린 해낼 수 있어.'

자신의 글에 좌절하거나 일이 예상대로 흘러가지 않을 때면 사람들은 대부분 행동하기보다 반응한다. 웨이트를 연습하다 보면 당신의 자동적 반응이 억제되면서, 차분해질 시간과 당신 자신과 다른 이에게 공감할 여유가 생길 것이다.

> 시도해 봤다. 실패도 해 봤다. 하지만 상관없다.
> 다시 시도하라. 또다시 실패하라. 더 잘 실패하라.
> — 사뮈엘 베케트

다른 사람이 자신을 어떻게 보는지, 자신의 어떤 점을 칭찬하거나 비난하는지를 인식하는 것은 글쓰기에 부정적인 영향을 미칠 수 있다. 어떤 이는 실패가 두려운 나머지 어떻게든 실패의 가능성을 피하려 하거나 다른 사람의 관점에 자신을 맞추려고 한다. 다른 사람의 변덕이나 취향을 따르는 것은 곧 자신을 포기하는 것이며, 그것은 진정한 의미의 실패나 다름없다.

당신의 힘은 누군가와 맞붙어 싸우거나 언쟁을 벌이는 데 있지 않다. 당신의 힘은 스스로를 잘 알고 받아들이며 변함없이 자신의 능력을 믿는 데 있다. 그 힘은 시도하고 실패하고 다시 시도하고 (더 나은 방식으로) 또다시 실패하는 가운데 더욱더 커진다.

이미 일어난 실패를 바꿀 수는 없다. 앞으로 더 많은 실패를 할 거라는 사실도 바꿀 수 없다. 당신이 할 수 있는 것은 실패에 좌절하거나 강철 등뼈를 구축하는 것 중에서 선택하는 것이다. 과거의 실패는 잊어라. 당신은 안전한 길을 택해 미래의 실패를 피할 수도, 위험을 무릅쓰면서 다시 시도하고 또다시 실패할 수도 있다. 그리하면 매번 그 전보다 더 잘 실패함으로써 한층 더 단단한 등뼈를 구축할 수 있을 것이다.

> 내 벽에 박힌 못이 그 위에 꽂아 놓은 거절 편지들을 더 이상
> 지탱하지 못했다. 나는 그 못을 대못으로 바꾸고 글쓰기를 계속했다.
> ― 스티븐 킹

무수한 도전을 거치면서도 당신은 여전히 글쓰기를 놓지 못하고 있는가? 물론 그럴 것이다. 나 역시 그렇다. 출판사의 거절 편지를 '당신은 글쓰기에 소질이 없다'라는 의미로 받아들이고는 상처받고 자존심이 상하는 일이 비일비재하다. 우리는 '난 왜 형편없는 글만 쓸까?' 혹은 '어째서 난 계속 실패하는 걸까?'라며 조바심을 치곤 한다. 그러나 대체로 거절은 우리의 글쓰기 능력이나 창작력의 잣대가 되지 못한다.

그런 식의 부정적 생각은 스스로를 글쓰기 경주에서 탈락시키는 지름길이다. 그럴 때는 자신의 회복탄력성을 더욱더 강화할 필요가 있다. 대못처럼 단단하고 꿋꿋하게 거절이라는 생각을 거부하라. 거절을 문학의 폭풍우를 헤치고 나아가는 데 필요한 연료로 사용하라.

당신의 못을 더욱 단단한 대못으로 바꾸면 거절을 새로운 눈으로 바라볼 수 있다. 스티븐 킹부터 조앤 K. 롤링에 이르기까지 성공한 작가들 모두 우리와 똑같은 길을 수없이 지나왔다. 난 이제 내가 받았던 거절의 편지를 다시 세어 보면서 흥분으로 몸을 떤다. 거절의 위협이 당신을 멈추게 하거나 잘못된 방향으로 가게 할 때마다 끈기와 강한 회복탄력성만이 당신을 목적지로 데려다주는 티켓임을 기억하라.

> 삶의 모순이 지닌 힘들을 믿고 그 모두를 잘 살피라.
> 어느 하나의 힘에 주도권을 주기 위해 결코 다른 힘을 배척하지
> 마라. 모순은 곧 다양함을 지닌 삶의 현실이다.
> — 알프레드 케이진

글쓰기에는 많은 모순이 포함돼 있다. 성공하기 위해서는 실패를 해야 한다. 실패를 겪지 않고는 성공할 수 없다. 성취는 넘어짐 위에 세워진다. 우리는 다시 일어서기 위해 넘어지는 것이다. 성공과 실패는 동전의 양면이다. 내려가는 것이 곧 올라가는 것이다.

스스로에게 이런 질문을 해 보라. "물은 좋은 걸까 나쁜 걸까?" 답은 둘 다 아니기도 하고 둘 다이기도 하다. 물은 부드러움과 강력함을 동시에 지니고 있다. 우리는 우리에게 생기와 영양을 공급하는 물이 없이는 살 수 없다. 그러나 강력한 힘으로 집과 우리를 집어삼키는 위협적인 물과 함께 살 수는 없다. 마찬가지로 성공의 잠재력은 우리의 단점 속에 숨겨져 있다.

서로 상반되는 것을 포용하기는 우리에게 더욱 큰 회복탄력성과 끈기를 선사한다. 한 출판사에서 거절당한 것이 다른 출판사에서는 성공작으로 받아들여질 수 있음을 언제나 기억하라. 거절과 실수, 실패는 좋은 것도 나쁜 것도 아님을 알고 글쓰기의 모순을 기꺼이 받아들이라. 그것들은 당신이 더 나은 작가가 되는 데 꼭 필요한 요소이다.

> 총을 맞은 뒤 당신이 해야 할 일은
> 또다시 총을 맞지 않도록 하는 것이다.
> — 에이스 앳킨스

우리 중에는 거듭되는 좌절에도 여전히 똑같은 방식으로 반응하는 사람이 많다. 똑같은 거절을 당한 뒤에 다시 똑같은 사람에게로 돌아가며, 잘 작동하지 않는 걸 알면서도 여전히 똑같은 전략으로 문제를 해결하려고 한다. 사람들은 대체로 변화를 거부하고 똑같은 것을 고집하는 경향이 있다. 말하자면 과거에 계속 살고 있는 셈이다. 그리고 이런 일은 끝없이 되풀이된다.

어쩌다 총을 맞게 되면 또다시 그런 일이 생기지 않게 하는 것이 중요하다. 자기패배적인 고속도로를 달리고 있다면 그곳을 재빨리 빠져나와야 한다. 우리가 뜨거운 냄비 손잡이를 만지지 않는 것은 금속이 열을 전달하는 것을 알기 때문이다. 물속에 잠긴 전선을 피하는 것도 물에 전기가 통하는 것을 알기 때문이다.

글쓰기를 지배하는 원칙도 그와 비슷하다. 하지만 우리는 그것을 잘 깨닫지 못한 채 자신이 어떤 길을 걷고 있는지 또렷이 보지 못할 때가 많다. 늘 똑같은 길 위에서 또 다른 결과를 기대하다가 여전히 불만족스러운 곳에 다다르는 대신 실수에서 배우면서 새로운 길로 나아가는 게 중요하다.

언제나 작가처럼 생각하라. 작가의 안테나로 낚아챌 태세를 갖추라.
그렇게 새로운 아이디어를 수집해 나가라.
― 이언 랜킨

작가처럼 생각한다는 것이 무슨 의미일까? 매일 글을 쓰다 보면 매일 새롭게 펼쳐지는 일상을 작가의 눈으로 바라보는 데 익숙해지게 된다. 우리는 작가의 안테나로 우리 자신과 주변에서 벌어지는 일을 살필 수 있다. 좋은 일과 나쁜 일, 우스운 이야기, 평범하고 시시한 일까지도.

작가처럼 생각한다는 것은 성실하게 정성껏 글을 쓰는 것을 의미한다. 거리에서 총을 맞고 쓰러진 부랑자의 끔찍한 장면을 써 내려가듯 이른 아침 창문으로 스며드는 햇살의 아름다움을 묘사할 수 있어야 한다.

작가는 독자가 단어와 상황 혹은 인물에 대해 어떻게 생각할지를 걱정하거나 소름끼치는 장면을 완화하거나 '멋진' 글을 쓰려고 하기보다 이야기가 스스로 전개되도록 써야 한다. 작가 스티븐 제임스의 말을 빌리면, "그래야만 한다면 이야기가 발로 차고 비명을 지르고 피 흘리게 하라. 그것의 발톱과 송곳니를 제거하지 마라. 그렇지 않으면 당신의 예술 형식이 요구하는 것만큼 정직하게 글을 쓴다고 할 수 없다." 어둠과 밝음에 대해 똑같이 진실하게 글을 쓸 때 비로소 우리는 작가처럼 생각하면서 독자를 끌어들일 수 있는 성실함으로 글을 쓴다고 할 수 있다.

용기란 가차 없는 강철 단검의 위협을
일상적으로 느끼면서도 계속 살아가는 데 있다.
— 더글러스 맬럭

글쓰기로 향하는 길에서는 언제나 두려움(실제적인 것과 상상적인 것)과 만나기 마련이다. 도전과 장애물은 때로는 두렵고 위협적으로 느껴질 수 있다. 잠시 동안은 두려운 상황에서 도망치는 것이 더 안전하게 생각될 수 있지만, 그 후 그런 자신과 살아가는 게 더 힘들게 느껴질지도 모른다. 두려움 없음은 우리의 목적이 될 수 없다. 용기와 회복탄력성과 꾸준함을 갈고닦는 길은 두려움을 인정하고, 느끼고, 그렇더라도 자신이 할 일을 하는 것이다.

글쓰기의 도전 앞에서 허풍쟁이나 순교자가 될 필요는 없다. 나의 입장을 견지하고, 내 안에 있는 힘을 끄집어내 목표를 향해 나아가면 되는 것이다. 이런 태도를 반복하다 보면 내 안의 힘이 외부의 도전보다 훨씬 크다는 것을 알게 될 것이다.

실수를 하면서 보낸 인생은 아무것도 하지 않은 삶보다
더 명예로울 뿐 아니라 훨씬 쓸모가 있다.
— 조지 버나드 쇼

우리 중에도 출판업자나 저작권 에이전트가 자기 원고를 두 팔 벌려 환영하리라고 기대하는 사람이 많을 것이다. 어떤 이(대개 작가 지망생)는 원고를 완성해서 출판사에 보내기만 하면 머지않아 베스트셀러 목록에 오를 수 있을 거라는 꿈을 꾸기도 한다. 불행히도 그건 그리 간단한 문제가 아니다.

경험이 있는 작가라면 누구나 원고의 완성과 보내기는 출판의 첫 번째 과정일 뿐임을 잘 알 것이다. 자신의 원고가 받아 마땅한 관심을 받게 하려면 자리를 털고 일어나 부지런히 움직여야 한다.

출판사의 검토 기간이 지났는데도 아무 소식이 없으면 원고가 잘 전달되었는지를 다시 확인할 필요가 있다. 저작권 에이전트나 출판사에 원고를 거절당했더라도, 상황이 아무리 절망적으로 보일지라도, 아무리 많은 "아니요!"를 들었더라도 꾸준히 계속 보내는 게 중요하다. 그물을 가능한 한 멀리, 넓게 던져야 한다. 원고가 받아들여져 계약을 한다고 해서 그것이 끝이 아님은 물론이다. 글쓰기의 탄력성을 잃지 않도록 그다음 계획을 시작해야 한다. 작가라면 누구나 다 그렇게 한다.

당신 안에 있는 맹렬함을 끌어내라

자신의 주인이 되라. 내면의 맹렬함을 발견하라.
그리하면 당신의 놀라운 변화가 나에게 전해지고
나의 커다란 외침이 당신에게 가닿을 것이다.
— 라이너 마리아 릴케

갈 길이 멀고 장애물과 하나씩 부딪쳐야 할 때는 맹렬함과 대담함을 잃지 않는 끈기가 필요하다. 우리는 우리의 글쓰기에 대한 믿음에 완강하게 매달려야 한다. 장애물과 직면할 때마다 우리가 나약한 작가가 아님을 상기하라. 우리는 강인하고 탄력적인 존재다. 못 오를 만큼 높은 산도, 못 건널 만큼 너른 강도 없다. 우리는 장애물의 위로 아래로 혹은 주위로 지나갈 수 있다. 갈 길이 멀고 험할 때 우리는 불확실성 앞에서 더욱 맹렬해진다. 당신 안의 가장 좋은 점을 인정함으로써 두려움과 냉소주의를 몰아내라. 역경 앞에서 더욱더 유한 마음으로 성큼성큼 걸어 나가라.

당신이 낙담할 때마다 스스로를 더욱 맹렬하게 만드는 게 무엇인지를 생각해 보라. 당신의 내면에 있는 완강함인가? 당신을 격려하고 부추기는 사랑하는 사람이나 친구인가? 당신이 재능과 개성을 지닌 작가임을 알아본 저작권 에이전트의 짤막한 한마디인가? 아니면 언젠가 사려 깊은 누군가가 말한 것처럼 당신의 내면에 있는 그 무엇인가?

> 나는 매일같이 바라고 있고, 평생 그럴 수 있기를 바란다.
> 살아 있는 한 할 일이 있고 일할 수 있기를.
> ― 레이놀즈 프라이스

초보 작가였던 K. L. 할람은 글쓰기를 위해 일 년간 가족과 자신을 두 번째로 두고 소홀히 했다. 그러나 그녀의 출판업자는 파산을 했고, 그녀는 한 발 뒤로 물러나 이 황당한 경험에서 무엇을 배울 수 있는지 돌아봐야 했다. 그녀가 원한 것은 글을 쓰는 게 전부였지만 글쓰기보다 중요한 게 있음을 깨달았던 것이다. "자신이 나아가는 길과 그 결과를 믿고 사랑과 믿음으로 충만하게 사는 것"이 그것이었다.

대부분의 작가들이 고통스러운 자기회의의 시간을 겪곤 한다. 간간이 짧은 자기확신의 순간이 찾아오긴 하지만 그 뒤에는 더 많은 자기회의가 따라온다. 우리는 세상사가 자신이 기대하는 대로 되는 경우가 그리 많지 않다는 사실을 받아들여야 한다. 글쓰기에도 글쓰기 이상의 것이 있을 수 있다. 글쓰기는 단지 키보드 앞에 앉아 있는 것만이 아니라 삶의 모든 면을 사는 것이다. 인간관계, 놀이, 자기돌봄을 포함해서. 글쓰기의 효율성과 작가로서의 성장은 키보드를 두드리는 시간에 비례하는 게 아니라 자신을 얼마나 믿고 글쓰기와 글쓰기 밖의 삶을 얼마나 충실하게 사느냐에 달려 있다.

내 뒤에 있는 것과 내 앞에 있는 것은
내 안에 있는 것에 비하면 아주 사소한 문제일 뿐이다.
— 헨리 스탠리 해스킨스

글을 쓰는 사람에게는 자신이 닮고 싶고 좋아하는 작가가 한두 명쯤 있기 마련이다. 그러나 그들을 좌대 위에 너무 높이 올려놓고 자신을 지나치게 낮추는 것은 자기태업을 행하는 것과 같다. 다른 사람과 자신을 비교하기는 스스로를 초라하게 느끼게 하는 것 말고는 아무 쓸모가 없다. 비교란 대부분 자신의 부족과 무능으로 귀결되기 때문이다. 자신의 재능에 대해 불안하지 않다면 무엇 때문에 비교를 하겠는가? 자신을 다른 사람과 비교하는 것은 스스로의 행복을 빼앗을 뿐이다.

우리는 결코 다른 작가처럼 될 수 없다. 오직 자신이 될 수 있을 뿐이다. 또 다른 어니스트 헤밍웨이나 조앤 K. 롤링은 결코 있을 수 없으며, 또 다른 당신과 나도 있을 수 없다. 다른 사람의 재능으로 인해 나의 재능이 줄어드는 일은 없다. 다른 사람과 비교하는 대신 자기 레인에서 헤엄치며 자신의 재능을 인정하고 소중히 여기라. 그러다 보면 당신의 목소리로 인해 당신이 닮고 싶은 사람의 재능이 무색해지는 것을 보게 될지 누가 알겠는가?

비판을 받아들이는 대담함을 지니기

> 아무리 건설적인 비판이라 할지라도 비판을 진정으로
> 원하는 작가는 별로 없다. 그들이 원하는 것은
> 직설적이고 당당하고 과도하고 노골적인 찬사.
> — 닐 게이먼

좋은 작가가 되기 위한 필수 요소 중 하나는 비판을 받아들일 줄 아는 능력이다. 비판으로 구원받기보다 찬사로 망가지기를 바라거나, 자아가 너무 나약해서 글쓰기에 대한 건설적 비판을 받아들이거나 이해할 수 없다면, 키보드를 두드리는 대신 공원 벤치에 앉아 비둘기 밥이나 주는 게 나을 터다.

건설적 비판에 거부 반응을 보이는 사람은 작가로서 살아남을 수 없다. 비판을 받아들이는 대담함은 글쓰기의 실패에 대한 최고의 백신이다. 진실을 받아들이는 것은 대부분 어렵고 고통스럽기까지 하다. 말은 해를 입힐 수도 치유할 수도 있다. 또 다른 시야로 바라보면 찬사가 글쓰기의 노력을 망칠 수도, 비판이 그것을 구할 수도 있음을 알게 될 터다. 태도의 변화는 우리가 쓴 약을 더 쉽게 삼키게 만든다. 자기 자신을 믿는다면 방어적인 태도를 보이기보다 비판을 받아들이는 대담함으로 자신의 글에 대한 비판을 면밀히 살피라. 그런 태도는 장기적으로 당신과 당신의 글쓰기를 더욱 단단하게 해 줄 것이다.

> 다른 사람에게 하듯 나 자신에게 헌신할 수 없다면
> 모든 헌신이 무의미해진다.
> ― 스티븐 코비

우리는 누구나 자신의 글쓰기에서 어떤 의미와 목적을 추구하며, 각자 다양한 방식으로 글쓰기에 헌신함으로써 그것을 발견하기를 원한다. 글쓰기 모임 운영하기, 서점의 북클럽 모임에서 강연하기, 다른 사람의 원고 검토하기, 온라인 잡지에 글쓰기의 팁 공개하기, 문학상 위원으로 참여하기, 누군가의 책에 소개말 쓰기 등등을 통해서.

우리의 헌신은 그 속으로 뛰어들기 전에 먼저 누군가의 요청에 응하는 게 가능한지를 따져 보는 것에서 시작된다. 그 일이 요구하는 시간과 그에 따르는 모든 것을 고려해야만 하는 것이다. 무엇보다 내가 정말로 그 일을 원하는지를 자문하는 게 중요하다. 내 마음을 움직여 진실한 마음으로 헌신하게 하는 것이 내게 어떤 의미가 있는 걸까? 혹여 어떤 압박감이나 마음의 부담에 굴복하거나 단지 마음의 위안을 삼으려는 것은 아닐까?

무언가에 헌신하고자 할 때 문제가 되는 것은 진실한 마음뿐만이 아니다. 진심으로 글쓰기에 헌신하려면 먼저 그 일에서 어떤 의미와 목적을 찾을 수 있는지, 그것을 계속 해 나갈 시간을 낼 수 있는지를 고려해야 한다. 그러는 게 가능하지 않다는 생각이 들면 "아니요!"라고 말하기를 주저하지 말 것이며, 그러한 결정에 불편한 마음을 가지는 일이 없어야 할 터다.

> 무대 뒤에서도 기쁘게 헌신할 수 있는 사람은 복이 있나니.
> — 메리 슬레서

명예를 추구하는 작가는 글쓰기의 화려해 보이는 세계에서는 그것을 얻지 못할 가능성이 높다. 여러 면에서 글쓰기라는 직업은 구축하는 데 오랜 시간이 걸리는 서비스 산업이다. 성공한 작가들은 대체로 무대 뒤에서 일하는 데(양로원에서 책 읽어 주기, 병원에서 아픈 아이를 즐겁게 해 주기 또는 좋은 일을 위한 기금 모금 행사에 무료로 참여하기 등등) 익숙하지 않다.

그러나 진정 훌륭한 작가들은 자만심으로 우쭐해하는 법이 없다. 그들은 자신보다 앞서 존재했던 거인의 어깨 위에 올라타 있음을 알기 때문이다. 그들은 기꺼이 작은 마을의 뒷골목을 여행하면서 마을 축제나 소방서, 소박한 식당, 잘 알려지지 않은 작은 동네 서점에 모습을 드러낸다. 그리고 두세 사람의 독자 앞에서도 자신의 글쓰기에 대해 말하기를 꺼리지 않는다.

물론 훌륭한 작가들도 언제라도 불안감을 느낄 수 있다. 그러나 그들은 출판사의 거절과 썰렁한 북사인회, 통렬한 자기회의를 꿋꿋이 견뎌 낸다. 자신의 단점마저 포용하면서 보이지 않는 곳에서도 묵묵히 자신의 길을 간다. 세상의 스포트라이트가 그를 발견하고 명예로운 빛을 환히 비출 때까지.

> 외로움, 질투, 죄의식 같은 부정적 감정은
> 행복한 삶에서 중요한 역할을 한다. 그것은 무언가를 변화시킬
> 필요가 있음을 알려 주는 번쩍이는 신호다.
> ― 그레첸 루빈

작가가 반드시 배워야 하는 중요한 기술 중 하나로, 어쩌면 글쓰기의 기술보다 훨씬 중요할지도 모르는 기술은 불쑥 나타나 파티를 망치는 부정적인 오랜 친구에 대비하는 것이다.

우리는 승리, 기쁨, 성공, 행복, 인정, 희망, 흥분 같은 친구들을 초대하고 만나고 싶어 한다. 외로움, 자기회의, 거절, 걱정, 실망, 상심, 불안 같은 부정적인 오랜 친구들을 못 본 체하면서. 하지만 그들은 우리의 의지와는 상관없이 언제라도 불쑥 파티에 나타날 수 있다. 우리가 진저리를 치면서 아무리 피하고 싶어 해도 그들은 파티에서 떠나기를 거부한다.

작가로서 우리가 할 수 있는 최선은 끈질긴 부정적 친구들이 초대받은 손님과 함께 우리 집 문간에 나타날 것임을 일찌감치 인정하는 것이다. 그들을 막을 방법은 별로 없으므로 차라리 그들에게 파티용 모자를 씌워 주고 파티에 참여하게 하는 게 낫다. 그들은 우리의 글쓰기 여정에서 중요한 역할을 한다. 미리미리 대비하는 마음으로 그들에게 초대장을 보내고 기꺼이 맞이한다면 그들을 다루기가 훨씬 쉬워진다. 글쓰기의 기술과 더불어 부정적 생각과 감정을 받아들이고 다루는 법을 갈고닦으라. 기술만으로는 글쓰기의 장애물을 넘을 수 없다.

진정한 여행은 새로운 눈을 갖는 것이다

우리는 계속 찾고 또 찾는다.
모든 것이 이미 우리 안에 있는데도.
— 돈 미겔 루이스

옛날 옛적에 대양에 불가사리 한 마리가 살고 있었다. 그가 고래에게 물었다. "바다를 보려면 어디로 가야 하나요?" "여기가 바다야." 고래가 대답했다. "사방이 모두 바다라고." "이게 바다라고요?" 불가사리가 다시 물었다. "이건 그냥 대양이잖아요. 난 바다를 찾고 있는 거라고요." 실망한 불가사리는 바다를 찾기 위해 계속 헤엄쳐 갔다. "네 주위를 둘러봐." 늙은 현자 고래가 소리쳤다. "바다를 찾는 것 Seaing 은 어떻게 보느냐 Seeing 에 달려 있는 거야."

글쓰기의 문제에 부딪힐 때마다 우린 좌절하고 초조해하며 환멸을 느끼기도 한다. 그럴 때 회복탄력성을 강화하는 최선의 요법은 우리 안에 있다. "진정한 여행은 새로운 풍경을 추구하는 게 아니라 새로운 눈을 갖는 것이다"라고 한 마르셀 프루스트의 말을 기억하라. 실망과 좌절 또한 새로운 통찰력과 명료함으로 바라보는 훈련이 필요하다. 무언가가 달라지기를 바라기보다는 우리를 이롭게 하는 방식으로 그것을 바라보는 게 중요하다.

과거에 혹은 최근에 글쓰기에서 좌절을 느꼈을 때 당신이 어떻게 했는지를 돌아보라. 당신에게 새로운 눈이 생긴다면 그럴 경우 어떻게 반응할지, 그로 인해 무엇이 달라질지를 생각해 보라.

> 인생은 얼마나 빨리 달리느냐나 얼마나 높이 오르느냐가 아니라
> 얼마나 잘 튀어 오르느냐에 관한 것이다.
> ― 마크 트웨인

글쓰기의 장애물을 만난 뒤 다시 튀어 오르는 게 힘들 때가 종종 있다. 자신이 빠진 구멍이 너무 깊고 어둡게 느껴진다. 그 때문에 몸무게가 빠지기도 하고 눈물을 흘리거나 상실감에 몸서리를 치기도 한다. 그럴 때는 온갖 감정을 느낀 뒤 다시 튀어 오를 시간을 스스로에게 허락하는 것이 중요하다. 우리는 모두 커다란 좌절을 겪고 난 뒤 다시 나아갈 수 있는 '스프링백'Springback 성질을 가지고 있다. 금속 가공 용어인 '스프링백' 혹은 '탄성회복'은 외력에 변형된 금속이 원래의 모양으로 되돌아가려는 성질을 가리킨다. 더 이상 본래의 상태로 되돌아갈 수 없는 지점인 탄성한계를 지나지만 않는다면 우리는 얼마든지 구부러지고 늘어날 수 있다.

　글쓰기의 여정에서 커다란 장애물을 만나게 되면 내면의 스프링백을 작동시켜 다시 튀어 오르라. 마치 탄력적인 고무줄처럼 구부러지고 늘어나면서 떨어질 때보다 높이 다시 튀어 오르라.

> 어떤 끌림은 깊은 생각의 심연 속으로, 강한 자를 끊임없이
> 매료시키는 가장 내밀한 구석으로 나를 이끈다.
> — 귀스타브 플로베르

때로는 글쓰기가 내겐 알은체도 하지 않는 일방적이고 치명적인 끌림처럼 느껴질 때가 있다. 그럼에도 우리는 경주를 멈출 수 없다. 불 속으로 날아드는 나방처럼 수많은 작가가 글쓰기의 성공을 좇아 거부할 수 없는 경주에 뛰어든다. 영광과 명성과 행운이라는 거짓 약속에 매혹되고 이끌리면서.

어떤 이는 글쓰기에 너무 심취한 나머지 어떤 열악한 조건도 받아들인다. 글쓰기의 성공이라는 사냥감의 뒤를 쫓아가면서 자기 앞을 가로막거나 방해하는 것은 그게 무엇이든 가차 없이 치워 버리고자 한다.

극단적으로 말해 글쓰기를 향한 끌림은 치명적인 결과를 낳을 수도 있다. 작가로서의 성공을 위해 강박적이고 충동적인 패턴에 사로잡히면 스스로의 평판을 망가뜨리거나 심지어 죽음(과로사)에 이를 수도 있다. 글쓰기의 목표를 향한 건강한 결심과 지나치기 십상인 치명적 끌림 사이에는 커다란 차이가 있다. 자신의 끈기의 크기를 가리키는 바늘이 저울의 어느 지점에서 멈추는지를 찬찬히 살펴보라. 글쓰기를 향한 당신의 끌림이 파괴적이고 치명적인 끌림이 아닌 건강하고 기분 좋은 끌림이 되게 하라.

> 홀리데이(Holiday)는 우리가 그렇게
> 만들 때에만 신성할(holy) 수 있다.
> ― 메리앤 윌리엄슨

홀리데이는 즐겁고 성스러운 날이 되어야 한다. 하지만 의미 있는 시간이 되기보다는 종종 정신없는 날로 변질되곤 하는 게 사실이다. 길거리를 가득 메운 사람들 틈에서 선물을 쇼핑하고, 줄줄이 이어지는 파티에 모습을 드러내고, 의무적인 가족 모임에 참석하다 보면 느긋하게 한 해의 끝자락을 음미하고 즐길 여유 따윈 주어지지 않는다.

홀리데이에 관한 근거 없는 믿음 중 하나는 그런 날에는 (그동안 해 왔던 대로) 모든 것을 과도하게 해야 한다는 것이다. 이미 빡빡한 글쓰기 스케줄에 쇼핑, 파티, 케이크 굽기 등을 의무적으로 더 해야 한다. 그러나 홀리데이를 자기만의 방식으로 보낸다고 해서 그 의미가 퇴색하는 것은 아니다. 홀리데이의 상업화가 이 계절과 이 시간이 선사하는 즐거움과 의미를 압도하게 하지 말라. 상인들이 우리에게 바라는 대로가 아닌 자신이 원하는 모습의 홀리데이를 보내고 기념하도록 하라.

아무리 고독과 불만족의 무게가 우리를 짓눌러도
세상에서 가장 무거운 것은 사랑이다.
— 앨런 긴즈버그

글 쓰는 사람에게 확신은 언제나 자기의문을 동반하기 마련이다. 마치 자신의 어깨 위에 온 세상의 짐을 짊어진 것처럼 느껴지는 식이다. 어떤 목표를 추구할 때 다른 이들과 나 자신에게서 기대에 못 미친다는 암시를 끊임없이 받는다면 어떻게 그 짐을 가볍게 할 수 있을까?

독창적인 현대무용가였던 마사 그레이엄의 말을 들어 보자. "예술가에게 만족이란 없다. 예술가는 언제 무엇을 하든 만족하는 법이 없다. 오직 야릇하고 신성한 불만족, 우리를 계속 전진하게 하고 다른 이들보다 더 살아 있음을 느끼게 하는 고마운 불안이 있을 뿐이다." 우리는 다음과 같은 몇몇 방법들로 '자신'이라는 저울의 눈금을 불만족에서 만족으로 옮겨 가게 할 수 있다.

○ 자신을 무겁게 짓누르는 사람과 어울리지 말라.
○ 끝내지 못한 일의 압박감은 종이나 컴퓨터에 남겨 두라.
○ 마음의 부담을 자신의 능력을 최대한 발휘하는 데 쓰라.
○ 자신의 글쓰기 능력을 다른 작가의 그것과 비교하지 말라.
○ 정기적으로 자신의 글쓰기에 대한 긍정적 의견을 구하라.
○ 자신의 글쓰기의 장점을 객관적으로 평가하라.
○ 글쓰기로 인한 압박감을 주변 사람에게 떠넘기지 말라.

스트레스를 해소하는 한 가지 방법

당신만의 공간을 요구하라. 그 주위로 빛의 원을 그리라.
그곳에 어둠이 침범하지 못하게 하라.
단지 살아남기만 하지 말고 삶을 찬양하라.
— 찰스 프레이저

사방에서 몰려오는 압박감이 느껴질 때면 글쓰기를 잠시 내려놓고 건전한 배출구를 찾아 스트레스를 해소할 필요가 있다. 그럴 때 차 안에서 노래 부르기만큼 간편하고 효과적인 방법이 또 있을까? 돈이 들지 않을 뿐 아니라 우리의 바쁜 스케줄에 추가 시간을 요구하지도 않는다. 심부름을 가거나 아이를 데리러 가거나 혼자 있으면서 괴로움을 달래고 싶을 때에도 이 방법을 사용할 수 있다.

T. S. 엘리엇은 "두려움과 비통 같은 극단적인 감정을 제외하고 음악으로 달래지 못할 감정은 없다"라고 했다. 그러니 당신도 한번 시도해 보지 않겠는가? 차 안은 관객의 눈치를 살피지 않고 마음껏 뛰놀 수 있는 무대가 된다. 음악을 크게 틀고 비욘세, 아델 혹은 롤링스톤스와 함께 신나게 노래를 불러 보라. 고개를 까딱이고 손가락으로 박자를 맞추면서. 음악으로 온몸의 세포가 떨리고 하프의 줄처럼 울리는 짜릿함을 느끼면서 당신 마음속에 있는 것을 마음껏 발산해 보라. 차 안에서 노래하기의 유일한 단점은 차에서 내리기가 싫어질지도 모른다는 것이다. 마이크를 내려놓는 순간 당신은 자신이 좀 더 차분해지고 명료해졌음을, 글쓰기의 스트레스를 좀 더 당당하게 마주하게 되었음을 알게 될 것이다.

> 나는 운동을 하지 않는다. 만약 신이 내 몸을 숙이게
> 하고 싶으면 바닥에 다이아몬드를 깔아 놓아야 할 터다.
> — 조안 리버스

전형적인 미국인은 하루 평균 10시간을 차 안이나 컴퓨터 앞 혹은 텔레비전 앞에서 보낸다. 사실 맞는 말이다. 나는 보통의 미국인이고 게다가 작가다. 따라서 움직이는 것보다 앉아 있는 시간이 더 길 수밖에 없다. 나 역시 조안 리버스처럼 운동에는 도무지 취미가 없다. 그러나 우리 몸은 오랜 시간 책상에 앉아 있도록 만들어지지 않았다. 계속해서 장시간 앉아서 글을 쓰는 것은 위험한 직업병을 야기할 가능성을 높인다.

하루에 4~6시간 이상 앉아 있기는 심혈관 질환으로 사망할 가능성을 80퍼센트나 증가시킨다. 그것은 담배를 피우는 것만큼이나 건강에 해롭고, 혈액과 산소의 순환을 감소시키며, 비만과 심장병과 당뇨병을 야기한다.

매일 15분씩 규칙적으로 운동하기는 스트레스 감소와 건강의 증진에 더하여 더욱 또렷한 정신으로 오랜 글쓰기를 가능하게 한다. 지금 당장, 오늘 어떤 신체 행위를 할 수 있을지를 생각해 보고 실천에 옮기라. 날씨가 좋은 날에는 바깥에서 5분간 짧은 산책을 하고, 날씨가 궂은 날엔 계단을 오르내리는 것도 좋다. 자리에서 일어나거나 심호흡을 하거나 몸을 비틀거나 스트레칭을 함으로써 굳은 근육을 풀어 주고 혈액이 순환되게 하는 것도 중요하다.

(*) Desk Potato. '카우치 포테이토'와 비슷한 의미로 '책상에서 감자칩을 먹으면서 오랜 시간을 보내는 것'을 가리킨다.

자신이 지닌 재능의 충실한 관리인이 돼라.
— 제인 케니언

'관리인(집사)'Steward이라는 말은 다른 사람의 재산이나 일을 맡아 관리해 주는 사람을 가리키는 오래된 영어 단어다. 작가는 문학 공동체의 특혜를 받은 멤버로 우리 모두에게 속한 것(글쓰기의 기술)을 돌보도록 위임받은 사람이다. 말은 우리 모두의 것이다. 작가는 말을 소유하거나 독점할 수 없다. 단지 그것을 잘 돌보도록 위임받았을 뿐이다.

좋은 작가는 공익을 위해 봉사하고 헌신한다. 문학협회의 발전 및 과거 작가들의 가치와 전통을 이어 가려고 노력한다. 작가는 문학의 역사와 문화를 보존하는 사람이다. 우리는 동료 작가들의 저력을 믿으며 팀플레이를 하거나 다른 이의 글쓰기를 지지한다. 한마디로 우리에게는 문학의 관리인으로서의 책임이 있다.

시인 제인 케니언의 다음 말에는 문학의 관리인으로서 지켜야 할 가장 고귀한 지침이 담겨 있다. "자신의 시간을 소중히 여기라. 자신의 내면에 자양분을 공급하라. 지나친 소음을 피하라. 좋은 책을 읽고, 좋은 문장을 기억하라. 되도록 자주 자기 자신이 되어라. 종종 전화기를 꺼 놓으라. 규칙적으로 글을 쓰라." 이 지혜로운 말들은 우리에게 작가로서의 특혜와 책임감을 일깨운다. 당신 또한 좋은 문학의 관리인이 될 수 있는 방법을 생각해 보아야 한다. 단어들을 엮어 문장과 단락과 페이지가 되도록 할 때마다 문학이라는 공동의 재산을 잘 돌볼 책임 있는 관리인이 되어야 함을 잊지 말라.

글을 쓰는 중에 교정을 시도하는 것은
음식을 먹으면서 운동할 때처럼 우리 몸의 창의적 기운을 가로막아
'마른 우물 증후군'을 야기할 수 있다.
— 크리스 로어든

글쓰기의 우물에 너무 깊이 빠져들다 보면 '마른 우물 증후군'이 야기될 수 있다. 나는 앞서(7월 3일 자) 마른 우물 증후군을 언급한 적이 있는데, 이에 대한 대처법에는 세 가지 단계가 있다.

첫째, 자신이 상충하는 두 가지 일(창작하는 동안 교정하기)을 동시에 하려고 했다는 사실을 깨닫는 순간이 찾아온다. 이런 깨달음은 '마른 우물 증후군'을 예방하는 데 도움이 된다.

둘째, 내 글이 충분히 부화할 수 있도록 한동안 원고를 치워 둔다. 글에 마음과 영혼을 쏟아부은 뒤 그것에서 멀어지는 것은 반생산적으로 보일 수 있다. 하지만 생존본능을 따르는 것이 언제나 최선은 아니다. 아무리 강한 생존본능을 타고났다고 해도 역조逆潮에 해변을 향해 헤엄치다 보면 물에 빠져 죽을 수 있다. 마찬가지로 집필자 장애에도 불구하고 너무 밀어붙이다 보면 역효과를 일으켜 남아 있는 창의력이 모두 말라 버릴 수 있다.

셋째, 지금 하는 것과는 조금 다른 글쓰기를 시도해 보는 것도 좋다. 자신이 작업 중인 책의 출간 기획서를 써 보는 식으로. 내 경우엔 그것이 메마른 나의 창작 저장고를 채워 주고 창작의 기운을 다시 흐르게 했다. 그 덕분에 난 쓰던 글로 되돌아가 지지부진하던 나의 두 번째 소설을 무사히 끝마칠 수 있었다.

끝까지 견디기

살다 보면 모든 게 끝났다고 여겨지는 순간이 온다.
그때가 당신의 또 다른 시작이다.
— 루이스 라무르

우리 작가들에게는 시작과 끝이 하나다. 공들여 써 오던 글을 마무리하고 글쓰기 모임을 종료하는 것은 여름의 끝이 가을의 시작을 예고하듯 글쓰기의 새로운 시작을 의미한다. 12월 31일이 새로운 한 해로 이어지듯 이 책을 읽은 당신이 더 많은 글쓰기의 기회를 찾을 수 있기를 바란다.

나처럼 오랫동안 글을 써 온 사람이라면 모든 걸 포기하고 싶은 순간에 뜻하지 않은 어떤 돌파구가 생기곤 하는 것을 경험으로 배웠을 터다. 그러니 당신의 글쓰기에 어떤 실망스러운 일이 생기더라도 언제라도 좋은 일이 뒤따라올 수 있음을 기억하라. 노랫말, 시, 소설, 회고록 혹은 요리책이든 끝까지 써 본 다음 무엇을 다시 새롭게 시작할지를 자문하라. 올림픽을 위해 훈련하는 선수처럼 매일매일 글쓰기를 훈련하라.